韦力 ◎ 著

韦力·传统文化遗迹寻踪系列之七

觅畫記

卷三

上海文艺出版社

卷三目录

001　徐枋
　　　画宗巨然，间法倪黄

015　梅清
　　　画松为天下第一

036　八大山人
　　　苍劲浑朴，翛然无俗韵

056　王翚
　　　熔铸毫端，真画圣也

083　吴历
　　　于阴阳向背更有会心

109　恽寿平
　　　家家南田，户户正叔

122　王原祁
　　　追踪古迹，参席前贤

141　石涛
　　　笔墨当随时代，犹诗文风气转

161 王敬铭
   笔法苍劲,骎骎欲度骅骝前

178 冷枚
   妙设色,画人物尤为一时冠

196 蒋廷锡
   工写生,参用西法,尤善画牡丹

217 沈铨
   舶来画家第一

235 高凤翰
   病废后用左臂,书画更奇

253 郎世宁
   物假阴阳而拱凹,室从掩映而幽深

278 李方膺
   种竹关门学画工,挥毫依旧爱狂风

302 董邦达、董诰
   所观览者多,故用笔、用墨皆臻古法

319 罗聘
   极烟云之变幻,恣粉墨之临摹

341 汤贻汾
   所画花果及梅,均极工妙

358 费丹旭
   香艳中饶有妍雅之韵趣

379 居巢、居廉
　　擅用撞水撞粉法

406 虚谷
　　落笔冷隽，蹊径别开

433 赵之谦
　　今日海派之源

453 蒲华
　　用笔圆健，得之书法

476 钱慧安
　　色改淡匀，高古俊逸

499 高桐轩
　　须眉欲活，盖别有渲染之法

520 任伯年
　　仇十洲以后中国画家第一人

545 吴友如
　　写风俗记事画，妙肖精美

569 林纾
　　山水浑厚，冶南北于一炉

徐枋（1622年—1694年）
画宗巨然，间法倪黄

徐枋乃清初著名高士，《清史稿》载："徐枋，字昭法，长洲人。父汧，明少詹事，殉国难，事具《明史》。枋，崇祯壬午举人。汧殉国时，枋欲从死，汧曰：'吾不可以不死，若长为农夫以没世可也。'自是遁迹山中，布衣草履，终身不入城市。"

看来徐枋的人生观受其父亲影响巨大，他的父亲徐汧是明崇祯元年的进士，在南明弘光朝做到了詹事府少詹事兼翰林院侍读学士、礼部右侍郎，然其性格耿直，得罪了权臣阮大铖，阮必欲将其治罪，后来在朋友的帮助下，徐汧终于渡过了这场危机，而后辞职返回了苏州。

明崇祯十七年（1644），李自成的部队攻入北京，崇祯帝在煤山上吊而亡。徐汧闻讯后日夜大哭，在崇祯皇帝生日那天写了四首诗，并且在其自画像中题曰："汧乎，而忘甲申三月十九日事耶？而受先皇厚恩，待以师臣之礼，而子一登贤书，一食廪饩，尺寸皆先皇赐也，而不能断脰纳肝，以殉国难，复不能请缨枕戈，以雪国耻，而息偃在床，何为者耶？义当寝苦，罪当席藁，存此寝苦席藁之心，以教诲尔子，庶几其勉于大义，毋若厥父之偷惰负恩也。"

徐汧时时提醒自己，不能忘记国耻，并且教育儿子要牢记这段历史。到了顺治二年（1645）六月十二日，清军攻入苏州城，施行剃发令，徐汧觉得这是对他人格的极大侮辱，于是决定自杀。儿子徐枋听闻此事，也要随父亲一起殉国，但徐汧制止了儿子的行为，他劝慰儿子的话，《清史稿》中只录了一句，《清初名儒年谱》则记载颇详："我死，不可不死也，自靖自献，不死即不忠；尔死，非不可不死也，不死非不孝。我死君，固也；尔死亲，使尔有子，又将为亲死，则子孙递死无噍类。有是乎？尔不死，守身继志，所以成孝兼作忠也。"

徐汧对儿子讲了一番忠与孝的道理，而后在虎丘新塘桥下自尽。这件事对徐枋影响至深，他由此下定决心不食清粟，自此之后的几十年里，他家破人亡，到处漂泊，再没有走入过城市，这样的生活长达十九年，最后在灵岩山一带建起草庐，隐居终身。《清史稿》载："及游灵岩山，爱其旷远，卜涧上居之，老焉。枋与宣城沈寿民、嘉兴巢鸣盛，称'海内三遗民'。"

隐居生活当然过得十分清苦，徐枋在《居易堂集自序》中称："世变至今四十年中，崩天之敌、稽天之波、弥天之网，靡所不加、靡所不遘，而再益之以饥寒之凛慄、风雨之飘摇、世事之诖误、骨肉之崎岖，靡所不更、靡所不极，呜呼，亦可痛矣。"

徐枋苦行四十年，完全没有固定的生活来源，常常家中无米举炊，生活极度贫困。他在《诫子书》中称："至于去冬以及今夏，则日食一饭一糜而已，或并糜而无之，则长日如年，枵腹以过。"由此可知，徐家每天只能吃上一顿饭，常年忍饥挨饿。他还在《与吴子佩远书》中记录了某个冬天家中的情形："是冬祁寒，冰雪连旬，至典及絮被，妻孥号寒，酷同露肌，有一女止三岁，冬无絮衣，患成寒疾，十年不差。一儿年十二便能书画，见者疑为神童，而饥不得食，病不得药，遂殒其命……宁受惨酷而不敢稍堕吾志也。"

天寒地冻，连降大雪，家中却没有御寒之物，因为被褥都拿去典当了。因为没有棉衣，女儿三岁时得了寒疾，十年都未治愈。儿子很有艺术天分，十二岁就有书画之名，可是因为吃不饱，有病也没钱治，以至于饥寒交迫而死。其贫寒困苦之不堪,令人咋舌。

其实在当时,也有名士颇为敬重徐枋的高洁,屡屡想帮助他,但都遭到了他的坚拒。理学名臣汤斌任江宁巡抚时,曾经特意上门探望徐枋,徐枋认为汤斌乃是清廷的高官,故避而不见。此事记载于叶燮所撰《徐俟斋先生墓志铭》中:"巡抚都御史、睢阳汤公重先生,屏徒从,微服至先生门,则先生已避之秦余山,唯留一老苍头宿门外。叩门门不启,不得入。汤公喟然曰:'贤者不可测如是。徘徊久之而去。自是四方益重先生,终不得见。'"

汤斌知道徐枋的气节,前往探访时没有穿上官服,也特意不带随从,但徐枋照样不见。徐枋不仅对自己要求严格,对亲属也有要求,如果他的亲人或者弟子有仕清行为,他同样十分生气。清初学者潘耒既是顾炎武的著名弟子,同时也是徐枋的弟子。邓之诚在《清诗纪事初编》中载有如下一段掌故:"门人潘耒,遭世难,年十八,以辞赋动当世,力戒以立言不朽与德功齐。及举鸿博授官归,跪门外三日。然后进之曰:'吾不图子之至于斯也。'耒进一砚,不受。涕泣以请。乃命悬之梁上。示不用。"

潘耒参加了清廷的博学鸿词科而后被授以官职,返回苏州时前去拜见徐枋,跪在门外三天三夜,徐枋坚决不肯见他。而后潘耒送给徐枋一方砚台,徐枋也拒不接受,潘耒再三恳求老师接下礼物,于是徐枋就让人把这方砚台挂到了房梁上,这个举措颇似关云长的挂印封金。

对于自己的人生志向,徐枋在《与冯生书》中明确写道:

> 匿影空山,杜门守死,始则绝迹城市,今并不出户庭,亲知故旧都谢往还,比屋经年莫睹我面,佣力自活,采薇苟全,二十八年从未敢逾越分量,攀援一当世之士也,顾敢一旦与公侯卿相通其交际耶,况当世之公侯卿相亦安用此衰瘁之废民

《秦余山图》 安徽博物院藏

乎？……鄙性硁硁，概绝问遗，自幼而然，非有所强，故为时之久垂三十年，而片楮不通于人间，一缕不入于吾室。

徐枋立志不与当代公侯卿相有任何交集，甚至不希望别人在谈论时提到自己的名字。他在《与王生书》中称："切望足下，凡见当世之人，绝勿置我于口颊，总勿道及我一字，更勿使今之人因足下而阑及于我，则大幸矣。"

为什么决意如此呢？徐枋在《答吴宪副源长先生》中明确地表示出了自己的观点："行莫丑于辱先，祸莫大于名灭。先君于身任纲常，为南朝一侍郎，从容蹈节，枋既不能学从亲止水之江镐，独不能学终身不西向之王裒乎……羞先人而为世戮笑，万世之祸也。"

原来他是受父亲的影响极深，不想辱没父辈的英名。如此有气节之人，既不肯为朝廷所用，又不肯出山与人交往，那么他怎么生活呢？《清史稿》中有这样一段颇为传奇的记载："家贫绝粮，耐饥寒，不受人一丝一粟。洪储时其急而周之，枋曰：'此世外清净食也。'无不受。豢一驴，通人意。日用间有所需，则以所作书画卷置篚于驴背，驱之。驴独行，及城堙而止，不阑入一步。见者争趣之，曰：'高士驴至矣。'亟取卷，以日用所需物，如其指，备而纳诸篚，驴即负以返，以为常。卒，年七十三。"

无论多穷，徐枋都决不接受别人的施舍，唯有一位僧人的食物他愿意接受，因为他觉这是来自清净之地的东西。对于日常生活所需物资，徐枋有他奇特的方式来解决。他家养有一头通人性的驴子，徐枋将自己的画作放进驴背篓，此驴会独自来到苏州城墙下，因受徐枋的调教，它也决不踏入城门一步。人们都认识这头驴，知道是高士徐枋所养，于是从驴背上取下画作，再按照徐枋所列的清单，将生活必需品一一放入背篓，这头驴又会将生活物资运回山中。

这段记载很有传奇色彩,然而罗振玉经过一番考证,认为这种说法不真实,显然罗先生在考证时,没有考虑到人们对徐枋的情感问题。且不管这个故事的真伪,徐枋以卖画为生确是事实。黄宗羲在《思旧录》中称:"先生画神品,苏州好事者月为一会,次第出资以买其画,以此度日。"由此可知,每月雅集之时,朋友们都会出资购买徐枋的画作,以此来帮他度日。

张舜徽《爱晚庐随笔》中有《徐枋书画》一篇,该篇首先称:"明末遗民,以徐俟斋节行最高。父汧殉难,庐墓不出,隐上沙土室。读书外,终日不发一语,不见一客,守约固穷,四十年如一日。汤斌抚吴,慕其为人,两屏驺从访之,不得一面,尤为世人所钦。工书善画,山水师董、巨,卖画自给,例不书款。有购得片纸者。珍同拱璧。"在张舜徽之前,叶燮所撰《徐俟斋先生墓志铭》中也谈到徐枋卖画之事:"先生美风度,喜谈笑,善属文,书画尤称绝,有购得片纸者以为宝,例不书款,此志也。"

除了绘画,徐枋在书法方面也颇有成就。《清史稿》中称:"枋书法孙过庭,画宗巨然,间法倪、黄,自署秦余山人。"对于徐枋的书法,张舜徽在文中写得更为具体:"书善行草,上法《十七帖》及《书谱》,瘦硬通神,如傲雪老梅,屈折萧疏,生意自足,但观其题画之字而可知矣。"

对于徐枋的绘画,张庚在《国朝画征录》中称:"山水有巨然法,亦间作倪、黄丘壑,布置稳妥,不事奇异。用笔极整饬工致,墨气淹渍明净,不设色。"但是关于他的师承,相应资料未见记载。徐枋在《偶题友人画梅》中自称:"余性习画理,少而知之。"看来他是靠自学掌握了绘画技巧。

他在另一篇题画中又称:"余平居作画,好仿荆、关、董、巨。然学荆、关者,惟师其笔法、风骨耳。至于分布位置、命意取景,则居

《山水图轴》 天津艺术博物馆藏

然江南山水也。"由此可见，在具体技法上，他从历代大画家的作品中学习，而画面的创意及布局，则来自于现实中的山山水水。

徐枋强调要学习古人的风骨，何谓风骨，其未解释，然而根据他在《题秋林落木图》中所言，可略窥其意："昔宋之亡也，有遗民郑所南先生隐居不出，尝写墨兰以寄意。余谓所南画兰，一花一叶，无不具风人之哀怨，楚骚之离忧，而可仅谓之画耶。故其画亦超绝千古。"

如前所言，徐枋有着强烈的遗民情结，喜欢效仿古代高士。这样的观念显然融入到了他的绘画之中，比如在绘画题材中，他对灵芝颇为偏爱。对于这种偏好，徐枋在《题画芝》中直言："商山紫芝，节比采薇，离骚香草，芳同兰芷，此固幽人贞士之所寄托者也。余山居暇日，辄喜画芝，窃自比于所南之画兰，墨渖所成，香风可挹。或谓：'所南画兰不着地，而子必画坡石，或此独逊古人。'夫吾之所在，即干净土也，何为不可入画乎？吾方笑所南之隘也。"

为什么偏好画灵芝呢？徐枋又在《题画芝》中解释说："吾画芝不特为香草写真，亦将使千载高风出之笔端。"对于自己所画的灵芝，徐枋也颇为自负，自称："文与可画墨竹，杨补之画墨梅，郑所南画墨兰，各极其致，而余谓各有所寄焉。与可写其高，补之写其逸，所南写其怨，而余今画墨芝，则又何居乎？客曰：'意将兼有之而不无所偏也。'"

徐枋将自己的遗民情结表现在绘画题材上，而他所作的诗文，也都表现出了遗民情结，比如他在诗作《诗画卷》写道："千春绿水渺无津，万树桃花好避秦。高卧此中堪白首，不知人世有红尘。"徐枋在这首诗中引用了陶渊明《桃花源记》的典故，通过避秦来暗指避清，而他所绘的那些灵芝，只能生长于山野之中，正好体现着他所强调的"千载高风"。

不仅如此，徐枋在绘画和书法方面都有着自己独特的见解。他在

《仿宋元山水册》（之一）　上海博物馆藏　　《仿宋元山水册》（之二）　上海博物馆藏

《题画册》中表达了自己强调笔墨关系的绘画观：

> 画主南宗，而气韵本乎元大家，此大略也。盖画自宋以前，虽荆关名世，然犹力甚于韵，而笔逾于墨。迨乎元季四家，专主气韵，故天机神会，超然形似，而与造化者游，进乎技矣。而后世宗之太过，但驱烟墨，不求法矩，每多寓意于缥缈，而能事不臻。吾恐其渐趋于弱，而未免项容"有墨无笔"之诮也。

也许是性格沉寂的缘故，他不喜欢太过热闹的画面，而喜欢画不敷彩的水墨花卉。他在《临石田四景跋》中谦虚地说："石田画桃花，

《仿北苑山水图轴》 苏州博物馆藏

意甚淡远,然望之蔚然如蒸紫霞。余不善傅色,遂以墨临之。善画者固不求形似也。"

徐枋强调绘画贵在传神而不求形似,同时认为如果以水墨来表现物体的神采,就尽量不要敷色。他还在《题画木瓜》中表达过类似的看法:"写生以笔简而意到者为难,所以墨兰墨竹最称画苑。至瓜果之属,而不施丹青,不加钩拈,点蔟而求其形神都似,尤未易言。近代惟白石翁最擅其妙。余少时曾见白石翁一戏笔,一西瓜,一冰盘承之,其瓜仅过半,而绿沉之色如初出水,见者惊绝,然犹设色。若仅以水墨渲染,尤称能手也。"

关于书法观,徐枋写过一篇《书王咸中乞临曹娥碑》,这篇文章集中表现了徐枋的书法艺术观,此文颇长,我仅节选前面一段如下:

> 书法以小楷为极致,而小楷必宗晋唐,尚矣。然二代风气绝殊,未可同日而语也。如羲、献楷书,全尚姿致。而姿致出乎自然,不言格律而格律确乎不移,我之心手两忘,书之形神为一。若庖丁之游刃、郢人之运斤,不知其所以然。此其所以千古独绝也。迨乎唐而力胜乎巧,腕弱于心,故欧、虞之书,步趋二王,亦尚姿致,而瞠乎其后。及颜鲁公楷法最精,而自辟堂宇,纯尚格律,晋人风流自兹逾远。

由此可见,徐枋在书法和绘画方面都有自己的独特见解,并且把这种见解融入到自己的绘画实践中。

徐枋对自己的绘画成就颇为自信,认为自己的画作不在古代名家之下,曾在《邓尉画册复还记》中称:"自谓不让古人,见者亦皆惊叹绝倒。"他甚至在《临石田四景跋》中称:"若此幅则恨古人不见我矣。"对于自己最喜爱的灵芝画作,徐枋更是自认传神,在《题画芝》

中称:"余画墨芝,其泽理神彩尝欲夺真,设令商山老见之,亦当误为采撷。……虽然,高士不求形似,乃正所以神似也。"

也许相比较而言,民族气节远远重于笔墨之事,因此后世对于徐枋的关注点,大多在于不食清粟上,少有人留意到他在艺术方面所创造的成就。而归庄曾留意到这一点,《归庄集》中称:"徐子诗文书画,遂有兼长,得毋以多艺掩其人乎?虽然,徐子之风节不可掩也。"

至其晚年,徐枋可能预感到来日无多,提前安排了一些事情。《清史稿》载:"时商丘宋荦抚吴,枋预戒曰:'宋中丞甚知我,若我死,勿受其赗也。'荦果使人赠棺椟赍,如枋命,终不受。卒,以贫不能葬。一日,有高士从武林来吊,请任窀穸,其人亦贫,而特工篆、隶,乃赁居郡中,鬻字以庀葬具,纸得百钱。积二年,乃克葬枋于青芝山下,而以羡归其家。语之曰:'吾欲称贷富家,惧先生吐之,故劳吾腕,知先生所心许也。'葬毕即去,不言名氏。或有识之者曰:'此山阴戴易也。'"

徐枋去世前,跟身边的人说,自己死后宋荦必将出钱为其安排后事,绝对不可以接受他的馈赠,因为宋荦是清朝的官员。徐枋死后,家中的确清贫如洗,竟然无钱安葬,宋荦也果然派人送来棺材等物,家人遵守徐枋的遗言,拒而不收。后来还是靠另一位高士卖字换钱,最终安葬了徐枋。可见,他至死都要做一位纯粹的遗民。

徐枋墓位于江苏省苏州市吴中区光福镇香雪村的一片梅林之中。2012年6月6日,在马骥先生的安排下,我等一行来到光福镇寻访历史遗迹。我们在这一带首先瞻仰了惠栋墓,而后穿过小桥,向右拐进入一片梅林。

这天下着小雨,地上的湿泥沾在鞋上甩都甩不掉,每走一段,大家都要停下来磕打鞋上的泥。这片梅林的树枝修剪得很低,众人只能弯着腰,踏着前行者的脚印亦步亦趋地向前走。在林子的深处果真看

文保牌

梅林之中

墓丘形式

墓碑

到一处墓丘，上面杂草丛生，墓前的碑为古物，字已模糊不清，我仅辨认出"明孝廉徐"几个字，下面的实在看不清楚，于是我走近碑前，试图用手抠除凹处的泥土，正要伸手，突然听到向导大喝一声："蛇！别动！"定神细看，果真见到墓碑后面藏着一条二三米长的灰绿色大蛇！一行人吓得不敢动，我还算有一点儿经验，站在原地，稳住呼吸，保持原有手势，用余光瞥见地上一根很粗的树枝，不动声色地用脚勾起，而后迅速用力向蛇的侧前方踢去，大蛇果真向那树枝扑了过去。

此时是难得的机会，我大喊一声："快跑！"众人立即向后退去，跑出一段路后停了下来，才慢慢松了一口气。但是心神定下来后，我想到刚才只顾着看蛇，竟然忘记了拍照，于是决定返回去。众人一番

刚才就是在这里看到了大蛇　　　　　　　　未再找到蛇的踪影

劝慰,尤其带路的当地人说,这么多年来,未曾看到过如此粗壮的大蛇,太危险了。我却觉得,这么远来到了这位高士墓地的前面却不能留影,这样的遗憾不能忍受。于是大家又小心翼翼地往回走,边走边用树枝划拉前方的草丛,以此做打草惊蛇状,终于又回到了徐枋墓附近,站在不远处,无论如何众人也不让我再靠前了,我只好站在那里,拍几张照片后离去。

但是,这件事给我以提醒:几年的寻访,在山中也遇到过好几次蛇,虽然每次都化险为夷,但始终没有防护措施,其实至少应该带上解蛇毒的药,否则在深山野林一旦被蛇咬上,而身边又没有任何解药,是否能坚持到医院还是个问题。

梅清（1623年—1697年）
画松为天下第一

梅清是清初著名画家，后世多将其归入黄山画派。"黄山画派"是出现较晚的一个名词，该词由黄宾虹等在总结前人绘画的基础上而提出，主要指清初一批以黄山为题材的山水画家，其中代表画家有渐江、梅清、石涛等，他们长期深入黄山、师法黄山、表现黄山，而他们大多又居住或寓居在宣城，故又有人称之为"宣城画派"。

关于梅清的生平，《清史稿》中有如下一段话：

> 梅清，字瞿山，宣城人，宋梅尧臣后也。清英伟豁达。自力于学，以淹雅称。顺治十一年举人，试礼部不第。朝士争与之交，王士禛、徐元文尤倾倒焉。诗凡数变，自订《天延阁前后集》。年七十余，复合编《瞿山诗略》。书法仿颜真卿、杨凝式。画尤盘礴多奇气。尝作《黄山图》，极烟云变幻之胜，为当时所重。同族有梅庚者，生后于清。善八分书，亦工诗画，与清齐名。

梅清乃是宋代大诗人梅尧臣的后代，在诗学方面有着深厚的家学渊源。关于梅家的世系，《宦林梅氏宗谱》中称："传二十一世而慨公子远为宣州掾，遂家于宣。宣之有梅，自远公始。至四世而中舍、学士二公崛起，五世而都官、殿丞伯季，炳炳麟麟，递显宋室，遂为宣之望族焉。"

梅家到了北宋时期才在宣州一带定居下来,而后发展成了望族。在安徽的梅氏又分为文峰梅氏和宛陵梅氏两支,他们同为五代时梅远的后裔。文峰梅氏十三世出了多位诗人,其中,国祚、台祚、蕃祚、咸祚、鼎祚、嘉祚、膺祚七人皆有诗名,又因共同的性情喜好,其被时人并称为"林中七子"。梅清则为文峰梅氏的第十四世。

对于梅氏家族一直以来在诗学方面的成就,梅清颇引以为荣,曾跟族人梅曰文一起搜集梅家历代诗作,编纂成《梅氏诗略》。编纂这么一部大书绝非易事,梅清在该书的序言中谈到了搜集之艰难:"况乎陵谷既改,岁月屡更,耆旧凋零,书卷散佚,而欲于兵燹之后,蠹蚀之余,摸索遗珠,缀拾碎玉,此倍难矣!"

梅清为什么肯下这番大功夫来搜集呢?从其所撰《辑梅氏诗略告竣四绝》中可以窥知其中原因:

> 风流雅传五百年,派分文脊见多贤。
> 何当远溯吴门迹,汉代真公旧是山。

> 汝南死谏独封侯,驸马戎功在上头。
> 曾向岩廊开大业,何妨艺苑纪名流。

> 一枝一叶说奇葩,那及梅家树树花。
> 但恐东君不收拾,空将锦片落泥沙。

> 十载精神费较量,群驹千里喜同堂。
> 敢言诗是吾家事,只觉风流正未央。

从第三首诗的前两句中，可以看出梅清为家族历史上曾经涌现出那么多的大诗人感到由衷骄傲。而"梅家树树花"这句诗，也被时人广泛地引用来夸赞梅家诗人辈出的盛况。王士禛在赠送宣城梅禹金的一首七律中写道："从夸荆地人人玉，不及梅家树树花。"而施闰章也有类似的诗句："朗三诗画旧声名，二妙瞿山又雪坪。添汝不妨成后劲，梅花树树照江城。"

可见"梅家树树花"在当时是颇受公认的，因此才多被时人引用。而梅清在第四首绝句中所说的"诗是吾家事"，表现得更是傲气冲天。这句诗原本是诗圣杜甫所言，梅清敢于将杜甫的自傲贴在本家族中，这份自信确实令人佩服。

那么梅家是否真的如梅清所言，出过那么多大诗人呢？如果自夸难以做到公允的话，那么同样是著名诗人的施闰章在《忆带园集序》中说的应该更接近事实："吾宣城于江上称岩邑，其山巉以秀，水甘以清，草木扶疏而沃若，其清淑之气所郁积，必有异能之士，道德文章之美，卓然见于天下。而所谓道德者多隐君子，以其文章见者，至宋始有梅昌言、圣俞，元有贡仲章、泰甫父子十数辈。最著者圣俞，以诗名。去圣俞五百余年，裔孙为禹金先生，文词赡给，雅善博综。其群从季豹、子马、勉叔诸人，为元美所亟称。后禹金闻孙复有朗三，盖庶几与禹金相望者。"

然而这种世代相传的家族文风，并没有给梅清带来好的考运。清顺治十一年（1654），梅清考中了举人，而后在顺治十四年（1657）、顺治十六年（1659）、康熙六年（1667）等时间，他四次入京参加会试，均以失败告终。这个结果显然令他十分沮丧，于是绝意仕途，把主要精力转向了绘画。

关于梅清入京赶考的次数，我所查得的史料，基本都说他总计去过四次，唯独《哥伦比亚大学明代名人传》称是十次："明灭之际，原本拥有丰厚家产的梅家开始家道衰落。同时也有可能是为了躲避战乱,梅清选择了归隐山林。他隐居数年,生活清苦,郁郁寡欢。后来,梅清可能是想保住祖上留下的产业,也为了扩大经济来源,他决定参加科考,期望能在新王朝谋取功名。1654 年,梅清考中举人,但在随后的科考之路上却一直失意。据说他先后科考十次,都是名落孙山,失败而归。他最后一次参加科举考试是在 1682 年,当时已到花甲之年的梅清仍不远千里赴京参加会试。在参加科考的这些年间,梅清的足迹遍布大江南北,他广交朋友,同时寄情诗画,派遣忧思。"

且不论梅清赴京赶考的次数是多少,每次都铩羽而归乃是事实。在屡战屡败之后,他开始思索自己的人生。他在一首《归舟集·章丘寄马文来》诗中表达了那一刻的心境:

瞿山老风尘,三年一行役。
浮名走天下,纷纷复何益。
誓归南山南,吾自适吾适。

三年一趟的北京行,目的就是为了追求功名,此时的梅清开始反思有没有必要继续这条路。于是在最后一次落榜后,他不再着急返回家乡,而是选择了寄情山水,行走江湖。他在《岳云集·引言》中自称:"迩年以来,进取之志已澹,惟是探奇揽胜,循途吟咏兴寄自长。"

梅清说,这几年的考试经历,让他对功名之心逐渐看淡,他的兴趣开始转向游历山水和吟诗作赋。清康熙九年(1670),四十八岁的梅清第一次登上了泰山,而后写下了《登泰山绝顶》一诗:

灵岩盘铁壁,鬼斧凿未了。
岚巅扪辰星,岭半断飞鸟。

云出抵凝视，日升难辨晓。

不到此峰头，安知天地小。

这首诗有明显模仿杜甫的痕迹，特别是第一句，让人想起杜诗中的名句："岱宗夫如何，齐鲁青未了。"看来他依然没有忘记想在歌诗方面向杜甫看齐的志向。梅清在诗作方面也确实有一番成就，李元度在《国朝先正事略》中写道："先生所为诗凡数变，年壮气盛，叱咤成篇，久之，芟旧作过半，而沈至之意，见于岩栖旅食者为多。长洲宋君实颖序之，以谓铿锵发金石，幽渺感鬼神，泬泬乎调天然之律吕。有《天延阁前后集》，晚年编为《瞿山诗略》，共三十三卷。"

虽然在写作方面很有成就，但他的主要精力还是渐渐转向了绘画，而这个转变跟他游览黄山有很大的关系。

梅清的黄山之游跟结识石涛有关。关于两人结识的时间，《明代名人传》中称："大约在1662年，梅清结识了比他小十八岁的道济（石涛），两人相见如故，交往非常密切，并保持亲密友情多年。两人相识后的十年间，道济经常到宣城来拜访梅清。两人曾共游宣城附近的黄山，置身黄山，他们的创作灵感喷薄而出，创作了大量关于黄山的画作。"

1662年为清康熙元年，然而也有的文献称两人相识于康熙九年。槿梓在《"黄山画派"梅清》一文中称："康熙九年（1670），梅清与来宣城广教寺驻锡的画僧石涛一见如故，在石涛的影响下，康熙十年（1671）梅清第一次上黄山进行写生创作。"

两位大画家的相识，对彼此的创作都产生了巨大影响。《明代名人传》中称："尽管道济比梅清年少许多，但很多评论家都一致认为道济对梅清的影响很大；梅清的画也是自成风格，有着鲜明的个性和独特画风，二人相互推崇有加。"这段话说的是石涛对梅清的影响，那梅清

《黄山图册》第一开　泛舟岩溪　故宫博物院藏

对石涛的影响又是怎样的呢？美国大都会艺术博物馆藏有石涛创作的《十六阿罗汉应真图卷》，关于此画的画风，范瓦夏主编的《我法——宣城画派研究》一书中称："《十六阿罗汉应真图卷》画的是佛教故事中的十六罗汉，人物用白描画法，得之于北宋画家李公麟的画风，山石的画法有萧云从、梅清的痕迹。石涛说过'是法非法，即成我法'。可见，他的作品博采众家之长，并不拘于一门一派之成法。"

看来，石涛也会在作品中借鉴梅清的独特笔法。此幅图卷中还有梅清所写跋语："白描神手，首善龙眠，生平所见多赝本，非真本也。石涛大士所制十六尊者，神采飞动，天趣纵横，笔痕墨迹，变化殆尽，自云此卷阅岁始成。余尝供之案前，展玩数十遍，终不能尽其万一，真神物也！瞿山梅清敬识。"

石涛的这件作品画得十分传神，梅清将之视为神物，欢喜把玩不已。为此他还特地刻了一方"前有龙眠"的印章送给石涛。而此画也颇得石涛本人喜爱，清李驎在《大涤子传》中记载有这样的故事："时又画一横卷，为十六尊者像，梅渊公称其可敌李伯时，镌'前有龙眠'之章，赠之。此卷后为人窃去。忽忽不乐，口若喑者几三载云。"

遗憾的是，如此被作者器重的一幅画，后来竟然被偷走了，这令石涛十分郁闷，几乎有三年的时间都为此事闷闷不乐。

关于梅清在艺术上的成就，《晚晴簃诗汇》记载：

> 瞿山书宗颜鲁公、杨少师，画山水极云烟变幻之趣，画松有奇气。渔洋称其山水入妙品，松入神品。所作《宣城廿四景》大册、《黄山云海图》大帧，皆刻意经营，极乡山之胜。其家多以诗名。王弇州尝赠一诗云："从夸荆地人人玉，不及梅家树树花。"风流可想。江左辑《梅氏诗略》几百有八人。瞿山诗凡数变，少年气盛，援笔成篇，后删旧作过半，乃见邃怀。

在书法方面，梅清本自颜真卿和杨凝式。在绘画方面，梅清画松树最为有名，王士禛将其所画之松归入了"神品"。李元度在《国朝先正事略》中称："尤工书，仿颜鲁公、杨少师。画有奇气，尝写黄山图，极烟云变幻之趣，墨松苍雄险劲，阮亭称其山水入妙品，松入神品，更数十年后，断纨零素，当不减苏、黄云。"

此两处都提到渔洋山人对梅清绘画题材的不同评级，而其原话则记载于《居易录》中："画山水入妙品，松入神品，烟云历落，枝干奇古，似过王孟端，更数十年后，断纨零素，当不减苏黄也。"王士禛还在《跋梅瞿山画十二松》中更进一步说道："宛陵梅渊公画松为天下第一，数寄予画，索赋诗。予为作七言长句，又题绝句寄之，忽忽已

《松石图》 上海博物馆藏

二十年矣。康熙丁丑在京师，闻渊公化去，妙画通灵，从此永绝。"

王士禛明确地说，梅清所画松树天下第一，而梅清本人也以此为傲，他不仅给渔洋山人寄过多幅松画，同时也寄赠给了不少的朋友，当然其赠画的主要目的是向友朋征集歌赋题咏，而后他将这些作品汇集在一起，编成了一本名为《天延阁赠言集》的诗集，集中的四十一首诗都是歌咏他的松画之精妙。施闰章所作《画松歌为梅瞿山作》一诗的下半段为：

> 世人不向黄山游，眼中那识真松树？
> 请君酌酒且论诗，休遣人间唤画师，
> 梅郎掉头濡墨称不疲。
> 公孙大娘舞剑器，朱亥壮士挥铁椎。
> 丈夫豪气亦如此，何妨纵笔走蛟螭，
> 大笑山巅与水涯。

梅清邀请了不少名家加入歌咏队伍，比如毛奇龄、汪琬、余怀、陈维崧等，大家也纷纷应命，经过这些人的题咏，梅清画松的名气也越来越大。如此说来，梅清很会经营自己，经过这一番运作，终于使得他名扬天下，得到了"画松第一大家"的美誉，其画作也被世人争相求购，他的画名甚至传到了嘉庆皇帝的耳中。《宛雅》有载："好画长松，腾擢如虬龙作势，不可博挠。购者珍若唐宋宝物，寻传入内廷。"而后世对于他的画作，当然也是高度肯定，藏书家叶德辉在《梅清〈奇峰云海〉画卷跋》中给出了颇高的评语："梅道人精于绘事，为'黄山画派'之首领。笔墨简率，皴染合用，虚实相间，意境深远。虽法元人而雅澹之致，似觉胜之，不可不宝。"

梅清的绘画题材除了松树，还有黄山的山水，而他所画之松当然

《白龙潭图》局部　故宫博物院藏

也是黄山之松。李玉棻在《瓯钵罗室书画过目考》卷二中写道："梅清字渊公，一字远公，号瞿山，安徽宣城人。顺治甲午举人。书宗杨景度，山水极云烟变幻，画松多奇气，得自黄山胜景。余藏有《宣城廿四景大画册》，为生平精作。"

其实，梅清一生也就上过两次黄山，然而这两次登山写生却让他受益终生。他曾称自己的画作大多与黄山有关，正是这样的写生过程，创造出了他的独特笔法。梅清反对泥古不化地临摹古人，他在王翚的《仿北苑万山烟霭图》跋中写道："余观耕烟此卷，虽法董源，而运腕泼墨尽属化工，非追踪泥迹者所敢比数也。"

在这里，梅清夸赞王翚的画作虽然是临摹董源，笔墨却有独创性，可见他很强调画家要有自己的独立面目。他曾用过这样三方闲章："我法""古人在我""不薄今人爱古人"，通过这些章文，也体现梅清有着六经注我的独立观念。对于他这三方闲章的解读，范瓦夏在其主编的《我法——宣城画派研究》一书中分析道："从这三方闲章所透露出来的信息可以看出，梅清临习古人，但习古不摹古，临与摹的区别在于前者写其意，而非袭其迹。后者则要完全忠实于临本，力求肖似。在研习古人的笔墨技法方面梅清是下过一番功夫的，因此，在梅清的作品中，可以看到传统的文脉、雅逸的精神和古拙的气息，但却很难将这些与某一位具体的历史名家相联系（石涛的作品也有此特点），我们从他的所有传世绘画作品中，发现他几乎临遍了历代著名画家的作品。"

梅清临摹过哪些历代名家的作品呢？书中又写道："五代荆浩、关仝、李成、董源，北宋范宽、米芾，南宋刘松年、马远，元代高克恭、赵孟頫、黄公望、吴镇、倪瓒、王蒙以及明代王绂、沈周、徐渭诸家作品的特色都被梅清熔于一炉，创为新格。"

梅清不可能天生就有高超的绘画技巧，他在绘画方面的师承未见

《莲花峰图》 故宫博物院藏

记载,然而临摹过的古代作品,却被他写在了自己的跋语中。清顺治十四年(1657),梅清画了一组《宛陵十景图》,他在题记中写道:

> 宛陵十景,旧多粉本,画家泥于成迹,有形似无笔墨矣。寒窗无事,偶图数幅,请教培翁老祖台大辞宗博览。他日过存之处,应知瞿硎之子之画,不独在粉本之外,并在笔墨之外,是则请教之意也。丁酉十一月望后,瞿硎治晚梅清识。

此画乃梅清所绘有具体年款的最早纪游图,也就是说,早年梅清就已经意识到了需要临摹古人,但同时又要将自己的面目融汇其中。从《我法》一书可知,他临摹过很多大画家的作品,并且都能熔铸一炉,从而形成自己的独特面目。关于其画法上的独特性,《明代名人传》有如下说法:"梅清作画多用扁平画笔,以达到一种不同寻常的新奇效果。他作画不受古法束缚,其画作通常是整体构图非常简淡,寥寥数笔,笔简意赅,运笔苍劲,意蕴悠长;即使在他最复杂的线条最繁密的画作中,仍能感受到他那种空灵清远、以诗入画的意境。梅清作画,犹如写诗。"

《我法》一书则称:"卷云、雨点、豆瓣、钉头等皴法画山、画石,使起伏无定的山峦更见气势。作斧劈皴,方硬有棱角,树叶用夹笔,树干用焦墨,具横斜曲折之势,这就是他自己所说的马远和赵孟頫的笔意;他擅长运用王蒙的牛毛皴画细笔山水,用解索皴以及渴墨苔点描绘重山复水,表现林峦郁茂苍茫的气氛。"

正是这样的开阖自如,使得梅清的绘画呈现了自己的独特面目。而对于其画风应该用哪个词来概括,他的好友石涛给出的词是"豪放"。康熙三十三年(1694),石涛在自画的《山水》册中写了这样一段题记:"此道从门入者,不是家珍,而以名振一时,得不难哉?高古

《黄山天都峰图》 故宫博物院藏

《黄山图轴》 故宫博物院藏

之如白秃、青溪、道山诸君辈,清逸之如梅瞿、渐江二老,干瘦之如垢道人,淋漓奇古之如南昌八大山人,豪放之如梅瞿山、雪坪子……"

石涛所给出的"豪放"二字究竟作何解,意外引起了后世的广泛争论。程国栋、杨蓉合撰的《关于梅清山水画风格的"豪放"之辨》一文做了专题性的全面分析。毕竟石涛为梅清的莫逆之交,他的评价肯定颇有道理,因此该文引经据典,先从"豪放"一词的原始出处讲起,接下来分析了豪放所涉及的三个层面:社会人生、技巧表达和艺术风格,而后给出的结论是:"归根到底,'豪放'其实代表了中国文化中一种极为珍贵的品格,那就是积极进步的人生理想和'天行健,君子以自强不息'的奋斗精神,就是'乘云气、御飞龙,而游乎四海之外'的高迈情怀。外化为艺术形态,就必然表现为豪迈、雄壮、阳刚之美。作为'豪放'艺术的创作主体,其秉性也必然是无拘无束、豪放不羁的。"

为什么梅清会形成这样的风格呢?文中又引用了陈传席在《中国绘画美学史》中的一段话:"清初的'法我派'(以梅清、石涛为代表)和'遗民派'同根,但不同枝。他们没有坚持反清复明的立场,也没有反清的行动。梅清先是隐居,但后来耐不住凄凉出山入世了。"

如何看待梅清的豪放风格呢?程国栋、杨蓉在文中有着这样的总结:"故'豪放'之美学范畴,自积极进步的意义上而言,是为中国古代美学史上诸'壮美'系列范畴中最具个性,最具主体性精神、因而也是最具壮观色彩和最具活力的一种形态。"

然而对于梅清的画风,业界也有着不同的解读。樊波在《写意大手笔,奇绝生妙境——梅清山水审美再探》一文中进行了有意思的比较:"梅清的画风与梵·高相类——笔墨常如螺旋攒动;渐江的画风则近似于塞尚——注重物象的'结构'把握。"

对于梅清的山水画,程国栋在《从题款看书风对梅清与渐江黄山

《木落看山图》 上海博物馆藏

文保牌　　　　　　　　　　大门紧闭

画作的影响》一文中给出了这样的结论:"梅清的黄山图可被定义为'飘逸'或'放逸'的代表,而渐江的用'冷逸'一词与之匹配似最恰当。总的说来,作为'黄山画派'的代表人物,梅清和渐江的黄山绘画难分轩轾,各擅胜场。两人的书法也都是各自画风成型的奥援。梅书更见才情,多直出胸臆,舞影窈窕,故其笔下的黄山写意性极强,直欲'乘风归去';渐江写书笃以静志,多行稳健之笔,故其黄山图作堪称'写真'的最高境界。"

关于梅清绘画时的状态,《文峰梅氏家谱》卷十有一段形象的描绘:

> 字法苍古,酷肖钟繇;诗本性情,清新俊逸,兼夸庾、鲍之长;画于石田、云林诸家,靡不得其神髓。每积缣数十百卷,命童仆摊拂地上,据案兀坐,熟视沉思,把盏微酣,狂叫而起,解衣磅礴,顷刻自尽。烟云缭绕,风雨迷离,而长松怪石尤入神出化,洵不啻虎豹蹲而虬龙舞也。而又绝不吝惜,有所恳求,即以立应。当日缙绅之族,阛阓之家,悉悬一幅于堂上,嗣为维扬富

奇特的小亭

梅清雕像

人观求殆尽。

清康熙三十六年（1697），梅清去世，而后葬在了家乡，其墓址位于安徽省宣城市新田镇梅清社区高冲村。该村距宣城约二十五公里，我在宣城包下一辆出租车，因为地点明确，不费周折，很快就找到了梅清墓园。

墓园门口的墙上嵌着省级文保牌，然而园门却上着锁。透过栏杆向内张望，墓园前方立着一尊雪白的梅清雕像，然而因为树丛掩映，雕像后面的情形却无法看清。

围着墓园四下探看一番，感觉围墙的高度应该能够翻得过去，于是我向司机讲述了自己的想法。恰在此时，有位妇女从旁边经过，我赶紧向她询问哪里能够找到墓园钥匙，她说这里已经很久没有开过锁了，她也不清楚谁手上拿着钥匙。而后她指着墓园的墙对我努了努嘴：

墓区全景

梅清生平介绍

转到另一侧

墓碑

"你想进去,从这翻过去不就行了吗?"这句话大大鼓励了我,于是我请她帮忙拿着相机,同时叫来司机,请他二人双手搭在一起做人梯,一用力,我翻上了墙,站在墙头,接过妇女递过来的相机,而后跳入了墓园。

进入墓园之后,感觉墓园面积没有刚才站在园外观察时那么大。园中杂草丛生,至少近期没有做过整修。园内的那尊梅清雕像让人感觉更像是蒲松龄,其实这种想法也没啥道理,因为蒲松龄的真实模样我也不知道，只不过凭着先入为主的印象罢了。

尤为奇特的，是园中建起的一个小亭。此亭又瘦又高，分为上下两层，下层中间立着一块刻石，上层有一圈围栏，然而却没有通往二层的楼梯，根本没人能够上得去，那么建栏杆有什么用呢？这种设计很让我挠头，然后我为自己解惑，也许是还没有来得及安装楼梯吧。因为从来没有见过这等两截楼模样的小亭，也不知道如此建造，是否有特殊缘由。

雕像的后方就是梅清墓丘，直径约三米，用青砖砌起了圆形的墓围，四周没有看到古代刻石，正前的墓碑则刻着"梅清之墓"，上款为"一代宗师"，落款为"亚明敬题"。

我在墓园中兜了一圈，找不到更多可拍摄之物，只好寻找可登踏之处，借力以翻墙而出。回来后查找资料，在刘政编著的《璀璨文物道沧桑》一书中找到梅清墓的资料："墓冢早年被破坏，上世纪末宣州区文化部门对墓冢进行了维修，清除杂草，培土加封。墓冢坐南朝北，长 3 米，宽 2.5 米，高 2 米。墓前竖碑一块。"

难怪我所看到的梅清墓没有太多的历史痕迹，原来不知在何年代，此处墓地遭到了破坏。好在现在墓园已经被修建了起来，虽然进出不方便，但毕竟得到了保护，也使得后人有了可凭吊之处。

八大山人（约1626年—约1705年）
苍劲浑朴，翛然无俗韵

八大山人是明末清初著名的画僧，与弘仁、髡残和道济并称为"清初四画僧"。然而从他的人生经历来看，把他称为"画僧"似乎并不合适。

八大山人原名朱耷，明朝宗室后裔，祖上是朱元璋第十六子朱权。永乐初年，朱权改封南昌，他的后裔在江西分为了八支，每一支均被封王，朱耷属于弋阳王这一支。朱耷出生于明天启六年（1626），到崇祯十七年（1644）明朝灭亡时朱耷十九岁。次年，也就是公元1645年，清兵打到了南昌，而后经过一系列战争，到1649年，也就是清顺治六年，清兵再次占领南昌。

在明末战争期间，朱耷一家躲到了南昌附近的山里。据说，朱耷也曾联系一些人商议抗清之事，最终事不可为，于是他在顺治五年（1648）出家为僧。

朱耷出家的时间大约有二十年，邵长蘅在《八大山人传》中记载：

> 住山二十年，从学者尝百余人。临川令胡君亦堂闻其名，延之官舍。年余，意忽忽不自得，遂发狂疾，忽大笑，忽痛哭，竟日。一夕裂其浮屠服，焚之，走还会城。独身徜徉市肆间，常戴布帽，曳长领袍，履穿踵决，拂袖翩跹行，市中儿随观哗笑，人

莫识也。其侄某识之，留止其家，久之，疾良已。

看来，朱耷出家后，曾经有很多人向他学习，大概因为学问好，当时的父母官还把他请到衙门里去，没想到一年多后，他竟然发了狂，焚烧了僧衣，流落街头，直到某天他的一个侄子在街上认出他，把他带回了家里，经过一番调养，才慢慢回复正常。

对于这段事，陈鼎所撰《八大山人传》也有类似说法："甲申国亡，父随卒。人屋承父志，亦喑哑。左右承事者，皆语以目，合则颔之，否则摇头。对宾客寒暄以手，听人言古今事，心会处，则哑然笑。如是十余年，遂弃家为僧，自号曰'雪个'。未几病颠，初则伏地呜咽，已而仰天大笑，笑已，忽跿跔踊跃，叫号痛哭。或鼓腹高歌，或混舞于市，一日之间，颠态百出。市人恶其扰，醉之酒，则颠止。"

这段话中的"人屋"，乃是朱耷的号。他为什么有这样一个奇怪的号呢？陈鼎解释说："人屋者，'广厦万间'之意也。"陈鼎还说朱耷嗓音嘶哑，不善言谈。通过陈鼎的记载，朱耷的这个毛病应该是其父亲的遗传："善诙谐，喜议论，娓娓不倦，尝倾倒四座。父某，亦工书画，名噪江右，然喑哑不能言。"

那时的朱耷经常用眼神向身边人表达他的意思，某天他突然出家为僧，改号为"雪个"。"雪个"为何意，未见相应的解释。在陈鼎的笔下，朱耷也得了疯病，但他的记述中还有一个有趣的细节，那就是街坊们讨厌他疯病发作时的样子，经常给他喝酒，因为他喝醉了之后，就安静了下来。

顺治十八年（1661）夏，朱耷来到南昌之后，约了几位朋友，找了块场地，耗时五六年建起了一座道院，这座道院最初名为"青云圃"，后来"圃"字改为"谱"。朱耷同时也给自己起了个新名叫作朱道朗。朱耷在青云谱生活了一些年，在他六十二岁时，将道院交给道徒涂若愚管理，而这时的清政府也不再追剿明宗室子孙，他也就从此还俗。朱耷返回南昌城内生活，住在了亲戚家中。康熙二十七年（1688），宋荦任江西巡抚，此时的常州人邵长蘅也住在南昌，邵长蘅曾经人介绍前去拜访朱耷，两人相见后天降大雨，于是邵长蘅就跟朱耷在一座寺庙内住了一晚上，之后邵长蘅写出了那篇《八大山人传》。

然而邵长蘅与陈鼎为朱耷所写之传，都未曾提到朱耷做过道人这件事，正因为如此，后世对朱耷出家而后还俗这件事没有异议，而对朱耷是否又转信道教有着不同的看法。从历史资料来看，朱耷确实做过道人。康熙年间，江西按察使司周体观写过一篇《青云谱道院落成记》，该记中写道："……逮有明之末，宁藩宗室裔，自称八大山人者，伤世变国亡，托迹佛子，放浪于形骸之外，佯狂于笔墨之间，后委黄冠，自号良月道人，又字破云樵者，访历代之仙踪，爱天籁之山水……于是赎已失之基址，倾囊藏以建修。……则青云谱之名于斯树焉。……其友章松樵，为青云谱道院落成，请记于余，余固乐为之记。"

周体观的这段记载虽然没有提到朱耷这个名字，然而却说建造青云谱道院的人乃是明末宁藩宗室，此人自号八大山人。因为明朝的灭亡，使得八大山人成了僧人，接下来他发了狂，再后来又转入道教，并且自号良月道人。"良月"二字合在一起正是朗字，而朱耷此后改名正是朱道朗，字良月。如此说来，建造青云谱道院的人正是朱耷。

虽然这段记载写得很明确，但后世有些学者还是强调邵长蘅、陈鼎以及龙科宝等人所作传记中都未提及朱耷信道之事，所以有人认为周体观的这篇记乃是后人伪托。然而李旦在《八大山人生平事略及有关问题考证》一文中反驳了这样的认定，认为虽然那些传记中没有提到朱耷为道，但是："各人所记的时间不同，接触面不同，着眼点也不同，而且传文篇幅都很简短，只有互相印证补充，才能较为全面。"而后，李旦举出了青云谱《净明忠孝宗谱》以及青云谱祖宗堂牌位等证据，因为这两者都记载"朱道朗号良月又号八大山人"。

其实无论朱耷是否出家为道，都不影响他在中国绘画史上的重要地位，因为他的绘画风格已然有其独特的面目。俞剑华在《中国绘画史》中说："即以画论，如道济之奇肆，八大之精练，龚贤之纯厚，髡残之苍老，梅清之秀逸，弘仁之高简，陈洪绶之古雅，查士标之爽利，邹之麟之萧疏，萧云从之精致，吴山涛之雅淡，以及方以智、冒襄、傅山等，莫不各有其独特之丰采，足以辉耀当时，烜赫后世。"在这里俞剑华给明朝遗民画家每人予以两个字的凝练概括，而八大山人为其中之一。

如陈鼎所言，"性孤介，颖异绝伦。八岁即能诗，善书法，工篆刻，尤精绘事"。朱耷天资聪颖，八岁就能写诗，并且从小在书法上就有独特面目，同时还会篆刻，然而在这么多的才能中，他的绘画最为出色。其绘画成就达到了怎样的程度呢？陈鼎在此传中有如下形容："尝写菡萏一枝，半开池中，败叶离披，横斜水面，生意勃然。张堂中，如清风徐来，香气常满室。又画龙，丈幅间蜿蜒升降，欲飞欲动，若使叶公见之，亦必大叫惊走也。"

朱耷的画作十分传神，他画的荷花挂在屋堂里，能够让人觉得清风徐来，香气满室，而他画的龙更是让人感到好像要从纸上飞起，如果叶公看到，肯定又被吓得惊叫而跑。陈鼎所言略显夸张，邵长蘅的记载可能更贴近事实："山人工书法，行楷学大令、鲁公，能自成家。狂草颇怪伟。亦喜画水墨芭蕉、怪石、花竹，及芦雁、汀凫，儵然无画家町畦，人得之，争藏弆以为重。"

邵长蘅首先说，朱耷的书法很棒，他的行楷最初是临摹王献之和颜真卿，而后渐渐形成了自己的风格，同时他的狂草也极有气势，他所画山水花鸟因为没有受到传统的束缚，故而别有生气，所以他的画

《鱼图册》 上海博物馆藏

作特别受时人追捧。

能够有所成就的人，大多都极有个性，朱耷也有很多怪僻，邵长蘅在《八大山人传》中写道：

> 饮酒不能尽二升，然喜饮，贫士或市人、屠沽邀山人饮，辄往；往饮，辄醉，醉后墨沈淋漓，亦不甚爱惜。数往来城外僧舍，维僧争嬲之索画；至牵袂捉衿，山人不拒也。士友或馈遗之，亦不辞。然贵显人欲以数金易一石，不可得，或持绫绢至，直受之曰："吾以作袜材。"以故贵显人求山人书画，乃反从贫士、山僧、屠沽儿购之。

朱耷的酒量不大，但又特别喜欢喝，一些市井朋友常常邀他去喝酒，他通常都会应约，并且喝到兴起，就开始作画，那些画作也就被邀他喝酒的人拿去，他也无所谓。然而，达官显贵让他作画时，哪怕给再多的钱他也不肯画，因此显贵们只好从那些市井百姓中去购买朱耷的画作。但是，喝醉了之后的朱耷究竟怎样作画呢，可由陈鼎的记载得知：

> 山人既嗜酒，无他好，人爱其笔墨，多置酒招之，预设墨汁数升、纸若干幅于座右。醉后见之，则欣然泼墨广幅间，或洒以敝帚，涂以败冠，盈纸肮脏，不可以目。然后捉笔渲染，或成山林，或成丘壑，花鸟竹石，无不入妙。如爱书，则攘臂搦管，狂叫大呼，洋洋洒洒，数十幅立就。醒时，欲求其片纸只字不可得，虽陈黄金百镒于前，勿顾也。其颠如此。

根据陈鼎的记载，朱耷是先泼出大片大片的墨影，然后再在泼出

《鸭图册》 上海博物馆藏

来的大片墨影上点染，使墨影变成丘壑、花鸟、竹石、园林等，最后呈现出一幅漂亮的画作，可见朱耷有着极强的构图能力。那么问题来了，醉后尚能精巧构图的人，他究竟是真疯癫还是假疯癫呢？在他拒绝持金求画者时，他又是如何分辨对方是显贵的呢？因此，他的真疯与装疯，确实值得推敲。

张潮的《虞初新志》卷十一收录了陈鼎的《八大山人传》，而张潮本人在此传的后面写了一段"太史公曰"式的按语：

> 予闻山人在江右，往往为武人招入室中作画，或二三日不放归，山人辄遗矢堂中，武人不能耐，纵之归。后某抚军驰柬相邀，固辞不往。或问之，答曰："彼武人何足较，遗矢得归可矣。今某公，固风雅者也，不就见而召我，我岂可往见哉？"又闻其于便面上，大书一"哑"字。或其人不可与语，则举"哑"字示之。其画上所钤印，状如屐。予最爱其画，恨相去远，不能得也。

在这里，张潮记下了一段自己听来的故事：那时的朱耷已经有了很大名气，江西的一些武官经常强行把朱耷弄到自己家中命他作画，他们把朱耷关在屋中，一关就是两三天，而朱耷为了能够离开，竟然在他们家中正堂拉屎，令到那些武官受不了，只好把他放回。"遗矢得归"，这种脱身之计也只有朱耷才能做出来，想来他面对这种情况十分愤怒又不能发作，只好以疯癫来表达愤怒，而其做法果真有效。张潮还听说，朱耷会在扇面上写个大大的"哑"字，当他讨厌某人时，就会出示此扇。

朱耷还给自己起了几个很特别的号，陈鼎在《八大山人传》中写道：

岁余，病间，更号曰"个山"。既而自摩其顶曰："吾为僧矣，何可不以驴名？"遂更号曰"个山驴"。数年，妻子俱死。或谓之曰："斩先人祀，非所以为人后也，子无畏乎？"个山驴遂慨然蓄发谋妻子，号"八大山人"。其言曰："八大者，四方四隅，皆我为大，而无大于我也。"

在陈鼎的记载中，"八"乃是四面八方之意，然而朱耷却说，他比四面八方还要大，所以叫八大山人。但后世认为朱耷对此号的解释并非真实，张庚在《国朝画征录》中有如下猜测："余每见山人书画，款题'八大'二字，必联缀其画，'山人'二字亦然，类哭之笑之意，盖有在也。"

张庚是从"八大山人"落款来做出的猜测，他发现朱耷在画作上面署下"八大山人"款时，会四个字连写，而细看这四个连笔字，既像"哭之"又像"笑之"。由此可以揣测，明朝的灭亡在朱耷心中是永远是不能抹去的阴影，到康熙时，清王朝已经坐稳了天下，朱耷感觉回天无力，只能以哭之和笑之来面对世间的无奈。然而，张庚又在《国朝画征录》中引用了别人对此号的解读："或曰，山人因高僧，尝持《八大人觉经》，因以为号。"

有人说"八大山人"的意思，乃是指朱耷曾出家为僧，并且曾经诵读《八大人觉经》，故以此为号。这样的解读也许有道理，但总不如哭之笑之更让人信服。但无论怎样，"八大山人"这样的号称呼起来颇有气势。相比较而言，他的另一些号则显得更加有趣，比如个山驴、驴屋、驴屋驴、驴汉等。

他为什么对驴这么钟爱呢？后世研究者对此也有很多的猜测。徐邦达对此写道："驴的耳朵很大。……据传说，八大生着一双大耳朵，因此自号为驴。"但是陈传席认为徐邦达说得不对："猪的耳朵更大

《墨荷图》 安徽博物院藏

（驴耳长），何不号猪呢？"陈传席在《八大山人"驴号"臆释》一文中又分析了前人的记载，比如邵长蘅在《八大山人传》中提到了朱耷的长相："山人面微赪，丰下而少髭"。既然是描写长相，如果朱耷的耳朵特别大，那邵长蘅肯定会将这个特征写入文中，而邵没有关注到朱耷的耳朵，就说明他的耳朵并不特别。

既然如此，那陈传席认为朱耷为什么对驴这样偏爱呢？他在文中先分析了驴字的含意：

> 按"驴"有二义，其一是凶狠。《北史·咸阳王坦传》："从叔安丰王延期每切责之曰：'汝凶悖与身而长。昔宋（按刘宋）有东海王祎，志性凡劣，时人号曰驴王。我熟观汝所作，亦恐不免驴号……'"其二是愚蠢。典出柳宗元的"黔驴技穷"，乃至言驴多谓"蠢驴"，此为众所周知。山人以驴为号，恐怕两种意思皆有。而又号"驴屋驴"者，恐以"蠢驴"意居多。

为什么朱耷要以这两个含意来为自己取号呢？陈传席结合朱耷的身世以及他在绘画上表现出来的特殊面目，而后给出了这样的结论："八大山人是明宗室，明亡时，他已十九岁，未能为挽救明王朝而尽一力、献一策，因之愈思愈恼，愈思愈忿。他画的鱼翻白眼，画的鸟睁怒目，求生不得生，求死不得死的痛苦煎熬之状，正是他恼愤的结晶。因而他以'驴'为号，又曰'驴屋驴'，自己咒骂自己愚蠢，或者是愚蠢中的愚蠢者。这正是明末士人们极端懊恼自己无能、愚蠢的通习。"

陈传席的分析可谓全面，但我还是不揣冒昧想从陈鼎的记载中探求朱耷起此号的原因，陈鼎在《八大山人传》中记录了朱耷起此号时的手势和所言："……既而自摩其顶曰：'吾为僧矣，何不可以驴名？'遂更号曰'个山驴'……"

陈鼎称，朱耷给自己起此号时，先是摸着自己的光头，而后说自己是位僧人，那何以不叫驴呢？我觉得他的动作跟他所言应当有关联性，俗语中有时会把僧人贬称为"秃驴"，比如《水浒传》第四回："鲁智深道：'不看长老面，洒家直打死你那几个秃驴！'"《醒世恒言·汪大尹火焚宝莲寺》："你是何处秃驴？敢至此奸骗良家妇女！"这两段引文都出自明代流传较广的书，说明"秃驴"一词已经在那个时候流行，想来朱耷也听过这样的俗语，所以他才会摸着自己的光头说自己是个僧人，而后起号为驴。以我的理解，朱耷是不愿与这污浊的世界为伍，所以宁可把自己说成一头驴。

除了字号上的奇特性，朱耷在签名画押方面也有很多让人费解之处。张潮在按语中谈到，他在画中所钤的印中，有一方印的形状很像是屐。对于他的这种印有着怎样的含意，我未查到确切的解释，然而《八大山人研究》一书中所收录的王方宇《八大山人作品的分期问题》一文中，总结出了八大山人所用屐形印的形状及不同时期，我将此页抄录如下：

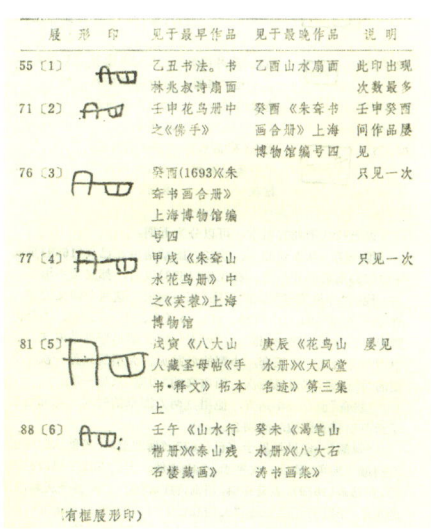

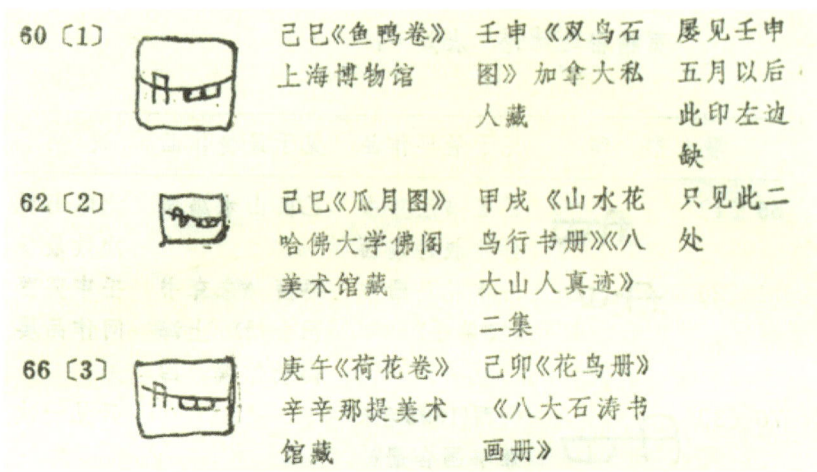

我仔细端详这些印鉴，的确觉得这个所谓的屐形印，其实就是"八大山人"几个字的合体。除此之外，八大山人还常用一种花押，对于这种花押同样有着别样的解释，汪子豆所撰《略论八大山人的"花押"》一文中列出了六种八大山人的花押，我将该图转录如下：

八大山人的这些花押究竟是什么意思呢?汪子豆推论出花押实际是"三月十九日"五个字的组合。因为明崇祯十七年(1644)的这一天,崇祯皇帝在煤山自缢,此后明朝灭亡了。作为明宗室的朱耷,这是永不能忘记的心头之痛,但他生活在清朝的天下,当然不能公开怀念前朝,于是他就以这种隐晦的方式来牢记国恨家仇。

对于这样的认定,汪子豆在文中分别引用了二周兄弟的观点,其中周作人在《甲申怀古》一文中谈到了绍兴的风俗,因为在民国初年,周作人仍然看到绍兴当地很多人拜朱天君,他在文中称:"据说这所拜的就是崇祯皇帝。"而后《甲申怀古》中讲述了这样一段事:

> 民间还流行一种《太阳经》,只记得头一句云:"太阳明明朱光佛。"这显然是说明朝皇帝,其中间又有一句云:"太阳三月十九日生。"三月十九日正是崇祯皇帝的忌辰,则意义自益明瞭了。

经过这番推论,看来无论朱耷是怎样的身份,他始终都无法忘记江山易色给他带来的不可磨灭之痛。而这种痛苦他又无法直抒胸臆,只好靠这种方式来曲折表达自己的心境,这一点又尤其体现在他所绘的动物身上,比如鱼、鸟等,大多都是白眼朝天,表达着对眼前世界的不屑与不满。而他是如何画出这样奇特的图案的呢?高居翰所著《图说中国绘画史》中有着这样的分析:"对朱耷来说,绘画是一种与人交流的工具。这种工具用在他手中时,充满了表现力量,但是真正顺当流畅的时候并不多。他运腕缓慢,笔又时常奇怪地扭动着,在线条转向时,这种扭动最为明显。无论造成的印象是如何的松弛或笨拙,我们应该了解,这都是故意的。"

高居翰明确地说,朱耷画出这样奇形怪状的图案是"故意"的。

但是，他的这种"故意"是否有特殊的表现力呢？高居翰在此专著中又有着如下具体的描述："中国画中再没有比朱耷更具劲力的线条了。随着墨色深浅的不同，同一条线中出现了层次各别的色调，墨团有时很湿，水渍就在纸上化开，模糊了墨团的边缘，另有些地方的笔触却又很干疏。笔墨的千变万化创造出连贯而独特的品质，使朱耷的作品不同于其他画家——当然赝品也就无法混淆视听了。他的画风是严经训练后的产品，但是他所依据的，是与生俱来而又神秘的规律，和普通画诀没有什么关系。"

对于八大山人的书法及其绘画的独特面目，潘天寿在《中国绘画史》中给出了这样凝练的总结："书法有晋唐风格，画以简略胜精密者。尤妙绝山水、花鸟、竹石，笔情纵恣，不泥成法，而苍劲浑朴，翛然无俗韵。"

八大山人去世于康熙四十四年（1705），李旦在其《考证》中首先引用了《净明忠孝宗谱》所载："涵虚玄裔朱道朗，字良月、号破云樵者、亦号八大山人。……康熙己（应为'乙'误）酉年十月十五日辰时羽化。葬广度庵东南隅莫家山。"而后，李旦在该文中又称："身后无子，只有一女。临终有个嗣孙在侧。殁后葬于西山中庄，其墓迄未发现。而上述莫家山一墓则是青云谱道徒另设的衣冠冢。"

2012年11月29日，我陪同李致忠、陈先行两位先生前往南昌搞版本鉴定。余外的时间，我想去拍摄八大山人的遗迹。八大山人纪念馆位于江西省南昌市青云谱区青云路259号。青云谱区感觉像是南昌的近郊，这里至今仍然以朱耷所办道院为区名，令人感觉颇为亲切。我打车前往该处，然而驶入八大山人纪念馆的路是单行道，快到纪念馆时司机不肯前行，自称不知如何才能绕到纪念馆门口，只好结账下车。

步行五百余米，远远看到一片红墙灰顶的仿古建筑，我觉得那就

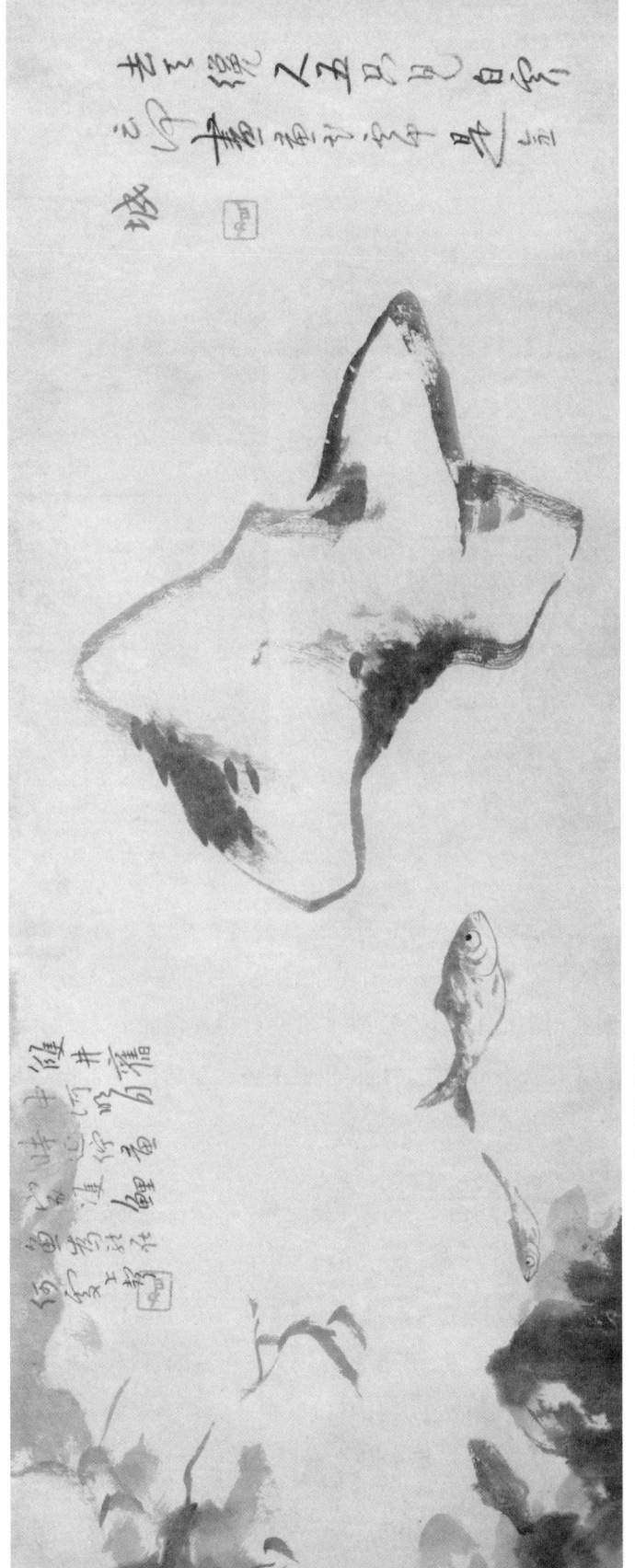

《鱼石图卷》局部 美国克利夫兰艺术博物馆藏

感觉对岸就是目的地

粗糙的石狮子

文保牌

穿过一座古桥

应当是目的地了,然而走到近前却发现是广场上的一个仿古大戏台,上面的广告牌写着金秋迎国庆的招贴。向广场中几个玩耍的小朋友打听,回答得都很干脆:不知道!我只好慢慢往前走。穿过一条仿古桥,看见仿古栏杆上的狮子,做得粗糙不堪,我觉得连个半成品都算不上,转念一想,也许是制作者有意为之:把绘画上的大写意用在了石雕的表现手法上。

踏过石桥看到了一个大铁栅栏门,向门内打听,告之这里的确是八大山人纪念馆,但这里是出口,不能进入,必须沿桥返回转到湖的另一面,再从正门进入。看着保安拒人千里的态度,我知道再跟他商量也无益,于是按照他所指的方位又步行三四百米来到了入口。

入口处的领票厅也是凭身份证领取免费参观券,过了检票口,穿

看到了青云谱

万历古井

八大山人雕像

八大山人墓指示牌

过一座古桥,这座古桥的栏杆均为方头,没有前面那座新桥上的写意狮子,看上去反而古朴大方。在桥的右侧,我看到了南昌市政府所颁的文物保护铭牌,知道此桥的名字叫定山桥,但我感觉定山桥的路边青石是重新铺装过的。

沿桥进入一个小岛,过桥就看到了"青云谱"的正门,然而没有开放。过了青云谱,接着向前走二十米就是八大山人纪念馆的正门。进入院落首先看到的是一个万历古井,古井的护栏是新近雕造的,右前方在一块一米见方的石头上站着八大山人的全身铜像。铜像的造型跟我想象的差异很大,我看不出那天崩地坼的时代变革给朱耷带来的心中仇恨,也许雕像的制作者更希望展现出朱耷那不以物喜、不以己悲的境界吧。

地面满铺鹅卵石

八大山人墓全景

牛石慧墓全景

青云谱字样

沿着院中的指示牌，我在东南角找到了八大山人的墓庐，整个墓的建筑方式有点像缩小了的天坛圜丘，用一种特制的红砖和红石砌成，墓碑显然是新立的，上面写着"八大山人之墓"，没有署名及落款。圜丘的平地上满铺着鹅卵石，而不像其他的墓将鹅卵石铺在墓庐的顶上。墓的后方有两株古树，上面挂着牌子，说明此树名"苦槠树"，树龄已有五百年。

在八大山人墓的右后方不足十米处，有其弟弟牛石慧的墓，墓丘及刻碑的方式完全与八大山人相同。牛石慧也是明末清初著名的画家，他的真名是朱道明，也系朱权后裔，弋阳王之孙。他在绘画作品上的署名"牛石慧"三字为草书，乍看上去很像"生不拜君"的字样。我不知道他是不是看到其兄八大山人将四个字写成"哭之笑之"的模样

墓附近的小亭

现代化的八大山人纪念馆

受到启发,才把自己的名字刻意写成"生不拜君"的模样,以此来表达不向新朝低头。

在八大山人墓和牛石慧墓的正前方,还有一个小土丘,我在土丘上看到了两方半埋在土里的石碑,上面刻着"青云谱羽化先师",下面的字埋入土中看不到了,表明这里的确曾是道观。土丘的后面有一个新建的仿古小亭,匾额上写着"香月凭楼"。

从这个区域转出,就看到了现代化风格的八大山人展览馆,进入展馆还需要过安检,从阵势上看不亚于机场的规格。上到二楼有一个巨大的展厅,展厅面积至少在一千平方米以上,然而这么大的展厅内,仅展览着四幅八大山人的作品,而现场保安我感觉至少有六七位,等于一个半人盯着一幅画,同时警惕地看着每一位参观者。我刚进入,保安劈头就是一句:"不准拍照!"我非常合作地收起了相机,在这四幅真迹前细细地欣赏一番,体会着八大山人用绘画和书法的方式表达着对于推翻朱家统治的新当权者的不满。

王翚（1632年—1717年）

熔铸毫端，真画圣也

王翚为清初最著名的画家之一，当时王时敏、王鉴、王原祁并称"娄东三王"，再加上王翚，于是有了"四王"之称。因为王翚是虞山人，故他又被视为"虞山画派"的代表人物。"娄东三王"中的王原祁属于晚辈，故而王翚又与王时敏、王鉴并有"江左三王"之称。

中村不折、小鹿青云所著《中国绘画史》称："在画苑中，声名最高的，是从明末到清初的江左三王（王时敏、王鉴、王翚）。"虽然说王鉴和王时敏都是王翚的老师，然而中村不折等却称："时敏、鉴二家，于斯道有开继之功。迨大成于此二家之熏陶，融洽南北两宗而为一，曹倦圃、吴梅村等称为'画圣'的王翚出，使此派更盛，清代的山水，殆由此三家定其典型之观，世称'江左三王'。"按照中村不折的说法，王时敏与王鉴对清初画派有开创之功，而王翚才是集大成者。正是因为王翚有这么大的影响力，因此他"遂融洽南北而成一代的作家，称百年来的第一人"。

关于王时敏与王鉴对王翚的影响，俞剑华在《中国绘画史》中也有明确的论述："王翚临尽天下名画，又亲承二王指授，天才工力，两臻绝顶。说者谓南北两宗自古相为枘凿格不相入者，而翚能一一镕铸毫端，实集南北宗之大成。在当时已极受二王及恽寿平之推崇。"然而，俞剑华也提到了王翚绘画风格上的弊端以及他对后世所产生的不良影响:"其实翚之所画,以南宗笔墨写北宗邱壑,工整艳丽,是所独擅,惟用笔纤弱,无挺拔之观,景物琐碎,乏雄厚之气,只以笔墨繁缛,颜色秀丽,取悦流俗,故其画品,殊苦不高。晚年稍自纵肆,渐入纯朴,而又稍乏气韵。学之者益肆为精致繁琐,更不足观矣。"

对于这一点,陈师曾在《清代山水之派别》一文中有着更为详尽的叙述。陈师曾认为清代山水派最有影响力者其实就是"四王",而"四王"中的王时敏乃是这一派山水画法的开创人:"有清一代之山水,王派实有左右画界之势力,王烟客先生乃其鼻祖。"而"四王"画派所形成的独特风格到了王原祁那里才最终完成,这是因为:"当是时,清初入关,提倡风雅,粉饰太平。诏原祁供奉内廷,鉴定书画,刊《佩文斋书画谱》,由是'四王'势力大盛。盖以帝王倡之于上,党徒复号召于下,从风而靡,莫或与抗。有清三百年间,山水画势力几尽为王派所左右者,良非无由也。"

正是皇家的看重,使得四王派响彻天下,陈师曾甚至说,整个清代近三百年间,山水画的主体风貌就是四王派的面目。"四王"中的王翚乃是该派的中坚力量,他为什么能够起到这么重要的作用呢?陈师曾在文中写道:"至于王石谷,天资明敏,致力复殷,于元四家之外,更参以荆、关、董、巨、李唐、刘松年、赵松雪诸家,匠心经营,融会各派,盖以元人之笔法,而绘南宋之邱壑,雍容华贵,适合当世。"正是因为王翚在绘画方面有着超强的感悟力,又见过那么多的名画真迹,才能将南宗、北宗画派融为一炉,因此:"自康熙以及乾隆,王派又以石谷、麓台二派为最盛。即至今日,凡工山水者,率二派之支裔也。"

陈师曾认为,"四王"中的后两王影响力更大,从清初直到民国年间,凡是画传统山水画者,基本上都是传承王翚和王原祁的衣钵。而对于王翚的独特画法以及所产生的流弊,陈师曾在文中也有如下说法:

《山川浑厚图》 故宫博物院藏

"至于石谷之画,有合西人透视之法,故于山之来脉、水之渊源、树之远近、屋之方向、道路之通塞、人物之往来,如身历其境,匠心独运,秀韵天成。西亭学石谷,貌似可以乱真,究差石谷一等。其余不足论矣。学石谷画而佳者,仅号秀润。秀润之弊,软弱随之,致招搔首弄姿以取悦庸众之诮,超旷拔俗之风替矣。此则石谷之流弊也。"

王翚为什么能够有如此大的影响力呢?清秦祖永在《桐阴论画》中称其:"天分人功,俱臻绝顶,南北二宗,自古相为枘凿,格不相入。一一熔铸毫端,独开门户,真画圣也。"由此可推论出来两个原因:一是天分,二是融会贯通。这两者的结合,造就了一代画圣王翚。他所创造的画派又有着持久的影响力,再加上皇室的肯定,使得"四王"的画法成为了清代山水画的正统派,而王翚乃是这个正统派中的代表。方闻在《中国艺术史九讲》中对王翚在清代画史上的地位给出了如下论断:

1691年,清初"正统派"画家王翚奉诏上京,为清廷(1644—

1911）主持绘制《康熙南巡图》（1691—1698）。此图共 12 卷，每卷纵达 2 英尺（约 61 厘米）、横逾 45 英尺（1371.6 厘米），旨在纪念康熙帝 1689 年出巡南方、政局企稳的伟绩。这幅巨制长卷，人物繁复，盛况空前，乃由一众画室高手合力绘制而成。在图中，王翚亲笔主绘山水背景，彰显出他对北宋山水画典范风格的"集大成"。在康熙看来，图中的凌霄山峰传递着上佑天子的寓意，王翚遂因称旨而获赐康熙"山水清晖"四字题誉。其中，"清"即当朝国号，王翚自此被尊奉为清初"正统派"的领袖。

为什么王翚的这种画法受到了皇室以及社会的普遍认可呢？方闻在其专著中又有如下论断："王翚生逢康熙朝，正值晚明分裂后的重整期。诚如张庚在《国朝画征录》中所言：'国朝士大夫多好笔墨，或山水，或花草，或兰竹，各随其所好，其宗法或宋，或元，或沈、董。'王翚被公认清初'正统派'最富才情的画家，有'画圣'之誉。恽寿平认为，王翚的集大成实现了对'古来之笔之至龃龉不能相入者'的新的熔融。王翚曾借两方钤章概括其'艺术创举'：其一为《仿巨然山水画》（1664）左下角的'上下古今'印，其二为《仿巨然烟浮远岫图》（1672）上的'于何不果'章。当百科全书式的艺术收藏成为重整文化的有力抓手时，王翚的'集大成'正式宣告了一种新型普世艺术的肇始。"

从王翚所用的两方印章来窥视他的心理，"上下古今"可谓将历代画风熔铸一炉，而"于何不果"则道出了王翚敢于创新的勇敢心态。两者的叠合，使得他的画风形成了独特面目，更为难得的是，他的这种绘画风格有如普世价值般受到了朝野各派的喜爱。

王翚何以能够创造出宫廷和民间都喜欢的画风？这跟他的身份有一定关系。王翚虽然与"娄东三王"并称为"四王"，但三王都出身于

《仿巨然夏山烟雨图轴》 天津艺术博物馆藏

当时的富贵豪族，衣食无忧，家中又收藏有历代真迹，故从小饱览前朝绘画精品，深受古代绘画的风格所影响，缺乏创新意识，画作容易流于程式化。王翚则只是绘画世家出身，一生未能考取功名，绘画是他赖以谋生的重要技能，而他从事绘画的缘起，又跟家族传承有着很大关系。

沈莹在《论王翚艺术中的"摹古"及其社会地位的转变》一文中说："王翚（1632—1717），字石谷，另号颇多，出生在虞山的职业画匠之家，四世祖王伯臣善画花鸟，师崔白画风，为沈周所称许；祖父王载仕擅山水花鸟，名重一时；伯父王豢鳌、父王云臣均工山水，皆为吴中名流所推重。在这样的成长环境中，王翚的艺术道路很自然地以'摹古'为起点，他曾师从'作赝本人莫能辨'的职业画家张珂，'借摹古的逼真满足社会需要，聊谋斗升'。"

王翚是以绘画谋生的职业画家，故他在心态上与"娄东三王"有着本质的区别：一者他要借此换钱谋生；二者，为了达到这个目的，他必须结识更多的名流，以此来营造出更为广泛的社会影响力。影响力的扩大，是提高画价的最主要手段。对于这一点，可由他是如何结识王鉴谈起。张庚的《国朝画征录》中收有其所写的《王翚传》，此传起首即称："王翚，字石谷，号耕烟外史。常熟人。幼嗜画，运笔构思天机迸露，迥出时流。太仓王廉州游虞山，翚以画扇倩所知呈廉州，廉州大惊异，即索见。翚遂以弟子礼见。与谈，益异之曰：'子学当造古人。'即载之归。先命学古法书数月，乃亲指授古人名迹稿本，遂大进。"

王翚从小就有很好的绘画功底训练，这使得他很早就有了独特的画风。某天，王鉴从太仓来到常熟，王翚听闻这个消息后，就托朋友把自己绘制的一把扇子转呈给王鉴，王鉴看到后认定这位画扇人功力非凡，于是立即请人传话，邀王翚来见面。那时的王鉴已是名满天下的大画家，故年轻的王翚立即以弟子礼与之相见，一番谈话后，王鉴觉得这位年轻人孺子可教，于是把王翚带回了太仓，亲自指点他绘画技法，同时让王翚观看自己所藏的名画，由此而令王翚眼界大开，画作大为长进。

由这段记载可见，王翚会主动想办法结识名流，以此扩大自己的影响力。不过在周韩所撰的《石谷子传》中，却对两人的相识有着另外的说法：

> 时巨公善画，海内所希韝鞠臆望而走者为娄东二王先生，一太原奉常烟客，一琅邪廉州太守元照。并世卿景胄，袁杨王谢，门荫高华，翰墨品题咸推第一。会廉州薄游拂水，适石谷遗有断素于坏壁间，顾见大惊，以为异人，亟物色得之，甫胜冠也。归言之奉常，奉常具舟楫饬使命迎诸其家。至则下榻授馆，每遇濡染，一破墨辄惊叹叫绝如廉州。因尽出先后所藏名迹与观，石谷鉴赏精核，冲口轩轾，恕中肯綮。由是益服其能，乐与之俱。间或辞归，则信使书尺相望于道，推重汲引，拳拳溢于齿辅，不啻逢人为说项斯矣。

周韩在此传中说，当时王时敏和王鉴乃是最有名的大画家，某次王鉴到虞山游览时，无意间在一个断壁上看到了王翚所绘之画，感觉这位画家功力非常，于是通过人找到了此画的作者，而此人正是刚刚二十岁的王翚。王鉴回到娄东后把这件事告诉了王时敏，王时敏也是一位爱才之人，听闻这个消息立即派船把王翚接来，教授给了王翚一些绘画技巧，同时也让他欣赏自己所藏的名迹，由此而使得王翚功力大进。

周韩与张庚的记载不同之处在于，一个是主动，一个是被动，两者相比较而言,我感觉张庚的话更接近事实。虽然说,那时的王翚已经有了很好的绘画基础,但如果不是他主动呈上画作,估计王鉴也不知道有这么一位可塑之材。王鉴指点了王翚一段时间后,被朝廷派往他处任职,由于不想让王翚中断学业,于是他把王翚引荐给了王时敏。张庚在《王翚传》中写道:

> 既而廉州将远宦,念非奉常勿能卒此子业,即引谒奉常。奉常叩其学,叹曰:"此烟客师也。"乃师烟客耶。翚之游江南北,尽得观摹收藏家秘本。石谷既神悟力学,又亲受二王教,遂为一代作家。奉常每见其业,叹曰:"气韵位置何生动天然如古人竟乃尔耶!吾年垂暮,何幸得见石谷,又恨石谷不及为董宗伯见也。"后廉州见其画,亦叹曰:"石谷乃能至此。师不必贤于弟子,信然。"圣祖诏作《南巡图》,称旨,厚赐归。朝贵有额以清晖阁者,因自号清晖主人。

王时敏见到王翚的画作时,也感慨此人在绘画方面很有天分,甚至谦称自己不能做王翚的老师,将这两者关系反过来才更恰当。其实,王时敏能够得到这样一位有天分的弟子也大感高兴,他只是感慨地说,可惜王翚生得晚来不及见到自己的老师董其昌,否则老师的绘画将会得到更好的传承。再后来,康熙皇帝下诏让王翚进京绘制《南巡图》,王翚和一些画家苦心经营,用六年时间画出了这套很有名气的画作。

王鉴和王时敏为什么要如此用心地培养王翚呢?除了爱才这种朴实的心态外,其实二王也有着其他的考量。薛永年先生在《四王论》中有如下说法:"在他们(指王时敏、王鉴)内心中似乎有个两分法,自己当前朝的遗民,守节不仕;子弟则当新朝的顺民,力争服务于新朝。在这个意义上说,文人画家王原祁的入仕,职业画家王翚的入宫供职，二人的名动朝野，终至'四王'艺术的成为正统，其实也是王时敏与王鉴教育培养和惨淡经营的结果。"

王时敏和王鉴都是明末清初人物，王时敏的祖父王锡爵在明代甚至做到了首辅，故王家乃是典型的仕宦之家。明清易代后，王时敏有了遗民心态，但他们同时也很务实地培养后人以期达到影响天下的作用。

王翚的一生总计三次入京，第一次是在康熙十七年（1678），此次入京王翚未能打开局面。到了康熙二十四年（1685），王翚第二次入京，此次入京乃是应明珠之子纳兰性德所请。某天，纳兰在他的老师徐乾学书斋中看到了王翚的画，对此画大为赞叹，王翚所辑的《清晖赠言》中有徐树穀所作之序，徐在此序中当然要提到纳兰看到王翚画作后的赞语："长白成侍中从家大人斋中观先生笔墨，惊为优钵昙花，千年一见，恨不能缩地握手。"

于是，纳兰性德便托徐乾学等人给王翚写信，想聘王翚做自己宅中的画师。据说王翚接信后几经推辞，但还是感动于纳兰对他的看重，于是带着弟子杨晋从常熟来到了北京。可惜的是，那时从常熟到北京是很漫长的旅途，等他赶到北京时纳兰性德已经去世了。面对此况，王翚大感悲痛，因为赏识他的人竟然未曾谋面就已永别。然而，此次进京他还是结识了不少有影响力的人物。

王翚第三次来北京的时间是康熙二十九年（1690），此次来京的原因，王翚在《清晖赠言》自序中有如下表述："乃颛庵少宰、麓台中允笃念世好，提奖弥殷，而中允家学绳武，挥洒妙天下，力为之延誉公卿间。适坚斋宋黄门奉命绘《南巡图》，首蒙招致，图就进呈，深称上旨，更荷青宫召见，赐座赐食，得拜睿书之褒，而公卿群艳其事，乐为称道，布衣之荣，于斯极矣。"

原来是王掞、王原祁、宋骏业共同推举王翚入京，而王翚一入京就赶上了玄烨下令创作《南巡图》这件事，正是此画的创作，让王翚有机会展现他融合了南北宗的绘画风格。付阳华在《"后遗民时代"王翚的三次进京及其"南北"焦虑》一文中点到了这个问题："王翚在京城，通过对庞大、严谨、复杂的康熙《南巡图》的总指挥，调动了更多能够应对此类具有叙事性、实景性绘画的能力，从而并没有严格坚持董其昌提出的、王时敏奉行的'南宗'山水的风格。这是王翚被称作能将画之南北宗合而为一的原因，这也是'后遗民时代'一个从遗民群体中走出来的画家需要应对皇家任务时所采取的策略。"

王翚是如何融会南北两宗概念的，王进在《王翚与金陵画坛的交游及其中年画风的改变》一文中认为，王翚前往南京跟一些著名画家和收藏家的交往，对他的画风转变有着促进作用。通过这样的交往，王翚在南京创造出了声誉，这其中最重要的促进人则是周亮工，而与周亮工的结识，是通过王翚的同乡钱谦益。在当时，可能是在王翚的请求下，钱谦益给周亮工写了封推荐信：

> 黄子久殁二百余年，沈文一派，近在娄江，石谷王子受学于元炤郡守，又从奉常烟客游，尽发所藏宋元名迹，匠意描写，烟云满纸，非画史分寸渲染者可几及也。子久居乌目西小山下，坐湖桥，看山饮酒……石谷安贫守素，胎性轻安，去凡俗腥秽远甚，已得子久少分，画品当亦尔尔。昔人言子久画山头必似拂水，叔明画山头必似黄鹤，二公胸中有真山水，以腹笥为粉本，故落笔辄似，石谷殆可与语此。然敝里艺苑多人，画家则子久，隶篆则缪仲素，辞赋则桑民怿、徐昌国，今皆寥绝无继。而子久衣钵，惟石谷得之。先生嗜书画，石谷因出其手作，就正于先生。而仆娓娓述石谷，确乎足以继子久者若此，先生精鉴赏，必以仆言为无当也。

钱谦益在此信中首先讲述了黄公望在画界的影响，而后又讲到了王时敏、王鉴对王翚的栽培，以此来说明王翚的绘画乃是虞山派的正统。同时，他又夸赞王翚人品高洁，画品也是如此。钱谦益明确地说，虞山前代的风流人物大多已故去，如今唯有王翚传承了黄公望的衣钵，接下来钱又夸赞周亮工对绘画很有欣赏力，所以他希望周能指点王翚。

这封推荐信寄出后，迟迟没有得到回音，原来周亮工出外为官任青州海防道，不久钱谦益也去世了，故这次举荐未能成功。以时间推论，钱谦益的这封推荐信应当写于顺治末年到康熙的前三年间。大约五六年后，也就是康熙八年（1669），王翚再次前往金陵去见周亮工，此次王翚为周亮工精心准备了画作，还请吴梅村写了篇长跋，吴梅村在跋语中高度夸赞了王翚在绘画上的创造力。同时，王翚还准备了一幅《夏山烟雨卷》，并请王时敏在此画中写了一篇长跋，王时敏在此跋中首先讲述了当时画坛的状况，重点当然是夸赞王翚绘画的独特性：

> 迩来画道衰熸，古法渐湮，人多自出新意，缪种流传，遂至衰诡不可救挽，乃有石谷起而振之，凡唐宋元诸名家，无不摹仿逼肖。偶一点染，展卷即古色苍然，毋论位置蹊径，宛然古人。而笔墨神韵，一一夺真，且仿某家则全是某家，不杂一他笔，使非题款，虽善鉴者不能辨。此尤前所未有，即沈文诸公亦所不及者也。

王时敏夸赞王翚的绘画有正统的传承，因为他临摹了唐、宋、元很多名画，并且所摹酷似真迹。正是因为有这么多名家推荐，使得周亮工对王翚颇为看重。王翚在金陵住了一个多月，为周亮工画了十六幅画。周亮工对王翚的画作十分重视，在《读画录》中夸赞王翚说："天资高，年力富，下笔可与古人齐驱，百年以来第一人也。"这样的夸赞之语可称得上是顶格评价。当时周亮工收藏了不少当代画家的作品,他将这些画作装裱在一起,而把王翚的作品视为压卷之作:"予收合画册五十帙,前后四十年,得石谷最晚,而搜罗之役毕于此,庶可以压多宝船也。"其看重程度可见一斑。

周亮工的高度评价巩固了王翚在社会上的影响力,并且还有广泛传播之功。王进在文中讲到了这一点:"周亮工作为一个拥有评价画家话语权的赞助人,对画家的帮助并不局限于物质层面,《读画录》在刊行后有很大影响,很多人都是在读了此书后认识到王翚绘画的价值的。而这对于职业画家出身,不善于著书立说的王翚来说更是弥足珍贵。"

其实,王翚的南京之行不仅推销了自己的画作,更为重要的是改变了他的一些观念。"娄东三王"对金陵画派一直有贬斥之词,此前王翚也受到了这样的影响,然而当他与金陵画家接触之后,却有了改观,这对于他在绘画上的集大成,又增添了新的元素。故王进在文中写道:"在王翚绘画风格由早期的以董巨和元四家为宗,向中期的泛宗多家,尤其注意对北宗风格元素的学习中,与周亮工以及金陵画家群体的接触确实是一个不可缺少的条件。这里的绘画改变了王翚对北宗的看法,观赏和审视这些风格迥然不同的当代画家的作品时,其内心所受到的感动与震撼,无疑是促使他形成集大成的思想的重要原因。"

对于这一点,可由王翚在给周亮工所绘十六幅画作上的跋语为证:

嗟呼,画道至今日而衰矣!其衰也,自晚近支派之流弊起也。顾、陆、张、吴,辽者远矣。大小李以降,洪谷、右丞逮于李、范、董、巨、元四大家,皆代有师承,各标高誉。未闻衍其余绪,沿其波流,如子久之苍浑,云林之澹寂,仲圭之渊劲,叔明之深秀,虽同趋北苑,而变化悬殊,此所以为百世之宗无弊也。洎乎近世,风趋益平,习俗愈卑,而支派之说起。文进、小仙以来,而浙派不可易矣。文沈而后,吴门之派兴焉。董文敏起一代

《仿李营丘古木奇峰图轴》 南京博物院藏

之衰，抉董巨之精，后学风靡，妄以云间为口实。琅琊、太原两先生，源本宋元，媲美前哲，远迩争相效仿，而娄东之派又开。其他旁流绪沫，人自为家者，未易指数。要之承讹籍舛，风流都尽。翚自龆时搦管，矻矻穷年，为世俗流派拘牵，无由自拔。大抵右云间者，深讥浙派，祖娄东者，辄诋吴门，临颖茫然，识微难洞。已从师得指法，复于东南收藏好事家，纵览右丞、思训、荆、董、胜国诸贤，上下千余年，名迹数百种，然后知画理之精微，画学之博大，如此而非区区一家一派之所能尽也。由是潜神苦志，静以求之，每下笔落墨，辄思古人用心处，沉精之久，乃悟一点一拂，皆有风韵；一石一水，皆有位置，渲染有阴阳之辨，傅色有今古之殊。于是涵泳于心，练之于手，自喜不复为流派所惑，而稍稍可以自信矣。

王翚的这篇跋语讲述了各个画派之间互相排斥而产生的弊端，跋中分别提到了浙派、吴门派、云间派、娄东派等，一番论述后，王翚认为，自己没有被这么多流派所迷惑。这也正说明了王翚的兼收并蓄。王翚在为笪重光《画筌》所写跋语中，更为明确地强调了自己没有门户之见：

从古画家，各立门户，皆由皴法不同。自唐五代南北宋以至元明，其笔法有如方枘圆凿之难入者，然其中自有一贯通之理，故能精于一家法，而得其变化离合处，则诸家画法一以贯之，更无凝滞。今人之蔽，只在不能专致一家，故诸家皆无入处也。……画中惟皴法最难，所宜亟讲，各家画法未易兼综。然须画北宋，勿使一笔入南宋法；画南宋，勿使一笔入元人法；画元人，亦勿使入南宋诸家法。诸家各有门庭，勿相混淆，惟通其理而化其偏，读此可以豁然开悟。

正是因为王翚有这样清醒的认识,故而卢辅圣在《"四王"论纲》中指出:"王翚发展了前二王尤其是王鉴所钟情的对传统进行再阐释的工作,在通过对董其昌成功的'误读'而理成系列的南宗山水画基础上,适当吸收某些北宗因素,锤炼为一套无往而不适的形式法则,并且使之对应于审美观照而显示自身。其既宜乎追本溯源、通权达变,又善于综括精华、演化出新的融会贯通能力,无论施于集古成家的建构,还是身经目历的感受,都达到了应目会心、得心应手的程度。不妨说,这种企图全面反思和整理山水画传统的努力,恰与当时编纂《康熙字典》《四库全书》《佩文斋书画谱》处于同一意义。'画有南北宗,至石谷而合焉'(张庚《国朝画征录》),'百年以来,第一人也'甚而至'画圣'的称誉,皆出自文坛名流之口,对于一位职业画家来说,诚非等闲之事。"

然而,王时敏在给周亮工的推荐信中,曾提及王翚模仿名画的本领十分了得,这一点却成为后世诟病王翚之处。周韩所作《石谷子传》中也谈到了王翚模仿名画几近乱真而产生的弊端:"先朝至神熹二庙承平几数十年,江左世族风雅相尚,同时称收藏者,毗陵则有唐氏,而孝廉、云客尤以博古好士闻,亦因奉常交欢石谷。石谷益得纵观唐宋元明诸秘本,藉为师承,探微雕荣,愈臻神化。奉常曾属遍摹昔贤杰作,几尽拔其帜,非止乱真也。娄中故有狙侩,时时窃仿其尺幅,持入都市,动获高估,或缓急投诸质库,亦必厌其欲以去,虽中郎虎贲,有识自能辨之,而人情冀遇其真,恐误失之交臂,以故宁受欺不悔,其为天下所爱重如此。"

因为王翚的仿作太过逼真,导致有人购买王翚的仿作之后,当成真迹出售来谋取暴利。周亮工在《读画录》中也提到了这一点:"石谷揣摩（古人）尽得其法，仿临宋元人无为不肖。吴人多倩其作，装潢作伪，以愚好古者，虽老于鉴别，亦不知为近人笔……石谷天资高，学力富，下笔便可与古人齐驱。"显然周亮工此处是在夸赞王翚绘画功力之高，但这也间接地说明，当时坊间的确有不少名画乃是王翚的模仿之作，这显然给收藏品市场增添了不少的麻烦。

尽管造成了这样的局面，但这并非是王翚的主观愿望，因为临摹前代名家的作品，乃是提高画技的必由途径之一，更何况，这样的学画方式也是娄东二王所提倡的。沈莹在其文中称："王翚虽身为职业画匠，但高超的'摹古'能力和不俗的品格趣味与自董其昌以降王时敏等文坛画界领袖人物所推崇的'复古'思想一脉相承。王时敏系明代首辅王锡爵之孙，王锡爵请时任翰林院庶吉士董其昌（1555—1636）代为教导之，在王时敏接受的董式教育中，摹仿是非常重要的一个环节。"

其实临摹古画也并不是一味照样描摹，有些临摹之作跟原画也有区别，这种区别并非是临摹者功力不到，而是刻意有所突破。王翚多次临摹黄公望的《富春山居图》，恽格在《南田画跋》中提到了这件事：

> 石谷子凡三临《富春图》矣，前十余年曾为半园唐氏摹长卷，时犹为古人法度所束，未得游行自在。最后为笪江上借唐氏本再摹，遂为弹丸脱手之势。娄东王奉常闻而叹之，属石谷再摹。余皆得见之。盖其运笔时精神与古人相洽，略借粉本而洗发自己胸中之灵气，故信笔所之，不滞于思，不戾于法，适合自然，直可与之并传。追踪先匠，何止下真迹一等。予友阳羡三梧间潘氏将属石谷画再临，以此卷本，阳羡名迹，欲因王山人复还旧观也。从此《富春》副本共有五卷，纵收藏家复有如云起楼主人吴孝廉

《仿李营丘秋山读书图轴》 青岛市博物馆藏

之癖者，亦无忧劫火矣。因识此为《富春图》幸。

由此跋可知，王翚所临《富春山居图》与原作乃是神似而非形似，因为他融入了自己对原作的理解。故李桂生在《摹古大师——王石谷的艺术与摹古思潮》一文中说出了这样的公允之语："石谷的摹古，的确可以达到让人乍见即以为是古人的地步。但仔细地辨析，却又不完全与古人锱铢寸合。说他与古人神形毕肖，大致不错，但这些都只是针对他真正的摹古之作说的。他另有一些作品，虽然也题有临、仿、抚、拟、摹等字样，但实际上却并非是真正的摹古之作，而只是表明该画是有来自的，有渊源的；或者，他是以某家某人作为他该图的美学追求的。在这两种情况下，尤其在后一种情形中，我们是不可以将他的作品视为摹古之作的。"

其实临写名画正是画家提高技艺的最主要途径，通过观摩与临写体悟古代名家在绘画上的独特技巧。王翚在《仿李营丘雪霁图》的跋语中说过："宋之有元章、元晖，犹晋之有羲、献也。虎儿真迹，流传已少，况南宫乎？昔白石翁题元晖《潇湘图》云：'七十五岁始得一睹，以快生平。'翚生较晚，窃得于米家父子有缘。凡小米真迹，合见数种。又于荆溪吴氏见大米《云起楼图》，已为大快。今秋客京邸，谓翁老先生出示此卷，与吴氏所藏，笔气无二。至山头多不作横点，只用墨破凸凹之形，树木、人物、屋宇，皆极精工。似王右丞风格，又属变体，洵知大家笔妙，无所不可耶。翚粗事皴染，不敢望启南万一，而赏鉴之缘或过之。用以自幸，并为好古者志喜云。"

王翚曾多次目睹北宋大画家米芾父子的真迹，而后总结出了米氏父子的运笔方式，同时通过这样的品评，总结出自己的一套绘画技巧。他在《仿古山水册》的跋语中写道："凡作画，每下笔时当思古人玄妙处，意在笔外，悟此自能尽善，所谓笔简意到者是也。今人刻意繁密，而于切要处绝不经意，则与古人远矣。繁则易乱，简则易薄，乱者失之太繁，薄者失之太简，而不知繁处用简愈深，简处带繁愈厚，繁简各当，则古人之能事毕矣。次日又书。"

正是这种兼收并蓄的心态，使得王翚将古今熔铸于一炉，故郑昶在《中国画学全史》中评价道："王翚熔铸南北宗派，独开门户，其画中点缀人物器皿，及一切杂作均能绘影绘神，诸家莫能及焉。"而陈履生在《撷唐宋之精英，潄元明之芳润——王石谷的艺术分期与成就》一文中给出了如下评价：

> 在董其昌的"南北宗"理论中，由于基于一种审美上的偏好使得南北二宗成了相互对立的派别，因此其后门户森严，并相互诋毁，而尤以南宗画家为甚。所以王石谷的两位老师几乎都鄙视北宗，从学习的角度来说也就不可能去临摹北宗画家的作品。但是王石谷虽然也是受南宗绘画中的文人画思想的影响，可是他作为一个职业画家，其自身的素质已不是一个完全的文人画家，所以也就相应地少了许多那种纯粹的文人画家所难以摆脱的束缚。除了临仿南宗画家以外也临摹北宗画家，如五代、北宋间的李成、范宽，北宋的许道宁、郭熙，南宋的马远、李唐、刘松年等。毫无疑问，王石谷在艺术上突破了宗派的藩篱所表现出的意义已经超越了艺术自身，因为这在艺术宗派门户森严的时代尤其不易。

2018年5月29日，我从杭州乘高铁前往常熟，但此时常熟的高铁还未开通，故只能到达苏州北站。此站距离常熟市虽然仅有三十多公里的路程，可两地之间并无快速道。为了节省时间，我只能麻烦常熟市翁同龢纪念馆馆长王忠良先生，请他安排车接我前往目的地，而我在出站口见到了该馆的宗健先生。

《仿古四季山水图》局部　辽宁省博物馆藏

虽然是第一次见面，宗先生的冷静客观给我留下了深刻印象。他能够仔细分析当地的经济形势以及未来的趋势，他的观点动摇了我在常熟买房的想法。到达常熟后，我再次见到了王忠良馆长，他请我吃当地有名的冷馄饨，这种独特的吃法刷新了我的认知。

大概五六年前，北大教授潘建国先生在电话中跟我说，常熟翁同龢纪念馆的王馆长想来寒斋看我所藏的翁家旧藏。潘先生告诉我，王忠良原本在常熟市图书馆任职，故对目录版本也颇为在行。能与行家一起看书，当然是快事一件，随后潘先生带着王馆长等几位常熟朋友来到寒斋，一起欣赏了翁同龢旧藏之书和碑帖。正是因为有这样的因缘在，故我此次的常熟之行事先与王馆长及曹培根老师取得了联系。

到达的当天下午，我三人共同乘宗健的车前往虞山脚下的王石谷纪念馆。可能是虞山有重要活动，我们的车刚开到路口就被栏杆挡在了外面，于是徒步前行，当时天上时不时地落下一阵雨。好在纪念馆就处在虞山脚下，步行几分钟就走到了纪念馆门前。曹老师告诉我说，王石谷纪念馆原本就是王石谷祠，而这个祠堂处在虞山边上的老街区内，后来，常熟市政府要建造虞山公园，故住在虞山脚下的很多户人家都迁往他处，王石谷祠也搬迁到了这里。曹老师用手指给我此祠的原来位置，如此说来，该祠现在处的位置距其原位置仅有几百米远。

我们三人是沿着虞山脚下右侧的路向上缓步前行，刚走出不远就看到一块横卧在草坪中的巨石，上面刻着"王石谷纪念馆"的字样。只是这块石头毫无玲珑之姿，跟王翚的画风有较大差距。此石的侧旁有条不足一米宽的石板路，是通往纪念馆的唯一之路。能够看得出，当地政府对虞山公园的整修下了很大功夫，这一带的绿化也搞得十分用心，在这条小石板路的侧旁有一片丛生的鲜花，此时正是盛开之际，绿丛之中有着明晃晃的艳黄色，这种色泽让我想到了梵·高的《向日葵》。然而这种植物叫什么名字，我却不了解，于是转身请教两位老师，他们都说这不是本地植物，而王忠良立即用手机拍照此花，随口就报出了花名，科技的发展使得博闻强记不再能成为一个人炫识的资本。

王石谷纪念馆处在一片台地之上，正门前的横幅显示这里正在举行当代人物书法展，门楣上挂着金灿灿的匾额，内容正是"山水清晖"，这四个字的来历正是因为王翚画《南巡图》有功，玄烨所赐。

进入院落，里面是合围式的一个院落，左右两侧有回廊相连，回廊的墙上镶嵌着一些刻石，浏览一过，基本上是四王的画作。而在这些刻石的间隔中挂着一些匾额，这就是今人书法的呈现。

从侧旁走入正堂，上面所挂匾额写着"来青阁"三个字。进入室内，里面布置成了中式客厅的模样，左右两侧的墙上挂着一些高仿真的王翚画作，虽然是高仿真，但细看之下，还是能够感受到原画的精彩。王忠良说，现在的复制技术有了很大的提高，常熟当地的一些文化公司就能仿制出这样的水准。这让我感慨当年王翚仿造一幅古画是如此之不易，而如今现代科技以加速度的方式改变着社会的一切。估计当代画家少有人再像王翚那样仔细地临摹古代画作了，如今的画家应当靠什么方式来吸收古人的精华呢？这一点我还真没弄明白。

正堂的两侧也分别布置成了展厅，其中一间展室内陈列着一些珂罗版之书，一眼望过去，这些画册均为民国时期所出版，竟然没有一本是复制品，能在这种游览区内展览原物，仅凭这点就足令人夸赞。曹老师问我为什么能够隔着玻璃就确认这些都是原版之物，我告诉他自己也就这么点本事，如果连这都看不了，几十年的藏书经历岂不白费了。

参观完王石谷纪念馆，下一站是去瞻仰王翚的墓。近些年来，我几次前往常熟，都未找到此墓，虽然从网上查得该墓就处在虞山脚下，但围着虞山兜一圈也有着不少的距离。王忠良馆长告诉我，王石谷墓

看到了"王石谷纪念馆"的字样

路的尽头就是纪念馆

康熙帝的赐字

当代书法穿插其间

正堂的匾额

感觉仿得比较逼真

确实不好找,因为此墓不处在路边,稍不注意就会错过路口,为此经过他的提议,虞山脚下的名人墓分别立上了指示牌。随后我们三位乘宗健的车前往,果真看到了王石谷墓的指示牌。由此牌望过去,乃是一条荒废之路,宗健把车停在了大道边,我们三位步行前往。

这段路大约有两百米长,两边全是围墙没有任何门洞,王忠良说这原本是进入一个村落之路,后来该村修了新的公路,这条旧道就废弃了。因为南方雨水旺盛,破损的路面长满了青苔,路的两侧也生出一些植物,这让我想到国外的科幻电影中展现出的人在地球上消失后的状况。我有时想,如果人类灭绝,对地球而言未必是坏事,但近年流行的量子力学让我的观念有所改变,它让我顿悟了王阳明的山中花开确实跟量子力学有着异曲同工之妙。因此,如果没有人类在,地球上的植物无论生长得多么茂盛,都变得没有意义。那我的寻访有没有意义呢?至少在这个问题上,境由心造是最后的支撑。

穿过这片荒废之路,右边有一片树木,隔着树木望过去隐隐地看到了古墓之影,显然这就是我今天寻访的目的地。然而神道却在我们前来之路的另一侧,于是我跟着二位转到了树木的另一侧,在这里看到了文保牌,同时也看到了石牌坊。

沿着石牌坊下的鹅卵石小路向前走,路的两侧种着一些柏树,从粗壮程度看,应该是近几十年所栽。树下的土地做过精细的整修,然而我倒觉得上面长满萋萋的芳草更显得有古味。神道约一百余米,尽头就是王翚的墓园,用石栏杆做了简单的合围,其占地面积不足一亩。

墓的正前方乃是由水泥做碑券围起的石碑,石碑上的字迹已经看不清楚。王忠良说,他很快会安排人将字迹涂红。墓碑的后方就是王石谷之墓,该墓的形状有点特别,我感觉像是三颗豆的花生。曹老师说,这样的墓在南方并不稀见,因为这往往是合葬墓。眼前的王石谷墓以青砖砌成墙裙,墓顶裸露,这样的制式还是让我有些少见多怪。

民国珂罗版画册

指示牌

废弃的小路

文保牌

我感叹于王翚墓的两侧没有一些古人的碑刻。于是王忠良把我带到了墓的后方,我在一棵树下突然看到了一只身体胖硕的蟾蜍,它用侧眼望着我,可能好奇于我手中的相机,因此当我对它拍照时,它也并不躲避,看来它对照相也颇为喜爱,只是不会做出剪刀手状。王忠良不理会我的跑偏,向我认真地讲解着后墙上嵌着的几块碑的情况。由此也让人体会到,常熟正是因为有王忠良、曹培根这样的有识之士,

石牌坊

感觉像一颗花生

才使得一些名人墓得以保存至今。虽然有些墓已经遭到了破坏,但能够有"觉今是而昨非"的意识,就已经是很好的结果了。我期待着常熟能够发现更多的名人墓葬,让我的寻访又多一些目标,这也算是我的私心所在吧。

王石谷墓园

后墙上嵌着的碑刻

墓碑的字迹已经看不清楚

吴历（1632年—1718年）
于阴阳向背更有会心

清初最有影响力的画家当属"四王"、吴、恽，这六位大画家被后世并称为"清初六大家"，其中的吴指的就是吴历。虽然有着这样的并称，陈传席在《中国山水画史》中却说："吴历和王时敏、王鉴、王原祁、王翚、恽南田并称为清初六大家，而他的人格、品行、画风都是'另树一帜'的。"吴历与另外五位大画家在方方面面都有着区别，且不论人格品行，单纯从画风来说，也有着明显区别，故陈传席在其专著中又说："然若论作品给人耳目一新的感觉，清初六大家中，吴历当为首称。"

为什么"清初六大家"中唯独吴历这么特殊呢？这应当跟他的人生经历有一定关系。潘天寿在《中国绘画史》中称："晚年墨法一变，多作云雾迷漫之景，论者谓其为欧西画法所化。盖渔山信奉天主教，尝游澳门等处，其画亦往往带西洋色彩焉。"

潘天寿的这段话说得颇为客观，只是称别人说吴历的绘画技巧上有西洋画的痕迹，因为他信奉天主教，并且曾游览澳门等地，但从潘天寿的口吻中能够感觉到，他也认为吴历的绘画特色中确实有西洋画痕迹。

关于吴历的生平，与之同时代的张云章写过一篇《墨井道人传》，此传首先称："墨井道人吴氏，名历，字渔山，常熟人。明都御史文恪

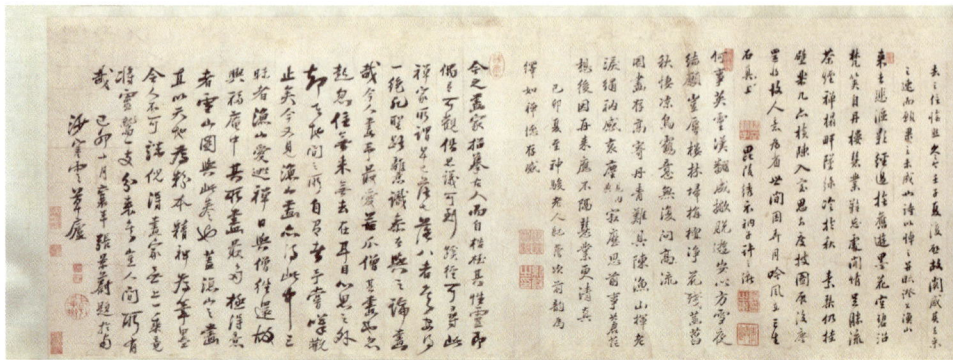

《兴福庵感旧图卷》 故宫博物院藏

公讷之十一世孙。少孤,母守节。"看来吴历也是世家出身,只是到他那一代家境可能不再显赫,但即便如此,他还是在年轻时拜了许多名师:"渔山洁清自好,于世俗都不屑意。问学于陈孝廉确庵,问诗于钱宗伯牧斋,学画于王太常烟客,学琴于陈高士岷,既皆得其指授矣。念无以给母氏之养,尤专意于画。人争购之,渔山度可以奉高堂,即不轻出也。"

吴历跟陈瑚学习儒学,跟钱谦益学习作诗,跟王时敏学习绘画,跟陈岷学习弹琴,每一位老师都是那个时代在每个门类中的佼佼者。吴历在早年能够受到这么好的教育,足见其家境异于平常之家。更何况,吴历学习绘画并不是想通过卖画赚钱,虽然他的画有很多人抢购,但他只要卖出的钱足够养母之资,就不再轻易售画。

那时的王时敏在画界最有影响,家中藏有不少宋元绘画真迹,王时敏很喜欢吴历,将家中的珍藏一一出示给弟子,以便让他开阔眼界:"太常既甚赏之,尽发所藏宋元人真迹示之。昼夜伏习,缩为小本,冥心默契,会古人神髓于腕下。而渔山之画,遂名一时,而屈服同辈。"正因为有这样的机遇,吴历眼界大开。吴历还很勤奋,那个时代没有照相技术,为了留下范本,他就缩模这些宋元名画,这个过程使他渐

渐体会到了古人绘画的精髓所在，由此逐渐成为了那个时代一流的画家。

跟吴历同时拜王时敏为师的，还有"四王"中的王翚。吴历与王翚有不少的相同处，两人既是同乡又是同岁，又共同拜王时敏为师，这么多的相同之处，使得两人成为了莫逆之交。然而后世文献记载，却说他二人因为一幅黄公望作品的摹本而绝交。这件公案在后世引起了广泛的争论，其原因见于张庚《国朝画征录》中所载的一段话：

> 吴历，字渔山，吴人。善山水，宗法元人。尤长大痴法。叠嶂层峦，心思独运，而气晕厚重沉郁，深得王奉常之传。渔山与石谷初为画友，相得最深，后假去石谷所摹黄子久《陡壑密林图》不还，遂疏。

张庚的这段话首先夸赞吴历绘画以元人为宗，尤其得到了黄公望绘画的精髓，而他的好友王翚也酷爱黄公望，王翚曾经临摹了一件黄公望所绘《陡壑密林图》，此摹本被吴历借去长久不还，以至于两人为此关系渐渐疏远了。

吴历为什么对黄公望的《陡壑密林图》如此喜爱呢？以至于得不到原件，得到了王翚的摹本也不想归还。对此，张庚在《图画精意识》中又做了进一步的说明："大痴各图皆满茂，独《陡壑密林图》以清疏见长。王石谷曾临一本，甚珍惜，后为吴渔山借去，屡索不还，遂绝交。"

张庚认为黄公望的这幅《陡壑密林图》跟他别的作品画风都不同，而王翚和吴历都十分喜爱黄公望，尤其是王翚，还精心临摹了一张，但是这张画被吴历借去后，屡要不回，一生气于是两人就绝交了。

张庚的这个说法被后世广泛引用，日本山本悌二郎、纪成虎一所著《明末民族艺人传》中称："自瓜田一倡此说，迄清朝末叶，艺林颇多笑柄。遂如花结子，如枝生叶，变本加厉矣。"瓜田乃张庚之号，山本悌二郎称，正是因为张庚的这个说法，使得后世都嘲笑吴历的人品。这个故事越演绎越神奇，到了戴熙的笔下，又多了许多细节，《习苦斋画絮》称："大痴富春山一角，临石谷本。石谷、墨井皆师大痴。王麓台祖墨井，张浦山祖石谷。愚意古人论画，先要人品高。石谷笃实君子也，有孝行。墨井假石谷所藏大痴画不归，遂绝交。曰：'大痴吾师也。'既有师，可无友矣。夫大痴之为人也，游人家园林，闻主人以阴谋得之，遂拂衣去。其生平如此，岂肯收干没书画之门人哉！吾师石谷矣。"

戴熙认为一个画家最重要的是人品好，而王翚就是这方面的典型，吴历虽然跟他是同学，但他借画不还，足见其人品很差。戴熙甚至演绎出吴历厚颜无耻之言：黄公望是我的老师，而王翚只是我的朋友，所以宁可得罪朋友也不可得罪老师。

戴熙如何知道吴历说过这样的话呢？显然他有可能是根据张庚所言杜撰出来的。对于这一类说法，后世也有人表示怀疑：难道为了一幅画的摹本就能让两位挚友绝交吗？于是有些人推论出绝交的其他原因，叶廷琯《鸥陂渔话》卷一有一篇《吴渔山入耶稣会》：

> 渔山与石谷同邑，相友善，而画亦相埒。惟渔山老年好用西洋法作画，云气绵渺凌虚，迥异平日。相传其后竟从西教，故有浮海不归之说，然无确证也。故友王润甫（汝玉）昔尝语余云：昭文张约轩通守元龄，曾得杨西亭所写渔山小像，出以索题，上有上海徐紫珊跋，云："余尝于邑之大南门外，所谓天主坟者，见卧碑有'渔山'字，因剔丛莽视之，乃知即道人埋处。命工扶植之，碑中间大字云'天学修士渔山吴公之墓'，两边小书云'公讳历，圣名西满，常熟县人。康熙二十一年入耶稣会，二十七（年）登铎德，行教上海嘉定。五十七年在上海，疾卒于圣玛第亚瞻礼日，寿八十有七。康熙戊戌季夏，同会修士孟由义立碑'。盖道人入彼教久，尝再至欧罗巴，故晚年作画好用洋法。西亭此像，作于辛酉，其时犹未入教也。"余忆张浦山《画征录》，称石谷因渔山借其所摹大痴画不还，遂与绝交。今观此事，知石谷之绝交，盖因渔山入彼教，而非为借画不还。石谷事亲至孝，人品本高，旧交割席，不忍显言。特假细事为借口耳。

叶廷琯的这段记载也被后世研究者广泛引用。吴历和王翚原本关系很好，两人的绘画风格和水准也不相上下，只是吴历到了晚年喜好用西洋技法来作画，这跟他早年的作品有很大差异。那时社会上传说吴历信了天主教，而后出国一去不复返。叶廷琯却称，有位好友告诉他某人藏有吴历的小像，小像上面有上海藏书家徐渭仁的跋语。徐在此跋中说，他在上海的大南门外天主教坟地里无意中找到了吴历的墓碑，那么，以前传闻吴历出国不知所踪的说法就是讹传。通过墓碑上所刻文字，可以得知吴历入教的大致情形。

叶廷琯在引用徐渭仁的这段跋语之后，又提到了张庚在《国朝画征录》中的那段公案，认为张庚的推论不对，叶廷琯觉得王翚与吴历绝交根本不是因为借画不还的事情，更重要的应该是思想观念上的差异。正是因为吴历的入教使得王翚不能接受，但是王翚很在乎朋友的面子，他不想跟吴历往来，绝说是因为自己不能容忍对方入教，所以就以借画不还为借口，以此达到不再来往的目的。

叶廷琯的这个推论被一些人所接受，比如王韬在《瀛壖杂志》中也持这个说法："张浦山《画征录》称石谷因渔山借其所摹大痴画不还，遂与绝交，人疑石谷友谊敦笃，未必因此细事遽尔割席。逮观徐紫珊所跋，始知渔山于后果入西教，则石谷之绝交非无由也……一入彼教，便尔齿冷。甚矣，晚节末路之难也。"

且不管吴历入教是否真的为王翚所不容，吴历到底有没有借画不还，却涉及到了人品问题，此事不得不辩。这件事要从黄公望《陡壑密林图》的递传过程讲起。

黄公望的这幅画在后世广泛受到画家及收藏家的重视，从该画的跋语中大致可以看出此画的递传过程，董其昌在此画跋中称："此幅余为庶常时，见之长安邸中，已归云间，复见之顾中舍仲方所，仲方诸所藏大痴画尽归于余，独存此耳。观大痴老人自题，亦是平生合作。张伯雨评云：'峰峦浑厚，草木华滋，以画法论，大痴非痴，岂精进头陀而以释巨然为师者耶？'不虚也。庚申五月购之吴门并识。"

这段话中的"顾中舍仲方"就是顾正谊，董其昌是在顾正谊那里见到了这幅《陡壑密林图》，他想让顾将此画转让给自己，但顾对此画特别喜爱不愿出售。过了一段时间，董其昌才从苏州把这幅画买到手。后来这幅画又流传到了王时敏手中，王时敏在《题自仿子久画》中写道：

> 子久画专师董巨，必出以新意，秀润绝伦，故为元四大家之冠。余所见不下二十余帧，笔法无一相类者，惟《陡壑密林》《良常山馆》二小幅，脱去纵横刻画之习，一本于平淡天真，如书家草隶，匠心变化，无畦迹可寻，尤称生平合作。旧为董文敏公所藏，余昔年恳请和会，初犹靳固，后以重购得之，宝护不啻头目。迩年困于赋调，贫不能守，遂为好事者易去，梦寐忆念，无刻置怀……

后来，王时敏因一时缺钱，把此画卖给了张应甲。若干年后张应甲又将此画卖给了高士奇，高士奇之后，此画又到了吴门缪曰藻、缪曰芑兄弟手中。后来，该画又传到了毕泷那里。从这个递传情况可以得知，《陡壑密林图》真迹未曾传到王翚手中，而正是藏在王时敏家中时，王翚临摹过该画。但问题是，吴历也是王时敏的弟子，他也同样临摹过黄公望的这幅作品，吴历的《墨井画跋》中有如下记载：

> 《陡壑密林图》，痴翁生平合作也。画在笺纸，跋在绢素。绢虽剥落，而存处字墨维新，画法如草篆奇籀。予每过拙修堂必请观之，常带笔就临，曲尽穷摹，殆难得其神韵。烟翁晚年，亦叹息此幅被画贾人俟贫乏时辄为贷求，不得不割去，意谓必归山左矣。

吴历在此跋中详细记载了《陡壑密林图》的收藏状态，他说自己多次观看原作，并且经常临摹此画。如此说来，吴历本身有多个摹本在，他用不着借到王翚的摹本后据而不还。然而，姚大荣在《辩〈画征录〉记王石谷翚与吴渔山历绝交事之诬》一文中，又有着别样的解释：

> 大痴此图，湘碧、南田、墨井、石谷俱有临本，石谷摹者，南田再称之，自是佳作。渔山屡就王氏借临，其好学精思可想。即或借石谷本观摩，亦是切磋恒事，诚使借而不还，正是赏音见录。譬诸信本留登善佳书，东坡藏与可墨竹，石谷当快意不当褊衷也。

姚大荣称，黄公望的这幅《陡壑密林图》有不少人都有临本，只是王翚的临摹本更为精彩，恽寿平就曾经夸赞过。恽寿平在《瓯香馆集》中确实说过这样的话："大痴《陡壑密林》为张先三所得，余瘖寐羹墙十载于兹，顷见石谷所摹，殆如一峰再来也。"恽寿平说过自己很想看到《陡壑密林图》原作，可惜十几年来未能如愿，后来见到了王翚的摹本，觉得这件摹本的水平有如原作之精。正因为恽南田的这句话，姚大荣推论出：吴历既然跟王翚关系那么好，他借来王翚的摹本进行观摩也不是不可能。吴历借到摹本后特别喜爱，所以不想还给王翚，这也是赏识对方的表达方式之一。

如果姚大荣的推论是正确的话，那么吴历借画不还之事就等于坐实了，无论这种举措出于怎样的心理，事实上是吴历做了这样的事。然而，盛大士曾经在昆山郎际昌斋中见到过王翚写给顾元章的一封信，盛大士将此信的内容录在了《溪山卧游录》中，此信的前半段是：

> 壬子秋，与正叔同馆宜兴潘元白家，盘桓三月日，以翰墨为乐。行箧中偶携大卷，主人叹赏不置，属陈其年先生持三十金求易，尔时即坚执不允。拙笔固不足重，盖念诸名公题跋，实难购求，且费三十年精力心血，出入相随，一遇能诗善文者，即叩首下拜，并馈礼物求之。曾与其年云：此非利可以动我心者，若再益之，仍不肯割爱也。曩在玉峰，求盛珍翁题咏，因其无暇，暂留案头，不过半月十日之留，并非弟有求售之念，何至久假不

归?一水之隔,渺若河汉。昔在京师,再四相订,蒙许回昆即还,弟念吾兄真意相待,无容置喙,今屈指已十八年,而不发一语,料吾兄必寤寐难安者。

由这封信可知,昆山画家顾元章在盛珍翁处看到了王翚的一幅摹本,而后借走不还,为此王翚多次索要,一直要了十八年仍然没有要回来,这让王翚很生气。那么,借走摹本不还的人是顾元章而非吴历。但是,所借之画是否为《陡壑密林图》呢?信中未曾提及。李杰荣在《吴历与王翚绝交公案之辩诬述论》中做出如下推论:

王翚手札责顾元章借画不还,其词颇为愤慨,但札中却没有指明顾元章所借之画即是王翚《陡壑密林图》摹本。此大卷,王翚言自己所珍重的,不是自己的笔墨,而是费三十年精力心血向诸名公索题的跋语。而且黄公望《陡壑密林图》为立轴,王时敏、王鉴、王原祁摹本也皆为立轴,想此大卷应非《陡壑密林图》摹本。张庚诬吴历借王翚摹本不还,大概是因为王翚摹本被恽寿平认为最佳,又极得王时敏推重,于是张庚张冠李戴,未经考证而诬谤吴历借画不还,以致后人多沿其误。

可见,无论哪种情况,吴历都没有干过借王翚摹本不还之事。并且,他们也并无晚年绝交之事。上海博物馆现藏有吴历所作《凤阿山房图》,此画作于清康熙十六年(1677),画上有王翚的一段跋语:

墨井道人与余同学、同庚又复同里,自其遁迹高隐以来,余亦奔走四方,分北者久之。然每见其墨妙,出宋入元,登峰造极,往往服膺不失。此图为大年先生所作,越今已二十余年,尤能脱去平时蹊径，如对高人逸士，冲和幽淡，骨貌皆清，当与元镇之狮林、石田之奚川并垂天壤矣。余欲继作，恐难步尘，奈何！奈何！癸未嘉平，耕烟散人王翚。

王翚此跋的落款是"癸未"，此为康熙四十二年（1703），这一年两人都已经七十二岁。可见，到了晚年王翚依然对吴历夸赞有加，完全没有张庚所说的绝交。既然事实是这样的，那么张庚是否未曾看到盛大士记载的王翚那封信呢？但有一事可证，情况并非如此，盛大士在《溪山卧游录》中还载有这样一段话："麓台论画，每右渔山而左石谷，尝语弟子温仪曰：'近时画手次第无人，吴渔山其庶几乎？'仪举石谷为问，曰：'太熟。'又举查二瞻为问，曰：'太生。'盖以不熟、不生自处也。"

这是王原祁所言王时敏对两位弟子的评价，因为王原祁是王时敏的孙子，所言当可信，故他说的这段话成了后世定评。针对盛大士的这段引文，张庚在《国朝画征录》中给出了这样的评语："麓台论画，每右渔山而左石谷，尝语弟子温仪曰：'迩时画手，惟吴渔山而已，其余鹿鹿不足数也。'余见渔山笔墨，功力尚未抵石谷之半，司农之有所轩轾，未免名士习气，非衷言也。"

由此可知，张庚更偏爱王翚，认为吴历绘画水准还不到王翚的一半。吴历画得真的这么差吗？俞剑华在《中国绘画史》中给出了如下说法："吴历虽亦同法元人，以黄公望为宗，然其气魄雄厚，皴染浑穆，叠嶂层峦，气韵深沉，绝非四王所能及。惟其人孤高绝俗，不因人热，晚年又遁入外教，遂与一般士大夫隔绝，故画之流传既少，从之学者亦鲜，然真实艺术，固自有其不可泯灭之价值，初不必藉任何势力之辅助也。"

俞剑华明确地说，吴历的绘画水准不只在王翚之上，而且他超过了"四王"中的任何一位，只是因为他特殊的经历，使得后世难以见到他的绘画作品，所以人们不了解他的绘画水准其实很高。如此说来，张庚认为吴历绘画水准差，显然是一种偏见，他明明看到过盛大士在文中记载的借画之人不是吴历，却还是张冠李戴，把事件嫁接到吴历头上。至于张庚这么做的动机，李杰荣在《清代禁教与吴历、王翚绝交公案——来自一位海外学者的评论》一文中是这样认为的："张庚在《画征录》里先指责吴历借画不还，复贬其绘画水平，认为吴历功力不及王翚一半，明显偏袒王翚，带有极大的偏见。据此推测，张庚诬吴历借画不还可能是出于扬王翚而抑损吴历的动机。"

关于吴历的争论重点还有一个，那就是他的绘画中是否融进了西画技法。这件事还是要从吴历入天主教讲起，关于吴历何时入教，未曾有具体的文献记载，故后世对此多有推论。鲁人在《清初杰出画家吴渔山神父》一文中称："明天启三年（1623），礼部尚书瞿景淳之孙式谷，赴杭州邀请耶稣会士艾儒略神父到常熟开教，在言子宅设教堂，与渔山居宅相邻，因此渔山从幼年起，对天主教耳濡目染，已有所了解。"

鲁人的这种说法未曾点明出处，他只是说天启年间，艾儒略在常熟借言子宅开设教堂，而吴历家与言子宅相邻，所以他受到了感染。陈垣在《吴渔山生平》中也是这么认为："此于渔山晚年学道至有联系，必当时西士言行，能令渔山钦服，有所印于中，积以遇机而发也。"那么，这个时段的吴历是否受洗了呢？方豪在《中国天主教史人物传》中称："就上前史料所知，渔山乃自幼领洗。"然而，陈垣却有另外的说法："入教与入会不同，入教不过为教徒，入会则为会士。《鸥陂渔话》因上海南门外渔山墓碑，有康熙廿一年入耶稣会语，遂谓渔山是年才入教，非也。渔山以康熙廿一年（1682）入耶稣会为修士，则其入教必在康熙廿一年以前；然在何年，何人为施洗，记载阙如，

《松壑鳴琴圖》 故宮博物院藏

以余考之,当在康熙十四年后。……至渔山从何人领洗,本有鲁日满司铎之可能,惟鲁日满康熙十五年九月卒,渔山即在此年领洗否,颇不敢断。渔山之往澳,本与柏应理司铎同行,柏应理即撰《许母徐太夫人传》之人,谓渔山之领洗由柏司铎,亦有可能。"

对于以上的这两种说法,金国平、吴志良在《吴历"入鏖不果"隐因探究》一文中称:"从目前掌握的汉语史料来看,'自幼受洗'说并无明确的史料支持。其祖宅近天主堂,只能说有接受教会影响的便利,并不能将其作为'自幼受洗'的证据。'自幼受洗'者一般具有教徒家庭的背景,不见有史料言及渔山父母与教会有何关系,渔山的遗诗、画跋中无任何这方面的涉及,时人文集亦无片语。"

其实从吴历的经历来看,他在年轻时跟僧人的交往较为密切。康熙五年(1666),吴历已三十四岁,在常熟虞山的兴福寺内住了两个月,并且为该寺僧人默容画了十幅仿古山水画。默容圆寂之后,吴历画了一幅《兴福庵感旧图》,他在该图中写了如下一段跋语:

> 吾友笔墨中,惟默公交最深。予常作客,不为话别,恐伤折柳。庚戌清和,游于燕蓟,往往南传方外书信,意甚殷殷。辛亥秋冬,将欲赋归,意谓同此岁寒冰雪,而未及渡淮,闻默公已挂履峰头,痛可言哉。自惭浪迹,有负同心,招魂作诔,未足抒写生平,形于绢素,訾笔陨涕而已。却到昙摩地,泪盈难解空。雪庭松影在,草沼墨痕融。几树春残碧,一灯门掩红。平生诗画癖,多被误吟风。鱼雁几曾隔,赋归迟悔深。自怜南北客,未尽死生心。痴蝶还疑梦,饥鸟独守林。方看无限意,何事即浮沉。甲寅年登高前二日雨霁并书。桃溪居士吴子历。

吴历称默容是他的好友,默容的去世让他大感悲伤。方豪认为,正是因为默容的去世，才使得吴历转回到了天主教的路上："默容和尚圆寂后，（吴历）则又结交天主教教友与神父，以补少年时对教理之荒疏，至少当有五六年之久……而康熙十九年实为渔山一生信仰转变中最重要之一年。"吴历何以有了这样的转变，鲁人在文中讲到了这样的契机："清康熙四年（1665年），御史许之渐、臬台许缵曾，因杨光先控告汤若望案波连，一同罢官归里。许之渐，武进人，有人说他是教友；许缵曾，松江人，是徐光启孙女甘弟大的儿子，两人在京，均与汤若望等传教士有深厚交谊。之渐和渔山是知友，往来十分密切。1670年，汤若望案经康熙复查平反，之渐和缵曾复职，渔山与之渐同来北京。"

吴历能够入教，对天主教在中国的发展是有影响的一个事件。陈垣在《吴渔山年谱》中称："自利玛窦入国以来，士人从之者众矣，然士人出家为修士，则端自先生始。先生之先，虽有钟鸣仁、黄明沙之徒，然未闻其出于士族。惟先生文恪公后，诗书世泽不绝，故耶稣会士档称之曰'读书修士'，又曰'精于中国文学'，此其所以为异欤。"吴历的十一世祖吴讷官至都御史，九世祖吴淳是明正统十三年（1448）的进士，八世祖吴堂为明弘治十二年（1499）的进士，可见吴历乃世家子弟，这样的人加入天主教，当然会受到重视。而李倍雷在《吴历：文人、居士、天主教士与画家》一文中更进一步地点出："吴历也是最早由第一位中国籍主教罗文藻（1616—1691）擢升的三名中国籍神父之一。"

吴历在康熙二十年（1681）来到了澳门，准备跟随柏应理神父由澳门乘荷兰船前往欧洲觐见教皇。傅抱石在《中国绘画变迁史》中称其："晚奉天主教，曾赴欧洲，以西法证中国绘墨。"而实际上吴历到达澳门后，因故并未前往欧洲，并且在澳门住了下来。此事可由他所写《三巴集·澳中杂咏·二十九首》为证："西征未遂意如何，滞澳冬春两候过,明日香山重问渡,梅边岭去水程多。(自注:柏先生约予同去大西,入嚳不果。)"

转年,吴历加入了耶稣会,受洗之名为西满·沙勿略,并且遵守习俗取葡萄牙名为雅古纳,他在这里开始学习拉丁文以及神学等。在这个阶段,他当然也接触到一些西方的绘画,而这也正是后人说他的画风中有西洋技法的由来。但一些学者不认为这种说法能够成立,向达在《明清之际中国美术所受西洋之影响》一文中说:"渔山作画,特主意趣,不重形似。又从现存渔山诸画观之,不见所谓云气缥渺凌虚者。……则所谓晚年作画,好用西法者,毋亦耳食之辞耳。"

向达所言乃是针对叶廷琯在《欧陂渔话》中的观点:"惟渔山老年好用西洋法作画,云气绵渺凌虚,迥异平日。"他认为叶廷琯的说法乃是一种谣传。而陈垣也持这样的观点,1936年陈垣在《吴渔山晋铎二百五十年纪念》一文中称:"据此,则谓渔山画用西洋法者,殆咸同闲人理想之词,渔山画不尔也。"

可见,早期研究者大多否认吴历的绘画受到了西洋技法的影响。但近些年来,这种观念渐渐有所改变,蒋向艳在《吴历研究综述》一文中注意到了这一点:"进入20世纪80年代,学界对这一问题的研究出现了一些变化,多位学者对这一问题发表了肯定的回答。1986年,谭志成出版英文专著《清初六家与吴历》,对吴历绘画是否受到西方绘画影响这个问题给予了关注和研究,认为吴历绘画的构图并非传统的多焦点透视法,而有接近单焦点透视的特质,并认为西方绘画对吴历的影响主要表现在吴历在绘画上对明暗对比和对接近自然透视法构图的兴趣,是'潜意识地受西洋画所影响'。"郑昶则在《中国画学全史》中认为,吴历的确受到了西洋画法的影响:"光绪间,海禁开放,与东西诸国交通频繁。西洋美术,渐被中土;国人之喜新迁异者,多趋习之。当康熙、乾隆中,焦秉贞、郎世宁,皆善西洋画法,为当时所重;

麓桥铺十里晴柳鸦西转乱溪红有花翠是
溪小篷渡平沙卷日圆 庚戌小春拟仁
庵有徐老先生正
虞山溪山吴历

《幽麓渔舟图》 故宫博物院藏

吴渔山画法，亦尝参以西法；然亦不过一二人。至是，西洋画法植入中国者，其势渐盛，一般鉴赏家，则极藐视之。"

那么吴历本人是怎么看待这个问题的呢？他在《墨井画跋》中说过这样一段话：

> 其礼文俗尚，与吾乡倒行相背。如吾乡见客，必整衣冠；此地见人，免冠而已。若夫书与画亦然。我之字，以点画辏集而成，然后有音；彼先有音而后有字，以勾画排散，横视而成行。我之画不取形似，不落窠白，谓之神逸；彼全以阴阳向背、形似窠白上用工夫。即款识，我之题上，彼之识下，用笔亦不相同。往往如是，未能殚述。

吴历这段话讲述的是他在澳门时所见所感，他认为西洋人的礼节跟中国有较大差异，书法与绘画同样如此，他比较了汉字跟拉丁文的不同，同时也说到自己的绘画也与西洋画之不同。据此可从侧面说明，他不愿意承认自己在绘画中融进了西洋风格。邵洛羊先生在《吴历》中也说不应当过分强调西洋画法对吴历的影响："如果过分肯定渔山的画受有西洋绘画影响，这是不符合实际情况的；但说他一点也没有吸收西洋绘画中的某些养料，恐也不合实情。渔山长期和西教士周旋，也见过不少西洋绘画作品，他在若干作品中的墨彩渲染，烟云烘托，是相当注意阴阳明暗、黑白对比的。在某些作品的构图上，也十分注意实景描绘，如《湖天春色图》是较突出的一例，这张画是平远的构图，近、中、远三处柳树安排十分妥帖；那条迂曲小径和几座山的处理，也很切合实际的景象。"

那么，吴历的绘画中是否有西洋笔法呢？民国藏书家叶景葵在为吴历所画《兰竹图》跋语中持否定态度："渔山画宗元季，长于运笔，

《拟古脱古图》 故宫博物院藏

其题大痴《富春山卷》云：'笔法游戏如草篆。'又题《陡壑密林图》云：'画法如草篆奇籀。'自题画云：'元人择幽僻地，构层楼为画所，朝起看云烟变幻，欣然作画，大都如草书法，惟写胸中逸趣耳。'读此可知渔山画学之精义。若夫人物楼台，雄深富丽之作，则于北宋一派亦所究心。如题北苑《龙宿郊民图》、巨然《赚兰亭图》藉见一斑。中年皈教后，所见西画既夥，遂于阴阳向背更有会心。如谓其舍旧谋新，尽弃所学而从之，似非确论。"

然而当代学者李兴、董雅在《吴历山水画的"中西融合"探索与传统回归》一文中，却认为吴历对西洋画法有所借鉴："细品渔山中年的一些作品，似乎也像晚明清初的许多画家一样，面对传入中国的西洋画法进行了吸收借鉴，开展了其新的艺术探索。他的许多传世作品无论是画面的结构形式处理，山石树木坡堤等形体的空间透视表现，还是物象的色彩结合笔墨的造型，抑或是山型石态的样式，都显示出了和西画的接近或曰神合之处。"英国汉学家苏立文则认为，吴历的绘画受到了强烈的西画影响，他在《东西方美术的交流》中称："山水画家吴历是清代初年接受西方影响最为强烈的著名人物。"

这种争论看来还会继续下去，虽然关于这一点尚无定论，但吴历在绘画史上拥有的成就却不容置疑，潘天寿在《中国绘画史》中夸赞吴历说："因所居有言子墨井，故又号墨井道人。画法宋、元，多作阴面山，林木蓊翳，溪泉曲折，不仅以仿子久叔明见长。笔力沉郁深秀，高闲奇旷，惬心之作，深得唐子畏神髓。尤能摆脱北宋窠臼，宜在石谷之上。"

潘天寿也认为吴历的绘画水准在王翚之上。他还提及，吴历在常熟居所的院落内有言子的墨井，所以他自号墨井道人。这种说法与以上引文中所称吴历的家与言子宅相邻有所不同，那么吴历的住处究竟是在言子宅中还是与言子宅相邻呢？对此杨新给出了两种说法，他在

《但有岁寒心，两三竿也足——吴历的人生与艺术》一文中说："因所居紧邻言子（孔子弟子）宅，中有墨井，故自号'墨井道人'，又别署'桃溪居士'。"而杨新在《江边春去诗情在——吴历的生平与艺术》一文中又说："吴历一六三二年（明崇祯五年）出生于江苏常熟。原名启历，后改名历，字渔山，因所居紧邻言子（言偃，孔子弟子）故宅，宅中有墨井，故自号墨井道人，又别署桃溪居士。"

对于吴历究竟是与言子旧居相邻，还是住在旧居之内，相应史料确实有两种说法。章文钦笺注的《吴渔山集笺注》中收录有吴历所作《墨井草堂消夏图跋》，此跋原文为：

> 梅雨初晴，晓来独坐墨井草堂上。师古人《消夏图》，寄于毗陵青屿先生，以致久远之怀。己未年四月十日。吴历。

从此跋中大约能够品出吴历是坐在墨井草堂内，而对于此草堂的情况，章文钦在小注中写道："墨井草堂：为渔山祖居，堂前有言子（即孔子弟子子游言偃）墨井，屋后为桃溪。故址在今常熟城西子游东巷。"

看来，言子墨井所处的院落乃是吴历的祖居，而吴历并不姓言，为什么会有这样一个祖居呢？政协江苏省常熟市委员会文史资料研究委编著的《虞山风光简介》中有如下说法：

> 墨井
>
> 在城内东言子巷，即言子故居，清初名画家吴渔山，曾寓于此，自号墨井道人。盖言子裔孙也，明时其先人坐事籍没，易姓为吴。中有言子像、言子墓图、言氏一松山房图、言氏复姓碑刻，皆为重要文物，已列入市保护单位。

原来吴历乃是言子的后裔,因为祖上犯事,所以才改姓为吴。这个说法最为激进,可惜未给出出处。既然吴历是言子之后,那么他居住在此宅中也就变得顺理成章。对于这口墨井,早在唐代陆广微所著《吴地记》中就有记载:"常熟县北一百九十步有孔子弟子言偃宅,中有圣井,阔三尺,深十丈,傍有盟,盟北百步有浣纱石,可方四丈。"宋代的范成大在《吴郡志》中又引用了《吴地志》中所言:"宅有井,井边有洗衣石,周四尺,皆其故物。"

周公太编著的《常熟文物胜迹》中写道:"明正统间副都御史里人吴讷《言子宅》诗曰:'身通列四科,文学冠同伦,井堙宅已荒,桥巷名犹存。'似此时井已废。而据明成化间工部尚书邑人李杰《言公井》诗:'吴公遗井在,水色同墨汁,余泽可沃心,修绠须劳汲。'则应可用汲。清初,画家吴历居于井旁,自号'墨井道人'。"这段话也是称吴历居住于此井之旁,所以才有此号。对于此井的具体状况,周公太又写道:"乾隆间五经博士言如洙及襄阳知府言如泗始大浚,瓷砖垒石,并构亭于井旁,以供瞻谒者休憩。清末亭毁。今存井其壁用多种规格砖垒成,上部口径 0.37 米,临水渐大,测深 5.8 米,上置用天然湖石凿成之井栏,玲珑精巧,孔径 0.32 米,内沿有绳痕十余道。旁竖湖石山子一座,镌刻'墨井'二篆字。此井系常熟境内有历史记载年代最早之古井。于 1982 年 11 月同言子故居一并公布为县文物保护单位。"

2018 年 5 月 28 日,我再一次来到了常熟,当天下午,我跟随翁同龢纪念馆馆长王忠良先生以及常熟史研究专家曹培根先生一起去探访当地的历史遗迹。我们共同前往兴福寺,在该寺内受到了肖海云老师的热情接待。当年吴历曾在此寺与三位僧人密切交往,还曾在此居住过两个月,可惜现在已无法得知当年他所居之房是其中的哪一间。

第二天一早,王忠良和曹培根带我继续寻访,我们先去看了王石

兴福寺山门

言子墓道

东言子巷入口

安静的小巷

谷的祠堂，而后步行前往探访另一处遗迹，前往之路经过了言子墓道。几年前我到常熟寻访时，曾特意沿此墓道一路上行，去朝拜孔子的这位南方弟子。当时并不了解吴历乃是他的后人，如今从这个石牌坊前走过，心中多了一些感觉。接下来我们走到了常熟第五人民医院，原本是要寻找张旭祠，可惜在医院内转了一大圈找不到任何祠堂的痕迹。于是上车，前往东言子巷去探看吴历的旧居。

东言子巷颇为狭窄，宗健先生把车停在巷的入口，我跟随王、曹两位老师步行前往。在此巷的入口处,遇到了十几位城管围在一个商店的门口,走近细看,原来是宠物店店主把一些鱼缸等物品摆放到了街面上,几位城管纷纷将其搬起,我刚举起相机就有人示意我不要拍照。

沿着东言子巷一路向内走,此巷全部铺上了长方形的条石。因为不能进车,所以走在小巷之内颇感惬意。走到东言子巷 17 号时,王忠良说,这就是言子故居。眼前所见,是一间简陋的门面房,门的两侧嵌着文保牌。言子生活的时代距今超过了两千五百年,他的旧居也不知道翻盖过多少回,当然这处房屋不可能是春秋时的制式,但简陋到这个份儿上还是让我大感意外。

我站在门口拍照之时,有一位老人从门口走过,他看了几眼没言语而后继续前行。曹培根走上前用力地推门,院门上着锁,他接着用力敲击,里面却没有回声。这也是寻访过程中最怕遇到的状况,我正琢磨着如何绕进院中,王忠良却突然感觉刚才走过的那位老人可能知道如何开门,于是他快步地追了过去,用当地话与老人一番交谈,果真他们二位一起返了回来。王忠良笑着说:"他就是言子故居的看门人。"

如此之巧,令我三人大感兴奋。老人也不说话,径直走到 15 号门前用钥匙开门走了进去,我三人认为这可能是言子故居的旁门,于是跟随他进入了屋中。屋中的摆设十分简单,仅一床一桌一椅,再向里面细看,似乎也穿不到言子旧居内。正疑惑间,老人转身又走出了门,边走边说:"我只是来拿钥匙。"到此时方知道,15 号是他的住处,随后老人走到言子旧居门前,替我们打开了门。

走入旧居之内,里面别有洞天,言子故居现存三进院落。曹老师说,这应当是清代建筑。如今人去屋空,每个房间都有搬走的痕迹。老人解释说,政府掏钱将这些住户都迁了出去,准备恢复言子故居,

第一进院落

看到了墨井

奇特的井圈

墨井二字刻在这里

但不知什么原因,迁走之后就没有了动静,于是聘他来看护这个院落。

我边拍照边跟着老人一路向后走,走到院落看到了那口墨井。井口是一块不规则的太湖石,以太湖石作为井圈,我在他处从未见过。如今井口之上放着一个破旧的搪瓷洗脸盆。老人解释说,这里常有流浪猫出没,他担心猫掉入井中被淹死,所以用一个盆封住了井口。老人说这番话时语调平和,我的心中却为之一暖。站在井口向内探望,里面的水面距井口很近。从水中的倒影我看不出井里的水是黑色的,

墙上的刻石

言子旧居原规模

也许这只是个形容词,可惜旁边没有绳和桶,无法拎上来一桶验明正身。

单树模主编的《中国名山大川辞典》中对言子故居和墨井有如下介绍:

> 在常熟市虞山镇内言子巷15—17号,系两所四合院住宅,为言氏子孙兴居。15号宅原有三进,现仅存第三进后堂,后堂井内有长方亭,为墨井亭。亭壁嵌砌言子图像青石碑一通,左侧为一松山房四止石刻,右侧为言子墓图石刻。后堂左侧有乾隆四十七年(1782)遣兵部侍郎珂兴阿瑜祭石刻一通,现砌在陪弄内。17号宅共三进,为四合院民居,保持完整。后进有五开间硬山顶大厅一所。宅内有"言子墨井"。井壁由多种规格砖砌成,井口直径0.4米,侧深5.8米,井栏用天然湖石凿成。井旁竖湖石山子一方,上镌"墨井"二字。

参观完墨井又看到后墙壁上嵌着的刻石,其中一块画着言子故居的平面图，从此图看上去，言子故居并非窄长形的三进院落。曹老师解释说，我们所走过之处乃是言子故居的中路，而右路已经被改建成了楼房。老人则称，此院后围墙后面的院落原本也是言子故居，但因为现住户提出的拆迁条件太高，故相关部门未能将其拿下。之后老人又带我等穿行到了左路，左路的状况不如中路保护完好，但居民也同样都已迁走。

真希望言子旧居能够重新整修出来，定然能够成为常熟城内的一处令人瞩目的新名胜。因为言子把文化传到了江南，他的功劳之大怎么夸张都不过分，更何况，他还有吴历这样优秀的后代。

恽寿平（1633年—1690年）

家家南田，户户正叔

潘天寿在《中国绘画史》中称，"清代绘画，以花卉最有特殊光彩"，在谈及清初的八大山人和石涛后，文中接着论述道："康熙间，恽南田以写生称一代大家，其法斟酌古今，以北宋徐崇嗣为归，一洗时习，独开生面，为纯没骨派。盖徐氏没骨画，先以墨稍勾框子，而后掩填色彩；恽氏则全以颜色泞染，如今之水彩画然，世称常州派。"

潘天寿将恽寿平在花卉题材方面的绘画技巧称为"纯没骨派"，认为此法出自北宋的徐崇嗣，但恽寿平又有自己的独创，其独创性正在一个"纯"字。潘天寿论述了恽寿平的没骨画法与徐崇嗣的不同，称这样的画法就是后世所说的"常州派"："以徐崇嗣为归，简洁清致，设色明丽，天机物趣，毕集毫端，大家风度，于是乎在。论者比之天仙化人，不食人间烟火，洵超绝古今，为写生正派。"

常州派就是纯没骨派，该派又被视为写生正派，由此而概括出恽寿平在绘画方面的特点及成就。而他所开创的这一派，在当时以及后世均有着重要影响，故张庚《国朝画征录》中有"家家南田，户户正叔"之语。然而张庚在《国朝画征录》中却称，恽寿平最初的主攻方向是山水而非花卉：

好画山水，力肩复古，及见虞山王石谷，自以材质不能出其

《晴川揽胜图轴》 辽宁省博物馆藏

右,则谓石谷曰:"是道让兄独步矣,格妾,耻为天下第二手。"于是舍山水而学花卉,斟酌古今,以北宋徐崇嗣为归,一洗时习,独开生面,为写生正派。由是海内学者宗之。

张庚称恽寿平最初喜欢画仿古山水,后来看到了王翚所绘同题材作品,感觉自己在这方面的才能不如王翚,而他又不愿意做天下第二,于是就放弃了在山水题材方面的努力,转而专攻花卉,最终成为了花卉大家。对于这种说法,顾祖禹在《瓯香馆集》的序言中有类似论述:"叔子少弃举子业,无所事,又伤其家之贫,无以致甘旨于其亲也,间绘山水以给旦夕,识者争欲致之,一帧可易数十缗。既而见虞山王子石谷所画山水,遂改为卉草、禽鱼,神巧几夺造化,盖无不出于独至之心胸也。"

顾祖禹跟恽寿平是很要好的朋友,而《瓯香馆集》是恽寿平的诗文别集,顾祖禹在该诗文集的序言中称恽寿平最初是画山水,并且他绘制的山水画很畅销,后来见到王翚的作品后,感觉不能超越,于是改画花卉。恽寿平的族孙恽鹤生在《南田先生家传》中亦有相类似的说法:"少工山水,咫幅千里,烟云万态,多仿黄鹤山樵。既与虞山王石谷交,石谷笔意极相似,翁顾而嘻曰:'两贤不相下,公将以此擅天下名,吾何为事此?'乃作花卉写生……"

由上述引文可见,恽寿平由山水改为花卉确实与王翚有很大关系,但为何一改就有这么大的成就呢?郑方坤《国朝名家诗钞小传》中称:"正叔少时流离琐尾,以画钗得生,遂创没骨花一派,卖画养父,无愧白华孝子。"

这段话称恽寿平少年之时流离失所,为了糊口他以画钗来讨生活,由此而创造出了没骨画派。然而从恽寿平的个人经历来看,似乎并没有靠画钗来养亲这件事。恽寿平的父亲名叫恽日初,曾在明崇祯十六

《仿倪瓒古木丛篁图》 台北故宫博物院藏

年（1643）向朝廷上备边十策，然无人理睬他的爱国之心，于是恽日初就带着二子恽恒和三子恽格隐居到天台山，而恽格就是恽寿平。

明朝灭亡后，恽日初带着儿子来到福州，恽日初参加了唐王的隆武政权。隆武政权被清军灭掉后，恽日初一度落发为僧，未久又在建阳起兵抗清，清廷派浙闽总督陈锦及前总督张存仁率兵六万攻打建宁，而后建宁被清兵攻破，恽日初因外出请救兵而幸免于难。恽寿平被清军俘获后押在军中，此年他十六岁，意外的是，他在军中无意间遇到了以前认识的一位歌妓。

按照恽寿平的说法，这位歌妓乃是"青楼旧相识"。虽然出身青楼，但此歌妓却很念旧情，对恽寿平颇为照顾。此后不久，浙闽总督陈锦的夫人想制作首饰，她请人先画出首饰的样式，然而画出来的样式都令陈夫人不满意，这位青楼女就借机向陈夫人推荐了恽寿平。可能是恽寿平呈上去的样式令总督夫人很满意，于是夫人命人将画师找来。那时的恽寿平长得一表人才，恰好总督夫人又一直未曾生子，于是就把恽寿平收为义子，从此恽寿平过上了好生活。

虽然如此，恽寿平仍然惦记着失散的父亲与兄弟，而他在陈锦的总督府内显然不方便公开打探父亲的消息，更何况就政治立场而言，父亲的抗清行为与陈锦正是敌对立场。在这种境况下，他更不敢表明真实的身份。到了顺治九年（1652），也就是恽寿平二十岁的时候，机会终于来了。

顺治九年三月，郑成功攻打漳浦等地，陈锦督师赴援，此仗打得颇不顺利，陈锦退守同安，心情十分烦躁，因为吃饭的原因，鞭打了手下库成栋，结果库成栋当夜就刺死了陈锦。陈锦去世后，其妻带领恽寿平扶棺返回杭州，在灵隐寺设道场为陈锦超度亡灵。正是在这个场合中，恽寿平看见诵经的僧人中有自己的父亲恽日初。如前所言，恽日初乃是反清人物，虽已出家为僧，依然不敢暴露自己的身份，也正因为如此，之后才有了戏剧性的场面。袁枚在《随园诗话》中有《智救故人之子》一篇，讲的正是这段故事：

> 恽南田寿平之父逊庵，遭国变，父子相失，寿平卖杭州富商某为奴。其故人谛晖和尚在灵隐，坐方丈，苦无救策。会二月十九日，观音生辰，天竺烧香者，过灵隐寺必拜方丈。谛晖道行高，贵官男女来膜拜者，以万数，从无答礼。富商夫人从苍头婢仆数十人，来拜谛晖。谛晖探知欣而纤者，恽氏儿也，矍然起，跪儿前，膜拜不止，曰："罪过！罪过！"夫人惊问其故。曰："此地藏王菩萨也。托生人间，访人善恶。夫人奴畜之，无礼已甚；闻又鞭扑之，从此罪孽深重，奈何！"
>
> 夫人惶急归告某商。次早，某商来，长跪不起，求开一线佛门之路。谛晖曰："非特公之罪，僧亦有罪。地藏王来寺，而僧不知迎，僧罪大矣！请以香花清水，供养地藏王入寺，缓缓为公夫妇忏悔，并为僧自己忏悔。"某商大喜，布施百万，以儿付谛晖。谛晖教之读书、学画，一时声名大起。

显然袁枚不能明写恽日初是反清复明之士，于是就把恽寿平写为富商之奴，而后由谛晖和尚使计终于令恽寿平出家，父子相聚。蔡星仪在《恽寿平研究》中经过一番考证，认为设计救恽寿平者不是谛晖，而是具德和尚。且不管是哪一位和尚设计相救，恽寿平父子相见的故事都极具传奇色彩，王时敏的第五子王抃还根据这段故事，写出了一部名为《鹫峰缘》的传奇。

以恽寿平的天分加上后天努力，他的绘画名气逐渐传了开去。《吴越所见书画录》中载有陆毅的一段话："余束发即与南田同寝小阁中，每见黎明即起，自煮水洗面，手弄铅丹，展纸作画，及众咸集，则铅

《孤月群鸠图轴》 沈阳故宫博物院藏

丹尽弃,未竟之图藏之箧笥,竟日不下一笔,惟围棋、吟咏、畅饮而已。"陆毅年轻时与恽寿平住在一起,他看到恽每日天刚亮就开始作画,正是这种刻苦,才有了日后的成就。

对于恽寿平的绘画风格,郑昶在《中国画学全史》中夸赞说:"恽寿平雅擅三绝,其画笔之妙,或比之天仙化人,不食人间烟火。"

恽寿平的花卉有着怎样的特点呢?方薰在《山静居画论》中称:"恽氏点花,粉笔带脂,点后复以染笔足之。点染同用,前人未传此法,是其独造。如菊花、凤仙、山茶诸花,脂丹皆从瓣头染入,亦与世人画法异。其枝叶虽写意,亦多以浅色作地,深色让主筋分染之。"

方薰是从技法上分析了恽寿平花卉的独特性,言下之意颇为欣赏。然而有人喜,就会有人不喜,李修易在《小蓬莱阁画鉴》中说:"陈道复写生,以不似为是;恽正叔写生,以极似为是。祝京兆云:'不解笔墨,徒求形似,正如拈丝作绣,五彩烂然,终是儿女裙袴间物,则正叔未免坐此。'不知正叔天分既高,心思又隽,求形似即所以师造化也。岂得与持稿本谨步趋者同日而语哉!"李修易尽管不赞同祝京兆所言,但从他的记录来看,至少说明还是有人不喜欢恽寿平的花卉。

整体而言,评论家还是肯定恽寿平的独创性。戴熙在《赐砚斋题画偶录》中称:"密易疏难,沉着易,空灵难,似古人易,古人似我难。知此三难者方识南田之妙。"恽寿平本人对自己的独创性也高度肯定,他的一些绘画观念散见于各种画跋中。他在某段画跋中评价自己的画作时称:"出入风雨,卷舒苍翠,走造化于毫端,可以哂洪谷、笑范宽、醉骂马远诸人矣。"

恽寿平的绘画,十分在意于细节上的推敲,他在《题五峰抚李营丘寒林晓烟图》时称:"画雾与烟不同,画烟与云不同,霏微迷漫,烟之态也;疏密掩映,烟之趣也;空洞沉冥,烟之色也;或沉或浮,若聚若散,烟之意也;覆水如纩,横山如练,烟之状也。得其理者,庶

《花卉图册之三·梨花》美国纳尔逊艺术博物馆藏

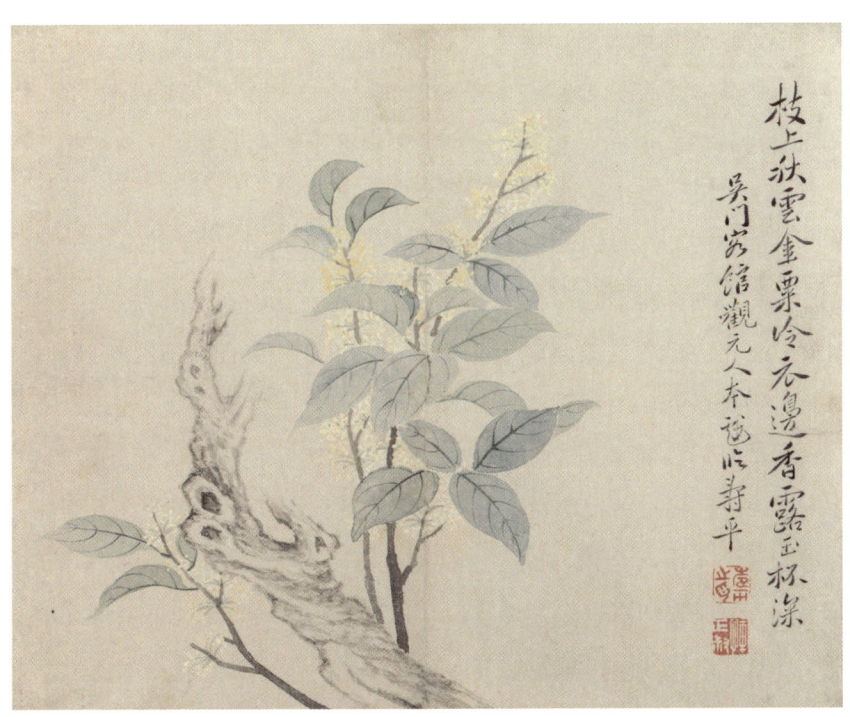

《花卉图册之五·桂花》美国纳尔逊艺术博物馆藏

几解之。"这段话强调了雾与烟在绘画方面的不同表现，可见他有着很强的写实功底，通过对现实的观察，把握事物的本质与特征。

2013年1月4日，我在杭州市寻访。恽寿平在杭州的故居位于下城区莫衙营。这天在灯芯巷访完一处遗迹之后，打开地图，感觉灯芯巷距离莫衙营约有两公里路程，雪不停地下，打车很是困难，只好打着伞慢慢地步行前往莫衙营。走到长运路的立交桥口时，看到河边的绿地里有一块碑，碑的正面刻着"水星阁"三个大字。碑是新刻的，高近两米，由碑座、碑身及碑额组成。这么完整的仿古碑，在城区内不多见。进入草地转到碑的背面，看清楚了碑后的文字：

> 在体育场路北、中河北路东有水星阁，此地曾名三泼营。据咸淳《临安志》："广寿慧云禅寺，在艮山门里白洋地，张循王（俊）之孙舍宅为寺，绍熙元年（1190）赐今额。"寺内有水星阁，以禳杭城火灾。阁呈六角形，凡三层，中供毗庐佛。又有僻火图碑。广寿慧云寺，俗呼张家寺，寺中有园，有留云亭、白莲池诸胜迹，占地约十亩，园中有宋梅数十株成尤奇。

可能是走错了路，当我找到莫衙营时，竟然已经走了将近一个小时。莫衙营如今也变成了大马路，长约三四百米，东起环城东路，西至建国北路。沿着这条路走了一个来回，没能找到任何值得拍照的古物，这让我不免有些失望。

九个月后，我来到常州寻访。常州是恽寿平的故乡，他死后葬在常州市武进区马杭镇上店村，我当然要去此处探访。打车前往上店村，在路边看到了南田会馆，以为这里就是恽南田纪念馆，于是停车前往观看，一位保安却走过来告诉我说，这里是私人地方，与恽南田无关，并好心地指给我恽南田墓园的方向，原来墓园距离这里并不远。

花园中的水星阁标志

细读背面的介绍文字

陵园外观

南田会馆竟然与恽寿平无关

恽南田墓园是田野中圈出来的一个小院,远远看过去,院中郁郁葱葱,十分清幽。来到门前却看见铁将军把门,门楣上写着"恽南田陵园"。在墓园周围探看一番,虽然大门紧闭,围墙也很高,旁边小窗上早年砌成图案的瓦片,而今已大多脱落,并且窗的位置距离地面不高,站在原地探望一番,四周均未看到人影,于是放心大胆地从此窗跳入了陵园。

进去后见园中有两座墓碑,墓前有小亭一间。快要走到墓碑时,忽然间响起凶猛的狗吠,一条没有拴住的大狗猛地扑将出来,惊得我头皮一麻。此时园中仅有我一人,而园门紧锁,即便逃生也来不及跳窗,当即站立在那里一动不动,让自己定下心神。好在大狗向我狂吠一阵后,并未扑上来咬我,而是掉头回到亭子里重新趴下。整个过程

在园中看到了恽寿平墓

旁边的小亭

墓碑

虽然只有几分钟，但我却觉得煎熬了很长一段时间。

　　站在原地两分钟，感觉那条狗没有再干涉我的意思，于是继续向墓碑走去，想要拍一张近距离清晰些的照片，但只要我向前一动，那条狗就立即跳起来狂吠不已，只要我停住脚步，它也就不再叫。看来这真是条忠实的看墓狗，守着自己那一亩三分地，绝不许人靠近。想了想，跳窗入园乃是我的不对，而我也跟它讲不清寻访的伟大意义，于是只好站在原地拍几张照片，再度跳窗离去。它目睹了我翻窗而出的整个过程，尽管我努力保持优雅的身姿，却依然从脊背上感觉到了它的不屑。

王原祁（1642年—1715年）

追踪古迹，参席前贤

王原祁是清初"四王"之一，同时也是王时敏之孙。"四王"中的王时敏、王鉴及王原祁又有"三王"之称，因为他们都是宜兴人，故又称为"娄东派"。对于"三王"在画史上的地位，中村不折、小鹿青云所著《中国绘画史》称："三王的画风，风靡一代，其门徒流派颇多，王时敏之子王撰，其徒吴历；王鉴之徒王原祁、薛宜、通证、上睿；王翚之徒杨晋、胡竹君、徐溶、宋骏业、唐俊、顾卓、金坚学、袁慰祖、杨恢基等，共传其画风。其中，以吴历与王原祁最著。尤其是王原祁，承传祖父王时敏的精艺，临画大痴（黄子久）的浅绛最称独绝，与其说是用书卷气盎然溢于楮墨之外，不如说是可与有行家习气的王翚相对峙。"

中村不折将王原祁视为王鉴的弟子之一，并且称该派的传人中以吴历和王原祁名气最大，认为只有他能跟虞山派的王翚相匹敌。书中引用了张庚的评语为证："王原祁出世之时，正虞山王翚以清丽之笔，名倾中外时也。原祁以高旷之品突过之，世推为大家。"

王原祁在年幼之时就对绘画有着极强的感悟力，清王应奎在《柳南随笔续笔》中有细节描写：

太仓王侍郎童时，偶作山水小幅，粘书斋壁。祖奉常见之，讶曰:"吾何时为此耶?"询知,乃大奇之,曰:"是子业必出吾右。"琅琊元照见公画,谓奉常曰:"吾两人当让一头地。"奉常亦曰:"元季四家,首推子久,得其神者,惟董宗伯;得其形者,予不敢让。若形神俱得,吾孙其庶几乎?"元照深然之。

王原祁很小时画了一幅山水小画,贴在了书斋的墙上,被祖父王时敏看见,还以为是自己画的,于是认定这个孙子日后绘画上的成就会超过自己。王鉴看到王原祁的画作后,也跟王时敏说:这个小孩子将来会超过我二人。当时,王时敏认为元四家中以黄公望成就最高,董其昌能得黄之神,自己能得黄之形,而能形神皆备者,很可能就是孙子王原祁了。以此可见,王时敏、王鉴对王原祁都有着极高的期许。

王应奎在《续笔》中又记载了王原祁对画材的讲究,以及他的画作在京城是何等之受欢迎:"公每作画,必以宣德纸、重毫笔、顶烟墨,曰:'三者一不备,不足以发古隽浑逸之趣也。'公官京师时,每岁初冬辄赠门人、幕宾画,人人一幅,以为制裘之需。好事欲得之,往往缄金以俟焉。"

对于这件事,张庚《国朝画征录》中亦有载:"王原祁,字茂京,号麓台,太仓人。奉常公孙。康熙庚戌进士,由知县擢给谏,改翰林,补春坊。天子嘉其画,供奉内廷鉴定古今名书画。晋少司农,充《书画谱》总裁、《万寿盛典》总裁官。卒年七十。"

张庚先简述了王原祁的生平,而后称其在朝中任职时受到了康熙皇帝的欣赏,在内廷专门替皇帝鉴定书画,他负责编出了《佩文斋书画谱》,同时还担任了著名宫廷版画作品《万寿盛典》一书的总裁官。对于王原祁年幼时的事,张庚的记载多出了许多细节:"公童时偶作山水小幅,粘书斋壁,奉常见之讶曰:'吾何时为此耶?'询知,乃大奇曰:'是子业必出我右。'间与讲析六法之要、古今异同之辨。及南宫

《江乡春晓图轴》 苏州博物馆藏

获隽,奉常曰:'汝幸成进士,宜专心画理,以继我学。'于是笔法遂大进,而于大痴浅绛尤为独绝。熟不甜,生不涩,淡而厚,实而清,书卷之气盎然楮墨外。是时虞山王翚以清丽之笔名倾中外,公以高旷之品突过之,世推大家,非虚也。琅琊元照见公画,谓奉常曰:'吾两人当让一头地。'奉常曰:'元季四家,首推子久,得其神者惟董宗伯,得其形者予不敢让,若形神俱得,吾孙其庶乎?'元照深然之。"

这段描述比王应奎更为细腻,并且讲到了王时敏教王原祁画理之事,等王原祁考中进士后,王时敏还劝他在宫中任职时不要忘记研讨绘画之学。王原祁天生聪颖,再加上王时敏的悉心指教,终于使得他成为了一代书画大家。《国朝画征录》中还记载了康熙皇帝对王原祁画作的欣赏:"圣祖尝幸南书房,时公为供奉,即命画山水。圣祖凭几而观,不觉移晷。尝赐诗,有'画图留与后人看'句,公镌石为印章,纪恩也。"

俞剑华在《中国绘画史》中也将王原祁视为娄东派的重要人物,将他与王翚并称:"故自四王而后,宗王原祁者称为娄东派,宗王翚者称为虞山派,两派平分天下,一时并峙,乾、嘉以后之山水画家,莫能出此范围。"

出现这种局面,俞剑华认为跟皇帝的推举有很大的关系:"王原祁以受皇帝知遇,故声势煊赫,从学者甚众,且互相标榜,所以誉扬之者无所不至,显然以画宗之正派自居,斥异己者为狐禅外道,其势力至今未已,可谓盛矣。"但总体上来说,俞剑华对娄东派评价较低:"此派画家,约以千数,但率步趋师法,益增枯槁,画派之弊,画法之坏,至娄东而已极,即最有名之华鲲、唐岱、王敬铭、黄鼎、王宸、王昱等,非不工力深沉,钻研终身,但终苦为师法所拘,不能独树一帜。即黄鼎于临古之外,颇好游历,有'看尽天下山水'之美誉,但其所作,仍未能抉破樊篱,为透网之鳞,其他足不出里闬,目不见真

余冬春之交日至真廬告畈
為人作畫七奉庵臣先以之
命逸中玉山間宿霧願有會
心處愁添陸儀而成忠卓
戴矣告
乙酉初秋
麓臺祁

山，只知照临时师之画，而不敢稍事踰越者，其作品之干燥无味，更可知矣。"

其实，有些事情需要还原现场来说，因为那个时代董其昌所提倡的南北宗观念，已为社会所普遍接受，而康熙皇帝也对南宗画法颇为欣赏。王原祁学画于王时敏、王鉴，两位都得董其昌亲传，故从绘画理念来说，王原祁的画法也属典型的南宗。南宗画法在那个时代有颇高的艺术成就，只是到了后世"四王"派的传人亦步亦趋，不敢跨越祖师的藩篱，才渐渐使得该派的绘画风格日趋僵死。

南宗最推崇仿古，王原祁当然也坚持这种理念，清梁章钜在《退庵所藏金石书画跋尾》中称"麓台画多仿古"。董在《画禅室随笔》中则称："画中山水位置皴法，皆各有门庭，不可相通。惟树木则不然，虽李成、董源、范宽、郭熙、赵大年、赵千里、马远、夏圭、李唐，上自荆关，下逮黄子久、吴仲圭辈，皆可通用也。或曰：须自成一家，此殊不然，如柳则赵千里，松则马和之，枯树则李成，此千古不易，虽复变之，不离本源，岂有舍古法而独创者乎。"

董其昌强调前代著名大画家在某些方面的成就已经超越了业界范本，后世画家只要从中汲取养分即可。王原祁也本持这种观念，所以他的画作中有大量的仿古之作。然而，古人所说的"仿"与今日的理解有较大的差异，古人所说的"仿古"并非全是临摹照抄前人画作，丁羲元在《"四王"的"仿"与"现代"意识》一文中称："'仿'从来都不意味着是描头画角的照搬硬套，毫无生气的抄袭，'仿'之本义是一种放手发挥，有所依傍而又任情追踪。《说文》上'仿'是'髣'（仿佛），画中常写作'仿'，释为'逐'也，'仿'多少意味着已脱离原本而具放情创造之意，因而有别于'临'或'摹'。'摹'要求其逼真，'临'要大得其似，而'仿'则摄取精神，其中有着不同的层次要求。"

《仿高房山云山图轴》 上海博物馆藏

对于古人"仿"的概念，沈宗骞在《芥舟学画编》中称："偶有会于某家，则曰仿之。实即自家面目也。余见名家仿古，往往如此。"看来所谓的"仿"确实与"临"有区别，而王原祁在《危峰独秀图》的题记中亦称："画须自成一家，仿古皆借境耳。昔人论诗画云：'不似古人则不是古，太似古人则不是我。'元四家皆宗董巨，而所造各有本家体，故有冰寒于水之喻……此幅拟大痴而脱去其本色，浑厚磅礴即在萧疏澹荡中，未免贻笑于作家，余谓贻笑处即是进步。"

想要创作出优秀的作品可谓难矣，不似古人则被人视为缺乏古意，太像古人又没有了自己的面目，而优秀的作品则要两者兼而有之。陆时化《吴越所见书画录》中著录有王原祁在《王司农仿大痴兼赵大年江南春意立轴》中的观点："古人画道，精深之后自成一家，不为成法羁绊。"为什么要强调这一点呢？他在《仿大痴手卷》中称："学古之家，代不乏人，而出蓝者无几。宋、元以来，宗旨授受不过数人而已。明季一代，惟董宗伯得大痴神髓，犹文起八代之衰也。"

学古者虽多，能有出蓝之色者却十分稀少，王原祁认为明代仅有董其昌做到了这一点，他将董比喻成"文起八代之衰"的韩愈。为何临古如此之难呢？王原祁在《仿董北苑笔意山水图轴》的题记中称："画本心学，仿摹古人必须以神遇、以气合，虚机实理，油然而生。"正因为王原祁在学习古人的同时，又能超越古人，张庚在《浦山论画》中评价他说："追踪古迹，参席前贤，为后世法者，麓台其庶乎。"

从王原祁的评语可知，他对董其昌极为推崇，为此颇为排斥其他画派，他在《雨窗漫笔》中说："明末画中有习气，恶派以浙派为最。至吴门、云间，大家如文、沈，宗匠如董，赝本混淆，以讹传讹，竟成流弊，广陵、白下，其恶习与浙派无异。有志笔墨者，切须戒之。"

从这段话可以看出王原祁对其他画派的贬斥，而他认为："画学自董巨以来，谓之南宗，亦如禅教之有南宗云。得其传者元人四家，而

《仿大痴笔意图》 安徽博物院藏

倪黄为之冠,明二百七十年,擅名者唐沈诸人称具体,而董尚书为之冠,非是则旁门魔外而已。"(王原祁《麓台题画稿》)

王原祁强调董其昌可谓集南宗大画家之长,更将南宗之外的画法全部视为旁门左道,而他也明确地表示自己是南宗正传:"大痴画以平淡天真为主。有时而傅彩灿烂,高华流利,俨如松雪,所以达其浑厚之意、华滋之气也。段落高逸、摹写潇洒,自有一种天机活泼隐现出没于其间,学者得其意而师之,有何积习之染不清,微细之惑不除乎?余弱冠时得闻先赠公大父训,迄今五十余年矣,所学者大痴也,所传者大痴也。华亭血脉,金针微度,在此而已。因知时流杂派,伪种流传,犯之为终身之疾,不可向迩。"(《麓台题画稿·又仿大痴设色为轮美作》)

王原祁把其他的画派称之为杂派、伪种,可见其好恶分明。他在绘画理论方面也有创见,最著名的言论就是他在《雨窗漫笔》中所提出的"龙脉说"。其首先称:"画中龙脉,开合起伏。古法虽备,未经标出。石谷阐明,后学知所衿式。然愚意以为不参'体用'二字,学者终无入手处。"王原祁自称龙脉一说本自王翚,而他对此的理解是必须要多加"体用",对于何为"体用",他的解释是:

> 龙脉为画中气势源头,有斜有正,有浑有碎,有断有续,有隐有现,谓之体也。开合从高至下,宾主历然,有时结聚,有时淡荡,峰回路转,云合水分,俱从此出。起伏有近及远,向背分明,有时高耸,有时平修,敧侧照应,山头、山腹、山足,铢两悉称者,谓之用也。

但是,懂得了龙脉的体用,还要会分辨开合起伏:

若知有龙脉，而不辨开合起伏，必至拘索失势。知有开合起伏，而不本龙脉，是谓顾子失母。故强扭龙脉则生病，开合逼塞浅露则生病，起伏呆重漏缺则生病。且通幅有开合，分股中亦有开合。通幅有起伏，分股中亦有起伏。尤妙在过接映带间，制其有余，补其不足，使龙之斜正、浑碎、隐现、断续，活泼泼地于其中，方为真画。如能从此参透，则小块积成大块，焉有不臻妙境者乎！

总体而言，王原祁所讲求的龙脉说其实是山水画的构图，龙脉则是指山体源头的气势，开合起伏则是龙脉的具体延展，两者之间相辅相成才能构成整体美。如何来理解他所强调的龙脉，可以参看王原祁在《雨窗漫笔》中所举出的例子：

古人南宗、北宗各分眷属，一家眷属内，有各用龙脉处，有各用开合、起伏处，是其气味得力关头也，不可不细心揣摩。如董、巨全体浑沦、气势磅礴，令人莫可端倪。元季四家俱私淑之。山樵用龙脉多蜿蜒之致；仲圭以直笔出之，各有分合，须探索其配搭处。子久则不脱不粘，用而不用、不用而用，与两家较有别致。云林纤尘不染，平易中有矜贵，简略中有精彩，又在章法、笔法之外，为四家第一逸品。

如何来理解王原祁的龙脉观念呢？陆俨少在《山水画刍议》中的解读是："山的脉络仿佛龙身一样蜿蜒，故称之为'龙脉'。山水画在描绘山时就像从龙身上截取了一部分……若山头折跌而行，远山却没位于两山的凹处，这幅画就非常不搭配。"王原祁为什么要提出龙脉的概念呢？蒋志琴在《王原祁"龙脉"概念的内涵及其特点》一文中认

《山水图轴》 青岛市博物馆藏

为:"王原祁的画学'龙脉'说是讨论'龙脉'与'气势'关系的理论,'龙脉'概念的内涵就是南宗文人画的'气韵'宗旨,他用'龙脉'概念突出了'气韵'的生发特性,并以此建立以'气韵'本体、'气势'为用的文人画理论框,从而将宋元以来的文人画理论做了进一步的总结。"

王原祁的《雨窗漫笔》还谈到了跟绘画有关的各种观念。关于用笔问题,他提出:"用笔忌滑,忌软,忌硬,忌重而滞,忌率而溷,忌明净而腻,忌丛杂而乱。又不可有意著好笔,有意去累笔。从容不迫,由淡入浓,磊落者存之,甜俗者删之,纤弱者足之,板重者破之。又须于下笔时,在著意不著意间,则觚棱转折,自不为笔使。用墨用笔,相为表里,五墨之法,非有二义,要之气韵生动,端在是也。"

仅用笔就有如此多的讲究,谈完用笔当然要提到用墨:"设色即用笔用墨,意所以补笔墨之不足,显笔墨之妙处。今人不解此意,色自为色,笔墨自为笔墨,不合山水之势,不入绢素之骨,惟见红绿火气,可憎可厌而已。惟不重取色,专重取气,于阴阳向背处逐渐醒出,则色由气发,不浮不滞,自然成文,非可以躁心从事也。至于阴阳显晦,朝光暮霭,峦容树色,更须于平时留心。淡妆浓抹,触处相宜,是在心得,非成法之可定矣。"

他在该文中还详细解释了笔与墨的关系,给出的最终总结是:"作画以理、气、趣兼到为重,非是三者不入精、妙、神、逸之品。"古人将绘画分为四品,而王原祁将精品代替能品,认为绘画创作要兼具理、气、趣三者,否则就不算是好画,而其本人在创作时也的确按此方法细心揣摩。张庚的《国朝画征录》颇为详尽地记载了闻人克大讲述的王原祁绘画细节:

值克大将归婚,公谓先君曰:"嗣君归婚,当写一图(《秋

《仿黄公望山水图》 辽宁省博物馆藏

山晴爽图卷》）为赠。"先君顿首谢之。翌晨，折简招克大过从，曰："子其看余点染。"乃展纸审顾良久，以淡墨略分轮廓，既而稍辨林壑之概，次立峰石层折、树木株干。每举一笔，必审顾反覆，而日已夕矣。次日复招过第，取前卷少加皴擦，即用淡赭入藤黄少许，渲染山石，以一小熨斗，贮微火，熨之干，再以墨笔干擦石骨，疏点木叶，而山林屋宇、桥渡溪沙了然矣。然后以墨绿水疏疏缓缓渲出阴阳向背，复如前，熨之干，再勾再勒，再染再点，自淡及浓，自疏而密，半阅月而成。发端浑沦，逐渐破碎，收拾破碎，复还浑沦，流灏气，粉虚空，无一笔苟下，故消磨多日耳。

创作一幅好的作品首先要谋篇布局，接下来以淡墨勾画轮廓，之后再画峰石和树干。闻人克大看到王原祁每下一笔都十分审慎，考虑再三才会落笔，为了画面的完美呈现，王原祁会用一个小熨斗先把画面熨干，而后继续画细节，之后再熨干再画，半个月才完成了一幅作品，足见创作出一幅精品是何等之难，而这也正是后世推崇他画作的原因所在。

2012年6月5日，我前往太仓寻访王锡爵故居，在故居的院落中意外看到了四王塑像，那个过程我写在了寻访王锡爵之文中。2019年2月22日，由上海文艺出版社的张守栋和刘晶晶老师带领，我再次前往太仓寻访，此行我又来到了王锡爵故居。

来到故居门前，看到的是熟悉的景色，也许是因为下雨的原因，故居门前未见游客，且大门紧闭着。我轻轻推门，从门缝中看到里面是用一把椅子顶着门，稍一用力即可推门入内。刘晶晶说既然从里面顶着门，说明里面有人，我们还是不要这样造次，于是敲击门环。一分钟后，一位六十多岁的男士问我们有何事，我向他解释想入院拍照，

正门　　　　　　　　　　　　　　文保牌

他回答说，此时是午休时间，请我们一点半后再来。刘晶晶向他解释，我是从北京而来，拍摄完毕后还有其他寻访点。此人闻言挪开了椅子，让我们入内参观。这样通情理，令我感谢不已，而入门时此人还递给我两份简介，其中一份是太仓博物馆所编张浦和王锡爵故居简介册。

翻阅此册，首先看到了王锡爵的生平介绍，而后又谈到了此处故居的历史演变：

> 王锡爵故居
>
> 始建于明代万历年间，经过了四百余年的风雨沧桑，现存西边的门屋和东面建于清代中后期的王氏宗祠三进。故居不仅是王锡爵本人居住过的地方，其孙王时敏、玄孙王原祁也曾在此生活了相当长时间。二〇〇二年，王锡爵故居与元代赵孟頫书法碑合并被确认为江苏省文物保护单位。

王时敏和王原祁都曾居住于此园，因此我将这里视为王原祁的遗迹，应无问题。我在手册中的照片上又看到了上次看到的那组塑像，将此图称为"南园雅集"，相应的介绍文字为：

> 照壁背后翠竹掩映之下有四位古人的青铜塑像。铜像从左到

"四王"所在的竹林

王原祁

展厅全景

"四王"绘于一画

右,依次为王翚、王时敏、王鉴、王原祁。这就是娄东画派四位姓王的著名画家。娄东画派开创者是王时敏,领袖人物是王原祁,二人都是王锡爵的后人,因此王锡爵故居又是孕育娄东画派创始人的重要历史遗存。

这段话将"四王"全部归入了娄东画派,不知道王石谷闻听此事后是否会有意见。这段话同时点出王时敏为娄东画派创始人,王原祁则是该派的领袖人物,这样的评价颇符事实。我径直走到后园前去朝拜这四位画坛巨匠。按照图册中的介绍,站在最右侧的是王原祁,我感觉这尊塑像把王原祁塑造成了一位好学上进的书生。

拍完四王塑像,接着在院内继续参观,其中一个房间内展览的是油画作品,画展名为"太仓乡土系列油画展",展现的都是当地名人的

碑廊

赵孟頫碑亭

细观赵孟頫碑

王氏家训

王时敏墓

故事场景。在二王的旧居里面展览油画，令人感觉到一种古今的碰撞。其中一幅《四王初见·时敏课孙》倒是与绘画史有关，介绍牌中称："……其中原祁为时敏之孙。四王为清代文人山水之正宗，风格影响画坛几有三百年。该画时间定位在1644年，四王第一次见面，王时敏（红衣）教三岁孙子作画。"

参观完油画展，接着到院中看碑廊，碑廊上的刻石乃是相关部门搜集太仓名家书法刻石嵌在墙上的，其中名气最大的是赵孟頫书法碑，此碑与王锡爵故居共同成为江苏省文保单位。由介绍牌可知，该碑两块四面，内容是赵孟頫所书、韩愈所撰的《送友人李愿归盘谷序》。看过太多的古碑，面对这通刊刻于皇庆元年的碑石，似乎勾不起古意，但能在此看到赵孟頫的刻石，还是认真地看了几眼。

参观完碑廊后，由此穿行到另一个院落。院落中有一新建的仿古房屋，室中的展览名叫"王氏家训"，以展板的形式讲解着太仓王氏的历史，其中有一块刻石竟然是王时敏的墓志铭，由此可知，王时敏的墓已经被挖，但能将墓志铭找来摆在此旧居内，也算十分难得。参观完毕后，从另一侧走到门口，我特意到旁边的小房间内找到那位好心人，郑重地向他表示了谢意，他却热情地说，能有外地人跑这么远来参观，他们也觉得很高兴。寻访的途中遇到过各种情形，而尤以这种最令我温暖，以至于那日连绵的阴雨也让我感觉到了诗意。

石涛（1642年—1707年）
笔墨当随时代，犹诗文风气转

石涛是清代有名的画僧，他的出家跟其特殊的境遇有直接关系，清陈鼎所撰《留溪外传》卷十八有篇《瞎尊者传》，写的就是石涛：

瞎尊者，失其族名，广西梧州人，前朝靖藩裔也。性耿介，不肯俯仰人。时而嘤嘤然，磊磊落落，高视一切；时而岸岸然，踽踽凉凉，不屑不洁，拒人千里外，若将浼之者。

弱冠即工书法，善画，工诗。南越人得其片纸尺幅，宝若照乘，然不轻以与人。有道之士勿求可致，龌龊儿虽贿百镒，彼闭目掉头，求其睨而一视不可得。以故君子则相爱，小人多恶之者。虽谤言盈耳，勿顾也。

国亡，即薙染为比丘，名元济，字石涛，号苦瓜和尚，又自号曰瞎尊者。或问曰："师双眸炯炯，何自称瞎？"答曰："吾目自异，遇阿堵则盲然，不若世人了了，非瞎而何？"

陈鼎是石涛的好朋友，他给石涛所作之传想来比较接近事实。陈鼎说石涛乃明靖藩的后裔，看来石涛还是皇族出身，陈鼎又说石涛国亡后出家为僧，这里的"国"不知是指靖藩消亡还是明清易代。而李驎的《虬峰文集》中所作《大涤子传》回答了这个问题："大涤子者，原济其名，字石涛，出自靖江王守谦之后。守谦，高皇帝（朱元璋）之从孙也，洪武三年封靖江王，国于桂林。传至明季，南京失守，王亨嘉以唐藩（朱聿键）序不当立，不受诏。两广总制丁魁楚檄思恩参将陈邦传率兵攻破之，执至闽，废为庶人，幽死。是时大涤子生始二岁，为宫中仆臣负出，逃至武昌，剃发为僧。"

石涛是明第一代靖江王朱守谦之后，清顺治二年（1645）五月，南京的弘光帝被清军所杀，此后不久，唐王朱聿键在福州称帝。朱聿键是朱元璋的九世孙，而十世孙鲁王朱以海则在绍兴称"监国"。那时的靖江王朱亨嘉认为朱聿键没有资格称帝，于是拒绝承认隆武政权。而朱聿键任命的广西巡抚瞿式耜反对朱亨嘉的所为，于是联合两广总制丁魁楚、思恩参将陈邦传等人发兵攻打在桂林的靖藩府，城破之后将朱亨嘉擒获，押送到了福州。朱聿键将朱亨嘉废为庶人，未久死在了监狱中，朱亨嘉的儿子朱若极当时年仅两岁，藩府中的忠臣偷偷把朱若极带出后逃到了武昌。为了躲避追杀，忠仆将朱若极放在寺院中，这个小孩后来剃发为僧，法名石涛。

关于这段历史的细节，后来柳亚子根据《小腆纪传》《思文大纪》等史料，撰写了一篇《靖江王亨嘉传》，其中提及："（朱亨嘉）事败，械至福京，废为庶人。帝（隆武帝）命锦衣卫王之臣'用心防护，无得疏虞'。仍敕刑部侍郎马思理谓：'安置靖庶，还要酌议妥当。所刻靖案，作速颁行在闽亲、郡各王。并令具议来奏，以服天下万世之心，不可草率。'时隆武二年丙戌三月也。是年四月，安置亨嘉于连江，敕奉新王，严加钤束。未几，以幽死。其党即皆伏诛。"

家族巨变当然会影响石涛一生，他隐姓埋名首先躲避的是隆武政权同族间的追杀。南明政权灭亡后，接着清廷也在追杀朱明宗室，石涛依然需要小心躲避。这样的境遇造就了他与常人不同的性格，也使得他将自己的忧愤融化在艺术之中，作品呈现出他人难以具备的气质。

关于石涛的学画经历，李驎在《大涤子传》中写道："年十岁，即好聚古书，然不知读。或语之曰：'不读，聚奚为？'始稍稍取而读之。暇即临古法帖，而心尤喜颜鲁公。或曰：'何不学董文敏，时所好也！'即改而学董，然心不甚喜。又学画山水人物及花卉翎毛。楚人往往称之。既而从武昌道荆门，过洞庭，径长沙，至衡阳而返。怀奇负气，遇不平事，辄为排解；得钱即散去，无所蓄。居久之，又从武昌之越中，由越中之宣城。"

看来石涛天生就爱好收藏，十岁时就藏有不少古书，但他只藏不读，于是有人相劝，而石涛也从善如流，开始取一些书来读。有空时，他就临写法帖，在书法方面他喜欢颜真卿的字体，有人劝他学董其昌，因为那个时段社会上很流行董其昌的书法，石涛也学了一段时间的董其昌，但内心并不喜欢这种字体。于是他进一步学习绘画，没想到在绘画方面更有天分，大家很喜爱他的画。

石涛到处游历，来到黄山时，对这里的奇景大为喜爱，《大涤子传》中写道："既又率其缁侣游歙之黄山，攀接引松，过独木桥，观始信峰，居逾月，始于茫茫云海中得一见之。奇松怪石，千变万殊，如鬼神不可端倪，狂喜大叫，而画以益进。"

黄山奇松与茫茫云海，极大地激发了石涛的艺术潜质，他在宣城结识了一批当地的画家，其中以梅清名气最大。石涛与这些画家一起互相学习，相互唱酬，画艺大为进步。当时梅清就写过一首《赠石涛》：

石公烟云姿，落笔起遥想。既具龙眠奇，复擅虎头赏。频岁事采芝，幽探信长往。得真在涉目，入解乃遗象。一为《汤谷图》，四座发寒响。因知寂观者，所得毕萧爽。

《古木垂荫图轴》 辽宁省博物馆藏

梅清在这首诗中对石涛的绘画大为夸赞,认为石涛的作品能够与顾恺之、李公麟相媲美。石涛也的确临摹过李公麟的《十六阿罗汉应真图》,此摹本乃是石涛的精心之作,上面有梅清所写题识:

> 白描神手,首善龙眠,生平所见多赝本,非真本也。石涛大士所制十六尊者,神采飞动,天趣纵横,笔痕墨迹,变化殆尽。自云此卷阅岁始成。余尝供之案前,展玩数十遍,终不能尽其万一,真神物也!瞿山梅清敬识。

石涛的这卷摹本太精彩了,以至于让梅清细细观看了几十遍,想来这幅画也让石涛很得意,然而不幸的是该画却被人偷走了。李驎在《大涤子传》中写道:"时又画一横卷,为十六尊者像,梅渊公称其可敌李伯时,镌'前有龙眠'之章,赠之。此卷后为人窃去,忽忽不乐,口若喑者几三载云。"

精心临摹之作的丢失,让石涛郁闷了三年之久。好在这幅丢失的精品并未损毁,后来留传到了海外,现藏于美国大都会博物馆。石涛在宣城的这段时间,是他一生中最为惬意的一个时期。有那么多的朋友相互交往共同创作,故他在宣城一住就是十五年,因此后世也把他视为"黄山画派"的代表人物之一。

康熙十九年(1680)夏天,石涛离开宣城来到了南京,挂单于长干寺。康熙二十三年(1684),玄烨第一次南巡,巡幸于南京长干寺,当时石涛与该寺的僧众共同迎驾。五年后,石涛在扬州再一次迎驾,而这次皇帝还点出了他的名字。此事令石涛大感荣幸,而后写了《客广陵平山道上接驾恭纪》七律两首:

> 无路从容夜出关,黎明努力上平山。此去罕逢仁圣主,近前

《赠刘石头册》(之七) 纳尔逊艺术博物馆

一步是天颜。松风滴露马行疾，花气袭人鸟道攀。两代蒙恩慈氏远，人间天上悉知还。

甲子长干新接驾，即令己巳路当先。圣聪忽睹呼名字，草野重瞻万岁前。自愧羚羊无挂角，那能音吼说真传。神龙首尾光千焰，云拥祥云天际边。

石涛说他所站之处距离皇帝仅一步之遥，这让他大感荣幸，而他的师父旅庵本月禅师也曾受到顺治皇帝的厚待，故诗中有"两代蒙恩"字样。可见他认为能够恭迎圣驾，是一件荣耀的事。正是因为这件事和这两首七律，后世对石涛有了非议，有些研究者认为石涛此举不能原谅，比如郑拙庐在《石涛研究》中称："石涛以明代王孙，早已削发做了和尚，现在两次接驾，并歌颂新朝，这样的变节，和他师祖木陈道忞如出一辙，是不能原谅的。"

替石涛说话的人则认为，这些记载与这两首诗都是假的，傅抱石就持这种观点。傅抱石原名傅瑞麟，因为对石涛的作品十分喜爱，索性改名为傅抱石。傅抱石在《石涛上人年谱》中直言自己对石涛的偏爱："余于石涛上人妙谛，可谓痴嗜甚深。"

那个时期，石涛的资料比较缺乏，傅抱石考证出石涛的生年是公元 1630 年，明代灭亡时石涛已经十五岁，所以傅抱石认为已经成熟的石涛不可能与清廷合作。后来傅抱石看到了石涛的这两首《接驾恭纪》诗，但为了坚持自己的所爱，他对该诗"力辨其伪"。再后来，傅抱石又看到了《清湘老人题记》，此为石涛的自言，由此以证《接驾恭纪》诗作之真。既然确有其事，傅抱石也只能说："康熙甲子、己巳两度南巡，上人有见驾纪事诗。余初力辨其伪，后于清湘老人题记见之，上人此举或藉博氏介引，未可知也。然亦无伤日月也。"

不止是傅抱石，丁家桐也认为石涛变节之事不能成立，其在所撰《石涛传》中写道："郑（拙庐）论以为歌颂康熙便是变节，苏（东天）论进一步，认为石涛一生无气节可言。问题在于像石涛这样年纪的人，怎样才算具有民族气节？石涛是清初人，他自幼并不公开反对朝廷，从未以'节'自诩。拜旅庵为师，接受皇帝的召见，歌颂康熙确实存在的德政，只是表明他是遵守清规，也是遵守朝廷律令的一名画僧，如此而已。终其一生，先当和尚，后当道士，清初许多彪炳史册的以民族气节著称的大儒，脑后都得挂一根长长的辫子，石涛却始终没有拖一根猪尾巴。我们现在还说他一生谈不上'气节'，或者说他'变节'，是不是立论太苛了？"

正因为是明藩王后裔，石涛从幼年起就隐姓埋名躲避追杀，不同常人的成长经历，自然会造就他不同常人的心理，而人性的复杂又不能以单线条来做简单解读。在当时，皇帝能够当场点出石涛的名字，的确曾令他心生希望，而后他前往北京希望能够得到重用。他在京一住就是四年，却没能实现心中的愿景，故于康熙三十一年（1692）冬回到扬州，最初的几年里，他居无定所，后来终于在康熙三十五年（1696）冬盖起了一所住房，他将此房起名为大涤堂。至此，石涛才有了自己固定的住所，而在此前的动荡阶段，他究竟是怎样的心理，今人只能凭着有限的史料来做梳理。

人性的复杂也表现在石涛的一些举措上。康熙三十九年（1700）左右，他给八大山人写了封信，请求八大为自己画一幅《大涤堂图》，石涛在信中写道："济欲求先生三尺高一尺阔小幅……款求书：大涤子大涤草堂。莫书和尚。济有冠有发之人，向上一齐涤。"

石涛明确地向八大山人要求，在此画的题款上不要写"和尚"二字，因为现在的他已经成了道士。石涛自幼被迫削发出家，三十岁时成为禅宗大师旅庵本月的弟子，四十岁左右时已经开堂传法，可见他

《山水图册》之五　大都会艺术博物馆藏

在佛法方面,既得到了正传又成为了一代宗师,然而到其晚年,他却突然改了身份。是什么事情促使他有这么重大的转变呢?相应史料未见记载。李驎在《大涤子传》中转述了石涛对这件事的解释:"初得记莂,勇猛精进,愿力甚弘。后见诸同辈多好名鲜实,耻与之俦,遂自托于不佛不老间。"

原来石涛是看见一些僧人并不是真的潜心修行,耻与为伍,这才脱离了佛籍。然石涛又说自己并未脱得干净,因为他处在了既不是佛也不是道之间的位置,但他还是没有说清楚究竟发生了什么事件,才让他做出这样的决定。

回到扬州后的石涛把主要精力用在了绘画创作方面,还对中国画的一些观念进行了总结,其中最著名的,当是他在一则画跋中的观点:

> 笔墨当随时代,犹诗文风气所转。上古之画迹简而意澹,如汉魏六朝之句;然中古之画,如初唐盛唐,雄浑壮丽;下古之画,

如晚唐之句，虽清丽而渐渐薄矣；到元则如阮籍、王粲矣，倪、黄辈如口诵陶潜之句"悲佳人之屡沐，从白水以枯煎"，恐无复佳矣。

此画跋的第一句被现当代画家们广泛引用，成为了一句名言，从这句话也可以窥得石涛与时俱进的心态。正是这样的心态，使他具有了独特的绘画风貌，他知道自己的画在当时有人不欣赏，但认定自己的作品必为知者所赏识。他在一幅《山水图》的题记中写道：

> 余画当代未必十分足重，而余自重之。性懒多病，得者少，非相知之深者不得。得者，余性不使易有，一二件即止。如再索者，必迟之又迟，此中与者、受者，皆妙。因常见收藏家皆自己鉴赏，有真心实意，存之案头，一茗一香，消受此中三昧。从耳根得来，又从耳根失去，故余自重之也。身后想必知己更多，似此时亦未可知也。知我者见之，必发笑。清湘陈人石涛济并识大涤堂下。

石涛推崇能够形成独立面目的画家。康熙三十三年（1694），石涛在为鸣六先生所作之画中写道："此道从门入者，不是家珍，而以名振一时，得不难哉！高古之如白秃、青溪、道山诸君辈，清逸之如梅壑、渐江二老，干瘦之如垢道人，淋漓奇古之如南昌八大山人，豪放之如梅瞿山、雪坪子，皆一代之解人也。"石涛认为能够展现独立面目的画家有渐江、八大山人、髡残、白秃、程正揆、梅清等，他当然不会在此自夸，但言外之意，自己也在此列。

石涛具有创新精神的同时，并不反对传统。康熙二十二年（1683），他在常涵千《五十寿锦屏》上写道："唐画，神品也；宋元之画，逸品也。神品者多而逸者少，后世学者千般各投所识。古人从神品中悟得逸品，今人从逸品中转出时品。意求过人而究无过人处，吾不知此理何故，岂非文章翰墨，一代有一代之神理。天地万类，各有种子，而神品终归于神品之人，逸品必还逸品之士，时品则自不相类也。若无斩关之手，又何敢拈弄笔墨，徒苦劳耳。"

可见，石涛观摩了不少唐宋精品画作，从而渐渐形成了独特的画风。对于独特面目的重要性，石涛在康熙三十年（1691）的一幅《山水画》中写道：

> 吾昔时见"我用我法"四字，心甚喜之。盖为近世画家专一演袭古人，论之者亦且曰：某笔肖某法，某笔不肖，可唾矣。此皆能自用法，不已超过寻常辈耶。及今翻悟之，却又不然。夫茫茫大盖之中只有一法，得此一法则无往而非法，而必拘拘然名之为我法，又何法耶？总之，意动则情生，情生则力举，力举则发而为制度文章，其实不过本来之一悟，遂能变化无穷，规模不一。吾今写此卷，并不求古人，亦不定用我法。皆是动乎意，生乎情，举乎力，发乎文章，以成变化规模。嘻嘻！后之论者，指而为吾法可也，指为古人之法也可，即指为天下之法，亦无不可。时辛未秋七月，清湘石涛济山僧客金门之慈源寺，寄且憨斋。

石涛不仅在绘画上有创作，在画理方面也有作品传世，他所作《画语录》被后世广泛研究和引用。而《画语录》中最著名的论点，则是石涛独特的"一画"。石涛在《画语录·一画章》中说："一画者，众有之本，万象之根。"在《画语录·兼字章》中又称："一画者，字画先有之根本也。字画者，一画后天之经权也。能知经权而忘一画之本者，是由子孙而失其宗支也。"余外，《画语录》中还有多处讲到了"一画"的概念。

《赠刘石头册》(之一) 纳尔逊艺术博物馆

究竟什么是"一画",现当代学者对此有许多的研究。朱良志在其专著《石涛研究》一书中,第一章所谈全部都是"一画"新诠。朱良志首先称:"石涛所谓'一画',是一个不为任何先行法则所羁束的艺术创作原则。世人说的是'有'或'无',他说的是'一'。他的'一',不是数量上的'一',不是一笔一画,是超越有和无、主观和客观、现象与本体等的纯粹体验境界;他的一画之法,就是为了建立一种无所羁束、从容自由、即悟即真的绘画大法。"

而后朱良志在文中分析了石涛所说的"一画"跟佛教与道教之间的关系,之后得出的结论是:"石涛的'一画'不是道,不是线,而是法。这个法是他的至法,至法即无法,是一种母法则,是法本身。'一画'作为无法之法,是要使画家解除一切来自于传统、概念、物欲、笔墨技法等束缚,进入到一片纯粹的自由境界中。"

无论是画理还是绘画风格,石涛确实都具有超前性。刘海粟在《石涛与后期印象派》一文中称:"观夫石涛之画,悉本其主观情感而行也,其画皆表现而非再现,纯为其个性、人格之表现也。其画亦综合而非分析也,纯由观念而趋单纯化,绝不为物象复杂之外观所窒。至其画笔之超然脱然,既无一定系统之传承,又无一定技巧之匠饰,故实不以当时之好尚相间杂,更说不到客观束缚,真永久之艺术也。观石涛之《画语录》,在三百年前,其思想与今世的后期印象派、表现派者竟完全契合,而陈义之高且过之。呜呼,真可谓人杰也!"

石涛的艺术才能是多方面的,除了绘画、书法、诗歌之外,他还是一位园林叠山高手。钱泳在《履园丛话》卷十二中称:"堆假山者,国初以张南垣为最。康熙中,则有石涛和尚,其后仇好石、董道士、王天于、张国泰皆为妙手。"

关于石涛的叠山作品,历史记载有两处,其一是在李斗的《扬州画舫录》卷二:"释道济字石涛……兼工累石。扬州以名园胜,名园

《赠刘石头册》（之二） 纳尔逊艺术博物馆

以累石胜,余氏万石园出道济手,至今称胜迹。"然而,这座万石园没过多久就荒废了。《扬州府志》亦载:"万石园汪氏旧宅,以石涛和尚画稿布置为园,太湖石以万计,故名万石。中有槲香楼、临漪槛、援松阁、梅舫诸胜,乾隆间石归康山,遂废。"

另一处记载则出自钱泳的《履园丛话》,这件叠山作品位于片石山房中:"扬州新城花园巷又有片石山房者,二厅之后,渊以方池,池上有太湖石山子一座,高五六丈,甚奇峭,相传为石涛和尚手笔。"

片石山房如今依然存在,成为了何园的一部分。2018 年 7 月 24 日,我来到扬州,郁新先生约来了刘向东先生,而后我们乘沈赟的车一同寻访。这天寻访的其中一站就是到何园去探看片石山房。如今的何园已经是扬州著名的旅游景点之一,虽然天气炎热,但售票处仍然排起了长队,郁新先生前去购票,而这也是我第三次走入何园。

何园占地面积较大,刘先生对此园颇为熟悉,他向我介绍说,该园的绝妙之处乃是所有的楼宇都建有空中回廊,故游园之人脚不着地,就几乎能走到每座建筑之内,而园中沿墙建造的太湖石假山也是如此,这样的建造手法在其他园林中几乎是唯一的。

片石山房处在何园的一个角落内,这个院落有独立的围墙,可能是后来并入何园的。进入小园,我在侧墙上看到了园林专家陈从周所写《重修片石山房记》,此记的落款是 1990 年,看来是那个时期修复了此园。侧墙上同样嵌着陈从周所题匾额,此匾旁的回廊上还嵌着一些古代刻石,这些刻石都被安放在玻璃罩内。

穿过回廊,眼前是一片一亩地大小的池塘,池塘对面就是石涛的叠石作品。站在对岸望过去,也许是期望值太高的原因,我未曾看出这件作品的绝妙之处。从整体外观看过去,我脑海中浮现出的是狮子滚绣球的世俗画面,我不清楚此叠石是当年的原物还是后来修复的,但陈从周是著名的园林专家,即使是修复也应当有所本。这么说来,

何园入口

楼阁相通

片石山房入口

陈从周手笔

石涛作品

侧旁看过去

片石山房的正门原来在这里

何园文保牌

眼前所见叠石应该就是石涛的作品，他的作品过了三百多年，仍然不能令我这类俗众理解，大师的特立独行也由此可见一斑。

为了能够更加看清楚石涛的艺术手法，我从侧旁穿行到假山前，可惜此处有铁栅栏门拦住了去处。参观完毕时，刘向东带领我等从侧门穿出，原来片石山房的正门在另一处，这更加证明了片石山房原本不是何园的一部分。

康熙四十六年（1707）冬，石涛病逝于常州。扬州八怪之一的高翔乃是石涛的弟子。李斗在《扬州画舫录》中写道："高翔，字凤冈，号西唐，江都人。工诗画，与僧石涛为友。石涛死，西唐每岁春扫其墓，至死弗辍。"高翔比石涛小四十多岁，对老师极其尊崇，每年去给老师扫墓，一直到其去世。

石涛墓处在江苏省扬州市瘦西湖景区的大明寺内。2012年6月1日，我第一次来到大明寺，该寺处在一座小山上，车可以直接开到山门口。门口停车场的旁边立着三块石头，中间最高的一块为不规则青石，上面刻着行楷涂金字"大明寺鉴真学院"，是江泽民的手笔。扬州是他的家乡，一些著名的地方都有他的题字，但这几个字是我觉得写得最好的。此石的两边是全国文物和江苏文物保护牌，购票入内，票价三十元。

寺院乃是依山而建，逐渐上行，好在坡度不陡，整座寺院的格局较为完整，前殿弥勒佛背后的韦驮像是扶杵向下，表明了此庙不能挂单。我没有走中轴线，而是从左侧上行，第一进院落就是平山堂。北宋庆历年间欧阳修时任扬州知府，特建此堂招待游宴宾客，但此处的说明牌称，现在的建筑是清同治年间重新修建而成。堂内没有游客，正好让我安静地欣赏里面挂着的各种照片。

从平山堂转出，来到此堂的后面，就看到了石涛之墓，这是我来到平山堂的目的之一。此墓建筑方式甚是独特，墓裙呈西式花础状，

平山堂内景

2012年拍摄的石涛墓

2012年石涛塑像所处的位置

2018年的大明寺牌坊

也有些像观世音的莲花座，然而墓顶却是半圆形，上面生着一层薄薄的绿苔，看上去像个钢盔，墓前十余米立着石涛的全身铜像。

2018年7月24日，我与郁新等人再次来到了大明寺，此时寺门前的停车场已经被封闭了起来，沈赟为了让我少走路，将车开到了大明寺后门的停车场内。然而未承想，后门禁止游客进入，郁新交涉一番，对方依然不答应，而当我们准备重新开车返回前门时，道路却因相关部门修剪树枝而封闭。无奈之下，我们只好步行走下山坡，来到大明寺的正门前。

沿着中轴线来到了鉴真纪念堂，此纪念堂乃是出自建筑大师梁思成先生之手，故在旁边看到了他的塑像。鉴真纪念堂的旁边是平山堂，

梁思成作品

转到平山堂后,石涛墓却不见了。站在那里探看一番,果真没有了痕迹。这让我怀疑自己的记忆力是否出了问题,于是向工作人员打听,对方称石涛墓处在大明寺的东北角处,而我上次来探看时石涛墓确实就在此处,不知是哪年做了迁移。

我们沿着工作人员指的路径前去寻找,在路上无意间看到了"江北刻经处"的招牌。巧合的是,就在半小时前,刘向东还向我讲述了江北刻经处与金陵刻经处的关系。当时我问刘先生此刻经处是否还存在,众人纷纷说早已没有了痕迹,没想到却在这里无意中遇到。郁新则称,此牌乃是新挂,原本这间房屋跟江北刻经处并无关系。但即便如此,我也不能过其门而不入,于是走上前敲门,接着听到了"请进"的声音。

推门入内,小小的房屋内有一人正在那里刻经版,郁新与之相识,向我介绍说,这是马延圣先生。马先生正在刻《妙法莲花经》,他说这几年的精力都用在了刻经方面,有时几个月都不说一句话。我看到他

无意间遇到了江北刻经处

马延圣先生正在刻版

侧旁即为石涛墓

石涛的铜像

所刻经版乃是三栏式,如此刻经方式我还是第一次看到。

  天气太热,刻经处里面的空调顿时让众人感受到了清凉,于是我们落座与马先生聊天。马先生拿出他特制的茶具给众人沏上好茶,我注意到每个小茶碗写的字都不同,我的那个茶碗上则是"精进"二字,也许这是佛祖对我努力寻访的褒奖吧。

  从江北刻经处走出,继续寻找石涛墓。沿着湖边一路前行,走到了大明寺西门附近,在那里看到了一座孤零零的楠木厅,此厅的侧旁就是石涛墓。走近细看,此墓的石构件均与几年前所见相同,看来就是从平山堂迁建于此的。这个区域比原址略大,石涛铜像摆在了墓的后方,此铜像的石涛留着头发,发式看上去颇具现代意味,他拿的画笔停在胸前,似乎正在构思新作。我在四周探看一番,未曾看到迁坟记之类的文字,因此还是没有弄明白为什么要将他的墓迁建于此。

王敬铭(1668年—1721年)

笔法苍劲,骎骎欲度骅骝前

清代嘉定县总共出过三位状元,分别是王敬铭、秦大成和徐郙,王敬铭是嘉定历史上的第一位状元。然而,嘉定当地人却称他为"书画状元",这个称呼容易产生歧义,按照通俗的理解,他是当地画家中的状元,这个称呼的实际含义乃指他通过超强的绘画才能最终考取了状元。

王敬铭出身望族,也是名人之后。王光乾所著《诗礼传家》一书中有一篇《五代七进士,父子两翰林——科名鼎盛的王敬铭家族》,文中写道:"据藏于上海图书馆的《嘉定王氏支谱》记载,王敬铭家族的源头可以追溯到宋代名相王旦之侄王玄,属大名鼎鼎的三槐堂支派,也是太原王氏的一脉。王玄自北迁南,家于昆山,被王敬铭家族奉为始祖。"

王玄后代中的这一支如何定居到了嘉定,该文中又写道:"王玄四传至王葆。王葆,字彦光,弱冠即通诸经,北宋宣和六年(1124)中进士,官至左朝请大夫。学行俱高,潜心古道。精于《春秋》,著有《春秋集传》《春秋备论》等书。善教诱后生,待之如亲子弟。程迥、李衡、周必大、范成大等俊贤,皆出其门下。王葆八传至王英、王芬兄弟。王英,字俊伯,贡生,官至陕西按察使。洪武年间,王芬与兄王英析箸,入赘嘉定陆氏,遂迁居嘉定县六都介山墩(今属马陆镇),

因而被后人尊称为介山公。"

王氏家族定居嘉定后，多人考取了功名，王光乾在文中写道："功名为秀才、贡生者姑且不论，进士即多达七人，分别为王泰际及其孙王畴、王恪，曾孙王敬铭，玄孙王元令、王元勋，来孙王进祖。"除了进士之外，王家还有许多的举人："最高功名为举人者也有七人，分别是王泰际子王霖汝、王楫汝，五世孙王恩溥，六世孙王映江，七世孙王庆善、王治善，八世孙王焘曾。嘉定大姓科名之盛，在明清两代无出其右者。"

进入清代，王家出了两位翰林，这就是王敬铭与其父王畴，所以当地才会有"五代七进士，父子两翰林"之誉。有意思的是，王畴父子二人能够成为翰林都跟康熙皇帝玄烨有关。

王畴在十六岁时考中秀才，此后的几十年里，未能在科举方面再进一步，直到五十一岁时考中举人，之后又经过十六年，到了康熙五十一年（1712），已经六十七岁的王畴才终于考中了壬辰科的进士，然而殿试的成绩却是倒数第四名。显然这样的成绩无法进入翰林院，然而，康熙皇帝早已听闻王畴对科考的执着，可能是为他的执着感动，于是在畅春园复试时，玄烨特意把他从倒数第四拔为正数第四，这才使得王畴成为了翰林。

对于这件事，法式善在《梧门诗话》中有如下讲述："嘉定王补亭太史畴，字树百，康熙壬辰进士，诗格在樊川、阆仙之间，不屑规抚宋人。为诸生三十年，始举京兆。又十七年，登甲科入史馆。有诗云：'五云方晓日，一第已斜阳。''同心转惜科名晚，游子常怀怙恃悲。'盖痛迟暮之不及养也。越明年癸巳，长子敬铭登上第，遂乞假旋里，偃仰草堂，时约二三朋旧，谈笑移日。疾革，时犹以长子为念。口吟云：'雁字传来天末少，叶声吹向枕边多。'呜咽不及成篇，遂成绝笔。"

王畴虽然成了翰林,但他进士及第时已近古稀之年,这让他感叹人生迟暮。让他欣慰的是,转年长子王敬铭也成了翰林,并且大魁天下,这让王畴觉得自己可以回家乡颐养天年了,于是他请假返回家乡,整日里与朋友们谈笑度日,直到他去世前还惦念着长子在京为官之事,可见王敬铭考取状元,让王畴何等之骄傲。

关于王敬铭的情况,可由王蓍所撰《翰林院修撰王敬铭墓志铭》略知梗概,该文首先称:"君讳敬铭,字丹思,号未岩,江南苏州府嘉定县人也。系出太原,与余同宗异派。自幼具宿慧,博通群籍,生平未尝以第二人自许。其文章淳雅洒脱,尤长于诗,始学义山,后仿东坡,新丽中具流转之致。善书法,精画理,骨秀神清,直入宋元名家之室。"

看来王蓍也是太原王氏后人,只是跟王敬铭家族不是一个支脉,其称王敬铭从小就聪明异常,读书很广博,并且自视很高,决不肯屈居人下,其人多才多艺,文章写得很漂亮,诗作得也很好,又擅长书法,对绘画也十分在行,有宋元名家的面目。

也许是才艺过多分散了精力,王敬铭只考取了秀才。而康熙帝的南巡,让他有了展示自己才艺的机会。《墓志铭》中写道:"乙酉春,圣祖仁皇帝南巡,君于吴江道中恭进诗画二册,奉旨供奉内廷书局。六年劳满,议叙当得官,君犹守初志不就。至癸巳,圣祖化成久道,万寿开科,君于一岁中登贤书,捷南宫,大魁天下。上尝谓侍臣曰:'此是朕里边人,朕日教出来者。'於戏!天子门生,出自宸谕,预蒙培养,特授先登。岂非千古未有之隆恩盛遇乎哉!君可谓有志者事竟成矣。"

康熙四十四年(1705),玄烨南巡,王敬铭呈上自己的诗作和画集,看来皇帝对他的作品颇为满意,于是将他带回京城,安排到武英殿修书处工作。王敬铭在此任上勤勤恳恳一干就是六年,按照规定这

《云峤长春图》

时候他可以出宫担任低级官员,然而自视甚高的王敬铭看不上这样的机会,于是没有赴任,继续留在宫中。到了康熙五十二年(1713),这年是玄烨六十大寿,故朝廷特设恩科。王敬铭就是在这一年里春秋联捷,一路通过了顺天乡试和会试,还在殿试时拔得头筹,成为了该科状元。

王敬铭的厚积薄发也让皇帝很高兴,玄烨跟身边的大臣颇为自得地说:王敬铭是我身边人,他能有这样的成绩都是我教出来的。皇帝的话让王翚也很感慨:王敬铭成了天子门生,这是千古未有的隆恩盛遇。康熙皇帝早在招王敬铭入宫之前,就已经对他十分留意,《墓志铭》中有这样一个段落:

初,君之进册也,圣祖问知为先臣弟子,六法皆所指授,即

召先臣至行在，曰："汝家有如此一个人，何不蚤行启奏？"即命先臣带入京师。回銮日，君外舅侍读学士臣孙致弥迎驾谢恩，上谓之曰："朕喜汝有如此佳婿也。"壬辰，庶常公成进士，上亲临轩遴选。庶常臣晦奏明履历，天颜有喜，顾谓侍臣曰："此即王敬铭之父也。"君在内廷供职九年，所进诗画，罔不称旨，叠被褒嘉，宠锡视伦类有加。盖圣祖之眷注于君者久矣，至是特授翰林院修撰，君本舍馆余家，故传胪之日，赐宴顺天府，大京兆具仪仗送归，即以余家为私第。居未几，赐宅一区，时人荣之。

当年圣驾南巡时，王敬铭在吴江道中迎銮，进献诗画，皇帝觉得他的画作水平不低，于是问身边的近臣，王敬铭是谁的弟子。有人告诉皇帝，王敬铭是四王之一王原祁的弟子。而给王敬铭撰写《墓志铭》

的王蓍，就是王原祁之子，所以他在《墓志铭》中称父亲为"先臣"。王原祁弟子众多，而王敬铭与金永熙、李为宪、曹培源并称为王原祁四大弟子，足以说明王敬铭绘画水平之高。

由此可见，圣祖玄烨也有很高的艺术鉴赏力，他看出了王敬铭绘画很有水准，又听说他是王原祁的弟子，于是命手下人传唤王原祁觐见。他跟王原祁说：你门下有这样水平高的子弟，为什么早不向朕禀报？皇帝返京之时，王敬铭的岳父孙致弥去迎驾，玄烨又跟他说：你有这么一位女婿，我也替你高兴。康熙五十一年（1712），王晖考中了进士，王晖报上自己的履历时，皇帝闻言颇为喜悦，对身边的侍臣说：此人就是王敬铭之父。

如此说来，玄烨把王晖由倒数第四名拨为正数第四名，恐怕也跟他是王敬铭之父有一定关系。王敬铭在朝中任职的几年时间里，给皇帝进献了不少的诗作和画作，而他的作品大多受到了皇帝的夸赞，为此也收到了许多的赏赐。那时的王敬铭在京中并无住房，借住在王蓍家，故而王敬铭考中状元时，前来祝贺者都是去的王蓍家。后来玄烨知道此况后，还专门赏赐给王敬铭一座宅院，这样的殊荣令天下人艳羡不已。

关于王敬铭拜王原祁为师，王光乾在文中这样写道："善书法，尤工小楷，点画精妙，奕奕生采。早年与吴历结为忘年交，纵谈画理，遂窥丹青堂奥。王原祁见其所绘山水，颇为惊异，以为董其昌复生，遂收为入室弟子，又指导其遍临宋元诸名家，使其成长为四王画派的代表人物之一。"

原来他跟常熟大画家吴历是忘年交，两人时常在一起探讨画理，也许是偶然的机会，王原祁看到了王敬铭所画山水，惊叹于王敬铭水准不在董其昌之下，于是将他收为入室弟子。然而，王离京在《大清状元》中，却是另外一种说法："王敬铭生于一个名门大户。他祖居的那个镇子,就因为他家的高楼大院而得名为'王楼'。由于家庭的熏陶,王敬铭自小喜欢写写画画。为了发展王敬铭的特长爱好,他家曾花大钱专门聘请了高水平家教,此人便是大画家王原祁。在王老师的精心指导下,再加上自身的努力,王敬铭同学的书画功夫日益精进。而这一特长,为他日后科举成名帮了大忙。"

此处称家人发现了王敬铭喜好绘画,故花大价钱给他聘请来大画家王原祁,只可惜王离京的这种说法未注明出处。但无论怎样,王敬铭是王原祁的得意弟子,这件事毫无异议。那时"四王"的画风最受皇帝喜爱,也许这就是玄烨喜欢王敬铭作品的原因之一。乾隆年间,皇帝命大臣整理宫中藏画,而后将精品编为《石渠宝笈》一书,此书成为清宫藏画最权威的著录,而王敬铭的作品著录在《石渠宝笈》之内的有七件之多。这些著录品中有一件《仿赵子昂云峤长春图手卷》,对于此画的状况,王光乾在文中写道:"此画赋色变化多端,场面恢弘壮观,既承王原祁家法,又得赵孟頫、王蒙笔意,堪称其晚年青绿山水的代表作。2008年,此画在匡时国际春拍中出人意料地以1008万元成交,这一天价当时连四王画派的开创者王时敏也望尘莫及。"

嘉定博物馆也藏有王敬铭画作真迹,王光乾在文中写道:"今藏于嘉定博物馆的《山水轴》,是其晚年之作,惜未设色,相传为生前绝笔。该轴构图饱满,精彩异常。层峦叠嶂,苍劲峭拔;近树远舍,错落有致;飞瀑流泉,如鸣在耳。整个画面静穆而不失活泼,秀润而不失奇崛。观之令人心旷神怡,有出尘世入山林之想。"

王敬铭考取了状元,其父王晦十分高兴,为此写过一首《喜敬儿登第》,此诗的前四句是:"两年翔步玉堂清,五夜藜灯卷帙横。争笑衰翁方视草,那知游子首登瀛。"

儿子能够大魁天下,王晦执着于功名的心愿终于得以了却,于是返回了家乡。父子都成为了翰林后,王晦觉得家中的住宅也要与之相

《山水图轴》（之一） 嘉定博物馆藏

匹配，于是买下了前明进士赵洪苑的旧居岁有堂，经过一番改造后，搬了进去。岁有堂院中有块奇石名叫翥云峰，玲珑剔透，相传是花石纲旧物，乃赵洪范在云南为官时所得，王晦也十分喜爱这块奇石，于是将岁有堂更名为翥云堂。

皇帝对王敬铭的恩宠，在徐珂《清稗类钞》中亦有记载："嘉定王丹思殿撰敬铭以康熙丁亥迎銮进诗画，称旨，入直畅春园，充武英殿纂修。书成，议叙不就。癸巳春秋乡闱（是科春闱乡试秋闱会试），联捷成进士，殿试一甲第一名。胪唱毕，圣祖谓近臣曰：'王敬铭久直内廷，是朕亲教出来者，授修撰，赐宅一区。'己亥，侍直热河，上问而父年几何？以父母年皆七十对，御书'齐年堂'额赐之。"

王敬铭随驾避暑山庄时，皇帝问王敬铭父母的年岁有多大了，王回答说父母都是七十岁，于是皇帝赏赐了一个匾额，上书"齐年堂"。对于王敬铭父母的年龄，王蓍在《墓志铭》中另有说法："己亥，扈从避暑行在。圣祖垂问臣敬铭父母之年，敬铭谨以臣父母年皆七十有四对，因蒙特赐御书'齐年堂'匾额，盖异数也。未几，丁庶常公艰归里，而君亦旋病矣。以康熙六十年辛丑四月朔卒于里居丧次，享年五十有五。"

《墓志铭》中称，王敬铭回答父母的年龄都是七十四岁，所以皇帝赏赐了"齐年堂"匾额，但此匾刚得到不久，王晦就去世了。王敬铭闻讯立即返回家乡奔丧，也许是悲伤过度，此后不久王敬铭也病逝了。

关于王敬铭的家庭情况，王蓍在《墓志铭》中有如下简述："娶孙氏，翰林院侍读学士松坪女，有贤德，以艰嗣故，屡脱簪珥置侧室。举子一元晟，太学生，妾徐氏出。女二。君没后十三年，元晟夫妇俱卒，以弟思渠子元嘉为嗣，娶范氏，生子念祖，为元晟后。既而元嘉又卒，妻范即不食，后六日亦卒。奉旨旌表节烈。"

王敬铭的原配孙氏很有贤德，因为始终未曾生育，故多次主动为

《山水图》 故宫博物院藏

王敬铭纳妾,而王敬铭的妾徐氏终于给王敬铭生了一个儿子和两个女儿,但后来儿子也过早去世了,于是嘉定王家渐渐衰落了下来。然而王敬铭绘画的名声却在当地广泛流传,钱大昕曾经写过三首《题王未岩画》,并在诗前小引中称:

> 未岩修撰,蚤为麓台入室弟子,笔法苍劲,骎骎欲度骅骝前,登第未久,即赴玉楼之召,尺素流传,人争宝之。此本虽未完,而架构已具,一展阅间,如见经营惨淡之迹,鹤溪主人善藏之,勿为人豪夺也。

钱大昕是在朋友那里看到了王敬铭的画作,虽然是一幅尚未完成的作品，但却能看出画的气势，故钱大昕劝藏有此画的朋友要好好珍惜。而其所作三首诗的第一首为：

缣素风流数太原，奉常墨妙启儿孙。
麓台已老耕烟死，又见吾乡画状元。

此诗中所说的奉常指的是王时敏，耕烟是王翚，麓台则是王原祁，钱大昕此诗之意乃是说"三王"之后，当地画坛中最有影响力者就是王敬铭。

关于王敬铭的住宅，江汉洪编著的《世代永宝》中有《王敬铭住宅》一篇，此篇中谈及："王敬铭的去世，使一家失去了这棵参天大树的庇护，王氏就此家道式微，'羲云堂'于乾隆中易主周氏，俗称周家祠堂。状元府'百忍堂'也于光绪间售归郑氏。庆幸的是，羲云堂和状元府虽然数度易主，又历经战乱以及城市大规模改造建设，依然得以较好地保存至今。"

王宅几经转卖，到如今还有部分保留了下来，这真是件幸事。对于此宅的情况，江汉洪在文中有如下描述："王敬铭住宅，俗称状元府，位于嘉定镇人民街194号、梅园路西侧。建筑坐北朝南，面宽五间，砖木结构，粉墙黛瓦。原来规模，三面环水，南达练祁河，北至清镜塘（今清河路），东侧有小河，为七进、四十八间深宅大院。现存三进院落，虽因搭建、改造，常年失修，门窗破损、缺失严重，但主体结构基本完整。一进轿厅，内部分隔凌乱，基本上看不出原来结构。二进主厅'百忍堂'，抬梁式扁作五架梁。四根金柱为楠木，故而称为楠木厅，宽敞高爽，斗拱、抬梁、雕花雀替、双步船篷轩、云山、落地长窗，工艺精湛。三进为二层楼房，与两侧厢房呈'凹'字型，为内眷居所。王敬铭住宅，是嘉定城内仅存的一处相对完整的清代早中期民居建筑，尤其是楠木厅，整个嘉定都属罕见。因此，无论是建筑本身的历史和艺术价值，还是它的人文价值，都是研究嘉定地方史的重要实例。2000年11月被公布为嘉定区文物保护单位。"

这样明确的地址，给我的寻访带来了便利，于是在2018年11月2日我前往嘉定寻找这处状元府。带我前往的乃是上海文艺出版社社长陈徵先生、刘晶晶老师及陈诗悦先生。因为有具体的门牌号码在，找到此处颇为顺利。

然而这处庄园门前的状况却出我所料，从外观看上去，这里只是个破破烂烂的院落，门口有几人摆着菜摊，热闹地讨价还价，让人感觉到这处古宅仍然有着人间烟火气。我在门的左旁看到了文保牌，确认这里就是我要找的王敬铭故居。此门的横梁上挂着194和196两个门牌号，然1999年9月出版的《嘉定住宅志》中则称："康熙五十二年（1713）状元王敬铭建宅第于今城区人民街190—196号，堂名'百忍堂'，人称状元府、楠木厅。占地0.26公顷，平楼结合，五开间七进深，有房48间。至1998年，楠木厅与部分住宅尚存。"

看来194号之前的几个号牌原本也属于王敬铭故居的范围之内。我先探看了此院的情形，穿入门洞，里面堆放着许多杂物，进入院落，看到仅是窄窄的一条，一一看过去，却找不到通往后院之门。我从查得的资料上得知，王敬铭旧宅保留至今绝非如此之小，于是回到门厅，敲开旁边一家的门。一位七十多岁的老人很和善地跟我说话，但我却听不懂他的方言，于是立即请来了陈社长与他对谈，而后陈社长告诉我，这个院落只是王敬铭故宅的轿厅，但因为现有住户还未迁出，故与后面院落隔离开来，但后院已经封闭起来，准备进行修缮，故从哪里都无法穿入。

无奈只好走出院落到侧旁探看，故居侧边的一条街名为"嘉定梅园路"。此路侧旁盖起了围墙，好在墙不高，可以看到院中一进一进的旧居。如此说来，王敬铭旧居保存的面积还不小。一进古宅就见到侧墙上悬挂着"古宅正在维修中"的告示牌。我沿着道路一直转到了围墙的前方，这里有两扇封闭的大铁门，在此敲击一番，里面无人应答。

于是掉头再返回到人民街，转到了王敬铭旧居的另一侧，这边却看不到人民街190号的号牌。眼前所见是一片新建小区，好在大铁门敞开着，于是走入院中。在楼房的侧脊上看到了"梅园路78弄"的号牌，右侧所见依然是王敬铭旧宅的侧墙，这面侧墙粉刷过，看上去颇为整洁，但一路看下去却无门可入。这面墙上开有几个窗户，其中一个窗户乃是前些年流行的铝合金推拉窗，这种窗户最容易打开，我推开了其中一扇窗，果真看到了里面的情形。如今的王敬铭故宅内堆放着一些粮食和杂物，看来这里用作了储藏室。

走出院落后，我继续沿着人民街向前探看，还是没能找到190到193号，故而对王敬铭故宅的探访只能等这里维修完毕后再来一趟了。我读到的陈兆熊所写《状元王敬铭家事》一文中，谈及王敬铭的旁支后代依然住在当地：

> 王敬铭一族在他之后逐渐式微，没有什么有成就的人物，以致到光绪年间把号称状元府第的百忍堂祖宅也卖给了广东商人郑晴波。目前在嘉定已经没有状元王敬铭的直系后裔了，其近支也只剩王敬铭之弟王辅铭的八世孙王宗良硕果仅存。宗良老人虽年逾九旬，记忆尚可，犹能缅述王家旧事。

不知此文作于何时，而王敬铭弟弟的后世也无法确认是否健在，如果能见到这位老人，也许能够了解到更多的历史故事。陈兆熊在文中还讲到了王敬铭住宅原本的环境与今日有何等大的区别："王敬铭在嘉定城内有多处产业，《嘉定住宅志》中记为'状元府'的一处，是至

文保牌

门牌号

窄窄的院落

老门上着锁

敲开另一侧房门偷拍屋中

维修告示牌

大门敲不开

粉刷过的侧墙

故宅内堆放着杂物

今仅存的一处,位于人民街 194 号,梅园路西侧。原有七开间七进深。东侧邻清镜塘,沿河有带有美人靠的复廊,可以凭眺河中游船,俯观水中倒影游鱼。前临练祁河,且有水码头,过去乘坐官船可以直接上岸进宅。1982 年续建梅园路时填平清镜塘,拆除住宅东侧两部二间,成为人行道。原来七进深的住宅,上世纪七十年代扩建清河路时拆除后面二排平房,八十年代前面临河房屋也被拆除辟为沿练祁河的绿

王敬铭故宅正面全景

感觉山墙完好

地，今存五开间四进深平、楼房合计近千平方米建筑面积，精华部分全部保留着，因为先后拆掉的全是辅助性建筑，后面两进是灶间、柴间等堆放杂物的地方与下人居住的地方，东侧两开间是夹弄与临河游廊，在清镜塘被填平的情况下已经不起作用。最南面跨街的码头房有江南水乡特色，要恢复也不困难。而留下的是主体部分，为建筑的精华部分。"

原来人民街和梅园路之间曾经有清澈的水塘，水边还有回廊，可惜这些美景变成了如今的人行道。齐年堂的匾额在几十年前还存在，如今也不知流落到了哪里。物非人也非，唯有"书画状元"的名字，依然是当地人津津乐道的话题。

冷枚（约1669年—约1742年）
妙设色，画人物尤为一时冠

关于冷枚在绘画史上的成就，道光版《胶州志》卷三十有《冷枚传》，其中写道："冷枚字吉臣，别号金门画史。旧《志》：工丹青，妙设色。初师五官正焦秉贞，后与秉贞名相埒；画人物尤为一时冠。国朝康熙时供奉内廷。为桐叶封弟图，尤著名于时，有数本，盖因仁皇帝友爱庄亲王而作。又尝奉敕作南巡图。秉贞奉敕绘耕织图，枚复助之。"民国版《增修胶志》中的评语基本类似："冷枚，字吉臣，别号金门画史。旧《志》工丹青，妙设色，初师五官正焦秉贞，后与秉贞名相埒。画人物尤为一冠。清康熙时供奉内廷，为《桐叶封弟图》尤著名于时。有数本盖因仁皇帝友爱庄亲王而作，又尝奉敕作《南巡图》。秉贞奉敕绘《耕织图》，枚复助之。《画征录》载，山东人惟秉贞与枚及州人法若真、高凤翰四人而已。"

两相比较，共同点为都谈及冷枚是焦秉贞的弟子，因为天分再加上勤勉，后来冷枚在绘画上的名气与其师焦秉贞相并列，而他最擅长的绘画题材乃是人物，在康熙年间进入皇宫工作，有名的作品乃《南巡图》，还帮助焦秉贞完成了著名的《耕织图》。

关于冷枚入宫的时间以及他在宫内的工作地点，相应史料未见记载，而关于清代的宫廷画师，《清史稿·艺术三唐岱传附论》中记载："清制，画史供御者无官秩，设如意馆于启祥宫南，凡绘工、文史及雕琢玉器、装潢贴轴皆在焉。初类工匠，后渐用士流，由大臣引荐，或献画称旨召入，与词臣供奉体制不同。间赐出身官秩，皆出特赏。高宗万几之暇，尝幸馆中，每亲指授，时以为荣。其画之精美者，一体编入《石渠宝笈》《秘殿珠林》二书。嘉庆中，编修胡敬撰《国朝院画录》，凡载八十余人，其尤卓著可传者十余人。"

　　清代宫廷画师最初并无官制，他们跟某些技工一起在如意馆内工作，地位等同于工匠。再后来，皇帝会用一些有官职的绘画者，而乾隆皇帝对画工颇为重视，常常亲自去如意馆中指导。在嘉庆朝，还由胡敬编撰了《国朝院画录》，将一些好的作品及画师收录其中。胡敬在《国朝院画录》中称："国朝踵前代旧制，设立画院，凡象纬疆域，抚绥挞伐，恢拓边徼，劳徕群师，庆贺之典礼，将作之营造，与夫田家作苦，藩卫贡枕，飞走潜植之伦，随事绘图，昭垂奕禩。材艺之士，先后奋兴，百数十年，秘笈琅函，载在御府图编者，难以悉数。"

　　关于如意馆，陈传席在其专著《中国山水画史》中也有谈及："如意馆始出现在乾隆初。在此之前有'画作''绘画处'。康熙时期还有一个临时机构书画院，临时集中一批画家完成一批任务后即告结束，王原祁曾任书画院总裁，主持《万寿盛典图》的创作，王石谷也曾参加《南巡图》的绘制。大约因宫廷对绘画的需要，又成立如意馆和绘画处。"而对于如意馆的地址以及里面的工作人员，该书中又写道："如意馆址在圆明园内，不仅有画家如冷枚、唐岱、陈枚、沈源、金昆、卢湛等人及西洋传教士画家郎世宁、王致诚、艾启蒙等，还有各种'好手匠人'，从事装裱雕刻、镶嵌乃至于家具衣物的制造等等，实际上就是为皇帝的衣食住行服务的。'绘画处'设于内廷和圆明园的慈宁宫、咸安宫、斋宫、南薰殿等处，分别养一批画家为宫廷服务，绘画处根据旨意调度安排画家从事绘画工作，有的是创作，有的是从事家具、殿宇的装饰等。清代的宫廷画家基本上都在这几个地方，直至清亡。"

这段话中提到了冷枚和其他一些画家以及西洋画家郎世宁、艾启蒙等人，他们都在圆明园内的如意馆中搞创作。中西艺术家共处一室，有时还按照皇帝的指示联合搞创作，故他们在绘画理念及技法方面应该有着很多的交流与沟通。按照胡敬的说法，当时的中国画家将西洋画法称之为"海西法"，这种画法与中国传统技法很不同，故中国一些画家对此不太接受，比如邹一桂在《小山画谱》卷下"西洋画"一条中对此持批判态度："西洋人善勾股法，故其绘画于阴阳远近，不差锱黍，所画人物屋树，皆有日影。其所用颜色与笔，与中华绝异。布影由阔而狭，以三角量之，画宫室于墙壁，令人几欲走进。学者能参用一二，亦具醒法，但笔法全无，虽工亦匠，故不入画品。"

在那个时代，持这种观点者还不在少数，但是在这种大环境下，还是有些画家经过学习，领略到了西洋画的妙处，而后将一些优点吸收，融入到中国画的创作之中。樊波在其专著《中国人物画史》中称："当时实际情形却是，许多画院画家非常认真地学习西画（海西法），如康熙年间的焦秉贞、冷枚，雍正年间的高其佩、王幼学、唐岱、沈源、陈枚，乾隆年间的莽鹄立、丁观鹏、金廷标、张维邦、姚文瀚，都在他们的绘画作品（人物画）中融合了西画因素，并且经常奉旨与西方画家从事绘画合作。"

这些愿意接受西洋画法的画师中就有冷枚，而他尤其是在人物画技法方面融入了西画因素。樊波在文中还特别强调，雍正年间年希尧在郎世宁的指导下，写了一部《视学精蕴》，该书乃是借鉴了意大利画家波梭所著《画师与建筑师用透视学》一书的观念，樊波认为该书的出版乃是"从理论上对西洋画法作了明确的认可"。

但是，中国画家对于西洋技法的吸收是有保留的，他们并没有照搬西画技法，而是将其吸收转化，而后再利用，由此形成了独特的绘画风格。故樊波在其专著中做出了如下总结："实际上，盛行于清代宫

《梧桐双兔图》 故宫博物院藏

廷绘画中的洋风洋调有两种路数。一种是以中国画家（如焦秉贞、冷枚、莽鹄立）为代表，立足于中国绘画而参用西方绘画，他们的创作和作品构成了中国绘画史上艺术变革的极为重要的一环，他们融合中西所作出的初步尝试以及所获得的经验，就是在今天也值得我们重视。另一种是以郎世宁为代表的一批西方画家，他们在以西画影响中国绘画的同时，也试图借鉴和吸收中国绘画的艺术手法和造型观念，他们在与中国画家共同合作中对中国绘画也有了比较深入的了解和把握，他们不少人物画作品大都呈现中西融合的风貌。"

想来冷枚正是在这种氛围中，积极从西画技法中汲取养分，而后融会贯通，形成了自己的独特画风，为此受到乾隆皇帝的看重。从相关史料来看，冷枚在宫中作画的时间，跨越了康熙、雍正、乾隆三朝，但雍正朝的内府档案中未曾提及冷枚之名，而乾隆时期的记载最多，由此也可看出，他在宫中受重视程度的变化。杨伯达在《冷枚及其〈避暑山庄图〉》一文中分析说："玄烨死后，冷枚在内廷的命运，不甚明了。有关档案资料可供研究的有：一、雍正时期'内务府造办处各作成做活计清档'中没有冷枚创作活动的资料；二、'内务府造办处各作成做活计清档'中，雍正四年三月十六日画画人名单中没有冷枚之名，雍正十一年三月初三的慈宁宫画画人叁月份银两内仍无冷枚之名。据上面的材料分析：雍正时期，或者说在雍正初年，冷枚已离开内廷，不再在画院作画，成为一名在野的民间画师了。现存故宫博物院的《农家故事册》，款'雍正庚戌深秋，金门画史冷枚画'，就是冷枚离开画院后画于雍正八年（1730）之作，所以至今没有发现过雍正时期冷枚'臣'字款画的原因即在于此。"

关于冷枚在宫中受到重视程度的变迁，故宫博物院的聂崇正先生在《清宫廷画家冷枚其人其作品》一文中，经过查阅《内务府造办处档案》，对相关状况进行了疏理，其结论为："康熙皇帝去世后，雍正

《避暑山庄图》 故宫博物院藏

皇帝即位，十分奇怪的是，在雍正十三年间，他的名字却从清内务府造办处的档案中消失了，这是令人很不解的事情。根据笔者的研究和分析，有迹象表明：冷枚与康熙皇帝被废黜的皇太子有所交往。冷枚一定是受到此事的影响而被雍正皇帝所弃用的。不过冷枚虽然不在宫中当差，却被雍正的儿子弘历吸纳在宝亲王府内作画。所以等到雍正皇帝去世后，皇子弘历即位，新皇帝马上于乾隆元年（1736年）将画家冷枚招进宫中供职。"对于这种猜测的依据，聂崇正在该文的结尾写道："在康熙时冷枚还画有《十宫词图》册和《养正图》册，都是以古代历史上的帝后人物入画。其中的《养正图》册（又称《圣功图》）是专门为皇太子学习而画的，而康熙时的皇太子自然就是后来被废除掉的胤礽，这应当就是冷枚于雍正年间离开宫廷的原因。至于到了乾隆时，冷枚又奉命在宫中画了《养正图》册，那多多少少有些安慰画家的意思在其中。"

按照聂崇正的推测，冷枚无意间卷入了康熙朝皇太子之争，雍正即位后，对这些皇子进行了无情的打击，冷枚也受连累，因此被弃用。但是雍正皇帝的儿子弘历却对冷枚的画风很欣赏，他将冷枚召入自己的府第继续绘画，在弘历登基后，又立即公开下令命冷枚创作。乾隆元年（1736）正月初九日的《内务府造办处档案》载："内大臣海望奉上谕：于四月二十六日，将冷枚画得《龙作雨图》绢画一张呈进讫。于二年六月初七日，将冷枚画得《老妪解诗图》绢画一张呈进，奉旨：着托纸一层。钦此。"而聂崇正还称："档案里的'将冷枚叫回造办处'这句话，非常说明问题。"因为"冷枚就随乾隆皇帝的命令，进宫再次成为宫廷画家，成为了著名的中外宫廷画家郎世宁、唐岱、沈源、丁观鹏、张为邦等人的同事。冷枚虽然在乾隆初年再次进入宫中，而事实上他供奉宫廷的资格比以上诸人都要老得多"。

《造办处档案》在乾隆朝记载有冷枚之名约十几处，比如乾隆元年正月十二日："员外郎常保将画画人冷枚，家口甚众，钱粮不足度用回明。内大臣海望着画画人冷枚俟到圆明园去时，除伊在本库每月所食钱粮十一两之外，再给饭银三两，俟画完时再将饭银停止。"

有人告诉皇帝说，冷枚家中人口多，生活较为拮据，于是皇帝下令让冷枚到圆明园搞创作，为此特意给他加了饭钱。到了下个月，皇帝又批准给冷枚的两个儿子加饭钱："二月十七日，内大臣海望口奏，画画人冷枚有一子，现今帮伊画画，欲照画画人所食次等钱粮赏给工食，应否之处，请旨。奉旨：知道了。钦此。本月二十三日，员外郎常保来说，回明内大臣海望，给冷枚之子冷鉴三等钱粮及衣服银两。钦此。"到了乾隆二年四月十四日："内大臣海望奉上谕：着将官房查几间给冷枚居住。钦此。"

以上这些都体现了乾隆皇帝对冷枚的关照，弘历不但给冷枚补贴，对冷枚的两个儿子也予以关照，后来还找出几间官房让冷枚居住，可见冷枚在乾隆朝受到的关照程度最高，究其原因，当然是他的绘画作品受到了弘历的喜爱。乾隆元年三月七日，《造办处档案》载："太监毛团传旨：着将画绢冷枚几块，令伊随意画画。钦此。画得惜花春起早一、爱月夜眠迟一、漠漠水田横一、万寿绢画一、雪艳图一、海天旭日一。以上三月至十二月画得，由画画人沈源交进。搦管构思图一、锡飞常近鹤一，画能作雨一、钵龙致雨图一、老妪解诗图一、高士跨骞图一。以上二年四月至十一月画得，由首领萨木哈交进。三阳开泰一、贮看丰年一、松枝引鹤行一、自王来朱砂判一。以上二年十二月至三年五月画得，司库刘山久交进。"

皇帝命太监拿给冷枚几张画绢，让他随意画什么都行，可见对冷枚的信任程度很高。但任其发挥的同时，弘历有时也会作具体的指示，比如乾隆元年八月二十六日："太监胡世杰交冷枚人物画一张，传旨：着冷枚照样收小些画一张，其人物大小不用动，其画上圆光窗户放大些，画得时贴在此插屏上。钦此。"另外弘历有时候会命冷枚绘制肖像画："二月初一日，首领李久明将冷枚画得《圣帝明王图》画稿十二张，持进交太监毛团、胡世杰、高玉呈览。奉旨：照样准画册页。钦此。于四年七月十六日，催总白世秀将画得《圣帝明王图》册页十二片，持进交太监胡世杰呈进讫。"

还有一件事也可说明弘历对冷枚的重视，乾隆四年（1739）正月初五日《造办处档案》载："七品首领萨木哈来说，太监胡世杰传旨：冷枚现画《圣帝明王图》《养正图》，上面像着冷枚画，其余另着人画。再将《养正图》着冷枚起稿呈览，候准时再画。再着冷枚将册页手卷随意起稿几张呈览，亦准时再画。再将冷枚现已画完未画完俱伺候呈览，嗣后冷枚所画之画，凡面像俱着伊画，其余另着人画。钦此。于初七日七品首领萨木哈将冷枚画稿十张交太监胡世杰呈览，奉旨：准画七张，《世掌丝纶》《福随春至》《渴骑奔泉》《红线效颦图》《英雄奇遇图》《芝兰竞秀》《儿孙绕膝》。于三月初三日七品首领萨木哈将冷枚《桐阴刺绣》画稿一张交太监毛团呈览，奉旨：准画。钦此。于乾隆五年二月十四日七品首领萨木哈、催总白世秀将冷枚画得开脸相《桐阴刺绣图》绢画二张，随稿样一张交八品官高玉、太监毛团呈览，奉旨：着'春雨舒和'画画人画。钦此。于本日将冷枚画得开脸像《桐阴刺绣图》绢画二张，随样稿一张，交首领李久明持去讫。"

弘历命冷枚创作《圣帝明王图》《养正图》等，明确地说这些作品中的人像由冷枚来画，其他的服饰及器物景致等可由别人来代笔。弘历还说，自此之后可定为规矩，凡是让冷枚创作之画，他只画人像，其余的都让别人来画。这个记录说明了两个问题，一是冷枚到此时年岁大了，如果让他创作整幅作品，恐其体力难以支撑；第二，冷枚所画人物肖像最受弘历喜爱，而他人所绘得不到皇帝如此青睐，故弘历宁可让其他人代笔也坚持命冷枚来画人物容貌。

《雪艳图》 上海博物馆藏

这个时段，冷枚的儿子冷鉴也在宫中画画，从相应的记载来看，冷鉴也擅长人物画。乾隆五年（1740）五月十四日皇帝下谕旨称："太监吕进朝将画画人冷鉴画得白描汉功臣图二十七张，持进交太监胡世杰呈览。奉旨：将此画交菱荷香收着。着画画人冷鉴自画人物大画一张。钦此。于本月十五日将白描汉功臣图二十七张交太监李久明持去讫。于本年八月初十日，画得人物大画一张，催总白世秀持去交太监胡世杰呈进讫。"

但是到了乾隆六年（1741）十一月十四日："司库刘山久、白世秀来说，太监高玉交宋苏汉臣《太平春市图》手卷一卷，随匣传旨：着冷枚、丁观鹏、金昆、郎世宁等四人按此手卷画意，另起稿意张呈览。钦此。"乾隆七年（1742）四月初五日："副领催德邻持来如意馆押帖一件，内开本日起得手卷呈览，奉旨：准画，将金昆、冷枚所画的稿俱着丁观鹏画。钦此。"

看来到了乾隆七年，皇帝命将冷枚等人的画稿拿给丁观鹏，以此预示着冷枚已经不能画画了。而乾隆七年七月二十三日档案载："司库白世秀来说，太监高玉传旨：着动用造办处钱粮赏冷枚银五十两。钦此。于本月二十七日赏给冷枚讫。"对于这段记载，聂崇正在文中写道："这似乎是画家冷枚在宫廷中最后的信息，此后档案中就没有他的名字出现了。"

然而冷枚是不是逝世于乾隆七年，未见史料记载，聂崇正猜测冷枚应当去世在乾隆七年之后，而具体卒年难以落实。对于冷枚的生年，也同样查不到具体史料，聂崇正猜测说："如果画家冷枚于康熙三十年（1691）参加《康熙南巡图》绘制时年龄以二十岁计算的话，到了乾隆七年（1742）的时候，他也已经年逾古稀了。可以说冷枚是一位经历了康、雍、乾三朝（雍正时期一度被放逐）的知名宫廷画家。"

然而王怀义在其所撰《清代宫廷画家冷枚生平补正》一文中认为

这种推论并不准确:"目前所知冷枚的生卒年是后世学者根据文献记载准断出来的:其一,根据《南巡图》的创作情况推测冷枚进宫的时间,然后前溯三十年得到其生年;其二,根据清宫造办处档案,冷枚最后被记载的时间是乾隆七年(1742),由此推定冷枚大约在此后不久去世。这方面的研究以聂崇正、杨伯达和李亦梅的论著为代表。聂崇正认为冷枚是康熙二十九年(1690)开始创作的《南巡图》的作者之一,同时他将冷枚入宫时间假定在二十岁,则其生年在康熙九年(1670),卒年约在1742年左右,享年七十二岁。李亦梅认为冷枚最迟在康熙二十年(1681)前就已入宫,将冷枚的去世时间定在1742年,但没有涉及冷枚的生年问题。杨伯达根据《胶州志》'秉贞奉敕绘《耕织图》,枚复助之'的记述,以及冷枚康熙四十二年(1703)奉敕仿仇英《汉宫春晓图》的记载,认为冷枚进宫的时间'大体在康熙三十五年之前,最迟也不会晚于康熙四十二年'。但是,《胶州志》所记冷枚'又尝奉敕作《南巡图》'为杨先生忽略,《南巡图》的制作始于康熙二十九年,则冷枚进宫的时间当在此之前,所以聂崇正说'冷枚入宫供职的时间至迟不会晚于此时',但上述论著均将冷枚入宫供职的时间推算晚了,这就影响了对冷枚生年的推算。"

王怀义从王沛恂的《匡山集》卷一《题冷吉臣画册》中找到了如下记载:

> 辛酉之秋,余赴试北闱,与先中允兄坐间得晤冷子吉臣,年弱冠,聪慧绝伦。问所业,"先,皇帝选入内廷,习绘事"。后闻《南巡图》多出其手。会乙酉夏,余入都谒选人,遇诸僧舍,壁悬人物画甚多,皆意在笔先,生气勃勃欲动。云鬻以自给也。余素嗜丹青,从未见写生若此之工者。问《南巡图》,乃出其稿以相示。

该文中提到的"先中允",王怀义认为是指王沛恂的哥哥王沛思:"王沛思于康熙十八年(1679)中殿试二甲四十名进士,由庶吉士历左奉卿、左中允兼翰林院编修,因而王沛恂称其为'中允'。王沛恂在康熙五十一年(1712)前后罢官,隐居于山东五莲县九仙山,'匡山'为九仙山之一,《匡山集》亦由此得名。这时他的哥哥王沛思已经去世,故文章称'先中允'。"

这段引文中的"辛酉之秋"乃是指康熙二十年(1681),这一年王沛恂到京城赶考,寄居在哥哥王沛思家,而恰好冷枚在王沛思家,于是两人得以相见。王沛恂在文中说那时的冷枚"年弱冠":"按照古时的算法,'弱冠'乃指二十岁。由此前推二十年,则冷枚的生年当在1661年,比聂崇正先生的推断早九年。"

关于冷枚的卒年,王怀义在文中称,他发现了乾隆八年(1743)《造办处档案》中的记载:"三月……初九日司库白世秀,副催总达子来说,太监高玉、胡世杰等交黑漆边围屏二架,每架十二扇。画花卉围屏,每架六扇。花梨木围屏一架,十六扇。花卉围屏一架,八扇。冷枚字画围屏一架,十二扇。……冷枚围屏画起下送进,着周昆画通景山水。"

但这段记载能够说明冷枚此时没有去世吗?王怀义认为这一点也不能确认,因为有可能这架围屏是冷枚在世时已经书写、绘制完成,那么冷枚究竟去世于何时呢?王怀义也没有找到确凿证据,他仍然是从皇帝命丁观鹏取代冷枚画美人像予以推测:"根据其间造办处档案,可知这段时期内宫廷美人像的脸部(面像)一般都是冷枚画的,其他部分则由他人完成。直到乾隆八年六月,丁观鹏取代冷枚开始画美人脸像:'(乾隆八年)六月初七日副催总六十七持来司库郎正培押贴一件,内开为本年五月二十九日太监胡世杰持来百美围屏一件。传旨:着丁观鹏画脸像。钦此。'据此可以推测,冷枚应该是在乾隆八年五月二十九日之前去世的,他的专属工作此后由丁观鹏代替。"

从王沛恂在《题冷吉臣画册》中的记载来看,早年冷枚虽然在宫中作画,但生活颇为困苦。康熙四十四年(1705)夏,王沛恂前往北京候选,在一个寺院内遇到了冷枚,当时冷枚寄居于此,墙上悬挂着许多人物画。王沛恂夸赞这些画画得生机勃勃,而冷枚却告诉他,在这里画画乃是为了出售,以养活自己。可见冷枚虽然有如此高的画技,但并不能凭借这身技艺在朝中过上优渥的生活,他还是需要靠在市面上出售画作来补贴家用。由此也可看出,那个时代画工地位之低,这也是关于他的资料记载很少的原因。《清史稿》中没有给冷枚单独列传,只将他附在"焦秉贞"之后:"其弟子冷枚,胶州人,为最肖。与绘《万寿盛典图》。"

王怀义爬梳剔抉,居然还找到了《冷氏族谱》,从中了解到冷枚是元末明初胶州画家冷超岩之后,为冷氏第十六世孙。关于冷超岩的生平事迹,《冷氏族谱》记载:"超岩,字实芬,号一手先生,元翰林。图画精妙,写神尤逼真。尝写顺帝容,称旨,赐绛衣,擢为秘书监。且性至求,友人雅重之。载州志,原载登郡志,配仇氏。"

冷超岩也是一位绘画高手,最擅长的题材正是肖像画。他给元顺帝所绘的肖像受到了皇帝的赞誉,为此受到封官。如此说来,冷枚在人物肖像画方面的特长,遗传了冷超岩的基因。王怀义又从《冷氏族谱》中查得:

> 字吉臣,选州同,穷丹青之妙,设色巧细,不见墨迹。画美人女子为一时绝冠。供奉内廷,绘《耕织图》,称旨,时近天颜,人称为金门画史,配刘氏、纪氏,生子三。

以此可知,以往认为冷枚仅有两子,即冷鉴和冷铨,通过《族谱》了解到，冷枚其实生有三子，另一子的名字为冷鐕。而冷枚离开家乡前往北京的原因，冷枚在为《冷氏族谱》所写序言中称："枚距始祖十六世，早岁随父流寓长安，以微技荷圣天子眷赏，供奉内廷养心殿。"

由此可知，冷枚是跟着父亲来到北京的，后来进入内廷画画。他如何进入内廷，史料上亦未见记载，但大多数人猜测，他是由老师焦秉贞推荐入宫的。但他最终的归宿则不得而知了，他是否返回了家乡胶州也未见资料记载。关于他的祖籍，陈沫吾著《围炉煮墨》中有《清宫廷画家冷枚的生平与艺术考辨》一文，此文写道："冷枚在胶州的一世祖即元末的著名画家冷超岩，因为他为元顺帝画肖像有功，顺帝赏给其胶州黄埠岭土地若干顷，遂居焉。其祖上原居之黄埠岭在胶州城西，离城约三里许，在冷枚之前的几代已迁居胶州城之分水岭街（今青岛市胶州中心医院驻地）。"

李沛庆在《冷枚》一文中亦有相类似说法："冷枚，字吉臣，号金门画史，胶州人，是一位享有盛名纵跨清朝三代帝王（康熙、雍正、乾隆）的长寿画家。冷枚的一世祖名冷超岩，也是一位知名画家，冷枚为十六世。其祖上原居胶州城西二里之外的黄埠岭，在冷枚之前的几代已迁居胶城之分水岭（今胶州中心医院驻地）。"

以此可以确定，寻访冷枚故居的具体方位。2019年4月26日，在齐鲁书社副总编刘玉林先生的带领下，由小徐开车，我们从莱州市一路南行前往胶州，中间又寻访了两处，因为地址的不确定，走了一些冤枉路，这一天跑了四百余公里方到达胶州。进入市区时太阳已偏西，但想到第二天的行程，我还是决定趁着太阳未完全落山，先探访胶州市区内的两个点，其中之一就是胶州中心医院，前去寻找冷枚故居遗迹。

小徐用手机导航，竟然查出了冷枚故居这个地址，然我们开到附近时，却发现导航所指之处乃是医院的隔壁。此处有停车栏杆，不清楚是否为内部停车场，小徐让我二人下车，他另去找能停车的地方。我跟刘玉林沿此门走入院中，眼前所见几侧都是高楼大厦新建筑，我开始担心冷枚故居已经拆得没有了痕迹。

走出二百余米，见到一个社区小广场，广场的正中有一个小花坛，花坛里面竖起了一块三米多高的太湖石，虽然此石的造型并不俊秀，似乎瘦、漏、皱、透都不太沾边，但我本能地觉得这块石头应该跟冷枚有一定的关联。走到近前，果真看到上面刻着"冷枚故居旧址"，看到这行字，我的心中喜忧参半，一来总算找对了地方，二来既然上面说明是旧址，也就表明已经拆干净了。

转到太湖石的另一侧，看到此石下方刻着冷枚的生平简介，对于冷枚故居的变迁却只字未提。我有些不死心，除了赶紧拍照外，又围着小广场四处探看，希望能找到一些旧石件，但寻找的结果令我失望，因为小广场已建成附近居民锻炼身体的场所，安放着一些运动器械。四围的楼房开着几间门脸，我走进一间"大馅馄饨"，向老板打听哪里还能看到冷枚故居的旧物，老板说他租此店几年了，这里一直都是现在的这个样子。看来他不是本地人。我在广场上又遇到了几位玩耍的中学生，我问他们冷枚故居的情况，他们睁大眼问我冷枚是谁，我指着太湖石上的字让他们看，几人说他们天天在这里玩，从来没有留意过石头上刻的字。

走到太湖石的侧前方，刘玉林捡到了一件红色的羽绒服，他估计是这帮孩子玩疯后忘记了，转身一看，那几个学生已经跑得没有了踪影，刘玉林只好将这件衣服挂在一个树杈上。此时天色已渐渐暗了下来，隔壁护栏上的灯箱也亮了起来，走近一看，原来是介绍医院的神经内科，上面称"本院该科是胶州市最早唯一对神经系统疾病进行专科专治的科室"。我到处寻找毫无用处的历史遗迹，是不是神经上也有

小广场中心看到一块太湖石

冷枚故居旧址碑

刻有冷枚简介

些问题?而这一侧有胶州中心医院的侧门,我跟刘玉林说自己真想进去看病。刘兄正色对我说:"韦力先生,别闹了行不行。"好吧,我们又继续在这里探访,边走边看,走到了医院的正门。我不清楚如今的胶州中心医院所占的位置是否都是冷枚故居的院落,但该医院——也

沿着四围探看

夜幕下的医院正门

许是有关部门——在医院旁边竖起了块旧址标牌，仅凭这一点就足以令人夸赞，因为我在寻访过程中遇到过不少了无痕迹的情况，跑了几百公里却找不到所寻之物，甚至连个说明牌都没有，失望之心可想而知。从这个角度来说，我应当赞赏胶州市的做法。

蒋廷锡（1669年—1732年）

工写生，参用西法，尤善画牡丹

说起蒋廷锡，人们大多将其视为清早期的宫廷画家，但也有人认为这种评价方式有些片面，林姝在《康雍两朝的名臣蒋廷锡——兼论蒋廷锡非宫廷画家》一文中就持这种观点："现在，提及蒋廷锡，人们多联想到他的绘画，并认为他是康雍年间的宫廷画家，笔者认为这种认识过于片面，也有失公允。在康雍年间，特别是雍正年间，蒋廷锡的社会活动主要表现于政治舞台方面，其政绩远远超乎画艺成就。"

《清史稿》中蒋廷锡的传记颇长，然而涉及到他的绘画成就，该传中仅有"廷锡工诗善画"一语，这篇传记主要所谈乃蒋廷锡的生平事迹及其工作业绩。该传首先称："蒋廷锡，字扬孙，江南常熟人，云贵总督陈锡弟。初以举人供奉内廷。康熙四十二年，赐进士，改庶吉士。四十三年，未散馆即授编修。屡迁转至内阁学士。雍正元年，擢礼部侍郎，世宗赐诗贤之。"

以上这段话谈得较为笼统，仅说蒋廷锡为云贵总督蒋陈锡之弟。其实从廷锡祖父这一代，蒋家就是进士出身。蒋廷锡的祖父名蒋棻，是明崇祯十年（1637）进士，曾官广东南海、福建建安知县，《重修常昭合志》载其："知南海县，催科有法，猾吏不得干没，赋入为诸县最。虑囚痛惩捏控诬供者，擒治妖人熊顺吾，不致蔓延煽变。丁艰服阕，补建安县，尤著声绩。"

可见蒋棻在任上颇有政绩,明朝覆亡后,蒋棻杜门著书教子。他的儿子蒋伊在康熙十二年(1673)成进士,选翰林院庶吉士,十八年起补广西道御史。蒋伊为官清廉,虽然生活清贫却不取民间一物。更为难得的是,蒋伊颇能体恤民间之苦,他利用自己的绘画才能,把发生自然灾害时的社会状况绘成十二幅《流民图》,而后进献给皇帝。《常熟县志》载:"绘为十二图以上,曰《难民图》《寒窗读书图》《水灾图》《观榜图》《冲驿图》《旱灾图》《鬻儿图》《冬狱图》《暑狱图》《暴关图》《春耕夏耘图》《催科图》。皇上披图览疏,午夜彷徨,宣旨慰劳。二十二年东巡,道路疮痍,宸垂盼睐,顾左右叹息:'此蒋伊《流民图》。'"

康熙皇帝收到此图后仔细翻阅,颇能理解蒋伊的良苦用心,康熙二十二年(1683)皇帝东巡,看到有些地方的情形确如《流民图》所绘,这让玄烨感叹不已。蒋伊就是蒋廷锡之父,蒋廷锡的兄长蒋陈锡为康熙二十四年(1685)进士,从文献记载来看,蒋陈锡也是一位能吏。家人的观念当然会影响到蒋廷锡,故其从小既刻苦读书,又努力练习武艺,以期长大后报效国家。郑方坤在《国朝名家诗钞小传》中称其:"少承门荫,驰马试剑,顾盼自雄,有魏收、段成式之风。稍长,折节读书,文繁理富,秀绝寰区,出而与东南名士相角逐,众无不敛衽避之者。"

年少的蒋廷锡喜欢骑马射箭,郑方坤认为他有魏收、段成式之风,而这两位乃是历史上有名的官宦子弟,蒋廷锡对自己的家庭出身也颇以为傲,他在《青桐轩诗集》卷首写道:"客问予曰蒋之门阀贵盛,家学渊源夫有所受之矣乎,曰:'固也,此其所资以学者也,非所资以悟者也,至于悟则九万里风斯在下,送君者皆自崖而返矣。'"

蒋廷锡不仅努力读书,还有藏书之好。陈中庆在《破山集》的序言中称:"扬孙,名父之子,天授逸才,风鉴澄爽,见诸如近玉山映照人，早工文章，落落成一家言，不寄人篱下。性好奇嗜古，闻有异书则倾囊购之，邺侯架上缥湘稠叠，以故博极载籍，心通性达。"

康熙二十六年（1687），蒋伊卒于官，时年五十七岁。当时蒋廷锡十九岁，家中的变故让他收敛心性，更加刻苦读书，之后他来到了北京。康熙三十八年（1699），他三十一岁，于顺天府考中举人，而后被举荐到南书房工作，这个工作经常能够直接见到皇帝，皇帝也颇为赏识蒋廷锡的才干。康熙四十二年（1703），蒋廷锡仍未考中进士，但其才干获得了皇帝的嘉奖，他被蒙恩获赐进士，几个月后便迁庶吉士，《圣祖仁皇帝实录之三》卷二百十一载："举人汪灏、何焯、蒋廷锡，学问优长，今科未得中试，著授为进士，一体殿试。"该《实录》又称："庚寅，谕翰林院：选拔庶常原以作养人材。今科进士特加简阅。取汪灏、查慎行、何焯、蒋廷锡……四十九员、俱着改为庶吉士，并修撰王式丹，编修赵晋、钱名世分别满汉书教习。尔衙门即遵谕行。"

在皇帝的关照下，蒋廷锡考取了二甲第四名进士，转年未散馆即授编修，几经升迁，官至内阁学士。以此可见，康熙皇帝对其何等之赏识，以致能给予这样的破格录用。然其在康熙朝虽受破格录用，但仍然只是普通的文臣，等到胤禛登基后，蒋廷锡更是官运亨通，于雍正元年（1723）三月被提拔为礼部右侍郎。之后的几年，蒋廷锡一路升迁，到雍正四年（1726）二月，他做到了户部尚书，雍正六年（1728）拜文华殿大学士仍兼领户部，七年（1729）又加太子太傅，可谓位极人臣。林姝在文中写道："雍正四年十月，又命蒋廷锡兼兵部尚书。十二月，蒋廷锡生母曹氏去世，皇帝未准蒋廷锡按制居丧的请求，仅允在任守制。因为此时已在秘密筹备准噶尔军务，'一丝一粟，皆用公帑，而民间并不知有用军旅之事'。作为户、兵二部尚书，蒋廷锡的作用愈加重要。之后，蒋廷锡作为文华殿大学士、首任军机大臣，和怡亲王、张廷玉同为雍正最信任的重臣。国家的一切军机大事，蒋廷锡都直接参与。"

蒋廷锡能够得到如此迅速的提拔,跟其与康熙末年诸子竞争皇位有直接关系。沈德潜在《清诗别裁集》中为蒋廷锡所作小传里写道:"康熙朝已官内阁学士,雍正初历尚书,久绾户部以入军机,官文华殿大学士,恩宠无比,倚任之专,稍亚张廷玉。疑其受知先已入侍雍邸也……康熙时内廷修书无廪给,以内监督之,轻亵极矣。黠者以诸邸为奥援,愿者周旋于雕瑑之后而已,诸人落拓不得志,陈梦雷、钱名世铩羽遭斥。又其甚者也。廷锡独至大官,子溥继武,疑别有径窦也。"

胤禛登基后,陈梦雷、钱名世等其他皇子的党羽遭到贬斥,而蒋廷锡一路受到提拔,显然这跟皇子争权过程中,他站在了胤禛阵营有直接关系。胤禛登基后,立即将《古今图书集成》的编者陈梦雷发配边疆,对于未曾编完的《古今图书集成》,雍正帝下令由蒋廷锡继续完成。蒋廷锡在雍正元年正月二十七日给皇帝所上奏折中称:"随于初八日到馆,同在馆人员先将通部卷数查明,查得《古今图书集成》共一万卷,已刷过九千六百二十一卷……令在馆人员分卷重校,臣廷锡、臣邦彦再加总阅,务期改正无误,仰副皇上命臣等至意。"

这部大书由蒋廷锡、陈邦彦重新编修后,作者署名由陈梦雷改为蒋廷锡,这些都说明雍正帝对他的看重。正因为如此,雍正帝也效仿康熙帝,赐蒋廷锡之子蒋溥举人,《清史稿》中载:"子溥,字质甫。雍正七年,赐举人。八年,进士,改庶吉士,直南书房,袭世职。廷锡卒,溥奉丧归,命葬毕即还京供职。十一年,授编修。四迁内阁学士。乾隆五年,授吏部侍郎。"

蒋溥也是位能吏,雍正八年(1730)就被任命为湖南巡抚,而他正是在这一年考中了进士,同样受到雍正、乾隆两朝皇帝的重用,在乾隆朝他做到了东阁大学士兼户部尚书,与其父有着同样显赫的地位。

《芙蓉鹭鸶图轴》 故宫博物院藏

从以上这些均可看出，蒋廷锡家族乃是地位显赫的官宦之家，正是因为这个原因，绘画对他而言仅是政务之暇的余事，而他在繁杂的工作之余，还能创作出那么多精细的工笔画，确实令人难以想象，以至于民间传说他的这一路画风乃是有人代笔。

其实从各种文献记载来看，蒋廷锡在绘画方面确实颇有才能。张庚在《国朝画征录》中称：

> 蒋廷锡，字扬孙，号西谷，又号南沙，常熟人。康熙癸未进士，入翰林。以逸笔写生，或奇或正，或率或工，或赋色或晕墨，一幅中恒间出之，而自然洽和，风神生动，意度堂堂，点缀坡石水口，无不超脱，拟其所至，直夺元人之席矣。士大夫雅尚笔墨者，多奉为模楷焉。

由这段评价可见，蒋廷锡有多种绘画风格。他的绘画传承虽然未见资料记载，但如前所言，其父蒋伊就擅长绘画，所绘《流民图》还曾受到康熙帝的赏识，因此蒋廷锡最初的绘画技法很有可能是来自其父的家学。尚未在朝中任职时，蒋廷锡在家乡与同辈画家也多有往来，鱼翼在《海虞画苑略》中载其："未第时与马栖霞、顾雪坡游，游戏翰墨，天资高迈，落笔超然绝俗。"

蒋廷锡在家乡时就与当地的一些画家共同搞创作，而他与常熟画家马元驭交往最为密切。马元驭是恽寿平弟子中最著名的一位，张庚在《国朝画征录》"恽寿平"条中载："弟子马扶羲，字符驭，得其传授，名于时，逸笔尤佳。"冯金伯所著《国朝画识》中提及马元驭时亦称："少聪敏，长于画，其笔信手皆有生，好读书，嗜酒。……有田数十亩，在尚湖之滨，困于徭役，率不计值售以去，家由是日落，而画益工。王石谷翚以画名，尝称之曰：'扶羲神韵飞动，不泥陈迹，高于陈道复、陆叔平矣。'继又师恽南田寿平尽得其传。"

可见马元驭是一位有成就的画家，他的父亲马眉就是一位有名的花鸟画家，而马元驭的儿子马逸和女儿马荃也同样有绘画才能，后来马逸又成了蒋廷锡的弟子，可以想见，马元驭对蒋廷锡的绘画风格有着一定的影响，郑抡逵就在《虞山画志》中称蒋廷锡："从马扶羲游，即工写生，堪与宋人争躅。"

正因为这个原因，有人认为蒋廷锡的绘画风格乃传承恽寿平一派，蒋宝龄在《墨林今话》中就持这种说法："恽南田后，写生一法，自以蒋文肃公为最，恒轩继之。"

其实在当时，马元驭的画名要高于蒋廷锡，但在后世的名气却又远小于后者，以至于梁廷枏在《藤花亭书画跋》中感慨道："扶羲嗣响南田，为蒋文肃座上客，其家矩渊源花鸟号称神品……故扶羲一生，前不可无文肃后不可有文肃，盖在幸与不幸间已。"

蒋廷锡去世后，皇帝赐谥号曰"文肃"，故后世称其为蒋文肃，马元驭始终是一位乡里画家，而蒋廷锡却一路高升，故蒋的名声远高于马。但蒋廷锡并未忘记这位布衣画友，他在朝中做高官时，曾经几次写信邀请马元驭入京，但马都婉拒了蒋的好意。冯金伯纂辑的《国朝画识》卷七载："相国蒋文肃，处士同里也，尝与处士讲论六法……无一日不聚青桐轩。及蒋公官禁近，以书招处士入都，数以疾辞。"

也许马元驭觉得这位昔日好友已经成为了朝廷重臣，他不方便再与之有密切交往，因此屡招屡拒。蒋廷锡早年写过一首名为《云根诗为马扶羲作》的诗：

　　斗室相容足此生，不嫌直倚更平行。
　　栖枝聊得安巢父，近世何妨学晏婴。
　　落日疏林好山色，春风杨柳赖莺声。

庭阶一样闲花草，自对徐熙更有情。

蒋廷锡夸赞马元驭的画风有徐熙面目，而徐熙为南唐重要的花鸟画家。米芾在《画史》中对徐熙画作有如下评价："徐熙、徐崇嗣花皆如生。黄筌惟莲差胜，虽富艳皆俗。"米芾将徐熙、徐崇嗣和黄筌的画进行了比较，认为"黄筌画不足收，易摹；徐熙画不可摹"。以此可见徐熙画的绝妙之处，而恽寿平在康熙十年（1671）创作的《红莲图》中也做过这样的比较："黄筌过于工笔，赵昌未脱刻画，徐熙无径辙可得。"可见恽寿平同样对徐熙的画法推崇备至。

当年马元驭曾经赠画给蒋廷锡，为此蒋作了一首名为《扶羲赠花卉卷长歌以报》的诗，该诗的后半段为：

华光和尚画者师，得其传者扬补之。
徐熙双勾已妙绝，崇嗣没骨尤独奇。
下至黄筌与钱选，晕碧裁红颜色显。
木雕死印虽刻划，生趣活泼未尽善。
吴中沈周石田翁，手腕随处生春风。
特为古人开生面，今之学者称正宗。
吾子本领复谁让，当时应在包山上。
胆大运起抗鼎笔，精思肖出纤毫状。
感君赠我画十幅，我为报君歌一曲。
画长歌短君莫轻，归来补写千竿万竿竹。

由此诗可见蒋廷锡对历代精细画家的推崇，而这些人的画风也同样被恽寿平所吸收。明朱谋垔在《画史会要》中称："（徐崇嗣）为徐熙之孙，花鸟绰有祖风，又出新意不用描写，止以丹粉照染而成，号

《幽兰丛竹图轴》 南京博物院藏

幽蘭香已闌王者叢竹清尤見
此君縱有軼紅無番寫玉堂風
露迴絲々花痕竹影挹風流
寫出湘沅一片秋知是上林無
俗卉移將煙雨過江頭爲
謀亭年兄題并正
壬寅長至前五日　陳元龍

壬寅九月十日臨松雪蘭竹請
謀亭八兄教　蔣廷錫

没骨图。"而此为现存绘画文献中最早记载没骨画法的文献，如此说来，徐熙有可能是没骨花鸟画法的创始人，然恽寿平的绘画风貌以没骨画最具名气，这正是他推崇徐熙和徐崇嗣的原因所在，这一观念也传到了马元驭那里。

虽然现存文献并未明写蒋廷锡跟马元驭学画，然两人在画风上的相似性，显示蒋应该受到了马的影响。因为马的画风本自恽寿平，而蒋的没骨画法也有恽派风貌。然而，蒋廷锡在技法方面也有着自己的独创性，故温肇桐在《中国画家》中称："继承恽寿平写生艺术而崛起于康熙、雍正年间画苑的花鸟画家，首推蒋廷锡和马元驭诸家。由于蒋廷锡能够变化恽寿平生动细弱的画风而发展成为庄重闲逸的格调，因之，他的花鸟画被称为'蒋派'的创始。"

蒋廷锡究竟属不属于恽派画家，后世有不同看法。晏棣在《国朝书画名家考略》中称："蒋廷锡工山水花卉，天趣盎然，与恽南田齐名。"这段评语乃是将蒋廷锡的绘画水准与恽寿平相并提。蒋宝龄在《墨林今话》中则称："恽南田后，写生一法以蒋文肃为最，恒轩相国继之，同时无锡邹小山宗伯，以清艳之笔竞美艺林。"蒋宝龄将蒋廷锡视为恽寿平之后最为重要的花鸟画家。

其实蒋廷锡的绘画风貌还是与恽寿平有一定的区别，这缘于蒋廷锡在宫中所作之画大多有着一种独特的贵气。葛金烺在《爱日吟庐书画录》卷四中称："蒋文肃真迹流传绝少，惟此帧风神秀朗，腴润中自饶名贵气象。南田以韵胜，而南沙亦以韵胜，掩其款未有不以为南田者，可知他帧之界画细致、色泽缛丽，皆伪作也。宝之。"

对于蒋廷锡和恽寿平在绘画风貌上的渊源所自，陈师曾在其所撰《中国绘画史》中有着如下一段对比：

花卉源流，肇自宋代。宋时最有名者，黄筌及其子居寀、徐熙及其孙崇嗣，称为黄、徐二派。文华殿所见滕昌祐、吴元瑜、倪涛、韩祐辈，皆其宗派之流裔也。黄氏之花卉，为钩染派，徐氏为没骨派。由宋至元明，画花卉者皆不出此二派。延及有清，钩勒、没骨二派皆有特才，蒋延锡、恽寿平最为有名。大概此二人，蒋为黄派，恽为徐派，然有时蒋亦为徐氏之没骨，恽或效黄氏之钩勒。语其大较，则有若是之分，若为其严定界限，不可移易，则失之矣。

以陈师曾的看法，恽寿平所传乃是徐熙一派，蒋廷锡的绘画风貌乃是本自黄筌一派，以此可见二人在绘画风貌上的区别。对于二人的绘画风貌，陈师曾又给出了这样的答案："南沙之画，与南田较，则大为规矩，盖恽飘逸，而蒋庄重。"南沙乃蒋廷锡之号，陈师曾认为恽、蒋相比，恽的画看上去更为飘逸，而蒋的画则更为庄重。

如果统计宫廷内所收二人画作的著录，能够发现一个有趣的现象。纪元在其硕士论文《清初"蒋派"宫廷花鸟画绘画风格传承探析》中提及："恽南田卒于1690年，即为康熙朝中期。而恽南田故去之后，成书于康雍之时的《国朝画征录》，其作者张庚提出恽寿平'写生正派'的概念，由此可见在康雍之时恽寿平在地方上是被推崇的，而在康雍年间宫廷的文献中，不曾提及恽寿平等字迹。恽寿平在清宫中最早的记载是在当时为宝亲王的弘历《绘事罗珍》册中有所记录恽寿平的作品，第十八册之第二册中恽南田的作品有三段亲笔题诗。而在成书于乾隆九年（1744）的《石渠宝笈初编》当中，十八件恽寿平的绘画作品里，并无康熙帝雍正帝的御题，而蒋廷锡三十一件作品，康熙帝御题十六件，由此对比，可推知，恽南田作品是在乾隆时期才传入清宫内，且受到乾隆皇帝的喜爱，在康雍之时，其作品并无受到皇家推崇。"

蒋廷锡在朝中的工作虽然繁重,但皇帝仍然会安排他创作一些绘画作品,朱家溍、朱传荣选编的《养心殿造办处史料辑览》中记载:"雍正元年八月十七日……传旨:'此花内有同心莲花一朵,着怡亲王交蒋廷锡照样画,钦此。'八月二十九日蒋廷锡画得。"

某天,胤禛看到了一朵同心莲,颇为喜爱,于是让怡亲王将此花交给蒋廷锡,让其作画,可见雍正皇帝也知道蒋廷锡擅长花卉。后来皇帝驻跸圆明园时,也有命蒋廷锡画画的谕旨:"雍正三年九月二十六日,奏事太监刘玉交鲜南红萝卜一个,传旨:'交郎世宁画一张,蒋廷锡画一张,该配什么画好看,着他们配合着画。'"

皇帝命蒋廷锡和郎世宁同画一物,并且让他们配合着画,这两位画家当然在绘画理念及技法上会有相互影响和吸收之处,郎世宁的西洋明暗画法就被蒋廷锡所吸收,故流传后世的蒋廷锡画作中有一些就融进了西洋技法。

宫廷内所著录蒋廷锡的画作,以《中国古代书画鉴定实录》中所载蒋绘《牡丹谱》四册体量最大,该作品总计有一百开之多,王家相在刊本《牡丹百咏》的序言中说:"此《牡丹百咏》,乃公入儤禁廷时,绘图题诗,进呈睿赏者,册留秘府,稿弆箧衍。公之曾孙继熉将补刊。"

翁同龢在该刊本的序言中又写道:"尝著《牡丹百咏》,依谱绘图,按图缀句。绮艳而不歉于骨,刻露而不掩其华,盖运际升平,一卉一木之微得雨露涵濡,无不启华吐秀,以发挥其奇,而生其间者,又以吁谟密勿之才,作为歌诗,铺张盛世。后之览者,有余慕焉。诗尝刻于嘉庆间,经乱板毁,今其五世孙汝霖谋重刻之……同治十三年十月邑后学翁同龢拜手敬序。"

张婷宇在其硕士论文《蒋廷锡绘画艺术研究》中提及国家图书馆藏有一部清张豫源所抄的《牡丹百咏》,为《牡丹丛书七种》其中一

庚戌春日做沈启南笔意 蒋廷锡

《牡丹图轴》 上海博物馆藏

卷,张婷宇在论文中转录了该钞本卷首所写的四条题记:

> 百篇有百篇之结构,一首有一首之首尾,一联有一联之开合,一句有一句之锤炼,一字有一字之含吐,如许大本领,如许真精神,如许细工夫,能事极矣。
> 吸取三唐人骨髓,不存宋元人地步。
> 以此百首诗抒写出诗中无限法度耳,但惊叹其工妙,犹被欺瞒到底也。
> 中有神品妙品能品,独无一点尘俗犯其笔端。

四条并系钱亮工先生语,在书末有款"乙亥二月廿一日艺湄临毕"与"西君蒋廷锡应制"。

以上题记对蒋廷锡所绘牡丹给予了很高的夸赞。蒋画牡丹能如此独特,也是因为融入了西式画法。故宫博物院所藏蒋绘《牡丹图》折扇上有其落款,写明"戊戌六月,戏学海西烘染法",而邓之诚在《清诗纪事初编》中评价蒋廷锡说:"工写生,参用西法,尤善画牡丹,气韵不如恽格,而绚丽过之。"

蒋廷锡在宫中应皇帝之命绘制了一些画作,正是因为这个原因,有人把他视为宫廷画家,然林姝在其文中认为:"张光福编著的《中国美术史》在谈到清代画院时,将王原祁、蒋廷锡称为'科第出身而以绘画供奉内廷的宫廷画家'。在此,首先要区分什么是宫廷画家,什么是宫廷绘画。宫廷画家是指在皇家画院任职的专业画家,他们所绘的作品当然属于宫廷绘画。而蒋廷锡位居大学士、军机大臣,他的身份是官吏,绘画只是他的副业、他的爱好,因而他的绘画具有二重性。"

其实按照清廷的规定,宫中的御用画师地位颇低,《清史稿·唐岱传》中称:"清制,画史供御者无官秩,设如意馆于启祥宫南,凡绘

《允礼小像》 莽鹄立写照 蒋廷锡补景 故宫博物院藏

工、文史及雕琢玉器、装潢帖轴，皆在焉。初类工匠，后渐用士流，由大臣引荐或献画称旨召入，与词臣供奉体制不同。"

因此，虽然蒋廷锡也应皇帝要求创作一些画作，但他显然不属于宫廷画师，更何况他忙于政事，难以静下心来画精细的工笔画，以至于有人认为他的这一路画法乃是旁人代笔。李玉棻在《瓯钵罗室书画过目考》中说："文肃以画供奉内廷，官贵政繁，即应制画多出代作，真迹多写意。世传工细本概皆赝鼎，然既负摹北宋盛名，自应有工笔传焉。"而张庚在《国朝画征录》中还点明了代笔人："有设色极工者，皆其客潘林代作也。性恬雅爱士，凡才艺可观者即罗致门下，指授以成其材，而公之画遂多赝本矣。"

据此可知，替蒋廷锡代笔者乃是其门客潘林，而潘林最初也师法马元驭，故在绘画风貌上与蒋廷锡颇为相近。冯金伯在《国朝画识》中甚至直言："其画宫中极贵重之，流传世间者真迹绝少，马扶羲父子代作者即可乱真也。"可见蒋廷锡的代笔人除了潘林之外，还有马元驭父子。鱼翼在《海虞画苑略》中称："既贵显，矜重不苟作，今所传长卷大轴，皆膺本也。"

蒋廷锡官至文华殿大学士，此乃宰相之位，所以人们猜测他难以有精力绘制这种精细作品。徐邦达在《谈古书画鉴别》中称："听老一辈说，弘历（时为和硕宝亲王）曾询蒋廷锡，代笔人为谁？"以此可知，蒋廷锡的画作有人代笔，在当时已不算秘密。秦祖永在《桐阴论画》中亦称："逸笔写生，颇有南田余韵，纯乎水墨，折枝窠石，以及兰竹小品，极有韵致，在青藤白阳之间。大约妍丽工致者，多系门徒所作。"

关于蒋廷锡画风的传承，蒋宝龄在《墨林今话》中称："文肃公一派得其法者，海盐钱埜堂观察元昌、兴化李复堂大令鱓最知名。"可见钱元昌、李鱓最得蒋廷锡的衣钵。张婷宇的论文中谈到上海博物馆所

恬庄古街入口

安静的石板路

文保牌

木屏上列有四大家

藏李鱓所绘《花鸟十二条屏》上有李氏自题:"癸巳九月,献诗口外,圣祖仁皇帝谓:李鱓花卉去得,交常熟相公(蒋廷锡)教习徐熙、黄筌工细一派……"《重修兴化县志》亦载:"五十二年,献诗行在,钦取入南书房行走,年少才长,兼工绘事,特旨交常熟蒋相公教习。"

康熙皇帝命李鱓拜蒋廷锡为师,学习徐熙、黄筌一派工笔画。而蒋廷锡的儿子蒋溥也得其父真传,雍正皇帝曾称赞蒋溥说:"师承家法闲图出,右相丹青有后世。"

蒋廷锡故居位于江苏省张家港市恬庄古镇,2019年9月12日,我从南通乘车来到恬庄。远远看到街边有一座新建牌坊,此处禁止车辆驶入,只好下车步行走入这条仿古街。当天太阳火力十足,晒得人们不敢出门,仿古街上冷冷清清,看不到游客,一路走下来竟然有半数的店面未曾开门,看来这里要热闹起来还有待时日。

这条古街的顶头位置是一座新修的石拱桥,拱桥的左侧门洞上写着"北街"二字。我在网上查到信息,这里的榜眼第旁边修复了蒋宅,于是沿着这条窄窄的小街一路向里走。小街以旧石板铺就,下面应该是排水系统。这里仍然看不到游客,有几家门店开着,看我走过店员也仅是瞥一眼,并无招揽生意的热情。走到北街26号,此处就是榜眼第,门口立着的文保牌写明这里是杨氏宅第,且为全国级重点文物保护单位。

购票之后走入门厅,看到一块木屏上列着榜眼府名人总汇,这里总计有杨氏、钱氏、孙氏、蒋氏四脉,而蒋氏的第一排就有蒋廷锡的大名。余外未看到介绍材料,故不知蒋氏与此宅第的关系。我从网上查到榜眼第的碑廊内有蒋廷锡的墓志铭,可是我将榜眼第转了一过,也未找到相应的碑刻。无奈只好走到门口去打问,此处有四五位保安在阴凉地聊天,我向他们请教蒋廷锡墓志铭在哪里,其中一位六十多岁的保安告诉我说,墓志铭不在这个院落,随后他带着我继续往前走。前行五十余米,在一个院落上看到"碑苑"二字。

保安在此仍然要我刷票,他解释说这是上面的规定,虽然不需要另外花钱购票,但每进一处都要刷一回。我遵从他的要求递上了门票,同时告诉他我来此地只想看蒋廷锡的墓志铭,他说前一段在碑廊内看到过,但忘记了具体的位置。这位保安还告诉我,碑苑内总计就一百余块刻石,我们每人看一面墙,应该很快能找到。

按其所言,由我看左侧的碑廊,一一看过,未见"蒋"字,而后进入室内,在这里的碑刻中也未看到目标,于是再走到保安看过的右侧碑廊,在这个碑廊的中部终于找到了蒋廷锡墓志铭。这些刻石都罩上了玻璃,无论从哪个角度拍照,都会有反光斑。这位保安很好心,他从前厅拉来了一块展板,帮我遮挡部分阳光,但还是无法拍清楚墓志铭的全貌。保安又试图打开玻璃下方的木钮,可惜木框可以拿开,

碑苑入口

碑苑全景

试图用展板遮挡阳光

但玻璃却取不下来,只好放弃拿下玻璃拍照的企图。

我又向保安请教蒋廷锡的故居在哪里,因为我在网上搜到了一篇导游讲解词,该文写明榜眼第后门旁边就是蒋宅。然而这位保安说蒋宅绝不在这里。我问他蒋宅的具体位置,他详细向我讲解一番,却也说不清具体的街名。我问他为什么了解得这么详细,他羞涩一笑:"十几年前我专门写过研究蒋廷锡的文章。"他的这句话令我顿时刮目,但保安接着说他正在上班，无法带我前往蒋宅，我只能仔细记下他告诉我的路径，向其郑重道谢后原路返回，走出了北街。

重新回到恬庄东街，跨上石拱桥，站在桥上古街面貌尽收眼底，河对岸的老房子只是外立面做了整修。保安告诉我跨过桥后遇到第一条胡同左转，然而此处有一条小狗躺在路中，见到我后狂叫不已，我只好走到街对面向杂货铺店主请教。对方回答我说，他们都是租客，让我去问本地人，并且告诉我旁边一个院落有本地人在。走入院中，看到庭院内摊放着大量的玉米，我小心移步，尽量不踩到玉米，走到对面的房屋前，里面出来一位大妈，她警惕地问我有何事，我告诉她自己是来找蒋宅。大妈闻言后用当地话向我讲解一番，我一句也没听明白，于是她转身把院中的门一一锁上，我本以为这是扫地出门之意，然她关好门后向我挥了挥手，示意我跟她前行。

跟着大妈又来到东街，重新走到了小狗拦路之处，那条狗看我走过来继续狂吠，接着从旁边的院落里面又冲出来五六条，真是让我望而却步。而大妈向它们喊了一句不知什么咒语，那些狗瞬间四散而去，我真想跟大妈学会这句口令，想来在今后的寻访中大有用途。

跟着大妈走到小巷的尽头，在恬庄东街8号院的门口看到了两块文保牌，其中一块上面写着"海虞庞宅"，下面用括弧写着"原蒋廷锡故居"。此前保安已经向我解释了这个问题，他说蒋宅后来由庞家使用，故文保部门在其家侧墙上安装蒋宅文保牌，令庞家人很不满，于是他们就制作了这个牌子挂在文保牌旁边。

能够找到蒋廷锡故居令我大感高兴，但这里的门却上着锁。大妈告诉我，庞家人现在都住在上海，很少回到这里来，而她小时候常到这个院落来玩耍。她说里面有几进院落还有花园，但这一切我都无法目睹，只能在墙外拍几张照片后离去。

跟大妈走入此巷

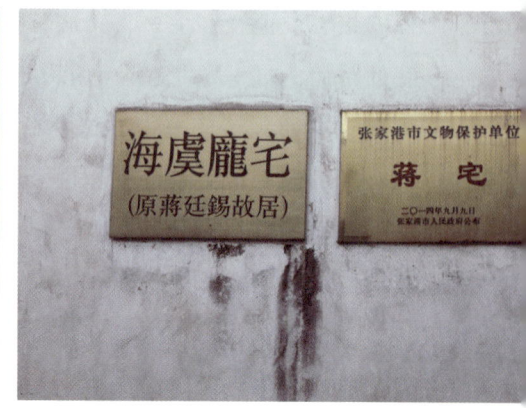
文保牌和说明牌

蒋宅上了锁

隔墙仅能看到一棵大树

沈铨（1682年—1760年）

舶来画家第一

"舶来画家第一"，这句赞语出自日本著名画家圆山应举。因为沈铨是中国人，他前往日本传授自己的绘画方式，故对日本人而言，他是"舶来画家"。

沈铨前往日本传授画理，乃是受到德川吉宗将军的邀请。清雍正、乾隆时期，正是日本江户时代的德川幕府时期，德川吉宗乃当时日本的实际最高统治者。德川吉宗受到父亲的影响，从小就喜爱美术，后来掌权时，仍然喜爱搜集名画，尤其喜爱中国画，为此他有过一个奇特的举措，张希广在其所撰《清代画家沈铨的日本之行》一文中写道："根据日本史料记载，德川将军倾心于中国绘画作品，曾派人同来日经商的中国船主协商购买中国著名画家作品事宜，但未能如愿。继而再次派人联络并开列一份定单：购买明代以前十数位名画家的原大摹本一百件；上述同样作者的真迹各五至六件，最少是各一件；包括山水、人物、花鸟题材在内可以乱真的摹本若干，其中彩色的要占多数。事实上凭借一个商船主来完成如此繁重的任务又谈何容易，加之流传于民间珍贵的名画皆属传家之宝，向来秘不示人，更不可能借与外人摹写。结果船主双手空空又让德川将军的热望落了空。然而，德川将军毫不气馁，转而向清代知名画家发出赴日传授画技的邀请。故而沈铨赴日的入境'签证'手续受到了日本政府的格外关照。"

德川吉宗何以能够注意到沈铨呢？黄行健在《赠沈南苹并序》中有如下说法："予友南苹先生，精绘事，偶作《百马图》，贾客携至日本，时日王喜写生，设馆招致画士，有庆山者称鉴别巨擘，客以《百马》进，王大悦，使以厚币聘，先生遂航海往。时雍正己酉也。及至授餐供帐，备极优渥。先生每一挥洒，馆中人相顾以为弗如。留三载归。王及士大夫馈贶值巨万。适友人负官帑，憔悴几死，先生倾囊以赠。吴门李处士果作海外游记。"

黄行健跟沈铨是不错的朋友，而南苹则是沈铨的号。黄行健说，沈铨画了幅《百马图》，有商人把此画带到了日本，日本大王看到后十分喜爱，于是出重金聘请沈铨前往日本。黄行健明确地说，这是雍正七年（1729）的事情。沈铨到达日本后，受到了很高的礼遇，很多人来看他作画，都自愧不如。沈铨在日本停留三年后回国时，日本的达官贵人们纷纷赠钱送礼给沈铨，而沈铨却将所得尽数拿出，帮助困难朋友。

沈铨前往日本的时间，除了黄行健所说的雍正七年，另外还有雍正三年（1725）说，李浴在《中国美术史纲》中就持这样的说法："雍正三年，日本天皇看到沈铨的《百马图》后极为器重，即聘请他去日本授画三年。"除此之外，还有周积寅、近藤秀实合著的《沈铨研究》一书认为的雍正九年说，该书综合了《长崎实录大成》和《唐船进港回棹录》中的记载，认为："沈铨于享保十六年（雍正九年，1731）十二月三日乘坐第三十七号南京船进港，同十八年（雍正十一年，1733）九月十八日乘坐第三十七号南京船回棹。沈铨在日本度过了三个年头，所谓'三载'，而实际逗留一年十个月。"

照理来说，黄行健是沈铨的朋友，两人又共同前往日本，应该黄所言更为准确。然而，日本文献的记载，乃是根据每一条往返船只的时间而得出结论。沈铨在雍正九年乘坐第三十七号南京船来到长崎，在雍正十一年又乘同一条船返程,这样的记载也十分精确,但何以会出现雍正七年和雍正九年的分歧呢?这件事至今专家们也没能达成统一意见。但目前各种谈到沈铨之文,大多本持的是雍正九年说。

沈铨前往日本时带去了十几位弟子,他们在那里一起传播中国画的技法。在此之前,日本主要流行大写意的人文画,这种画在日本经过长期递传,已经变得颇为僵硬,故沈铨的到来给日本沉闷的画坛增添了亮丽的色彩。日本南画大家田能村竹田在《山中人饶舌》卷下中称:

> 时史花卉、翎毛,多从没骨法。盖沈南苹之后始盛。南苹,名铨、字衡斋,吴兴人。享保中,应征到长崎镇,进画数幅,赏赉甚伙。铨画勾染工整,赋色浓艳,时升平日久,人渐厌雪舟、狩野二派,故一时悉称南苹,翕然争趋矣。铨传法崎人熊斐,斐传诸江户人宋紫石,紫石子紫山世其业矣。

沈铨的到来,使得日本绘画界开始流行写实之风。他在此培养了一批弟子,其中最有名的是熊斐,经过熊斐的传播,终于使得沈铨的画风在日本大为流行,人们把他的绘画风格及遵行这种风格的画作称为"南苹画派"。这个画派以沈铨的号来命名,足见其影响之大。"南苹画派"又被称为"花鸟写生画派",由名称即可见该画派擅长的题材。熊斐之后,南苹画派分为四个大的支派,每个支派又都诞生出了多位重要画家。周积寅、近藤秀实合撰的《沈铨研究》一书中,列有日本南苹画派一览表,我将此表摘录如下:

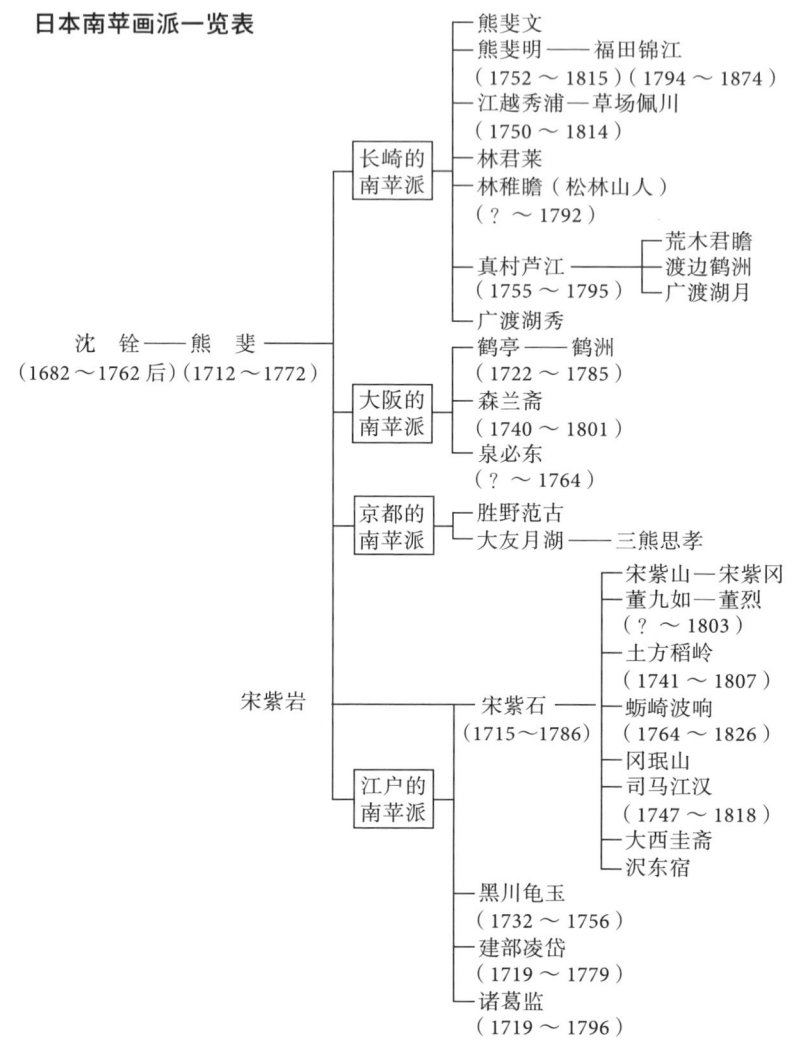

日本南苹画派一览表

由此表可知，熊斐是在日本传播沈铨画理最为关键的人物，看来沈铨曾倾心教授这位弟子。日人中村竹洞在《竹洞画论》中有一段关于二人的论述："这一时期，沈铨来到我国，熊斐之辈游离其画法，继其影响而有寒叶斋，由此世界画风为之大变。"

《柏鹿图》 苏州博物馆藏

沈铨的画作在日本极为畅销，需求量极高，然而以沈铨的细腻画法，显然不能大批量生产，于是就有人仿照其画法，绘制假画在市面上出售。《文晁画谈》中称："或人，佚其名，住在京师。常画马，仿子昂画迹而从不题其名。擅长出售仿子昂的绘画作品，换取现金来维持生计。此外，或人还住过崎阳，天天摹仿南苹的花鸟画出售。因此，他遗留在世的这两家的作品非常多，而且所仿作品的题款字迹也很逼真，必须加以仔细的鉴别方能区分开来。"

摹仿沈铨画作的这个人，同时也摹仿赵孟頫的画，由此可从侧面看出，当时社会上对于沈铨画作的认可度，可与赵孟頫齐名。沈铨的绘画作品为何有这么大的影响力呢？《沈铨研究》一书给出了如下的结论："沈铨的画之所以能为十八世纪的日本画界迅速接受，是因为当时居于日本画坛霸主地位的狩野画派很不景气，其技术和手法上的墨守成规、毫无创见，致使画风格调日趋苍白刻板，艺术生命衰落，已引起日本社会的厌倦。于是兴起了一股学习汉文化的新热潮，文人、武士无不对中国文化憧仰倍至。沈铨那细密精致、色彩艳丽的写实主义画风，自然巧妙的构图，充满生机的画面，正是在这个时期给他们以全新的感受。"

沈铨的画在日本虽然如此畅销，然而当时的日本绘画界却对沈铨的画品评价不高。中山高阳在《画谭鸡肋》中说："花鸟画自古名手相传。五代末，徐熙、黄筌二人分为二派，如山水有王、李二派。……古人评徐黄二人画云：黄筌易写，徐熙难写。其故，徐为南唐处士，学文博、人物高，与俗士胸中大异，故其画非笔材而难写。黄为孟蜀画史，无文学，仅记朝廷富贵之事，风流之趣亦寡，画格又卑，能惬世人所好，故自有易写之处。近时沈南苹花鸟画大行，彼画甚工，然画法俗而格卑，亦易写画风，是故好者甚多。古人论画，俗为第一戒。"

中山高阳在此举出了五代时期的两位画家：徐熙和黄筌，而后引用古人的观点,认为徐熙高于黄筌,理由是徐熙乃学问渊博之人,而黄筌仅是位宫廷画匠。接下来中山高阳谈到了沈铨的画作虽然精整,但画格却低俗,其言外之意沈铨乃黄筌一路的画匠。

就画风而言,沈铨接近黄筌,中山高阳说得不错。沈铨的朋友李果在沈铨《摹北宋人小景》画册上题了一首诗,该诗的前几句为:

南苹沈子家苹洲,自少作画空其俦。
直追唐宋归冥搜,飞者欲动走者道。
车马杂沓人争求,黄筌父子讵足侔。

李果夸赞沈铨的绘画水平很高,能够跟黄筌父子相仿佛。在这里,李果当然是夸赞之语,因为黄筌父子的绘画在五代时期有着很高的水准。当年黄筌在蜀主孟昶的宫中给皇帝画画,在皇宫内看到了很多的珍禽异兽,他观察这些动物的形态,留下了一些写生作品,其中有幅《写生珍禽图》,至今仍藏在北京故宫博物院。黄筌的三儿子黄居寀也是著名的画家,《宣和画谱》卷十六中称:"筌、居寀画法,自祖宗以来,图画院为一时之标准,较艺者视黄氏体制为优劣去取。自崔白、崔悫、吴元瑜既出,其格遂大变。"

可见在当时,黄氏父子的绘画技法已经成为了宫廷画苑的范本。既然有着如此高的成就,那为什么沈铨的画与之相仿佛,却成为了一种俗鄙呢?其实,日本当时对沈铨的评价,也是受到了那时中国绘画评论界的影响。那个时代文人画大为盛行,文人画又被称为南画,与之相对应的则是北宗,而沈铨的绘画就属于北宗风格。

沈铨本持的北宗风格应当是受其师胡湄的影响。关于胡湄的生平,孙振麟在《当湖历代画人传》中称:"胡湄,字飞涛,一号晚山,又号秋雪,浙江平湖人。诸生。初就傅,便学作画,师弗能禁。槜李

《松鹤图轴》 四川博物院藏

项氏书画之富甲天下,湄故项氏外孙,因恣观摹仿虫鱼花鸟,时称仙笔。性耿介,贵人以金帛乞画多拒之,题款故作离奇势,曰:恐人乱我真耳。"

胡湄似乎没有什么功名,但他从小就喜欢绘画,正巧又是大收藏家项子京的亲戚,于是在项子京那里目睹了大量的名画,这样一来,眼界与起点自然就高,经过一番模仿,渐渐有了"仙笔"之称。然而,张庚在《国朝画征录》中却对胡湄的画作评价很低:"余童时闻吴江王补云巘以山水名;平湖胡飞涛湄以花鸟名;其画皆可于质库质金,库人惟恐其取赎也。而笔墨之俗恶邪异,诚无若两人之甚者。后见其少作,王则全学董巨,胡亦本宋法,未尝不雅正,而其所就竟如此。由是知理不明,见闻隘者之易于自足,又不幸而暴得虚声,遂任率胸臆,以汩其聪,不大可惜哉。竹垞尝赠王巘诗云:'近来山水尚元人,南渡诸公法渐沦,独有王郎好奇古,将无马远是前身?'盖讥之也(画家以马远为北宗;其流日就狐禅,衣钵尘土者)。二人本不必记,欲学者知所儆,故著之。"

张庚称,王巘和胡湄的画都很受市场欢迎,尤其是胡湄的画作,如果抵押给典当铺,当铺主人甚至都不希望当主来赎回,可见欢迎程度之高。但是胡湄的画风其实十分恶俗,他的《国朝画征录》中原本不用记录画风恶俗的胡湄和王巘,但为了警醒后人,还是记下了一笔。

张庚虽然批评了胡湄一番,却又说明他早年是正统的宋代宫廷画法,也算是清新雅正。而在清初时期,因为北宗不受欢迎,所以这种正统的画风反而成了野狐禅。由此也可知,沈铨正是完全继承了胡湄的画风,他的绘画风格也接近于宋画。沈铨本人也并不回避这一点,戚印平在《沈南苹"写实主义"画风及其在日本江户时代的影响》一文中说道:"关于自己的风格倾向,沈南苹从不隐晦。在他的画中,我们经常可以看到'法宋人笔'之类的款识。沈南苹自幼随胡湄学画,而胡湄又以院画风格著称，因此，沈南苹以此作为其画风的基础和他最为擅长的艺术手段是不难理解的。"

那时的日本流行着文人写意画，渡海而来的沈铨却坚持宋代传统画法，难怪他受到了绘画界的低评。森岛长志在《盘礴脞话》中称：

> 舶来人以伊孚九为始，其余如张秋容、费晴湖等人之画，亦可谓南宗。南苹等确为北宗。……余按：书事始舍，以画事论之，来此土者皆商贾，故当无文雅风流之事，然其中自然又有学院体系者与寄心士大夫画者。南苹诚能手也，我邦花鸟著色，自沈南苹别开生面。然原为院画，文人不用，毕竟画师故，气格亦卑。

森岛长志明确地说，沈铨属于北宗，虽然他的画作给日本画坛带来了新风气，然这种画法却属于宋代宫廷绘画风格，跟文人画不是一回事，所以他把沈铨视之为画师，而画师所作的画，格调当然不会高。

但也有日本人替沈铨打抱不平，云烟安西虎臣在《画禅鉴适》中说：

> 长野孟鹤《松阴快谈》曰："西土之人来长崎者，伊孚九、方西园、沈南苹数人皆善画名，孚九专写山水，西园兼能山水、花卉、翎毛，但设水墨色。独南苹好着色，花卉鸟兽，笔法精工，细入毛缕。但恨带匠气，有市俗气云云。"儒流不知画理，动辄论工拙，惟见水墨以为风致，而斥设色丽瞻为市气。甚可嗤之。西园水墨，品格远不及南苹之设色。大致来舶画人，难免匠气，画格韵致，以南苹为第一，余人不可同日而论。

关于沈铨何以成为胡湄的弟子，孙振麟在《当湖历代画人传》中说道:"吴兴沈南蘋铨其入室弟子也,先是,沈年十二三岁,随父贩绸至湖,每过胡室,见其挥洒,从旁谛观不能去,父遂使留受业焉。雍正初,日本国王闻师弟名,遗使聘之,胡已卒,沈遂应命往,获盛誉归。"沈铨的父亲乃是一位商人,常带着儿子到处去贩卖丝绸,每次经过胡湄家时,看到他在那里绘画,沈铨总是特别喜爱,甚至都走不动路,他父亲看到儿子实在是喜欢,于是就满足了儿子的意愿,让沈铨拜胡湄为师。

后来沈铨从日本回国,名声大振,画名被乾隆皇帝听到了,商盘在《沈南蘋画花鸟歌并序》中写道:"乾隆七年,曾写《花蕊夫人宫词意》,为图进大内,盖南蘋之画达于中外久矣。"

其实沈铨的才能不仅在绘画方面,《沈铨研究》中称:"他的艺术才能是多方面的。擅长花鸟、走兽,亦能山水、人物;又工书法,行、楷、隶、篆,笔力遒劲,骨气洞达。"而今上海博物馆藏有沈铨在乾隆二十二年所写的《行书七言联》,此联有顾大昌的一段题记:"南蘋先生精于绘事,花鸟禽兽之类无不惟妙惟肖,后游海外回国以来,名更重于世矣。然其书法未尝见其联幅卷册传流,今偶于江君殁叔家得观是联,竟是先生真迹,也奇事罕见。究其书法之妙不减于世之专门名家也。洵足珍玩,因以记之。楞伽山民题。"

由此可知,沈铨在艺术上有着多方面的才能,虽然他的绘画风格并没有得到时代的肯定,然而他确实有很强的创造力,比如他在绘画技法上就借鉴了西方的一点透视法。有人认为这是受到了郎世宁的影响,比如成濑不二雄在《沈南蘋与江户的写实绘画》一文中分析沈铨所画《秋溪群马图》时说:"由于使用了水平视角的远近表现,我想将其视为受西洋的透视远近法的影响,但这种构图始于北宋的李成,他的《乔松平远图》就是一则范例。另外,北宋郭熙的山水图中也有尝试以水平视角表现自然的远近法的先例。这种远近表现有它的合理性,

《荷花鸳鸯图》 安徽博物院藏

但在北宋末至明中期的山水画中,它几乎消失了。"

也有人不认为沈铨受到过这样的影响,因为沈铨所处的时代,郎世宁等宫廷画家的绘画作品只在宫中保存,民间不可能看得到。因此说,沈铨的这些画法,除了借鉴宋代宫廷绘画的技法之外,也有他的独创在。但毕竟他是一位民间画家,他的绘画风格自然要迎合大多数人的欣赏品味,比如他会把很多民俗的吉祥图案,作为绘画的主体。然而他能够把自己的绘画技法传播到日本,并且在日本形成了著名的流派,仅就这点而言,成就已是非凡。虽然在他之前也有中国画家前往日本传授技法,然这些人都没有沈铨的影响力大。张希广在《清代画家沈铨的日本之行》一文中总结道:"在中日文化交流的两千年历史中,赴日的中国画家不乏其人。远在唐宋时期,访日的传法名僧中擅长人物画的很有几位。元明时期,为避战乱落籍东瀛的文人画家也热心笔墨交流,然影响较广且在日本美术界能形成著名画派的,当属沈铨。"

沈铨故居位于浙江省湖州市德清县新市镇南汇街26号。2012年12月29日,我搭出租车来到了新市镇。在镇中心的大街上,看到了新做的巨大石牌坊,上书"水乡阆苑",远远看到石牌坊旁有文保牌,走近细看,牌上刻着"中国历史文化名镇——新市",颁发者是住房和城乡建设部及国家文物局。这种铭牌我还是第一次见到。在牌坊附近寻找一番,没能找到老街。转到另一个街区,远远看到一个仿古飞檐小亭,向旁边骑摩托车的人打听南汇街,他随手一指,原来旁边即是。

南汇街看上去很窄,从资料上得知,这原本就是老街所在,只是有些门面后期改造过,但的确都是原址与原貌。小街全部是用青石条铺就,这时天仍下着雨,吹来的微风让街上的招牌哗哗作响。我打着伞,走在这悠长又寂寥的街道,心情不喜不悲,似乎也没有念天地之

雨中的新市镇

可惜不是雨巷

悠悠，略微遗憾的是，未能遇到丁香一样的结着愁怨的姑娘。其实这种感觉如果放在我去寻访戴望舒旧居时应该更为恰当，可惜时空与心情完全叠合在一起，也不是一件易事。

穿过小街，继续向前走，右手一侧变成了宽阔的河道，脚下仍然是古老的石条路。穿过骑楼街，见到一座河口的水闸，离水闸还有十余米时，左手边有一条小胡同，走进去不足十米即看到了沈铨故居。

沈铨故居的大门是典型的南方石库门，门楣上方嵌着的砖雕刻着"福衍箕畴"四字楷书，门的右旁钉着一块石制铭牌，上书"清代著名画家沈铨故居"。左边则是一个电表箱，里面有三块电表，如此看来，后来的住户至少有三家。大门看上去是当年的旧物，尤其那两个门环，陈旧而简朴。门虚掩着，我推门入院，院内未看到人影。入院正前方的位置，似乎仍然住着人，左手的正房正在进行落架翻修，房梁上所使用的木料仍然是当年的旧物，从上面的雕花看，这里当年是很讲究的一处住宅。

从这个住房穿过，里面是另一个院门，门的形式跟沈铨故居的正门相同，只是此处的大门在门板上包了一层铁皮，上面钉满组成图案

沈铨故居正门

岁月留痕

应该是原来的结构

修建之中

的铆钉。门的左右两旁各嵌着一块铭牌，右边写着"南汇街26号民居"，左边的一块已完全看不清字迹。既然沈铨的故居是26号，那为何穿过一个门仍然是这个号码，我没能想明白这两者之间的关系。用力地推了推这两扇大铁门，因为厚重的原因，门纹丝不动，院内是怎样的情形也完全看不到。我想，沈铨归国后名声大噪，来求画之人应当是络绎不绝，可惜我只能通过想象在脑海中勾勒出求画者在这扇铁门间进进出出的画面。

一扇铁门

从旧居出来，沿着河道和老街慢慢往回走。老街上的店铺大多关着门，仅有两家开门营业，其中一家正在做蚕丝被，而与之相邻的一家虽然开着门，却不见店主。我看到摆在街边的玻璃柜内，放着很多像蜂蜜糕一样的块状物，浅鹅黄色透着晶莹的亮光，看上去很有食欲。此时已到中午，可能是饿了的缘故，让我觉得这个东西一定很好吃，我用手敲敲玻璃，里面无人应答，站在旁边等了一下，也未见店主回来。于是我掏出十块钱放在柜台里，自己动手拿了四块大小不等的蜂蜜糕。其实我也不清楚十块钱能买几块蜂蜜糕，但感觉自己似乎有些贪，想了想，又放回去了一块。手里拿着这三块糕，边走边吃，感觉味道有点像麦芽糖，但没有麦芽糖那么甜，第一口咬下去很脆，接着马上就会软下来，这种感觉我喜欢。

没走出多远，迎面遇到一个女孩，她边走边盯着我手里的入口物，欲言又止，直觉告诉我，这就是那家的店主。我没解释，继续吃着向

河边的回廊

江南石拱桥

正在修建之中

前走,想看她接下来会有怎样的举措。然而她没言语,从我身边闪过,之后加快步伐跑回了自己的店,停顿了一下又掉头跑了回来。我用眼睛瞥着她的整个过程,站在原地做好心理准备,看她让我补多少钱。她迅速地跑到我跟前,脸色微红,似乎没有不高兴的样子,她不说话,把一个小塑料袋递到我手上,掉头又跑回去了。我打开塑料袋看到里面是十几块蜂蜜糕。站在原地,我不知道自己在想什么,这让我有种时空错乱的感觉,像民国场景的再现,如果是在乾隆时代就更好了,我可以请沈铨用他那细腻的彩笔,画下这个场景,这幅画的意境绝不会输给戴望舒的《雨巷》。

　　拎着这袋蜂蜜糕,穿过老街,又回到了那个仿古小亭前,才注意到这个小亭名叫"吟仙亭"。亭子的后侧正在做房屋维修,一楼有个售票处,走近细看,原来出售的就是老街的门票。我误打误撞进里面转了一圈又出来了,没有想到还要买票。现在各地都在搞这种仿古街,想以此挣钱,而实际上从我进街到出街,至少有半个多小时,我见到唯一的游客就是我自己。

高凤翰（1683年—1749年）

病废后用左臂，书画更奇

清康熙末年到雍正之间，扬州地区出现了一个重要的绘画团体，其中最具代表性的人物被人们统称为"扬州八怪"。"扬州八怪"并没有固定的指称，按照清末李玉棻《瓯钵罗室书画过目考》中所言，"八怪"一般是指：汪士慎、郑燮、高翔、金农、李鱓、黄慎、李方膺、罗聘。但这个说法之外，有一些文献也将阮元、华嵒、闵贞、高凤翰、李葂、陈撰、杨法等列入。有人统计出，"扬州八怪"的不同排列组合竟然出现过十五种之多，涉及人物多达十六人。

其实"扬州八怪"这个固定称谓出现得较晚，在这些大画家当世，并没有这种并称，甚至到了清道咸之间也没有形成"扬州八怪"之说。清末的汪鋆在《扬州画苑录》中第一次提到了这个概念，而凌霞写了一首《扬州八怪歌》，这首歌中的"八怪"就有高凤翰。如此说来，尽管"扬州八怪"的人物组合有多种，但此说在形成之初就已经有了高凤翰之名。

2003年，胶州市举办了庆祝高凤翰诞辰三百二十周年纪念会，日本长崎南画青房会会员川本安夫先生前来参观高凤翰纪念馆，之后他写了篇《访高凤翰纪念馆》的文章，川本安夫在文中写道："高凤翰是扬州八怪之一，集诗、书法、绘画、印、砚等五绝于一身，是广为日本文人画谱所知晓的大师。高凤翰学习宋代绘画，以古代绘画传统为

《香留幽谷图》 南京博物院藏

基础，对现实主义有着敏锐的洞察力，对自然风景、花卉树木进行写实创作，这也是清代初期的石涛、八大山人以及扬州八怪所追求的艺术境界。"

川本安夫明确地称，高凤翰是"扬州八怪"之一。但不知什么原因，后来约定俗成的八怪名单中却拿掉了他的大名。然而就艺术成就而言，高凤翰也的确可膺"扬州八怪"之一的美名。有人认为，"扬州八怪"的绘画方式乃是剑走偏锋，其实并非是一句褒奖之语，但八怪之名，却已约定俗成地被看成清代画坛中的大名家，如此说来，料想高凤翰不会反对后世给他戴上这顶褒贬不一的桂冠。

"扬州八怪"无论按照哪种组合，都会将郑板桥包含在内，而他跟高凤翰是莫逆之交。《泰州志》上称："高凤翰，字南阜，山东人。雍正年，官泰坝监掣，时缺系新设。凤翰莅任后，多所创建，喜吟咏，暇日与兴化郑燮、邑中王家相、田云鹤辈相唱和。"

关于郑板桥跟高凤翰的交往时间，《高凤翰研究》第一集中收录有芳华、建平所写《郑板桥与高凤翰的莫逆交》一文，文中以表格的形式列出郑、高二人相识于雍正十一年（1733），而后的十七年中，两人一直有着较为密切的往来，直至乾隆十四年（1749）高凤翰去世为止。

郑、高二人能够成为莫逆之交，源于他们性格与脾气相投。高凤翰在《题郑板桥画兰陈溦夫画松》中描绘道："溦夫画松松支离，板桥画兰兰离披。兰离披，兰有香，松枝拂之松风长。披风坐，北窗凉，老奴消受太清狂。"

从此诗的题目即可看出，当年他们的聚会是何等之风雅。然而几年之后，高凤翰却因中风而半身不遂，右手被废后，他改用左手来写字画画。高病残之后，郑板桥刻了方印送给他，印的正文是"砚田生计"，边款则为"西园工诗画，尤善印篆，病废后用左臂，书画更奇。余作此印赠之，竟忘其雷门也。郑燮并志"。

由郑板桥的这段边款可知,高凤翰在诗文绘画方面都颇有成就,而他的篆刻水平更高,其中风后改用左手绘画,画风更为郑板桥所激赏。后来郑板桥还写了一组《绝句二十一首》,这组绝句中第一首歌咏的就是高凤翰:

西园左笔寿门书,海内朋友索向余。
短札长笺都去尽,老夫赝作亦无馀。

对于高凤翰的绘画特色,郑板桥在《题高凤翰画册》中夸赞道:

此幅三石挤塞满纸,而其为绿、为赭、为墨,何清晰也!为高、为下、为内、为外,何径路分明也!又以苔草点缀,不粘不脱,使彼此交搭有情,何隽永也!西园老兄,秀才出身,故画法具有理解。近日诗古家骂秀才,骂制艺,几至于不可耐。不知诗古不从制艺出……试看西园兄画,绝无时文气,而却从时人制艺出来。

从这些夸赞之语中可以看出,高凤翰的确在绘画方面有着独创性,这才使得自负的郑板桥能够不吝溢美之词。

高凤翰绘画风格的转变,始于其中风后改为左手执笔。从各种研究文章来看,大多称高凤翰病残乃是因为乾隆二年(1737)他遭到了诬陷,由此受到精神刺激,致使中风半身不遂。我读到了中国台湾艺术学院图书馆馆长庄素娥所写《关于高凤翰绘画的特质》一文,该文记载最为翔实。这篇长文中有"左手画"一节,专门论述了高凤翰在乾隆二年右手病废后的情况。

对于高凤翰中风的时间,有不少文献都认为是在高凤翰被罢官之

《指画古木寒鸦图》 广东省博物馆藏

后。清张庚在《国朝画征录续录》中称:"雍正五年以生员举孝友端方,任歙县丞,被劾去官后病痹,右臂不仁,书画遂以左手。"

《胶州志》所载亦有近似之论:"同官有忌之者,构蜚语于其倬,控见曾与凤翰党。具列凤翰诸过。凤翰作诗以志愤冤,对簿日抗辩不屈,得昭雪。寻病痹,废右手,漂泊江南者数年。"

《胶州志》中称高凤翰是被平反之后才中风而废掉了右手。而王幻在《画中十哲·高西园》一文中又称,高凤翰是因为在狱中受了风湿,最终才使右臂被废:"卢雅雨及高西园诸人,素以清廉自励,守正不附,不失为画生本色。因为打点不到,遂开罪大吏以污构陷,因而雅雨流戍边陲,西园则被逮下狱……在狱中因风湿相侵,右臂患麻痹症,改用左手挥毫,遂号'尚左生'。"

对于以上的这些说法,庄素娥认为皆有误,因为高凤翰被劾去官乃是在雍正二年(1724)的七月,而他右手病废乃是在去官之前。对于这一点,高凤翰在《与马保定书》中有明确的说法:"所最苦者未坏官,先坏手足。五月中风,持行失却右半,至今踽跚鼈暨,犹然乐正子春也。"

高凤翰在这封信中明确地说,他还没有被免职就先坏了手足,中风时间是在当年的五月,这比他被劾去官的七月早了两个月。如此论起来,高凤翰的中风跟其被冤免职没有必然的联系。更何况,高凤翰早在出仕之前就已经有了中风的先兆,他在《与长山王历长》的书札中提到了这件事:"二月后先叔襄事一毕,即拟趋赴左右。此时意气甚壮也。既而事有龃龉,恶况日多,近又感贱恙,时时手麻,不三数日辄一举发,恐积久不已,渐成痿痹,总托庇佑,不至殒伤。一旦失吾左右手,即南村成见世死人矣。"

高凤翰长期绘画篆刻使用的都是右手,而今被迫改为左手,当然让他大感不便。这种改变令其心情很糟糕,他在《为孔丽九画册》中写道:"……病痿以来,右手全废,强用左笔书此册贻之,丑拙所不论,书竟掷笔,慨然不已。"对于这种不习惯所带来的心理影响,可由高凤翰在乾隆二年(1737)所作《左笔画卷》题诗中窥得:

> 两手其一解写字,并夺其一可能之。
> 怪渠倔僵顽筋骨,抵死仍将左手持。
> 南向侧身东走笔,角巾斜拂额弹棋。
> 三年墨海沉沦孽,越到精熟越可悲。

然而这样的痛苦却促进了高凤翰的转变,他很快适应了左手执笔。对于换手的时间,庄素娥认为仅有几个月。换手之后,高凤翰的绘画风格也由此而改变,庄素娥在其文中认为:"'线条'的掌控,也是高凤翰改用左手时势必遭遇的困难之一,'线条'为中国绘画及书法的最重要元素。一般用右手者,改用左手持笔时,即使使用硬笔都很难控制线条的方向、长短、形状,何况高凤翰所使用的是毛笔。毛笔性柔软,再加上初用左手持笔时,压力无法精密控制,更是阻碍重重,线条相当难表达。"而高凤翰在以左手执笔后,产生的结果是:"高凤翰的身体时病时愈,造成他所绘(或写)出的线条精细不等、弯曲、抖颤、短而断断续续。这种对线条无法全部掌控的现象,对其创作是极大的致命伤。"

中风造成的事实不可改变,高凤翰只能去适应它。随着心情的平静,高凤翰发现左手执笔也另有韵味所在。他在《与马保定书》中写到了自己的心情:"至于右手之废,其苦尤不胜言。近试以左腕代之,殊大有味,其生拗涩拙,有万非右手滑软所及。昨为人跋一左手书画册子,有'弄笔一生,不可不知此味'之语。皆于中间实有所得,非徒然作此吊诡不近情之言也。此事得失相半。"

《层雪暖香图》 南京博物院藏

以高凤翰自己的感觉，左手画出的作品有了全新的面貌，所以他认为中风后由右手改为左手也并不全是坏处，算是得失各占一半。为什么会有这样的自评呢？庄素娥在其文中又引用了方薰在《山静居画论》中的观点："客有问曰，书画何以至神妙？仆曰，使笔有运斤成风之趣，此无他熟而已矣。或曰，有书须熟外生，画须熟外熟，又有作熟还生之论，如何？仆曰，此恐熟入俗耳。然入于俗而不自知者，其人见本庸下，何足与言书画。"

看来用笔烂熟就会落入俗，而在方薰之前有不少画家都持此论。故而，庄素娥在其文中有如下一段评语："'生''拙'是许多文人画家所欲追求的'返朴归真'的最高艺术境界，但其涉及品味、见识及个人修养境界的高低。因此，能超越'圆熟'而复'生'、跳出'工巧'而后'拙'者，究为少数。'生''拙'的特质彻底而充分地得以发挥，乃始自石涛。他将'生''拙'发展成'丑美'的近代美学观，而被视为'怪诞'，甚或被斥为具有'习气'。他的'生''拙'笔墨被雍正、乾隆时期的扬州画家所承习，且被更夸张地使用于画面，成为作品的主要风格，展开了更接近现代绘画创作观念的流风。在金农、李鱓、郑燮、陈撰、高翔、汪士慎等人的作品中，都可看到强调这种'生''拙''丑美'的特殊品味。"

高凤翰因为被迫改用左手，反而显现出成熟画家所追求的"生"和"拙"的面目，这也算是他在绘画风格上的意外所得，所以他认为这种被迫转变"得失相半"。故而，黄宾虹在跋高凤翰《蕉荫荷静图》中写道："南阜老人画意全从青藤、白阳脱胎，晚年左腕参以籀古之法，自成一家。"

除了绘画之外，如郑板桥所言，高凤翰在篆刻方面也很有成就，而他喜好篆刻乃是源于他的伯兄高愧逸。高凤翰在《印存自记》中讲到这样一个故事："昔先伯兄愧逸，性喜藏印，所至，蒐罗不遗余力。

《荷花图》 故宫博物院藏

每于荒村废圃，断碛屯沙，过之辄作留连状。市儿野妇，货担菜篮中，有见必问，问必详，絮叨叨不便已。即时遭烦聒犬叱之辱，弗恤也。朋辈同行者率笑以为痴。"

高愧逸喜欢搜集印章，收藏渠道很是特别，他喜欢到废墟中去寻觅印章，甚至从小商贩那里打听信息。他的这种奇特搜集方式，受到了小伙伴们的嘲笑："余年甫八九岁，便已时随弄石。伯兄间有选弃者，亦复漫掷一二与之。久之，渐置箧收秘。兴至，背人辄发视之，顾常自恨寥落，不能与伯氏埒。已乃兴尽悒恼倦去，数十日不一省。私心自奋，若他日能自致此，当必令伯氏所藏三舍避我。"

高凤翰在八九岁时就跟着伯兄高愧逸收藏印章，显然他的渠道比不上伯兄，伯兄有时会将买到手又看不上的印章扔给高凤翰，时间长了，他也有了不少的收藏。然而这样得来的印章让高凤翰的自尊很受伤，他发誓有一天要超过伯兄。高凤翰在结婚之后，对搜集印章这件事依然痴心不改。高凤翰在《南村印辑》中"松麓山房"印蜕旁写了这样一段题记："此印老青田石，经兵火毁煅之余，缺折其一角者，居石十之三。纹坼古涩如断岸，邃谷谽岈苍峭，不可名状。余初娶时，友人持以求售，索白金五，无可为错，而酷爱不忍舍去，急告内子，为鬻一手钏收之，自是遂成印癖，实为余诸印权舆也。"

虽然已经有了残损，但这方印实在令高凤翰爱不释手，而卖印者开出的五两白银的价格，又让他囊中羞涩，他只好求助于新婚不久的夫人，最后是夫人卖掉了自己的首饰，才买下此印。高凤翰将这段经历视为自己狂收印章的起点，而藏印之好可谓伴其一生。清雍正十三年（1735），高凤翰年五十三岁，这一年他在《竹西亭印辑小引》中写下这样一段事：

蓄印四十年，搜之南北游历、交友投赠，博取巧购以及恶攫、戏匿种种而罗致者，甘苦喜怒皆有之。劳瘁如斯，仅乃得此，藏诸箧，未尝示外人也。向由皖城授歙丞，起行于高阳刘皋宪宪署中，担夫觅至二十人，刘公颇诧过多，及检行装，半是此类，则相视大笑。

高凤翰回忆自己四十七岁那年前往歙县任职的时候，竟然雇了二十个挑夫帮他运行李，当地的官员看到后颇为吃惊，高凤翰打开行李让这位官员过目，原来这些行囊中竟然有一半都是他四十多年来所搜集的印章。难怪他在自撰的《印匣铭》中评价自己"癖印太过"。

对于高凤翰藏印的故事，流传最广的乃是他藏有司马相如玉印。清蒋宝龄在《墨林今话》中记载："青雷酷嗜古印，搜集最多，尝得汉卓文君印，广乞名流题咏。其友高西园藏有司马相如玉印，篆法精妙，不轻示人。青雷欲以文君配为一对，密托卢雅雨致之。一日索观，西园离席半跪，正色启曰：'凤翰一生结客，所有皆与朋友共，其不可共者惟二物，此印及山妻耳。'客为之哄堂，青雷乃止。"

朱文震也喜好收藏古印，其中有一方卓文君的印，让他最为宝爱。他曾经请过许多名流为此印题咏，后来听说高凤翰藏有司马相如玉印，很希望将这两方印章配成一对，于是秘密请卢见曾在中间代为说项。某天，卢见曾向高凤翰提出想看一看那方司马相如印，高凤翰闻言立即脸色为之一变，严肃地说自己是个豪爽之人，什么都可以拿出来与好友共享，但唯有两物不能共享，一是这方司马相如印，二就是他的夫人。这番话让在座者听得哄堂大笑，卢见曾也就不好意思再帮朱文震说话了。

蒋宝龄的记载虽然生动有趣，却与事实有所出入。高砚斋在《朱文震生卒年及生平活动中与高凤翰、郑燮等的关系》一文中，经过一番考证后称："（朱文震）比高晚四十余岁，且在高回到胶州以后始拜高为师的朱文震,没有可能如此冒昧,其与卢雅雨、高凤翰亦不可能同时同在,所以此段逸闻有明显错误,当作'小说家言'而已。"

但是,蒋宝龄在《墨林今话》中记载的这段有趣故事也并非完全杜撰,应该是本自纪晓岚所撰《阅微草堂笔记》中《高西园得印》一篇:

  朱青雷言:高西园尝梦一客来谒,名刺为司马相如。惊怪而寤,莫悟何祥。越数日,无意得司马相如一玉印,古泽斑驳,篆法精妙,真昆吾刀刻也。恒佩之不去身,非至亲昵者不能一见。官盐场时,德州卢丈雅雨为两淮运使,闻有是印,燕见时偶索观之。西园离席半跪,正色启曰:"凤翰一生结客,所有皆可与朋友共,其不可共者惟二物,此印及山妻也。"卢丈笑谴之曰:"谁夺尔物者,何痴乃尔耶?"西园画品绝高。晚得末疾,右臂偏枯,乃以左臂挥毫,虽生硬倔强,乃弥有别趣。诗格亦脱洒。虽托迹微官,蹉跎以殁,在近时士大夫间,犹能追前辈风流也。

纪晓岚的记载也很有趣,高凤翰竟然梦到司马相如来与之相见,梦醒后不知预示着什么。过了几天,他就得到了司马相如印,这让高凤翰爱不释手,于是将此印长期随身携带,不是莫逆之交绝不肯拿出来让对方一看。而那时的卢见曾乃是有权有势的达官,听闻高凤翰藏有此印时,向其提出一看,随后高凤翰就说出了那几句有意思的话。清代的笔记作者们纷纷在各自的书中讲述这个故事,无疑大家都觉得高凤翰的印痴实在是有趣兼感人。

搜集印章久了,高凤翰自然对治印也有了兴趣,郑板桥画作中经常用到的一方"七品官耳",就是高凤翰的作品,而此印最令郑板桥所喜。然而高凤翰在治印方面的成就却少有人提及,高石在《高凤翰篆刻艺术纵横谈》中经过一番考证，认为高在治印方面的老师乃是张在辛和张在戊。张氏兄弟二人的父亲张贞也是一位书画家，在篆刻上遵法周亮工，有《梦绿印谱》传世。

　　清康熙五十年（1711），高凤翰来到了张家，但他是否就在此时跟随张氏兄弟学习篆刻，相应文献未见直接记载。高石先生在其文中举出了五条理由，以此来证明高凤翰曾向安丘张氏学习过篆刻："一是那时的张氏一家，篆刻风格、水平和名气在山东是一流的，在全国也是独特的。二是张氏父子兄弟年龄都比高凤翰大，如上所述，篆刻作品成熟期也早，在高凤翰去安丘之前都各有著作、印谱行世了。三是高凤翰的隶书是向张在辛学来的，张在辛学郑谷口，所以高凤翰一生隶书皆从郑谷口出，学习书法的同时兼习篆刻，也是顺理成章的事。四是从后来高凤翰的早、中期篆刻作品风格来看，也很明显地受张氏影响。五是高凤翰自己在《赠张申仲》诗八首的小引中也透出消息：'申仲出印谱见示，自言所藏近千余颗……'是到了张家，高凤翰才在古印的认识上有了一个大的提高。"正是因为有着这样的师承，再加上四十年的藏印经历，终于使得高凤翰成为一代篆刻大家。

　　我从网上查得，高凤翰故居位于山东省胶州市南关街道澳门路8号。高凤翰在当地果真很有名气，我打车前往高凤翰纪念馆时，一路

高凤翰纪念馆

方形的庭院

扬州八怪纪念室

后花园

上所问之人均能指路。可惜，出租车司机反应太过迟钝，为此绕了不少的冤枉路，我也懒得将他的行为解读为反应不过来，或是有意要兜圈子。不管怎么样，总算找到了目的地。

从外观上看，这处纪念馆更像是七八十年代的乡镇办公场地，好在门楣上挂着"高凤翰纪念馆"的匾额。我正准备走入大门，被一位工作人员拦住，我问他票价多少，对方称只要登记即可免费参观。登记完毕，我穿门而过，后面是一个方形的院落，院落中有高凤翰的雕像。这尊雕像处在一丛绿竹前，高凤翰站在那里目光直视前方，手中托着一本线装书。我注意到他果真是用左手拿书，看来雕像的制作者充分考虑了高凤翰的身体状况。但我从各种文献上得知，高凤翰的身材颇为肥硕，后来他患上中风也应当跟肥胖有很大的关系，然眼前所见的这尊雕像，却没有表现出他那胖硕的身躯，也许在人们印象中，文人都是清癯的。

院落的侧旁立着"高凤翰纪念馆简介"，该简介以中英文对照的方式介绍着高凤翰的生平，其中有几句为："中国清代著名左笔书画家高凤翰是'扬州八怪'中杰出人物之一，其书画以清雅乖拙蜚声宇内，更以其左手奇才彪炳艺林，高凤翰纪念馆坐落于其故里胶州南三里河村北，占地约14亩，建筑面积1860平方米。"

看来纪念馆的主办方认为高凤翰当然是"扬州八怪"之一，并且

高凤翰左手执书的雕像

高凤翰纪念馆简介

中国清代著名左笔书画家高凤翰,是"扬州八怪"中杰出人物之一,其书画以清雅乖拙蜚声海内,更以其左手奇才卓洞艺林。高凤翰纪念馆座落于其故里胶州南三里河村北,占地约**14亩**,建筑面积**1860**平方米,包括故居与附设两大部分,故居部分有石鳌馆,春草堂,北堂,竹西亭,南斋,南斋池等,供参观者了解高氏之家世行实等情况。附设部分有展厅五处,泉亭一座;第一展厅有高氏生平简介画传,第二、三展厅介绍高氏艺术成就及其诗书画印砚作品,第四、五展厅轮换展出国内外名人、学者为该馆题写之书画作品。泉亭中展有胶州出土之宋代铁钱**16**吨,高凤翰雕像矗立于院中之轴心部分,深思高举,洁白清忠。又建有长廊,东榭,方亭,假山等,奇花异卉茂木修筠,荫翳掩映,珊珊可爱,足供参观者以游乐与休憩。丘壑独存,世济之美。

Brief Introduction of the Gao Fenghan Museum

The Chinese famous left-hand artist of painting and calligraphy in the Qing Dynasty Gao Fenghan was one of the remarkable persons among "the Eight Eccentric Persons in Yang Zhou ". His paintings and calligraphies were famous all over the world for its elegant, Lovely and clumsy style. He himself was also famous for his unusual left-hand talent in the fields of art. The Gao Fenghan Museum was in his native place which lies in the north of Nan Sanlihe Village in Jiao Zhou. It covers an area of 14 mu. Its built-up area is 1860 square meters. It includes two parts. One is the native living place the other is the attached part. Stone Old-turtle Hall, Spring Grass Hall North Room, Bamboo West Kiosk, South Study, South Study pool etc. are in the native living place it provides the history of the Gaos, family and their doings for the visitors. In

简介

 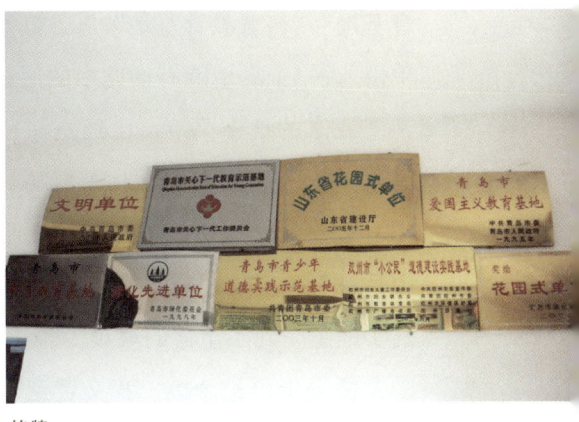

廉政文化展室指示牌　　　　　　铭牌

还是其中的杰出人物。如今高凤翰的书房——春草堂的门框侧方果真挂着"扬州八怪"纪念室的铜牌。

继续向前参观，后花园中还建有一个小亭，亭前有一个大坑，这里以前应当是一个水塘，只是在我到达之时已经干涸了，还剩有不多的一些枯荷叶，垂着头立在那里。再往里参观，后面设有"高凤翰廉政文化展室"。清雍正七年（1729），高凤翰年四十七岁，被朝廷授与歙县县丞的职位。这个职位很低，显然不太可能敛到大量钱财，但不知什么原因，他被人诬告在一命案中受贿五千金，后来几经辩解，证明这是诬告。此后他改任绩溪县令，未久两淮盐运使卢见曾被指贪污，高凤翰则被人诬陷为与卢见曾结党营私而牵连入狱，为此被关进监狱近两个月，之后又打了几年的官司。

虽然高凤翰在任上勤政爱民，但有这些麻烦在，也算是"历史污点"，在这里给他建廉政文化室，总觉得有些怪异。然而近些年的寻访中，我发现许多的历史人物故居，都被挂上了"廉政学习园地"或者"道德示范基地"之类的牌匾。走进室内参观，里面挂着多块铜牌，一一看过去，果然又是这类，名称五花八门，有常见的"爱国主义教育基地""科普教育基地"等，甚至还有"花园式单位"和"绿化先进单位"，一个场地能有如此多的用途，想来也算是合理利用。

我来的这个季节，已经是深秋，一路参观下来，整个纪念馆内仅有我一人，斜阳残照、枯荷顾影，大概是西风往我身上吹了些什么，望着眼前的这一切，不知道什么原因，自己的心境有些落寞。站在院中呆看着这里的残荷败柳，想象着高凤翰当年以左手绘画写字的吃力，真实地感受到了生命的艰难。

慢慢走出纪念馆，我又看到外面的墙壁上悬挂着"文物保护功在当代利在千秋"的广告语，下面绘着大幅的简化版《清明上河图》，颇不明其所指，至少我在纪念馆内未曾看到任何能够称得上文物的东西。我对此馆的唯一感受，乃是高凤翰的坚韧不拔，正如清杨翰在诗中对高凤翰的夸赞：

> 我爱归云尚左生，蟹螯一手气纵横。
> 凿穿混沌老蛟怒，起作墨池风雨声。

郎世宁（1688年—1766年）

物假阴阳而拱凹，室从掩映而幽深

郎世宁是康熙末年来华的传教士，在中国美术史上有着特殊的贡献。1988年第二期的《故宫博物院院刊》是为纪念郎世宁诞辰三百周年所发的特刊，严家淦在该刊的序言中评价郎世宁说："郎世宁具艺术天才而献身天主，远来我国，为当时极具西画素养，且醉心于中国绘画者，声名虽不及四王，但亦成就蔚然，一时风靡，艺坛推重，史家论明清之际吾国美术之受西洋影响者，均予郎氏以一特殊之地位。乾隆以后，西教受禁，西学亦随之影响，文化交流转趋低潮。时至今日，吾人又得重见东西美术相激荡之新气象，回顾郎氏作品，亦可见郎氏对中国绘画之融合力与引导力也。"

作为一名西方传教士的郎世宁，怎么会成为中国清代宫廷中的御用画师呢？这件事要从他所加入的耶稣会讲起。

1517年3月15日，罗马教皇利奥十世批准颁行赎罪券，所谓的赎罪券就是指有罪之人通过花钱让自己死后灵魂能够升入天堂。由于那个时段罗马教廷财政吃紧，故赎罪券的发放力度远超以往，为了能够卖出更多的赎罪券，教会内的一些人士大肆鼓吹赎罪券的作用，台彻尔在德国勃兰登堡主持该工作时对外宣称：

首先赦免受教士责难的人，无论他是什么原因引起的。其次赦免犯罪、犯规或过分无节制的人，不论他的过错多大。甚至赦免已提交罗马教廷（Holy See）的人，只要是罗马教会（Holy Church）之匙所达之处，我都可以赦免你该在炼狱接受的惩罚；同时，我可以恢复你在教会的圣餐……以及恢复你在受洗时所拥有的清白纯洁。所以，当你死时，惩罚之门将会关闭，而快乐的天堂之门，则将为你敞开。

任何事情都需要有限度，超过了限度不免令人怀疑。有些人买到赎罪券后，拿给威登堡大学神学教授马丁·路德看，求证赎罪券到底有没有这么大的神力，而马丁·路德否认了赎罪券的价值，由此引发了一场社会动荡，这场动荡被后世称为"宗教改革"。罗马教廷为了应对危机，召开了特伦特公会。该会因为牵涉到基督教的方方面面，争论十分激烈。这场会议开了长达十八年之久，最终达成的决议之一就是废止出售赎罪券。

这场动荡造成的另一个结果就是基督教分裂为新教和天主教两大体系，天主教中影响力最大的一派就是西班牙人圣依纳爵·罗耀拉在1534年8月15日成立的耶稣会，六年之后，该会获得了教皇保罗三世的批准。

对于该会的特点，曹天成在其所撰博士论文《郎世宁在华境遇及其所画瘦马研究》中称："作为一个改革时代的产物，耶稣会在很多方面都和传统的基督教修会不同，比如在共同参加日课、统一服装等方面的要求就不如其他修会那样严格。但它更为显著的两个特点是：一，不强调在固定的修院中过集体生活，而是将会士派往四面八方；二，实行'中央集权的、军事化的'组织管理方式。其中第二点的核心理念就是绝对服从。"

耶稣会的这两个特点，前者乃是往世界各地派会士前去传教，后者则强调会士要绝对听从耶稣会的派遣。德国彼得·克劳斯·哈特曼所撰《耶稣会简史》中谈到了这样的概念:"我们应当坚信,一切都合理;对于修会上司安排的一切事物,假如未见其中有任何罪恶的迹象,那么我们应当在盲目的服从中否认自己所持的一切反对意见和判断。我们应当意识到,每一个生活在服从之中的人,都必须甘愿接受修会上司的指引和领导——因为是神通过修会上司在指引和领导——仿佛他是一副死掉的身躯,任人带向各方,任人随意处置,或像一位老者手中的拐杖,无论在何处,也无论为何目的,均听从主人的意愿,侍奉主人。"

正是由于耶稣会有这样的要求,当年轻的郎世宁加入耶稣会后,被派往中国去传教时,他毫无保留地遵从了。按照耶稣会宪章上的规定:"我们的使命是奔赴世界每一个角落;哪里更希望有人为天主效劳,哪里的灵魂更期待得到帮助,我们就生活在哪里。"

在郎世宁到达中国之前,已经有多位耶稣会士在中国传教,其中最有名的当然就是利玛窦。虽然利玛窦跟明末朝廷中的高官建立了良好的关系,但基督教在中国的发展并未广泛地展开。通过实践,耶稣会了解到了中国的社会结构,而后采取了两条在中国传教的基本路线:一是文化适应政策,那就是学习中国的风俗,包括语言、着装以及儒家礼仪等;二者就是走"上层路线",通过中国的权阀来扩大基督教的影响力,同时也通过寻找靠山来保证耶稣会的生存以及方方面面的利益。

这两条路线原本是十分符合中国国情的,然而罗马天主教廷却否定了利玛窦所发明的文化适应政策,教皇严格禁止中国人信仰天主教后再去参加祭奠祖先和天地的活动,也不能去朝拜孔子。教皇克雷芒十一世在 1704 年 11 月 20 日的决议案中明确地点出:

二、春秋二季，祭孔子并祭祖宗之大礼，凡入教之人，不许作主祭、助祭之事，连入教之人，亦不许在此处站立，因为此与异端相同。

三、凡入天主教之官员或进士、举人、生员等，于每月初一日、十五日，不许入孔子庙行礼。或有新上任之官，并新得进士，新得举人、生员者，亦俱不许入孔子庙行礼。

这样的规定显然有悖中国的国情，于是康熙皇帝命臣属与罗马教廷进行交涉，而教廷坚持这项规定，因此玄烨在康熙四十六年（1707）下旨："自今以后，若不遵利玛窦的规矩，断不准在中国住，必逐回去。若教化王因此不准尔等传教，尔等既是出家人，就在中国住着修道。教化王若再怪你们遵利玛窦，不依教化王的话，教你们回西洋去，朕不教你们回去。倘教化王听了多罗的话，说你们不遵教化王的话，得罪天主，必定教你们回去，那时朕自然有话说。说你们在中国年久，服朕水土，就如中国人一样，必不肯打发回去。教化王若说你们有罪，必定教你们回去。朕带信与他，说徐日升等在中国，服朕水土，出力年久。你必定教他们回去，朕断不肯将他们活打发回去。将西洋人等头割回去。朕如此带信去，尔教化王万一再说尔等得罪天主'杀了罢'，朕就将中国所有西洋人等都查出来，尽行将头带与西洋去。"

到了康熙五十九年（1720），玄烨给教皇特使嘉乐的谕旨中又明确地写道："尔教化王所求之事，朕俱俯赐允准。但尔教王条约，与中国道理大相悖戾。尔天主教在中国行不得，务必禁止！教既不行，在中国传教之西洋人亦属无用。除会技艺之人留用，及年老有病不能回去之人仍准存留，其余在中国传教之人，尔俱带回西洋去。且尔教王条约，只可禁止尔西洋人，中国人非尔教王所可禁止。其准留之西洋人，着依尔教王条约，自行修道，不许传教！"

自此之后，清廷开始反感西方传教士在中国的活动，如玄烨所言，只留用了一些会技艺的传教士。玄烨留用这些传教士，是因为他对西方科学艺术有着颇为强烈的好奇心。《康熙朝满文朱批奏折全译》中收录了玄烨在御批上所言："汝等知西洋人渐渐作怪乎？将孔子也骂了。予所以好好待他者，不过用其技艺尔。"

恰恰在这个阶段，郎世宁来到了中国。玄烨听说他是位画家，便让其在宫中整天作画，因此完全没有了传教的可能。郎世宁进入中国时年仅二十七岁，到了乾隆三十一年（1766），也就是他七十八岁时，病逝于北京。前后算起来，他历经康熙、雍正、乾隆三朝，合计近五十年之久。在这么长的时间内，他几乎把自己所有的精力用在了绘画方面。因此聂崇正在其所著《郎世宁的绘画艺术》一书中总结道："在清康熙至乾隆时供奉清廷的外国传教士画家中，以意大利人郎世宁的名气最大，而且留下来的作品最多，影响也最显著。"

郎世宁在进入中国之前就有着很好的绘画基础，然而他所学乃西方绘画技法，这样的技法与中国绘画方式完全不同。他所绘的西画未曾受到皇帝的赏识，于是他只好改学中国的工笔画。刘乃义在《郎世宁修士年谱》中称：

> 当时内廷供奉中，有不少中国画家，颇占优势，而且中国水彩画，又最为盛行。郎世宁所擅长者，乃西洋油画，故当其到院之初，颇受彼等欺侮，使之依照中国画法绘画山水人物等。以为此等画艺，乃中国人士所欣赏，皇帝所喜悦者。世宁无奈，只得将已固有艺术与作风，尽行抛弃，自名师身份降至艺徒地位，来学其工笔画。

虽然郎世宁开始用中国人的方式进行创作，但他依然保留着西方的绘画原理，两者结合，从而产生了一种别样的绘画风格。这样的结合方式，使得后人对郎世宁有着如下夸赞："盛世清廷，传教士画家入内供奉渐多，然以郎世宁声名最盛，盖郎氏夙即工于西方画法，既来中华，寓京师，入禁庭，见我国艺术之高妙，遂沉潜其间，弃西洋油彩刀刷，转同化于中华之丹青墨妙，虽据其西洋写实之素养，要仍以我国笔描彩绘为依归，乃能神形悉具，成其卓然独立之面貌。郎氏本以教士来华，而终以画艺振奇于世……足为一代画坛之英。"（秦孝仪《故宫博物院郎世宁诞辰三百周年特刊》序言）

然而郎世宁的绘画技巧在当时却饱受一些中国画家的非议，郑昶的《中国画学全史》中录有与郎世宁同时期的著名画家邹一桂评语："西洋人善勾股法，故其绘画于阴阳远近，不差锱黍，所画人物屋树，皆有日影，其所用颜料与笔，与中华绝异。布影由阔而狭，以三角量之。画宫室于墙壁，令人几欲走进。学者能参用一二，亦具醒法。但笔法全无，虽工亦匠，故不入画品。"

邹一桂称，郎世宁的画作极为逼真，他画的宫殿甚至让人感觉可以走进去，但这样的绘画方式完全没有了中国画所讲求的笔法，所以无论他画得多么逼真，也不过就是一种匠气作品，没有什么高的品位。乾隆皇帝也这样认为，他在《题李公麟画三马苏轼赞真迹卷》中写道："其形即命世宁传，神韵更教廷标写。"对于这句诗，弘历在诗注中解释道：

> 癸未岁，爱乌罕贡四骏，命郎世宁为之图，形极相似，但世宁擅长西洋画法，与李伯时笔意不类，且图中有马无人，因更命金廷标，用公麟五马图法，用郎之奇肖李之韵，为四骏写生。

阿富汗进贡了四匹骏马，弘历命郎世宁把这四匹马形象地画出来。

显然郎世宁在写生方面高于中国画家，皇帝才有了这样的谕旨，但是郎世宁所绘只有马而没有人，于是皇帝又命令中国画家金廷标添上了人物。看来皇帝也赏识郎世宁绘画之精细，但又认为这样的绘画方式格调不高。法国费赖之在《在华耶稣会士列传及书目》中谈到郎世宁在创作时的遭遇："作画既成，有时不免经一华人修改，其人常为无识之人。"

由不懂画理之人来修改精心之作，郎世宁心中的苦闷可想而知，更何况，他前往中国的目的是宣传基督教，并不是为皇帝作画，可当时的政治氛围使得他完全没有了传教的机会。但即便如此，郎世宁还是尽自己所能，甚至冒着很大的风险，试图改变教士在中国的处境。

西方画理与中国画理有着怎样的区别呢？利玛窦曾将两者进行过对比："中国画但画阳不画阴，故看人之面躯正平，无凹凸相。吾国画兼阴与阳写之，故面有高下，而手臂皆轮圆耳。凡人之面正迎阳，则皆明而白；若侧立则向明一边者白，其不向明一边者，眼耳鼻口凹处，皆有暗相。吾国之写像者解此法用之，故能使画像与生人亡异也。"（顾启元《客座赘语》卷六"利玛窦"条）然而中国人认为人像有阴影不吉祥，故郎世宁在画人像时，只能不施阴影。

康熙四十七年（1708），玄烨废太子胤礽，由此引发了太子之争。当时皇子之中，胤禩和胤禟最有号召力，而宗人府左宗正苏努则投了皇八子胤禩的票。苏努乃清太祖努尔哈赤的四世孙，顺治八年（1651）被授封为辅国公，顺治十四年（1657）又晋升为镇国公，在朝中很有影响力。耶稣会士经过不断地努力，使得苏努对基督教很有好感，虽然他本人未曾入教，但他的儿子中竟然有十三位先后成为了基督徒。等到皇四子胤禛成为了雍正皇帝后，苏努和他的家庭成员逐渐成为清算对象。

当时有位葡萄牙传教士穆敬远，此人做过康熙皇帝多年的中文翻

《乾隆皇帝围猎聚餐图》 故宫博物院藏

译，因此受到了玄烨的信赖。某天，玄烨问穆敬远，应该选哪位皇子为太子时，穆敬远开始不敢回答，到最后只是夸奖九皇子胤禟品质优秀，这件事显然令他站错了队。雍正继位后，命胤禟驻守西宁。雍正四年（1726），胤禛查获胤禟写给皇十四子胤祯的"西洋字书"，由此将胤禟革职，并押解回京。这种他人无法看懂的"西洋字书"就是穆敬远教给他的，为此穆敬远也被收监受审。穆敬远在供词中说道：

> 我有一本格物穷理书，他看了说有些像俄罗素的字样，这字可以添改，不想他后来添改了写家信，我不知道。我住的去处与塞思黑只隔一墙，他将墙上开了一窗，时常着老公叫我。后我病了，他自己从这窗到我住处是实。……我是外国人，逢人赞扬他，就是该死，有何辩处。（《刑部为穆敬远附和塞思黑朋奸不法案请旨》）

虽然有着这样的辩解，但穆敬远还是在雍正五年（1727）被处死了，因为他跟苏努家族案也扯上了关系。《在华耶稣会士列传及书目》中说："居谪所时，得苏努家若干人之助，劝化数人入教，建筑教堂数所。雍正帝决意禁止天主教，闻敬远身居谪所，尚敢劝人入教，怒甚，命人将其锁解来京，身被九链，严刑拷问，迫其自陈。然敬远自承无罪。帝命人将其重押解至谪所授意解者杀之。八月五日敬远抵谪所，次日始悉食中有毒，越十二日殁于西宁，时在一七二六年八月十八日也。"

穆敬远因为胤祯案被贬到了西宁，然而他到了西宁，依然劝苏努家族成员入教，令雍正皇帝十分愤怒，这也正是他处死穆敬远的原因之一。其实，雍正登基不久，就有多位大臣看准时机向皇帝上奏，要求禁止天主教在中国的传播。雍正元年（1723）五月十二日，闽浙总督满保发布告示，禁止当地传教士传教，而后又给皇帝上了奏章："恳将西洋人许其照旧在京居住外，其余各外省不许私留居住，或送京师，或遣回澳门，将天主堂尽行改换别用，嗣后不许再行起盖。"（丁琼著《从福安教案看雍乾禁教之异同》）雍正皇帝批准了礼部对满保奏章的处理意见。

面对此况，在京的耶稣会士通过各种关系想办法阻止。北京以外的许多教堂都被拆毁了，北京之外的传教士被要求在规定的时间内集中到广州。于是他们到处躲避，很多传教士的生命都受到了威胁，有的传教士躲在船舱内几个月都不敢露面，而郎世宁因为在宫中作画，并未受到相应的冲击。在这个阶段，他还跟年羹尧的哥哥年希尧写出了一本名为《视学》的书，该书被后世视为中国第一本全面介绍西方绘画透视技法的著作。

因为各种原因，年羹尧后来被逼自杀，年希尧却并没有受到影响，雍正四年（1726），他被任命为内务府总管，郎世宁则是内务府管辖下的造办处画师，所以年希尧应当算是郎世宁的顶头上司。巧合的是，年希尧也"精于绘画"。《八旗画录》《古今画史》中都载有年希尧绘画之事，正因为这一点，郎世宁与之有较为密切的交往，还帮助年希尧写出了《视学》一书。对于郎世宁在这方面的贡献，年希尧在《视学》序言中写道：

> 近数得郎先生讳世宁者往复再四，研究其源流，凡仰阳台复、歪斜倒置、下观高视等线法，莫不由一点而生……试按此法或绘成一室，位置各物，俨若所有，使观之者如历阶级，如入户门，如升奥堂而不知其为画。或绘成一物，若悬中央，高凹平斜，面面可见，借光临物，随开成影，拱凹显然，观者靡不指为真物，岂非物假阴阳而拱凹，室从掩映而幽深，为泰西画法之精妙也哉！

由此可知，年希尧能够接受西方的绘画艺术，而且显然郎世宁也跟他谈到了一些天主教义，宋君荣在《北京通信》中写道："年希尧很理解耶教的宗旨……他心仪耶教，如果不是死亡阻止了他，他已经受洗了，因为在重病中他已万分痛苦，而欧洲人又不准进入他的宅邸。他曾经经常到教堂拜会会士们，并爱听祈祷。他很领会耶教教义，还能准确地背诵祷词。"

根据《养心殿造办处各作成做活计清档》中的记录，郎世宁在雍正朝的绘画，第一件作品乃是雍正元年（1723）所绘的《聚瑞图》。胤禛的登基，因为有各种各样的争论，使得他很相信祥瑞。比如雍正元年九月初七日西安巡抚奏报：西安、凤翔、汉中、延安四府出现了双穗甚至三四五穗的稻谷。而"穗"与"岁"谐音，雍正皇帝觉得这是吉兆，于是命人送到宫中。郎世宁见到后，将双穗稻谷与禁池中的并蒂莲合在一起绘出了这幅《聚瑞图》，他在此图的题款上写道：

> 皇上御极元年，符瑞叠呈，分歧合颖之谷实于原野，同心并蒂之莲开于禁池，臣郎世宁拜观之下，谨绘写瓶花，以记祥应。雍正元年九月十五日，海西臣郎世宁恭画。

《聚瑞图》究竟是郎世宁主动创作而后献给皇帝，还是皇帝命他所画，因为没有相应记载，故无法得知详情。此后，由皇帝下令，郎世宁画过多幅《瑞谷图》，内府造办处的档案中记载有雍正三年（1725）的传旨："内阁典籍厅李宗扬持来河南省进瑞谷十五本、陕西省进瑞谷二十一本、先农坛进瑞谷十六本，说大学士张廷玉传旨：着西洋人郎世宁照样画。钦此。"

《中国来信》中记载了耶稣会士严嘉乐所言："皇帝陛下很喜欢他的艺术作品，赏赐给他特别丰厚的礼物，但至今也未召见过他，没有和他谈过话。"虽然没有召见和谈话，但雍正皇帝却有很多谕旨都是命郎世宁作画。雍正五年（1727）："正月初六日，太监王太平传旨：西洋人郎世宁画过的者尔得小狗虽好，但尾上毛甚短，其身亦小些，再着郎世宁照样画一张。钦此。于二月二十一日画得一张呈进。二月二十九日又画一张。"

胤禛首先夸赞郎世宁所画的狗很好，但他希望有所改变，要求把狗尾巴毛画长一些，身体也画小一点。可见胤禛也颇为称赏郎世宁的画风。正是因为这个原因，胤禛的儿子弘历在年轻时就喜好郎世宁的绘画风格，等他登基成为乾隆皇帝后，命令郎世宁在自己禁宫旁边的一间屋子内作画，以便他能随时走过去观看郎世宁绘画的过程。

乾隆元年（1736），禁止天主教传教之事再次兴起。在这种情形之下，耶稣会士经过商议，决定利用郎世宁在皇帝身边作画的便利，让他给皇帝上奏章。《耶稣会士中国书简集：中国回忆录》中载有这个细节：

> 皇上和平时一样坐到他身旁看他作画。教士放下毛笔，突然满脸悲伤，跪倒在地，断断续续边叹息边说了几句我们教会遭难的情况之后，从怀里取出用黄帛包着的我们的奏章。太监们都被这个教士的大胆举动吓得发抖，因为他事先没有告诉他们此事。然而，皇上很平静地听了他的陈述，温和地对他说："朕没有谴责你的教会，朕只是禁止旗营里的官兵进教。"同时，他示意太监们收下奏本，又转身对教士说："朕会读它的，你放心，继续作画吧。"

郎世宁的这个举措违反了宫中的规定，吓得皇帝身边的太监瑟瑟发抖。没想到皇帝收到了这个奏章，并且没有责怪郎世宁的意思，可见弘历对郎世宁十分偏爱和宽容。但从此之后，宫中之人就对郎世宁

《弘历雪景行乐图》 故宫博物院藏

进行搜身，防备他夹带文本上奏给皇帝。由此也可看出，郎世宁虽然为人谨慎，但在关键时刻，却异常勇敢。

关于郎世宁在绘画上的师承，潘耀昌在《西法中国画的先行者：纪念郎世宁诞生三百周年》一文中称："郎世宁早年从安德烈亚·波佐（Andrea Pozzo，1642—1709）学画。波佐系意大利耶稣会士，米兰学派的建筑师和画家，是追求视觉真实感的所谓错觉主义（illusionism）的绘画大师。他的作品可见于他绘的罗马圣伊纳爵（Sant'Ignazio）教堂天顶上的装饰（1694年完成）。可以推测郎世宁的绘画大体上师承着波佐。"

郎世宁来到中国后，又将自己的技法教给了中国弟子。雍正元年（1723）九月二十八日，怡亲王谕令："将画油画乌林人佛延、柏唐阿全保、富拉他、三达里等四人，留在养心殿当差，班达里沙、八十、孙威凤、王玠、葛曙、永泰等六人仍归在郎世宁处学画。"

除这里列名的几位之外，再加上相关记载，郎世宁的弟子至少在九人以上，这些弟子中最有成就者乃王幼学和张为邦。为了教导弟子绘画，郎世宁费了很多的心血，尤其是在当时的中国无处购买油画颜料，郎世宁只能自己制作。而皇帝还命令其他人跟着郎世宁学习这种绘画颜料的制作方式，《清宫廷内务府造办处档案总汇》中记载：

> 骑都尉唐岱、西洋人郎世宁来说。太监毛团传旨：着挑小苏拉几名，与唐岱、郎世宁学制颜料。钦此。

正是这样传与教，使得中国有了本土的油画家。聂崇正在《郎世宁的绘画艺术》一书中写道："郎世宁向中国的宫廷画家传授了欧洲绘画的方法，并成功地使一部分中国的画家掌握了新的绘画手段，创作出了面貌与传统中国绘画迥异的作品，由此在中国宫廷中出现了首批掌握欧洲绘画技法的本土画家。"

郎世宁为什么能取得这样的成就呢？意大利人马可·马西罗在《重估郎世宁的使命——将意大利绘画风格融入清朝作品》一文中，将原因归为郎世宁的谨慎："在为皇家绘制肖像时，谨慎可以说是郎世宁首要的优长。谨慎帮助他赢得了乾隆皇帝的信任，也帮助他在为资助人工作时遵守了应有的行为准则，并且通过观察皇帝的品味和现有的肖像模式知晓了绘画表达的禁忌。"

对于郎世宁所创造出的中西合璧式的绘画技巧，现当代研究者大多给予高度的评价，国外学者也承认他在这方面所做出的贡献。1988年出版的《牛津艺术辞典》评论他说："他根据皇帝的命令学习中国绘画，在山水画、动物画与世俗风情画中，首次将中国的笔法与西方的写实画风结合起来，在宫廷里赢得极好赞誉。他是第一位被中国人了解并欣赏的西方画家。"日本今泉笃男等所编《西洋美术辞典》中亦认为："画技优秀的意大利神父郎世宁，与意大利人切拉蒂尼、法国人王致诚均向清人传授了欧洲的透视技法和解剖学，但是，他本人则学习中国传统画法，用中国的画具（他本人对它们有所改造）、纸、绢创造自己的画风。他是三人中最出色的画家。"

对于郎世宁的绘画成就，周书楷在《故宫博物院郎世宁诞辰三百年特刊》序言中总结道："郎氏天纵才华，数年尝试，终于吸取我国传统艺术精华而与其原有艺风融会贯通，自创一格，在清宫以画效劳五十年，卒后奉旨优恤。有清一朝，以乾隆最盛，就文事学植论，亦以乾隆帝为翘楚，郎氏绘画浸入帝心，其功力之高之深，于此可见。"

在雍正朝，胤禛大修圆明园，园中的不少绘画都是出自郎世宁之手。从乾隆二十七年（1762）开始，郎世宁又跟王致诚、艾启蒙、安德义等绘制《平定准部回部战图》，该图的手稿主要是由郎世宁负责，画稿完成之后运到法国巴黎镂刻成铜版，刷印好的铜版画再运回中国

《仙萼长春图》(之一)《牡丹图》 台北故宫博物院藏

《仙萼长春图》(之二)《桃花图》 台北故宫博物院藏

《仙萼长春图》(之三)《芍药图》 台北故宫博物院藏

时，郎世宁已经去世了。皇帝闻讯后颁下谕旨：

> 乾隆三十一年六月初十日奉旨，西洋人郎世宁自康熙年间入值内廷，颇著勤慎，曾赏给三品顶戴。今患病溘逝，念其行走年久，齿近八旬，著照戴进贤之例，加恩给予侍郎衔，并赏给内务府银三百两料理丧事，以示优恤。钦此。

郎世宁去世后埋葬在了北京。聂崇正在其专著中称："乾隆三十一年六月初十日（1766年7月16日）郎世宁在他七十八周岁生日的前三天，因病在北京逝世，遗骸被安葬在北京阜成门外的欧洲传教士墓地内，此处也是先郎世宁来华的传教士利玛窦、汤若望等人的最后归宿。"

2012年7月7日，我前去寻找朗世宁等传教士的墓地，其墓址位于北京市委党校院内。一早开车到北京行政学院，门口大牌子写着的却是北京市委党校，门口有两位保安查看着进出的车辆，看阵势如按规矩停车办手续必难入内，不得已想了个小招，终于顺利地开了进去。

按照资料记载，汤若望、邓玉函、南怀仁、朗世宁及利玛窦等传教士之墓均在园内中央花园中。我将车停在花园附近，远远望到一个绿色的坟头，停稳车奔此而去，到近前一看，却只是绿藤萝爬满了一棵万年青树。继续向前找，望到用篱笆隔出的一个院落，墙顶上隐约露出数个碑额，料此必是我所寻之地。然转半圈未得其门，继续沿着外墙找入口，果真在南面看到了铁栅栏门及全国重点文物保护铭牌，上书"利玛窦和外国传教士墓地"。

此院右侧的墙上挂着一块金属牌，上面写明了这块墓地的情况："意大利著名传教士利玛窦及部分明清以来外国来华传教士的墓地。明万历十年（1582）利玛窦来中国传教，并向中国介绍西方的天文、历法、地理和数学等科学知识。明万历三十八年（1610）利氏在京病逝，

文保牌

简介

隔墙张望

翌年入葬此处。此地即成为京城外国传教士的墓地,并相继葬入汤若望、南怀仁等著名外国传教士。墓地坐北朝南,残存清代石门及各国传教士碑六十三通。2006年公布为全国重点文物保护单位。"下面部分是英文说明,落款则为北京市文物局。

原来这里埋葬的不仅有我要寻找的郎世宁等,还有六十多位异域传教士都长眠于此。铁门上着锁,我只能隔着栏杆向内张望,因为距

墓园内景

有些碑进行了修补

利玛窦墓碑

离太远，里面的碑名无法辨认清楚。我四下张望，发现并没人关注我，只有两只流浪猫警惕地盯着我，于是迅速翻墙入内，不足十秒钟，我的双脚已踏进了园内的石板地上。到这年纪我翻墙的功夫尚未衰减，心中颇为自得。

园内占地面积不足二亩，中间是甬道，甬道的中心种着一丛万年青，感觉与园中相望的碑刻不相协调。所存碑刻均有完整的双龙碑额及云头纹碑座，经历"文革"尚能保存如此完好，我想应该与它们位于政府部门的院中有关。院门墙背面的两侧嵌着两块横式的碑刻，其中一块写着："此处乃钦赐天主教历代传教士之茔地。光绪二十六年，拳匪肇乱，焚堂掘墓，伐树碎碑，践为土平，迨议和之后，中国朝廷为已亡诸教士雪侮涤耻，特发帑银一万两，重新修建，勒于贞珉，永为殷鉴。大清光绪廿九年秋月立。"

我很想将院内之碑挨个拍下来，然毕竟做贼心虚，做不到坦然从容，边拍边四处张望。拍到后面几块碑时，无意中瞥见墙院外也有几块高大之碑，颇感奇怪，爬墙视之，原来隔壁还有一个更小的独院，与此院不相通，但也同样上着锁。我故伎重施，翻进邻院，看到三个更加高大精美的石碑，与大院石碑不同之处，乃是每碑的后面都有一块石板盖着的墓丘，墓丘的形状也都相同，像是中国的棺材。细辨碑文，原来中间最高大的碑乃是利玛窦，右边是汤若望，左边碑刻上的文字已经完全不能辨识，但隐隐有一"南"字，我猜想那应该是南怀仁了。

拍照完毕，心满意足地再从小院门翻墙而出，墙外门口摆着两个石墩，我踏此而下。没想到其中一个摇晃起来，差点儿让我失去重心，总算是反应快跳到了地上而未失去平衡。其实我心惊的不是自己摔一下，而是担心这件石墩倒地摔碎，破坏文物的罪名可谓大矣。

院门外还有二十米长的引道，引道前的正门是一石质古建，有点

隔壁的独院

墓丘

引道正门

儿像中国的影壁，门口的正中地上还有一个圆柱状的石台。总之整个墓地石刻之精美远超一路寻访所见，历经几场劫难仍能保存如此完好，真不知道应该感谢佛祖保佑，还是该说感谢上帝。

回家后仔细辨识大院中所拍的每通碑刻文字，大约能辨认出名字及卒年的有：汤尚贤（雍正二年卒）、魏继晋（乾隆三十六年卒）、林□□（乾隆四十九年卒）、林济名（乾隆五年卒）、鲍□□（乾隆三十六年卒）、戴□□（乾隆十一年卒）、南光□（康熙四十一年卒）、陆□□（雍正二年卒）、哆啰方济各（乾隆五十年卒）、崔係（乾隆六十年卒）、罗雅谷（崇祯戊寅年卒）、利玛窦（万历庚戌年卒）、汤若望。这些碑从形制上都是中国的传统制式，然而上面所刻的文字却都是中外文对照，中文在右仍是传统的竖排，外文在左。然而令我沮丧的是——我没有拍到郎世宁的墓碑。

半年之后，也就是2013年3月21日，我再次来到了北京行政学院内。原因很简单，那就是上次因为紧张没有拍到郎世宁的墓碑。我决心重来一遍，一定要找到墓碑。这一次，我轻车熟路地来到了院中的传教士墓地，门口仍然上着锁，我从侧墙四处张望一番，感觉没人注意，于是再次翻入院内。我弯着腰在墓碑间穿行，以防外面有人看见，可是将里面的墓碑细细地看过一遍，仍然没有找到郎世宁的字样。

从我查得的资料来看，不止一处都明确说郎世宁的墓就在这个墓区内。然而我两次寻找为何都没有结果呢？也许是他的墓碑已不存在，但他埋葬在了这个传教士墓园倒是有确切的文献记载。我只好多拍了几张墓园的全景，聊以说明这是他的葬身之所吧。

拍完照后，我准备从原处翻墙出来，但在这时有两位年轻妇女带着三四个孩子，站在墓园门口的铁栅栏处向内张望，几个小孩子不断地嚷嚷："院里有人，院里有人！"这个叫声让我有些紧张，马上告诉他们不要叫嚷。小孩子们不听我的示意，叫得更欢，两位妇女也直瞪瞪地盯着我，可能也很奇怪明明锁着门为什么园子里头会有一个活着的人。我觉得这么僵持下去不是办法，索性不管孩子们怎么看，当着他们的面从侧墙上翻出。看到我的这一系列动作，孩子们叫嚷得更欢，跟他们的妈妈说，也要学这个爷爷的样子翻墙。我看着这两位妇女不断跟孩子解释不能翻墙的原因，从她们身边走过，很有一种恶作剧的快感，郎世宁应该不会笑我吧？

李方膺（1695年—1755年）

种竹关门学画工，挥毫依旧爱狂风

李方膺是"扬州八怪"之一，但他并未在扬州长期居住，从其生平资料记载来看，他只是路过扬州两次。管劲丞在《李方膺叙传》中称："李方膺虽名列'扬州八怪'，脱略纵恣，但不像其他成员，他从没有把扬州作为卖画的基地。"既然如此，那为什么将其列为八怪之一呢？管劲丞认为："其实李方膺得以列入'八怪'之列，首先是人品、画格和其他七人相当。……方膺和李鱓、郑燮一样，的确是广义的扬州人。"

认为李方膺属于广义的扬州人，是因为他出生于南通，而南通有一度属于扬州管辖，因此卞孝萱在《"扬州八怪"之一李方膺》中称："方膺之所以被列入'扬州八怪'画派中，一是由于其绘画具有鲜明的创新个性；二是因为康熙十一年，扬州府'并通州'。"

李方膺虽然没有长居扬州，但他与"八怪"中的主要人物有着密切交往，与金农、李鱓在诗词绘画方面有唱和，比如乾隆六年（1741），李鱓在《喜上梅梢图》中所写的题记，就竭力夸赞李方膺所画梅花之佳：

> 滕阳解组，寓居历下四百余日矣，红日当空，清风忽至，秋风爽垲，作《喜上梅梢图》以自贺。禁庭侍直，不画喜鹊，性爱

写梅,心恶时流庸俗,眼高手生,又不能及古人。近见家晴江梅花,纯乎天趣,元章、补之一辈高品,老夫当退避三舍矣。乾隆六年七月,历山顶寓斋记。

关于李方膺与金农的交往,日本出版的《支那南画大成》第三卷中收录有李方膺所作《梅花长卷》,该手卷后有袁枚、金农等人的跋语,其中金跋为:

> 人生天地乃借境,即事抒怀本无定。
> 李侯折柬招借园,同人俱是梅花仙。
> 天不与人以假借,不借之借真奇缘。
> 拖泥带水来恶客,转恐主人翻减色。
> 风雨声中杂管弦,清华才调孤高格。
> 淋漓泼墨写横斜,老干新枝共几丫。
> 吁嗟乎!天不雨,客不阻,宴会欢呼何所取?
> 铁骨冰魂寄此心,人与梅花共千古。
> 杭郡金农题此志谢,时年六十有九。

此画作于乾隆二十年(1755)初夏,当时李方膺居住在南京的借园,他发出请柬招多位朋友前来举行笔会,然天公不作美,那天下起了雨,金农未能前来,后来金农看到了这个手卷,于是写下了此跋。对于当时的情形,李方膺在该画的跋语中介绍道:

> 借园初夏,万绿迷离,池水盈岸,鸟语高低。约沈凡民、袁子才、金寿门共赏之。适大雨滂沱,诸客不至。无聊之际,命李文元吹箫,梅花楼侍者鲁竹村、何蒙泉度曲,郝香山伸纸研墨,

《游鱼图》 故宫博物院藏

画梅花长卷数十株,兴之所至,一气呵成。客来一乐也,客不来又一乐也。可见天地间原有乐境,视人寻与不寻耳。

初夏时节,李方膺居住的借园里花红柳绿,于是他约袁枚、金农等前来雅聚,没想到大雨滂沱,他请的好几位客人都无法前来,这让李方膺颇觉无聊。好在借园内已经有了几位朋友,他请其中一位吹箫,另两位唱曲,还请另一人备好笔墨纸砚。面对潇潇夏雨,李方膺画兴大发,一口气画了几十枝梅花,可见梅花的确是他最擅长也最喜欢的题材,他还在此画的跋语中发了一顿感慨,说朋友来和不来,都能够找到快乐,只在于人们愿不愿意找而已。

后来袁枚也看到了李方膺的这幅《梅花长卷》,为此他补诗一首,同样夸赞了李方膺画梅之佳:

  李侯画梅梅不奇,不敢来求袁子诗。
  袁子题诗诗不好,先被梅花要笑倒。
  李侯此画真奇哉,请客不来梅花来。
  吹箫唱曲鼓舞之,乐莫乐兮画梅时。
  开头一株疑老龙,剪云作甲翔东风。
  二株花,纷槎枒,水仙玉女披袈裟。
  三株四株如朋友,我学弹琴君饮酒。
  到头涌出昆仑山,无人敢当梅花香。
  此诗此画终如何?请君再问沈补萝。
  不来客袁子才题。

李方膺与郑板桥也有较多交往,崔莉萍在其论文《李方膺研究》中,摘录了南京博物院藏郑板桥所绘《欲栽买盆图》上李方膺所写跋语："买个盆儿带回去,栽它南北两高峰。板桥送友人归越句,余录以赠之。"《古今名人楹联汇编》中收录有郑板桥为李方膺所书行书五言联一副:"束云归砚匣,裁梦入花心。晴江年学老长兄属,板桥郑燮。"故宫博物院藏李方膺所绘《墨竹图》中有郑板桥题记:"此二竿可以为箫,可以为笛,必须凿出孔窍。然世间之物,与其有孔窍,不若没孔窍为妙也。晴江道人画数片叶以遮之,亦曰免其穿凿。"

由上述可见,李方膺虽然是广义的扬州人,但他并未在扬州长期居住,也未在扬州拓展他的绘画市场。他的绘画市场主要在南京,只不过,身在南京的他与扬州的几位重要画家都有着密切交往,而正因为这个原因,他被后世归为"八怪"之一。贺万里、殷晓珍在《扬州八怪的交往圈与李方膺的被存在》一文中,对此总结为:

> 李方膺能够被公认为"扬州八怪"主要成员,与闵贞的"扬州八怪"身份总是被怀疑不同,不仅缘于他与"扬州八怪"中心成员如李鱓、郑燮、金农等人的持续的直接交往,更缘于李方膺虽不在扬州却和"扬州八怪"成员交流不断,并且时不时地会被"扬州八怪"主要成员们提及。也就是说,在李方膺不在场的情况下,其他与李方膺相交甚好的"扬州八怪"成员,却总是会通过诗文、信札、题画、评艺、唱和等方式提到李方膺。可以这样说,因为"扬州八怪"交往圈中对他的认同,李方膺人不在扬州,但他的名字一直活跃于这个圈子,这就是李方膺的"被存在"。

关于李方膺在绘画上的师承,尚未见到直接的文献记载。清人《崇川咫闻录》中记载了李堂创建五山画社时的情形,能够从中间接了解一些情况:

>　　借水园，李草亭筑，联五山画社。草亭性耽泉石，好笔墨之侣。下榻此园中三年者，陈菊村也。时凌镜庵、吴西庐、马药山恒与来往。又招张研夫、保聚庵、王买山、李顽石入社。未几菊村、买山逝，诸人多远游，社几废，适镜庵、西庐、药山、研夫、聚庵、顽石至园，续旧社。益以陈揖石、蒋开士，每月一集。自戊寅举社后十四年，药山、开士又逝，镜庵、西庐俱八十，余独健，研夫、聚庵七十，揖石六十，顽石五十，草亭亦四十有八。十四年来积画社笔墨为人窃去，存者仅十二小页，每页草亭题墨数行，汇一册，时出玩之，并为之记。

由此可见，当年的五山画社十分热闹，当地很多文人都曾入社参加活动。该画社创建于康熙三十七年（1698），每月举行一次雅集，持续了十四年之久，直到后来该社成员有的病逝、有的年岁大了意兴阑珊，尤其可惜的是，该画社历年所藏的画作大多被人偷去。

这段话中并未提及李方膺，然而借水园的主人李堂是李方膺父亲李玉鋐的好友，两人有着密切的交往。根据时间推算，五山画社创办时，李方膺已经有了三岁上下的年纪，该社延续了十四年，可以想见在李方膺成长的整个少年时间，是经常目睹这些雅集，看见长辈们挥毫作画的，很有可能五山画社激发了他绘画方面的潜质。

对李方膺的绘画造成直接影响的，应当是他的二哥李彩升。王藻在《崇川各家诗钞汇存》中谈到李彩升时，称其"善画，尤精于兰竹"。而李方膺在绘画方面最擅长的题材除了梅花之外就是竹子，从这个角度来说，他应当是受到二哥李彩升的影响。李方膺在乾隆十六年（1751）画了一幅《潇湘风竹图》，他在该画上题诗一首：

>　　画史从来不画风，我于难处夺天工。

《松石图轴》 苏州博物馆藏

> 请看尺幅潇湘竹，满耳丁东万玉空。

对于这幅画作，崔莉萍在论文中评价说："对于竹子的表现，宋以来历代都是有的，而且表现风竹，也有画家为之，但是像方膺这样，表现疾风劲雨或狂风中的竹子，画史上似乎很少见。"两年后，李方膺又作了一幅《风竹图》，此画的题诗为：

> 波涛宦海几飘蓬，种竹关门学画工。
> 自笑一身浑是胆，挥毫依旧爱狂风。

可见李方膺爱画竹，并且尤其爱画疾风中的劲竹。南京博物院藏有李方膺画的《凤尾紫燕图册》，图中有他所写题记，阐述了他的画竹心得：

> 画竹之法须画个，画个之法须画破，单披凤尾，双飞紫燕，穿插只经营，位置求生新，二皆难矣。余读《离骚》之余，实无常师，稍得生气便止，非娱时人之眼目也。

这段话可以视为李方膺的画竹理论，他认为画好竹子，既要讲求细节，又要讲求谋篇布局，同时要在笔墨上有所创新。

关于李方膺的家庭出身，清人杨廷编纂的《五山耆旧今集》中有李玉鋐的行状，行状中提及："太高祖华廪贡生，累官户部郎中；高祖贡拔贡生，累官江西建昌府知府；曾祖敕、祖延祥、父达生皆名诸生。"李方膺的祖上虽然没有较高的功名，但所任官职都不低，可见也是世宦之家。然而到了李玉鋐辈，家境衰落了下来，李玉鋐在所作之诗中谈到了他少年时的清苦：

《潇湘风竹图轴》 南京博物院藏

> 少时辛苦几多年，老至方图饱食眠。
> 十亩尽收荞麦子，春来做饭也堪怜。
> 十家厨灶九无烟，雨雪萧萧岁暮天。
> 儿妇供来粗粝饭，疗饥有术尽陶然。

可能是为了重振家风，李玉鋐刻苦读书，终于在康熙四十四年（1705）中举，第二年联捷成为进士。自此之后，南通李氏门庭再兴，李玉鋐的四个儿子虽然未能考中进士，但三子李方龙中了举人，二子李彩升官至云南府同知，四子李方膺则做到了山东莒州知州。

李方膺能够得官，竟然是因为雍正皇帝的照顾。袁枚所撰《李晴江墓志铭》中写道：

> 晴江讳方膺，字虬仲，父玉鋐，官福建按察使，受知世宗。雍正七年入觐，上悯其老，问有子偕来否？对曰：第四子方膺同来。问何职，且胜官否？对曰：生员也，性憨不宜官。上笑曰：未有学养子而后嫁者。即召见。交河南总督田文镜以知县用。

当年李玉鋐做福建按察使时颇受雍正皇帝倚重。雍正七年（1729），李玉鋐入京觐见皇帝，皇帝看他年岁已大，问他是否带儿子一同来京。李玉鋐说他的第四个儿子李方膺同来，皇帝又问李方膺现任何职、是否做官等问题。李玉鋐颇为率真，回答说四子李方膺仅是个生员，并且性格憨直不适合做官。皇帝闻言笑了起来，打了个比方说，没有女子先学怎么养孩子然后再去嫁人的，于是特意召见李方膺，把他交给了河南总督田文镜，最后安排他担任了知县。

李方膺以这种方式进入了仕途，为此李玉鋐特意作了《引见勤政殿恭纪二首》来纪念此事，其第二首为：

《古松图》 故宫博物院藏

> 帝眷垂边吏，天恩及后人。
>
> 分符邹鲁地，入政圣贤津。
>
> 努力勤民瘼，焚香答紫宸。（四子方膺举贤良方正，以沿海知县用。）

李玉鋐在该诗的小注中还明确写道："四子方膺举贤良方正，以沿海知县用。"李方膺在被任命为知县之前，跟随父亲在福建任职，就曾经被当地以贤良方正保举过，也许是这个荣誉头衔，才让皇帝找到任命他为知县的理由，其被任命时已经三十三岁。

因为性格上的耿直，李方膺官声很好。他就任的第一个官职是山东乐安县知县。民国版的《乐安县志》对李方膺的政绩有如下夸赞之语：

> 李方膺，字虬仲，号晴江，江南通州人。雍正朝以生员召见，特旨发山东试用知县。七年莅县任，年少才富，政绩卓著。南增曲堤以庸淄水，北浚福民河以杀济流，而水患除。革换帖陋规，除滥征市税，而民力苏。修儿董二公之墓以重前贤。分佃芝草地亩以恤贫穷。至请赈以救荒害沙压水淹之粮以息累。经画至计具见于所著《民瘼要览》书中，又手葺邑乘，始终其事，使文献有征，尤非庸俗吏所能企及也。

李方膺能够得到这样高的赞誉，原因之一是他做事果敢。王藻在《崇川各家诗钞汇存》中写道："会大水，民避高树颠。方膺曰：先请后赈，民将为鱼，昔汲黯擅发官粟在此时也矣。尽其仓为粥，民赖以活。制府田公文镜壮之。"

初任县官的李方膺就遇上了当地发大水，很多百姓都爬到了树顶上避水。按照规定，李方膺必须请示朝廷后才能发放公粮救灾，但灾情已经到了如此严重的地步，他觉得等到文件批下来这些老百姓恐怕早就饿死了，于是先斩后奏开仓济民，及时救活了不少百姓。当地知府听闻这件事后，担心朝廷批评他管理不善，立即奏了李方膺一本，好在总督田文镜还算识人，帮他化解了这场危机。

灾情过后，李方膺思索发生水灾的原因，认为天降大雨固然是外因，但当地的水利失修也同样是问题，于是他组织百姓兴修水利，为此还写了一部水利专著《山东水利管窥略》，以此来阐述修建水利工程的总体构思和经验总结。李方膺关心百姓疾苦的情怀，也体现在他的诗作中，他作过一首《登任城酒楼放歌》：

> 驱车往任城，言登太白楼。
> 骑鲸仙人不复返，楼头风物空高秋。
> 我有一壶酒，酒董置楼头。
> 安得与君同剧饮，酒尽还典紫绮裘。
> 意气凌海岱，谈笑轻王侯。
> 褰裳南池上，濯足济水流。
> 临风折简招巢父，与君一唱还一酬。
> 惜哉黄河水汨汨，搴茭未得纾民忧。
> 壶中虽有酒，楼头不可留，拂衣又上黄河舟。

李方膺在登楼痛饮之时，依然想到要"纾民忧"，也许正因为如此，雍正十年（1732），他被任命为莒州知州。他在此任上同样很有建树，还修订了《莒州志》，嘉庆版的《莒州志》载："奉委来莒署篆，俗颇健讼，方膺谕之以理，动之以情，有顿首泣谢以去者。胥吏素狡猾，相戒莫敢玩法。捐俸重修学官，规模增焕。又以州志缺修已六十正因为耿直，李方膺也得罪了一些人。王士俊代替田文镜任河东总督时，在当地督促百姓开荒，因为当地已经难以拓展出更多的田地，为此搞得百姓怨声载道。李方膺站在百姓的立场，回绝了总督的督促，他的不留情面令王士俊大为恼怒，于是找了个理由弹劾李方膺，将李关入狱中。百姓闻知这样的好官被关押后，为之哗然，袁枚在《李晴江墓志铭》中写道：

> 十年调兰山，当时总督王士俊，喜言开垦，每一邑中丈量弓尺，承符手力之属麻集，晴江不为动，太守驰檄促之，晴江遂力陈开垦之弊，虚报无粮，加派病民，不敢肺附地方忧。王怒，劾以他事，狱系之，民哗然曰：公为民故获罪，请环流视狱，不得入，瓦沟为满。

由此可见，李方膺为官期间极受百姓爱戴。乾隆皇帝即位后，下诏惩处了王士俊，李方膺也得以出狱。但事后的李方膺并未学会圆滑，依旧保持着耿直的真性情，因此又得罪了其他的官吏。袁枚在《墓志铭》中总结了李方膺为官近三十年的状况：

> 晴江仕三十年，卒以不能事太守得罪，初劾擅动官仓，再劾阻挠开垦，终劾以赃，皆太守有意督过之。故发言偏宕，然或挤之而不动，或踬而复起，或发而不振，亦其遭逢之有幸有不幸焉，而晴江自此老矣！晴江有士气，能吏术，岸然露圭角，于民生休戚，国家利病，先臣遗老嘉言善政，津津言之，若根于天性者然。

《双松图》 安徽博物院藏

李方膺辞官后居住在南京,与同在南京的袁枚成为了密友。李方膺去世后,他的儿子李霞在一首诗中写道:"一枝一蕊带烟霞,绘事由来属我家。忆昔先君交海内,子才子外是梅花。"李霞很以父亲画梅为傲,称父亲一生有两位最好的朋友,一是袁枚,二是梅花。

崔莉萍在其论文中统计出李方膺的画作"有近一半是以梅为题材的"。对梅的喜爱程度,李方膺在乾隆二十年(1755)所作《梅花卷》的题记中写道:

予性爱梅,即无梅无可见而所见无非梅。日月星辰,梅也;山河川岳,亦梅也;硕德宏才,梅也;歌客舞女,亦梅也。触于目而运于心,借笔,借墨,借天时晴和,借地利幽僻,无心挥之而适合乎目之所触,又不失梅之本来面目。苦心于斯三十年矣,言以惑世诬民。知我者,梅也;罪我者,亦梅也。

李方膺把自然界的日月星辰、山河川岳全部看成梅花,甚至把人也看作梅花,可见他对于梅花之爱深入骨髓。袁枚在《墓志铭》中还谈到李方膺能够绘出各种花卉,但对梅花最为擅长:

性好画,画松竹兰菊咸精其能;而尤长于梅,作大幅丈许,蟠塞夭矫,于古法未有,识者谓李公为自家写生,晴江微笑而已。权知滁州时,入城未见客,问欧公手植梅何在,曰:在醉翁亭,遽往,铺氍毹再拜花下;罢官后得噎疾,医者曰:此怀奇负气,郁而不舒之故,非药所能平也,意以此终! 年六十。

袁枚夸赞李方膺所绘之梅为古法所无,有人当面夸赞李方膺的梅花乃独家面目,李方膺闻言只是微笑,想来他也认同这种看法。

《梅花图轴》 上海博物馆藏

我渡大海入空山，万树白霁压枝藤窦穿
云杨登其顶十围百尺绝寺闲款者欹垂星瞰
横者横斜月晓挺者拙袖娴之枯者柏光窟
龙形如龙灵夭娇欧钱香飘渺欲诮古梅
归来裁须衣素刻道士来自言九岁坐古
葬霆劫经乾坤两却压只见梅谢而梅涧不
知我去爱素田幸衣再细间其因化入寥
歇涧寻尘世人不识神仙骨古
人寻樵话溪浒襟画古梅那识世间
是二谁主谁宾寥言之津~有味逢 樗寫之恕

关于李方膺所画之梅的妙处所在，梁同书《频罗庵书画跋》中有《跋李晴江画册》，该跋称："生平工画梅，大幅及小笔写生，全以胸中灵气行之。此册虽随意之作，十指间拂拂有生气，非世俗所谓效某仿某者也。"

相比较而言，袁枚为李方膺所作题画诗最多，其中有不少都是歌咏李的梅花，比如袁枚所作《送李方膺还通州诗》三首中的第一首：

  才送梅花雪满衣，画梅人又逐花飞。
  一灯对酒春何淡，四海论交影更稀。
  往事随云风里过，绿阴似水马头回。
  白门剩有三君号，沈约颓唐李愿归。

袁枚与李方膺的交好，在当时为世人所知，因此在李方膺去世之后，还有人专门找到袁枚，请他给李方膺所画之梅写题跋。袁在《题故人画》中写道："晴江明府，画梅绝奇。怛化后，人藏者辄属予翰墨，以晴江之好予也。再来参戎，与晴江同姓，甚欢。丙子秋，引例来请，值予病痁，庋置高阁。主人疑予忘之矣。今年夏五展卷，见梅花如见宿草，与其上求巫阳，不若招魂于纸上。为书一律，质生者，质死，并质之梅花。"题记中讲到了袁枚受人之托，为李方膺所绘梅花题诗的具体经过，而其所作之诗为：

  几番怕见晴江画，今日重看泪又倾。
  十四幅梅春万点，一千年事鹤三更。
  高人魂过山河冷，上界花输笔墨清。
  听说根盘共仙李，暗香疏影尽交情。

乾隆二十一年（1756）八月，李方膺得了噎症，为此返回了南通。九月二日，李方膺给袁枚写信，请袁枚为自己撰写墓志铭，三天后，他就去世了。为此，他的好友丁有煜写了篇《哭晴江文》：

> 李晴江少余十五岁，交四十五年，秩然无紊雁序。自补邑弟子员，即思奋志为官，努力作画。以保举授山东乐安令。丁艰终养服阕，补江右潜山，调合肥，赤心为民。暇则购画，故笥无他蓄，座无俗客。与浙水袁子才、沈凡民甚善，论文把酒，竟日终夜弗倦。性最敏，眼最慧，而气最盛。一日谓余曰："人生宇宙，饮食有死活，皮肉分香臭，珍错不死而食者死，蔬水不活而食者活，夫食以养体。耳目不臭，视听臭，则耳目亦臭；手足不香，动作香则手足亦香。质之前人，准之今人，决之后人，死活香臭画如矣。"言虽不羁，而说自近理，心窃是之，其于官也亦然，其于画也亦然。独是画弗取咎而官取咎，遂罢谪。谢事以后，其画益肆，为官之力并而用之于画，故画无忌惮悉如其气。归里十日殁。殁之日，自铭其棺曰："吾死不足惜，吾惜吾手。"余哭之曰：吾爱而性矜而目用降而气。

丁有煜与李方膺有着四十多年的交情，故对李的人生经历了解颇为详尽，他在该文中引用了李方膺的人生观，可见李为人之豁达。然而，李方膺去世前却在自己的棺材上写说自己死不足惜，唯一可惜的是自己的手，这里所说的手，当然是指能够画出独特梅花的那只手，这句话也可以理解为李方膺对于自己的画是何等自信。

我从网上查得李方膺故居位于江苏省南通市寺街 29 到 31 号。2019 年 9 月 12 日，趁着到昆山开会，我驾朋友之车跟着导航一路来到了南通。到达寺街附近时，导航指挥着我右转再右转，兜了两个圈也未找到目的地。以我的想象,寺街可能是一条无法停车的小路,于是我兜来兜去终于找到一处可停车之地,而后步行穿入一条小巷。有意思的是,这条巷的名字就叫"小巷"。

走出不远,又看到另一个标牌,上面写着"大巷",这种称呼方式不知道在当地是否容易引起混乱。我沿着大巷一直向前走,道路越走越窄,走出几百米后,穿过三衙墩巷,此巷的顶头位置是另一条窄窄的小巷。于此处遇到一位大妈,我问她寺街怎么走,她诧异地看了一眼说:"这里就是寺街啊!"依我的理解,街总要比巷大,而眼前所见的这条街比刚才的巷子还要窄。

不管怎样,总算找到了寺街,于是就顺着门牌号一路往下看。走到寺街 14 号时再往下门牌号不见了,眼前所见是一座现代化大楼,见此让我有些心凉,很有可能我所寻找的街巷已被拆除后建成了这座大楼,于是我围着大楼的侧边一路探看。后面还有一些老房屋,但却看不到我要找的号码,我向大楼内的保安打问,他直率地告诉我,这个号码早就拆掉了。但是我在网上看到过李方膺故居的文保牌,我不太相信这处文保单位拆得了无痕迹,于是站在街边见人就问,所问几个人都摇头称不知。

正在此时,一位中年男士骑车而过,我立即上前拦下他,没想到遇到了知情者。他告诉我,就在这座大楼的后面,我说这后面已经查看过了,此人称:"你肯定没有走到底,看见了没有,那个车棚的背面就是你要找的地方。"顺其所指望去,果然看到了大楼后面的车棚,透过车棚的铁栏杆隐隐看到那里还有一排老房子。此人指点完毕后,还未等我说声谢谢,就骑车驶走了。

按其所言,我从车棚的侧旁穿过,果真后面有二十米长的无名路,沿着此路走到顶头的位置,在一个门口看到了"李方膺故居"的文保牌。我大为兴奋,正想拍照,突然听到旁边窗户内有动静,隔着纱窗

直白的巷名

这一带也是文保区

窄窄的寺街

沿着寺街一路数号牌

　　向内探望，赫然发现里面有两双眼睛正望着我，几秒钟后我适应了室内昏暗的光线，原来是老两口正坐在窗前的桌子上用餐，我立即向他们道歉，同时小心询问可否入院拍照。对方点了点头，继续吃着碗里的食物。

　　得到允许后，我拍完大门向内走，院落里搭建了一些新的平房，然而究竟哪一间是李方膺故居，我未在院内看到标牌，于是就将此院的房屋一一拍下来。正在此时，其中一间屋内传出了声音："这不是李

车棚后面的小道

终于找对了地方

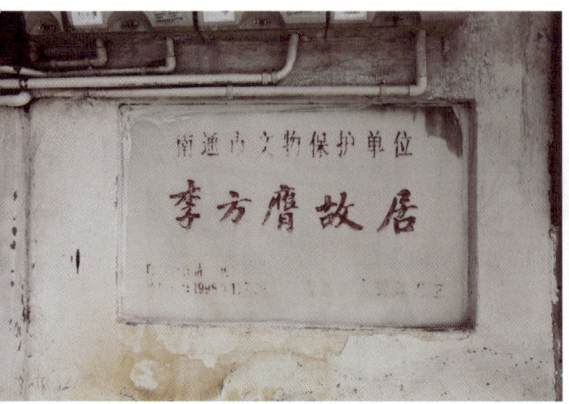
文保牌

保先生打开了另一间房门

李方膺故居院景

丛生的野草

方膺故居。"这个声音好熟悉,正在我思索间,那扇门打开了,出来的正是刚才那位骑车者,他告诉我,李方膺故居还在里面,但那个院不开门,因为李家后人已经搬迁到其他地方去了,他们很少回来。

我感谢此人的告知,但来到此处,拍不到真正的李方膺故居,还是觉得有些遗憾,于是向他请问如何能拍得到。此人犹豫了一下,而后掏出钥匙打开了另一扇门,同时跟我说:"你从这儿拍照吧。"他走到一间房屋的顶头，拉起了百叶窗帘，推开了窗户，顺手往外一指："这就是李方膺故居。"

站在窗前望过去，里面是个独立的院落，眼前所见有两排房，庭院中长起了荒草，可见这里长时间未曾来人。这位好心人的窗前有一棵橘子树，上面结的橘子比寻常所见大得多，院子的前方有一棵粗壮的石榴树，从树龄看应当种植于李方膺所处的时代。但户内的情形完全看不到，我本想向这位好心人提出从其窗边跳过去，但这位好心人马上看懂了我的心思："窗前的栏杆已经焊死了，打不开的。"无奈，只好打消了这个念头。

拍完照后，这位先生送我出去，我问他是不是李方膺后人，他说不是，我又问他贵姓，他自称姓保，并且强调说是保卫的保。这个姓氏我第一次得闻，他向我解释说他们是蒙古来的，原来的姓氏是多个字，因为嫌麻烦，后来他们就简称姓保，而他在这里已经住了多年。

回来后我在查询李方膺资料时，了解到李方膺有位朋友叫保培基，此人曾经做过嘉兴县丞，而保培基的哥哥保培源是通州著名的收藏家，以善辨别字画真假出名。李方膺丁艰时归里，曾跟丁有煜一同前往保培基的井谷园，可见两人有着密切的交往。当年郑板桥客居通州时，也是住在井谷园中，而我在此遇到的这位保先生会不会是保培基兄弟的后人呢？遗憾的是，当时我没有留下他的电话，无法向他求证此事。

董邦达（1696年—1769年）、
董诰（1740年—1818年）
所观览者多，故用笔、用墨皆臻古法

董邦达、董诰父子是清代乾隆、嘉庆年间著名的大臣，同时又是宫廷内颇具名气的书画家。《清史稿》中称董邦达："邦达工山水，苍逸古厚。论者谓三董相承，为画家正轨，曰源、其昌与邦达也。"

这段话中的"三董"是指五代南唐画家董源、明代书法大家董其昌以及清中期的董邦达。将董邦达与前两位大家并提，乃沈宗骞在《芥舟学画编》中所言："盖以北苑之后，数百年而得思翁，又百年而得东山，一姓而承一派，洵是千古难事。……然论六法于近日，舍东山其谁与归？"文中的"东山"是董邦达的号。

如果仅是沈宗骞将董邦达与董源、董其昌并称，不足以有这么大的影响，重要的是，乾隆皇帝也这么认为。弘历在御题诗中曾有："前称北苑后香光，艺林都被卿家占。"关于弘历对董邦达绘画作品的喜爱，张庚在《国朝画征续录》中称：

> 董邦达，字孚存，号东山，富阳人。雍正癸丑进士，入史馆。善山水，取法元人，善用枯笔，勾勒皴擦多逸致。近又参之董、巨；天资既高，而好古复笃，自然超轶，深为今上所赏。

皇帝喜好董邦达的画风，这当然比什么都重要，故《清代名人传略》中亦称:"董邦达的画备受推崇。他是'三董'之一。……董邦达一生所作山水画甚多,均享盛誉,其中多幅已由高宗皇帝题款。董邦达擅写篆、隶体。董氏书画大多藏于内府,已录入《石渠宝笈》及其续编。"

董氏家境原本很贫穷,先祖居住在安徽婺源,明万历年间,举家迁到浙江富阳做生意。明末时,家道已中落。李孟符等编的《民国笔记小说大观》中称:"董大宗伯邦达,少綦贫。父某,亦诸生,性迂介,工篆隶,作室匾及楹联,剥灰堆钿皆精。时张茹英员外方修西溪山庄,招往奏技,仆辈憎之,背呼董漆匠。"

虽然出身贫寒,董邦达自小却颇为聪颖。七岁入私塾,十一岁能写文章,为了养家糊口,十七岁就外出当家庭教师。清雍正元年(1723),董邦达已经二十八岁了,这一年他得以拔贡,准备进京朝考,无奈家里出不起旅费,不能成行,幸亏得到了张照的资助,才能够赴京城赶考。

关于董邦达得到张照资助的过程,《民国笔记小说大观》中有如下细节描写:"雍正癸卯,得天司寇以侍讲副八闽试,董君与二人商曰:'余子幸充拔萃,将应朝考,无以行。侍讲肯挈之乎?'得天至,即言之,一见大赏识曰:'三山一榜中,无此材也。'未几,将北上,得天谓外祖曰:'董君寒士,昨以二十金襄车价,亟持还之。北上苦寒,视其衣甚凉薄,即以备御冬可也。'翌日来谢,则凉薄依然。诘之,曰:'家本无资,此二十金,亦贷之戚友者。寒士宜寒骨,颇耐霜雪,不愿以子故,增父累也。'司寇闻,即以己衣两袭赠之,同寓皆赆以表里,得衣盈篋。至都朝考入选,以户部小京官用。"

张照是董邦达父亲的朋友,见董氏寒冬季节没有冬衣可穿,特意馈赠二十金令其买衣服御寒。但是董邦达立即就把钱还给了张照,他说自己受点冻算不得什么,不能增加父亲的负担。张照听闻此言,立

董邦达 《烟磴寒林图轴》 故宫博物院藏

即将自己的衣服送给了他，其他人也纷纷伸以援手，这才化解了董邦达的窘境，让他能够顺利来到京师。第二年的考试，董邦达果真获得了第一名的好成绩。但是之后的几年，他没能延续这份好运气，直到雍正七年（1729），才在顺天乡试中试。雍正十一年（1733），董邦达终于考中进士，而后在朝中步步高升，到乾隆十二年（1747），五十二岁的董邦达入直南书房，成了皇帝身边的近臣。

到其晚年，董邦达向皇帝提出因身体老病要求辞职，皇帝仍然希望留他在身边，只是给他放假，没有让他归里。《清史稿》中引用弘历的上谕称："邦达年逾七十，衰病乞休，自合引年之例。惟邦达移家京师，不能即还里。礼部事不繁，给假安心调治，不必解任。"此后不久，董邦达就去世了，终年七十四岁。

董邦达在四十五岁时得子，取名董诰，在那个时代，也算是晚年得子，故对董诰特别爱怜。董诰也不负父望，最终在朝中的地位超过了他的父亲。乾隆二十七年（1762），董诰由国子生考中举人，转年就成为进士。董诰的考试成绩很不错，得了一甲第三名，也就是俗话说的探花。然而，弘历觉得董诰是大臣之子，可能出于避嫌，将董诰的成绩向后推了一位，变成了二甲第一名，由探花改为了金殿传胪。可能也是因为这个原因，后来乾隆皇帝对董诰颇为关照。《清史稿》中称：

> 董诰，字蔗林，浙江富阳人，尚书邦达子。乾隆二十八年进士，殿试进呈卷列第三，高宗因大臣子，改二甲第一。选庶吉士，即预修《国史》《三通》《皇朝礼器图》。散馆，授编修。三十二年，命入懋勤殿写金字经为皇太后祝嘏。次年。大考翰詹，因写经未与试，特加一级。寻擢中允，丁父忧。三十六年，服阕，入直南书房。

董诰　《山水景致并书御制文津阁作歌》　故宫博物院藏

董诰一手漂亮的书法得到了弘历的赏识，特意命他给皇太后写金字经。董邦达去世后，董诰也像父亲那样入直南书房。董邦达在世时，弘历颇欣赏他的绘画，到了董诰时，他的书法绘画也同样受到弘历的赏识。《清史稿》中记载："初，邦达善画，受高宗知。诰承家学，继为侍从，书画亦被宸赏，尤以奉职恪勤为上所眷注。"

相比较而言，董诰在政务方面比父亲更有成就。《清史稿》中称："嘉庆元年，授受礼成，诏朱珪来京，将畀以阁务。仁宗贺以诗。属稿未竟，和珅取白高宗曰：'嗣皇帝欲市恩于师傅。'高宗色动，顾诰曰：'汝在军机、刑部久，是于律意云何？'诰叩头曰：'圣主无过言。'高宗默然良久，曰：'汝大臣也，善为朕辅导之。'乃以他事罢珪之召。时大学士悬缺久，难其人。高宗谓刘墉、纪昀、彭元瑞三人皆资深，墉遇事模棱，元瑞以不捡获愆，昀读书多而不明理，惟诰在直勤勉，超拜东阁大学士，明诏宣示，俾三人加愧励焉。命总理礼部，仍兼管户部事。"

弘历让位后，嘉庆皇帝登基，下诏命朱珪来京主持朝政。和珅借机到弘历面前进谗言，称嘉庆皇帝想乘机向自己的老师朱珪卖好。这番谗言果真令弘历有所触动，对朱珪的任命就此罢免。当时弘历对朝中的三位重要大臣各有看法，认为刘墉做事态度圆滑，而彭元瑞又有政治污点，纪晓岚虽然饱读诗书，但缺乏大局观，经过一番比较，觉得董诰才是合适人选，由此董诰后来成为了文华殿大学士，其实就是宰相之位。

而后经历的几次重要事件，也足以证明董诰的确堪当大任。《清史稿》中记载："诰直军机先后四十年，熟于朝章故事，有以谘者，无不悉。凡所献纳皆面陈，未尝用奏牍。当和珅用事，与王杰楷柱其间，独居深念，行处几失常度，卒赞仁宗歼除大憝。及林清之变，独持镇定，尤为时称云。"董诰确实是能够隐忍之人，后来他跟王杰等人共同将和珅参倒,由此改变了政局。

董诰不仅政治才能颇得皇帝器重,在书画艺术方面,同样得到两朝皇帝的欣赏。周凯在《富阳画山水者记》中载有这样一段事:

> 画山水者,国朝董文恪、文恭二公最着。文恪自入都后,画益进,所观览者多,故用笔、用墨皆臻古法,得唐、宋、元、明诸大家意;文恭山水多作于翰林时,虽苍劲不及文恪,而福泽所钟,有正笏垂绅之度,小幅亦深厚峻逸,赵荣禄、高尚书流亚也。晚年参赞枢密,经进图画,或自勾轮廓,或布置景物,属门下宾客成之,再加点改,与黄尚书钺供奉书画。睿皇帝知事繁幅大,尝奉旨不必亲作,小册、便面,时奉命为之,凯所亲睹也。龙门孙克恭老诸生,画师大痴,即文恪所资以作画者……

周凯称,清代富春江边绘画最有名的就是董邦达、董诰父子二人。董邦达入京之后,在宫内看到了太多名画,故而绘画水平有了很大提高。董诰的书画作品虽然在某些方面赶不上父亲,然而无论书风还是画风都受到了嘉庆皇帝的欣赏。董诰晚年因在朝中地位愈发重要,政务繁忙,没有时间再作大画,于是将绘画的轮廓勾摹在纸上,而后让他的幕僚代为完成,如果有不妥之处,董诰再在画作上进行修润。

董诰请门客代笔,这件事倒也不是什么秘密,因为此事得到了嘉庆皇帝的理解。皇帝深知自己的大臣不可能有太多时间从事创作,于是下令说,大幅作品不用董诰亲笔,而小幅作品,比如扇面等,则须由董诰亲自写画。因此可以说,董诰乃是奉旨代笔。

其实在乾隆皇帝晚年,不少书法作品都是命董诰代写的。弘历在《快雪时晴帖》题记中明确写道:"予八十有三,不用眼镜。今岁诗字,多艰于细书,命董诰代写,亦佳话也!"

弘历说自己已经八十三岁了，到了这个年纪竟然不用戴眼镜，让他颇为自得。虽然如此，毕竟岁月不饶人，蝇头小楷对于弘历来说已明显感觉吃力，于是就命董诰来代写。这种代写不同于代笔，因为《快雪时晴帖》上有三段御题诗，虽然出自董诰之笔，但每首诗的落款都会写明此点。第三首御题诗中写道："御制雪一律，乾隆乙卯孟冬月，臣董诰敬书。"

那么，这样的代写跟通常所说的捉刀代笔有什么区别呢？至少皇帝觉得这是很正常的事，弘历在《快雪时晴帖》中写过这样一首诗：

老矣三年命捉刀，祥霙应节沛恩豪。
获麟聱讻近上日，七字因之重涉毫。

乾隆皇帝说，到了晚年力不从心，只能命人捉刀。姚文田在其所撰《太傅董文恭公行状》中对此也有记录："高庙春秋既高，不能作蝇头字，皆命公代书。"但有意思的是，姚文田认为世人大多把捉刀这件事的主宾关系搞颠倒了，于是他在这首诗后面写出了这样一段小注："按'捉刀'之事，见刘义庆《世说新语》载，魏武将见匈奴使者，自以不足雄远，因令崔季珪代帝，而帝自捉刀立床头。稽其事实，是以崔代曹，而曹之捉刀，乃假为侍臣，非曹代崔也。后人乃以倩代为捉刀，转致宾主互淆，而自来引用从无辨及者，向曾有诗正之（在辛亥年）。予尝谓读书不求甚解，在渊明自写胸臆则可，至于格物明理不应如是疏略。虽文人相沿既久，临文不妨袭用，然亦不可不致辨也。"

按照乾隆皇帝的意思，他认为捉刀人是自己而并非代写的董诰，并且认为代写是一段有意思的佳话。楼秋华在《董诰与乾隆皇帝的"代写"佳话——兼谈书画"代笔"》一文中写道："由此可见，弘历认为他与董诰之间的'代写'佳话，乃是以正确理解'捉刀'典故之本意为前提。其实,每岁遇雪在《快雪时晴帖》中题写御制'雪'诗,对于乾隆而言,具有非同寻常的意义,寄寓其为大清帝国以徵祥瑞的喜悦之情。所以当他年老体衰,难以续题之时,钦命其亲手栽培的近臣董诰代为书写,并特别题写了'亦佳话也'的由衷感叹!"

由此说来,代写跟代笔不是一回事,因为董诰只是替皇帝代写而非代笔。那么,董诰让手下人替自己完成画作,算不算代笔呢?显然这一点不会有异议。是否还有别人给董邦达代笔呢?这应该也是不能避免的事情,楼秋华在文中甚至考证出了给董邦达代笔人的姓名,文中引用了嘉庆十九年(1814)版的《上海县志》中的所载:"王睿章……子冈,字南石,绘山水极高古。尝游京师,为尚书董邦达客,画苑供奉半出其手,其得意处近视倪迂。旧志云'善写禽鱼花木,为时所称',盖其余事耳。并见《新南志》。"

根据记载,董邦达的代笔人名叫王睿章,此人长期住在董家,董邦达给宫中供奉的画作竟然有一半出自王睿章之手。乾隆、嘉庆两朝皇帝都十分欣赏董氏父子的画作及书法,故他二人的作品被大量收录在宫廷所藏内府档案中。如此说来,这些著录之品有很多不一定是其本人所作。

尽管有代笔的嫌疑,董氏父子的画作在当时还是受到了追捧。董邦达原本就名列清代娄东画派"画中十哲"之一,故其画作受到乾隆皇帝的赏识也很正常。《富阳县志》所言:"邦达工书,尤擅画,篆隶古朴;山水宗法元人,多用枯笔,而气势磅礴,生面别开,乾隆帝为之题识者甚多。"

对于董邦达的艺术风格,邓钗在其硕士论文《清中期书画家董邦达、董诰父子书法研究》中做出了如下分析:"其艺术风格的划分大致可以分为两期,六十岁之前作品风格还未脱'四王'窠臼,画风较为谨细、温润;其后期绘画用笔更加轻松随意,劲力苍浑之气益笃,有

董邦达 《三希堂记意图》 故宫博物院藏

很强的书写性。董邦达山水画貌较为多样，既有全景山水，又有局部特写，既喜欢画平远之景，又有高远之致。"

按照《富阳县志》的记载，董邦达在十七至二十七岁之间，主要跟乡贤孙克恭学习黄公望的绘画风格，故其早年受黄公望影响很大。他在《仿黄子久云壑仙庐卷》的题跋中，对黄公望的绘画给予了如下评价："寓闲适于奔放，藏婀娜于荒率，笔墨中皆神通，游戏人传为得仙道无疑也。"

到了晚期，董邦达的绘画临摹对象有所转变，邓钗在其论文中称："董邦达绘画活动的后期开始广泛取法唐宋诸家，不仅取法南派董、巨，而且对北派奠基人荆浩以及李成画法也多有吸取。"除此之外，董邦达还临摹过其他的一些画家，比如唐寅、文徵明、王绂等。因此邓钗引用了民国期间《艺林月刊》对董邦达画作所给出的评语："所作山水，于元四大家功力甚深，故能苍秀而有神韵，当时四王画派风行，东山不事依傍，而自绕胜概，真杰出者。"

既然如此，那么董邦达、董诰父子相比，在绘画风格上又有着怎样的区别呢？邓钗在其论文中做出了如此比较："虽与其父一样同为翰林画家，只是'间涉艺事'，然其绘画风格与其父仍有差异，似乎更近于清代宫廷画家之风格。首先，其画风工稳严谨。一树一石在其精心'雕琢'下，体态各异，从容平缓，丘壑龙脉走势勾勒参差，随心营造，轻缓自然而妙到好处。其次，以董香光笔意表现生活场景，有生机勃勃之气象，实在难得。其所作《绘高宗御制癸巳仲冬二雪诗》（现藏台北故宫博物院）一图在生活取材上高于'四王'，可称董诰主题性创作中的精品。最后，董诰山水画最可贵之处在于有股静穆安详的气息，从容不迫，纯净自然。"

至少邓钗认为就绘画水准而言，董诰不如其父董邦达："董诰山水画之不足亦是显而易见的。其石法、树形体势较弱，虽有柔和笔触，却未有刚劲的体势，雄强不足。笔墨的顺序与树石脉络略显脱离，有叠山复水、堆砌成片之陋。笔意轻柔有余而力道不足，至其晚年虽用笔苍劲，然失之韵味，笔墨叠加较为机械。特别是其画风理性胜于感性，略有失之自然之病，如其轴式山水，丘壑走势有荆浩、关仝的形式，然缺乏荆、关雄浑厚重的体势，有勾摹图像之嫌。或许多出自门客代笔之故？另外，其浅绛山水有华贵之气但格调不高。"

然而，尽管董邦达、董诰父子当时在绘画和书法方面有着那么大的名气，进入晚清之后，二人在绘画书法史上的地位却并不高，尤其是书法。包世臣在《艺舟双楫·国朝书品》中，就把董邦达的行书列为了"佳品下"。在《艺舟双楫》中，包世臣将清初以来九十多位书法家分为神品、妙品、能品、逸品、佳品，即五品九等，但在他看来，董邦达的行书只能归在最下等。同时，董氏父子的绘画在晚清民国期间的认可度也不甚高，究其原因，可能跟宫廷有一定的关系。那时大多数人认为，宫廷绘画主要是为皇家服务，难免带有强烈的匠气，虽然看上去富丽堂皇，却缺乏生气。直到1949年后，故宫博物院陆续展出宫廷绘画，董氏父子的画作才再次进入人们的视野，并引起注意。

按照《富阳县志》记载，嘉庆年间，当地人们为了纪念董氏父子建起了董公祠。民国七年，董氏后人曾对该祠进行过整修，但后来该祠又渐渐颓废。到了1991年，富阳县政府出资将此祠做了修复，同时将其定名为"二董纪念馆"，这也就成了我寻访董氏遗迹的目标。

董公祠位于浙江省杭州市富阳区鹳山公园。此次的行程以杭州为起点。2012年6月28日，我在地处杭州的西泠印社拍卖行看拍品，该行古籍部的负责人现为杨柳女士。当时我是冲着杨守敬的二十五方藏书印而来，然而西泠印社仅拿出十方给我看，余外的十余方说是拿到外面拓边款去了。我所见到的十方都是旧物，令人很是喜欢，但另外十几方见不到，也很是无奈，而后听拍卖行老总陆镜清先生感慨了一

董邦达 《慈山图轴》 上海博物馆藏

番过云楼书拍出高价的事。当天中午，华宝斋的司机赶来接上我，然后乘其车一同前往富阳华宝斋。

一路行驶，感觉华宝斋距杭州市区大约有三四十公里的路程。华宝斋位于富春江畔，真可谓风景这边独好，该公司是迄今为止国内唯一一家从造纸、印刷至出版提供全方位服务的古籍出版公司，与之接触十余年，还是第一次前来参观。各个生产环节看下来，果真名不虚传，也由此得出一个重要结论：手工纸今后还会涨价。

参观完华宝斋，乘车前往富阳鹳山公园寻访董公祠。进入公园正门，沿右路行驶不足五百米看到三开间大石牌坊，上书"大学士"。牌坊九十度右转前行二十米即为祠堂，然而祠堂却闭着门上着锁。向旁边小卖铺店主打问，店主颇不耐烦，于是向他买了一瓶矿泉水，店主这才主动告诉我：管祠堂的人已经下班了，要看只能明天再来。

这种情形在寻访过程中最感无奈：千里迢迢来到了门口，却只能在外围兜上一圈。祠堂大门的立柱为石质，两边有阴刻对联："祠宇重新鹳岭春江添胜迹，风骚各领石渠宝笈播清芬。"门楣和雀替都是精美繁复的木雕，上面悬挂着两个褪色的大红灯笼，灯笼后面是黑底金字的牌匾，上书"二董纪念馆"。祠堂门前的广场是方形的石板嵌着青砖，看上去有点像国际象棋的棋盘。有位老人坚持不懈地沿着地上的棋盘格做S状正步走，我只好耐着性子，等他慢慢踱到另一端，这才拍下一张干净的照片。

董诰墓位于浙江省杭州市富阳区西南方向十余公里外的蛇浦村。驱车驶出富阳，向西南方行驶十余公里即达蛇浦村，村名中带蛇字的还是不多。司机说自己二十余年前曾经来过一次董诰墓，知道大概方位，可实际到了村子他却犹豫起来，说面貌改变实在太大了。我向周围察看，发现村边有一块小高地，让司机开到近前，果真看到了文保牌。

大学士牌坊

祠堂前方

董公祠介绍牌

第一级台地

　　拾阶而上,第一段平台墙的两侧立着两块文保牌,细看原来是同时立的。按照常规,文保牌通常为一块,正面刻名称,背面刻说明。此处却有两块,一块是名称,另一块是说明,均为单面,这倒显得很对称,拍照时也用不着钻到后面的草丛去找背面。两块碑前各立着一只石虎,体形高大,一看即为墓前原物。平台的墙上还嵌着另一块石碑,黑底金字,上面刻着"爱国主义教育基地"。

　　上去十几个台阶即为第二层平台,平台的正中摆放着一张石质长

董诰墓介绍牌　　　　　　　　　　文保牌正面

条桌,桌面应该也是旧物,而正面的两根桌腿却是新配的。石桌的两边还有两条石凳,石凳的顶头墙根处有一对石马,仅剩头部,四分之一是原物,余外均是新配。

再上三级台阶就到第三层平台,即为董诰墓所在。墓的形制特殊,正前方像是一堵矮墙,墓碑就横着嵌在矮墙上,上面刻着一些文字,然而已经历岁月侵蚀,难以辨清字迹。司机说他二十年前来时不是这样,当时看见的就是一个坟头,并且上面还有盗洞,几乎把坟丘挖掉了一半。因为当地传说董诰是被斩头的,所以入葬时安上了一个金头,因为怕盗墓,董家在富春江边做了十个疑冢,但还是每个都被盗了,都想挖出那颗金头。

关于斩首后替以金头的传说,已然嫁接到了许多名人的头上,没想到董诰也不能幸免。然其父子一生清廉,他们去世后,皇帝都赞赏其为廉吏,似乎没有砍头之说。董诰去世后的情形,《清史稿》中有如下记载:"是年十月,卒,赠太傅。上亲奠,入祀贤良祠,赐金治丧,御制诗挽之,嘉其父子历事三朝,未尝增置一亩之田、一椽之屋,命刻诗于墓,以彰忠荩。谥文恭。"

董诰墓上的原石

残余的马头

石马

台地上的董诰墓

如此清廉之吏，怎么可能被斩后再安一颗金头呢？如果盗墓贼懂点文化的话，还不如想办法在墓里找几件董诰的绘画作品，说不定能卖大价钱。

罗聘（1733年—1799年）

极烟云之变幻，恣粉墨之临摹

罗聘是"扬州八怪"之一，也是八怪中去世最晚的一位，同时又是八怪之首金农的弟子，故而在清代扬州绘画史上有着特殊地位。

关于罗聘何以认识金农，相应史料未见记载，但是民间却有着传说。李晓廷、蔡芃洋合著的《花之寺僧——罗聘传》中讲到一个故事，说金农为了增加经济效益，在灯上画画而后出售，但是生意并不好，他还专门托南京的朋友袁枚帮他代售，袁枚却给他回信说，这样的绘画灯在南京卖不出去。金农自己在扬州卖，也卖不了多少，然而奇怪的是，有一个年轻人却常来买灯，不禁引起了金农的注意。于是某天尾随买灯的年轻人，一直走进了弥陀巷的朱草诗林院内，发现买灯的年轻人把自己画在灯上的画一一揭了下来，放在桌子上准备临摹。到此时，金农方明白原来这个年轻人想通过此种办法学习他的绘画。这件事令金农颇为感动，当即将年轻人收为弟子，而这个年轻人正是罗聘。此时的罗聘年方二十多，金农已是七十岁的老人。

可是如果深究下去，按照资料记载，七十岁之后的金农因为患了软脚病，很少出门，他如何能够尾随二十多岁的年轻人走那么远的路呢？所以这种故事有点经不住推敲。但是人们很喜欢这种意外遇见高人，或者被高人发现收为弟子的故事，所以金农收徒的故事一直在扬州地区流传。

晚年的金农因为生活所迫，渐渐改变了生活状态。他原本喜欢作诗，以卖字换钱来维持生活，可能是书法不如绘画好卖，于是他由卖字改为卖画。虽然金农有着浑厚的艺术功底，但绘画也需要长期的练习才能拥有成熟的画风，而到了晚年，金农显然没有这样充裕的时间，于是他就请弟子罗聘和项均代笔。

对于代笔之事，金农并不回避，他在《自写真题记》中写道：

> 项生均，初以为友，尝相见于花前酒边也。一日将诗代贽，执弟子之礼游吾门。乃拜请曰："愿先生导且教之。"其为诗简秀清妙，状其长身，如鹤之癯而高出一头也。近学予画梅，梅格戍削，中有古意。有时为予作暗香疏影之态，以应四方求索者，虽鉴别若匀处士，亦不复辨识，非予之残煤秃管也！

金农写到了项均拜他为师的事情，项均原本是他的朋友，却执弟子礼来向他学画。写这段题记时，项均正在向他学习画梅，已经画得颇有古意。当时很多人来向金农索画，金农应付不过来时，便让项均替他代笔，即使眼力很好的人，也分不出哪些是他的亲笔，哪些是项均的代笔。

除了项均外，罗聘也给老师代过笔，金农在《画梅题记》中写道：

> 以诗为贽游吾门者，有二士焉，罗生聘、项生均，皆习体物之诗。聘得予风华七字之长，均得予幽微五字之工，二生盛年，耽吟勿辍，无日不追随杖履，执业相亲也。二生见予画，又复学之。聘放胆作大干，极横斜之妙。均小心作瘦枝，尽萧闲之能，可谓冰雪聪明，异乎流俗之趋向也。

《荔枝图》 故宫博物院藏

看来罗聘比项均早入师门，两人的年轻有为让金农大感欣慰。金农夸赞这两位弟子的绘画技巧不分伯仲，各有千秋。有时候，金农会让两位弟子合作绘同一张画，以此用其每人所长，而后由金农在上面题字，这样的作品大多能卖出不错的价钱。对于这件事，金农的老朋友让山和尚还专门写过一首诗：

师借门生画得钱，门生名亦赖师传。
两相互换成知己，被尔相瞒已十年。

让山说得比较客观，老师借弟子的画来赚钱，弟子则通过老师赚得了名声，倒也是一种平等互惠的关系。只是外人大多不了解他们花钱买到的金农画作，其实根本不是出自金农之手。

先后给金农代笔者大约有七八位，当然最著名的就是罗聘与项均。难道这两位代笔人的绘画水准真与老师相比肩？《张大千艺术随笔》一书中收录有张大千对金农代笔问题的评价："比如说金冬心的东西吧，他的画，绝大多数是他两个学生代笔的（罗聘、项均）。他两个学生的代笔之作，也全都比他自己画得好。画得最坏的金冬心才是真的金冬心。可是话说回来，这个最坏也就是最好，因为这种拙稚的趣味是别人学不来的。他的学生画得再好，总摆脱不了职业画家的习气。"

张大千认为金农两位弟子绘画水平超过了老师，但张大千是位顶尖的艺术家，他认为技巧好并不代表画就好，没有技巧的拙稚反而是最难学，也学不会的。他也承认自己模仿过金农的作品，模仿水平也在原作之上："以前我们总以为日本人鉴赏中国书画内行，其实不然，你看这张他们认为是最好的金农的作品，其实正是我画的！"

不知道大千先生说这句话时是谦虚还是得意，我是将其理解为前者，他的潜台词是说自己模仿金农的作品也太圆熟了，正如金农的那两位弟子的毛病所在。因为大千又称:"金冬心的画画得极其蹩脚,但是又好得不得了。他六十二岁才学画,画画的技巧跟孩童相似,但是他的画却魅力十足。除了他的画中隐然有股金石气外,我还佩服他的诗文,他的画也是'腹有诗书气自华'的产物,虽然欠缺技巧,但却是标准的文人画,雅极了!"

罗聘拜金农为师后,仅过了六七年老师就去世了,但罗聘对老师十分尊重,金农离世后他将老师的著作一一整理出版,这项工作其实金农在世的时候就已经开始进行。乾隆二十七年(1762),罗聘为金农编了一册《画佛题记》,金农在该书的序中写道:

予初画竹,以竹为师。继又画江路野梅,不知世有丁野堂。又画东骨利国马之大者,转而画诸佛,时时见于梦寐中。三年之久,遂成画佛题记一卷,计二十七篇。语多放诞,不可以考工氏绳尺拟之也。广陵执业门人罗聘,为予编次之,惧予八十衰翁,恐后失传。乃请吾友杭堇浦太史序予文,并刊藏朱草诗林。其用心亦良苦矣。乾隆二十七年,岁在壬午七月七日。前荐举博学鸿词杭郡金农漫述。

金农在序言中讲述了自己先画竹后画梅,接着又画马,最后转而画佛像的过程。金农喜欢在作品上用自己独特的漆书写题记,罗聘将老师的画佛题记汇在一起,就成为了此书,因为那时金农已经八十岁,罗聘担心老师的这些作品失传。金农请杭世骏为此书写序后,罗聘就将该书刊刻了出来,金农很感谢弟子的美意。

关于罗聘的生平,吴锡麒在《罗两峰墓志铭》中称:

君姓罗,名聘,字遁夫,号两峰。世居歙之呈坎村,其

《古柏兰石图》 安徽博物院藏

二十一世祖乾宗公，始迁于扬。考愚溪公，应雍正辛卯武乡试中举人。有子五人，君其第四子也。幼遭孤露，长更博闻，通画学十三科，读奇书五千卷。时扬州马嶰谷、半查兄弟开设坛坫，号召贤流。君以波澜吻纵之才，值文酒风驰之会，兰言自馥，松格弥高，独师事吾杭金冬心先生，画佛画梅，皆出其指授，小诗亦逼肖之。

罗聘祖上是安徽人，从其二十一世祖迁居到了扬州。罗聘的父亲是位武举人，想来应该没有绘画的偏好。罗聘很喜欢读书，又擅长绘画，当时扬州二马兄弟的庄园乃是文人常常雅聚之地，经常在里面举办诗会，罗聘也常常参与这些雅集。吴锡麒还特意点明，罗聘的梅花和佛像，都是得自金农的指授。

罗聘曾经三次前往北京，因此他的绘画才能渐渐被时人所认识。《墓志铭》中称："尝三游都下，一时王公卿尹，西园下士，东阁延宾，王符在门，倒屣恐晚，孟公惊坐，觏面可知，所主者如英竹井相国、翁覃溪、周载轩、余秋室诸前辈，并皆名贤硕德，送抱推襟，余亦得侍清谈，时邀光接。"

按照吴锡麒所言，罗聘在北京结识了不少的名流，他跟蒙古族著名文人法式善关系很好。如今上海图书馆藏有《法诗龛罗两峰续西涯诗画册》，此册中有罗聘的《小西涯诗意图》十二幅，其中一幅图上有画家朱本的题记：

两峰道人生平作画，尽得一字诀，闲。有不中绳墨处，皆饶有别趣。至暮年，大率皆门人代为之者多，亦老境使然耳。计为梧门先生作此册后，旋南，不久即作古。是册乃道人之绝笔也，亦道人暮年得意之杰作也。庚申闰四月廿二日，里人朱本重索观

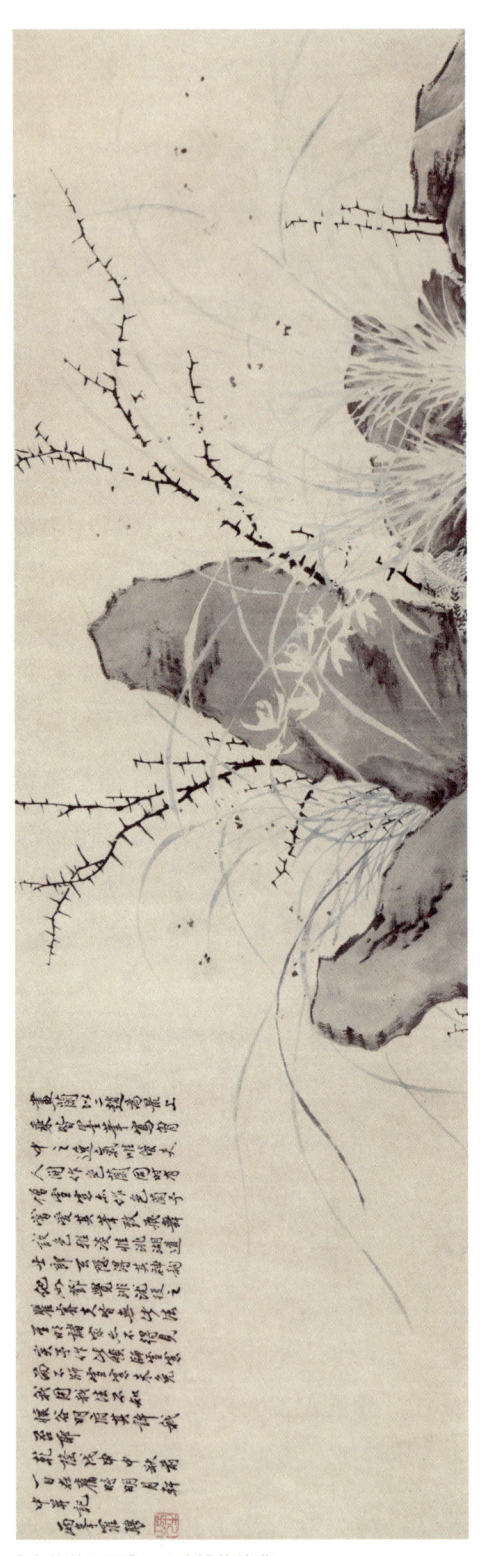

《水仙竹石图》 天津博物馆藏

于诗龛中并识。

朱本认为，罗聘的画让人感觉到特别从容，别有意趣。朱本还说罗聘晚年的作品大多是弟子代笔，但此《小西涯诗意图》却是罗聘亲笔所绘，因为此后不久，罗聘从北京返回老家扬州，没多长时间就去世了。所以朱本认为，此画乃是罗聘晚年的精品之作，同时也可能是罗聘的绝笔。

按吴锡麒所言，罗聘在北京大受欢迎，应该生活得很是惬意才对，然而蒋宝龄《墨林今话》中有一篇《鬼趣图》，读来颇让人意外："年六十余，在都贫不能归。时宾谷先生转运扬州，寄资俾其子迎归，未一载，卒。"这段话确实令人感到意外，罗聘的画作在京城大受欢迎，他往来无白丁，为什么会穷到连返家的路费都没有？还需要由朋友寄来一笔钱，才能让罗聘的儿子把父亲接回老家。

这件事还要从嘉庆元年（1796）初罗聘的第三次进京谈起。此行的目的是参加清宫举办的千叟宴，这一年乾隆皇帝把皇位禅让给了儿子颙琰，他本人成了太上皇，而让位后的三天太上皇要举办千叟宴。按照规定，参加此宴的王公大臣须在六十岁以上，一般民众则须在七十岁以上，那时的罗聘虽然只有六十四岁，但因为他跟京城的许多高官都有交往，后来在承办千叟宴的官员翁方纲、纪晓岚的关照下，罗聘得以受邀。

在千叟宴上，罗聘还被赐了一杆如意寿杖，这件事当然令他很惊喜，专门绘了一幅《驿路香迎图》。罗聘在题记中记叙了此事：

> 世传扬补之画梅，得繁华如簇之妙。徽宗题曰"村梅"。丁野堂画梅，理宗爱之，遂有"江路野梅"之对。二老皆蒙两朝睿赏而品目之，艺林侈为美谈。予今年春正月初四日，躬逢千叟宴，

蒙恩赏杖物，恨未画此横斜疏影之态，进供御览也。嘉庆元年秋八月望前二日画驿路香迎图，两峰道人并记。

罗聘特意为这件事绘制了一幅梅花图以作纪念，而绘制此图的缘起，则跟宋代的扬补之和丁野堂画梅分别受到两朝皇帝的喜爱有关，这件事素来是艺林美谈。罗聘觉得，自己也会画梅，如果当日在千叟宴也能够画幅梅花图呈给皇帝御览，将会是继扬补之、丁野堂之后的又一段艺林佳话。能够破格去参加千叟宴，可见罗聘应该在北京混得还不错，但为什么后来竟然会穷到连回家的路费都要靠他人资助呢？人生之境遇真的难以琢磨。

罗聘在北京期间受到很多文人的欢迎，这和他画的一组《鬼趣图》有关。从史料记载来看，金农很少画以鬼为题材的作品，罗聘却画过不少这样的画作，看来画鬼这件事他不是从老师那里学来的。"扬州八怪"中的其他人，多有喜欢画鬼的，比如黄慎曾画过《有钱能使鬼推磨》，华喦也有《钟馗唊鬼》，而八怪中的李方膺最喜画鬼，他在这方面的作品名气较大的有《破伞回眸图》，画的是钟馗打了一把破伞，李方膺还在上面写了这样一首诗："节近端阳大风雨，登场二麦卧泥中；钟馗尚有闲钱用，到底人穷鬼不穷。"八怪中做官时间最久的也是李方膺，也许正因为如此，他更懂得官场的黑暗。

不知道罗聘画鬼是不是受到了这些人的影响，但八怪中画鬼名气最响的就是他。鬼是很早就出现的一种绘画题材，《韩非子》卷五中称："客有为齐王画者，齐王问曰：'画孰最难者？'曰：'犬马最难。''孰易者？'曰：'鬼魅最易。'夫犬马，人所知也，旦暮罄于前，不可不类之，故难。鬼魅无形者，不罄于前，故易之也。"

画熟悉的东西最难，因为稍有不像就会被观者看出，而画鬼最容易，因为没人知道鬼到底长什么样，所以画得像与不像，都无法评价。

但是，能把鬼画得传神，也并非易事。李玉芬的《瓯钵罗室书画过目考》中记录了其自藏的一幅罗聘所绘《鬼趣图》："余藏有设色《鬼趣图》大帧，写以园林楼阁，具各种奇鬼、钟馗、土地。楼上乃夫妇对坐而食，几上罗列肴馔，园中仆从往还，恃为鬼祟，幸得钟馗、土地、吉神解护。神情变幻，景物凄凉，令观者瑟缩，盖伤富室零落时也。"

罗聘的这幅《鬼趣图》颇得李玉芬激赏，而谢堃的《书画所见录》中亦提及罗聘画鬼之妙："罗聘字两峰，又号花之僧，与余同郡，工画仙佛鬼怪，有《鬼趣图》数本，袁子才、王梦楼诸人题之殆遍。其家藏一本尤妙，余从令子小峰借观之，中有粉黛骷髅、纱帽骷髅，真堪醒世。"

罗聘为什么要以鬼作为重要的绘画题材呢？这跟当时当地的风气有一定的关系。李斗在《扬州画舫录·桥东录》中讲到了中元节时当地民众聚集在一起讲鬼故事的盛况："秋晖书屋，在天光云影楼左一层，为江山四望楼后一层，制如卧室，游人多憩息于此……共坐涵虚阁，各言故事，人心方静，词锋顿起，举唐宋小说志异诸书，尽入麈下。自庞眉秃发以至白皙年少，人如其言，而言如其事。又有寓意于神仙鬼怪之说，至于无可考证，耀采缤纷。"

以此可见，罗聘画鬼有着强大的群众基础，鬼是当时人们喜闻乐见的题材，因此当地画家以鬼为主题的作品也颇为流行。那么如此多画鬼的画家中，为什么罗聘能够出类拔萃呢？对此吴锡麒在《罗两峰墓志铭》中有如下说法：

> 又眼有慧光，洞知鬼物，烦冤地下，开变相之图，有美山阿，写《离骚》之状，所制《鬼趣图》一卷，栖毫甫竟，题翰已多，如蒋心余先生、程鱼门编修诸作尤脍炙人口。

原来，人们认为罗聘生有异禀，眼中有慧光，能够看到鬼，所以他画的鬼才那样传神。蒋宝龄在《墨林今话》中也有近似的说法：

> 两峰画人物、山水、花草、梅竹，无不臻妙，尤著名者为《鬼趣图》。鹿成王椒斋尝语余云："山人生有异禀，双睛碧色，白昼能见鬼魅，后颇自厌恶，乃以法魇之，不复见矣。"其生平所作，不止一本，钱竹汀宫詹题引龚圣予之言曰："人以画鬼为戏笔，是大不然。此乃书家之草圣也，岂有不善真书而能作草书者？"山人虽好奇，其笔墨足以形容之，又岂凡工所能及哉！"蒋心余太史赠诗有云："两峰嶔崎人，资禀轶流辈。展足裂地维，放手破天械。碧眼燃温犀，万鬼失狡狯。神光制瞳人，下透转轮界。"谓此图也。

蒋宝龄所记更为传奇，他说罗聘画人物、山水、梅竹等均很精彩，但相比较而言，他画的《鬼趣图》更加出名。蒋宝龄说有位姓王的人告诉他，罗聘有特异功能，因为他的双眼发绿，大白天里还能看见鬼，但是罗聘对这个特异功能并不喜欢，后来通过某种法术压制住了这种特异功能，终于让自己不再白日见鬼。但是鬼的模样他却牢记于心中，于是他以鬼为题材创作了不少的作品。蒋宝龄还引用他人的话来说明，画鬼并不是笔墨游戏，其实包含着作者的寄托，并且画鬼在各种绘画题材中的地位，相当于草书在各种字体中的地位，不容轻视。

俞蛟所撰的《萝厂杂著》中也有《罗两峰传》，俞蛟在该传中同样说到罗聘有白日见鬼的特异功能，由此而有了《鬼趣图》的创作：

> 维扬罗聘，号两峰，喜吟咏，精鉴赏。尝自言白昼能睹鬼魅，凡居室及都市，憧憧往来不绝，遇富贵者则循墙壁蛇行，贫

贱者则拊肩踶足,揶揄百端。两峰有感于中,因写其情状,装成长轴,名曰《鬼趣图》。幅中题咏,长篇累牍,皆海内知名士。虽世俗好奇,亦由两峰腕下古趣横生,足以欣动一时,岂漫然哉!

俞蛟在此传中也谈到了古代大画家以鬼为题材的创作,俞蛟觉得他们的创作都是出自想象,唯有罗聘是亲眼所见,看来他是真的相信罗聘能够白日见鬼:

> 昔吴道子尝画《地狱变相》,鬼子鬼母,极琦瑰儇佹。明季宛平崔道母画《许旌阳移居图》,亦有鬼魅。道子人物,为古今独步,其画鬼也,乃一时游戏之笔,而道母生当明季,目击乱亡,不无感慨寄托。惟宋时龚圣予,直欲以鬼物见长,口哆张而目狠视,骨象狞劣,观之令人不欢。然圣予诸人,皆想象而出,故作诙佹,以惊世骇俗,岂若两峰确有所睹,得于心、施诸画者之为善乎?

且不管罗聘是否真的能看见鬼,他画的鬼确实比别人高明。按照惯常的思维方式,罗聘也应当夸耀一下自己的独特本领,有意思的是,罗聘的文字中却从没谈及这项独门绝技。他所画《鬼趣图》中,最著名的一组有八幅,这八幅图上完全没有罗聘的题记,然而罗聘画成此图后始终将其带在身边,只要遇到名人就拿出来请人写题记。几十年间,为该图写过题跋者多至一百五十余人,其中有翁方纲、纪晓岚、钱大昕、伊秉绶、袁枚、法式善、杭世骏、张问陶等响当当的人物。由此可证,罗聘对这八幅《鬼趣图》十分看重,既然如此,那为什么他自己在该图上不着一字呢?这件事颇耐琢磨。

关于这八幅《鬼趣图》的内容,郭祥伯在《鬼趣图序》题记中写道:"图凡八幅。其一,澹墨黯昧,隐隐有面目肢体,谛视始可辨。其二,一鬼短衣,偻而趋,一鬼奴而从,裸上体,以手拄腰,骨节可数。其三,一鬼衣冠甚都,手折兰花,揽女袂;女鬼红衣丰髯,昵昵语;傍鬼摇扇侧耳以听。其四,一矮鬼扶杖据地,一小鬼捧酒盏,就矮鬼吻,吻哆张。其五,唯一鬼,瘦而长,垂绿发至腰,左手作攫拿状,右手揎其发,手长与身等,足步武越数丈,腰腹云气蒙之,身纯作青色。其六,长头而偻者一鬼,身不及头之半,头之前鬼二,一锐上,一混沌然若避、若指、若顾。其七,风雨如漆,一鬼俯首疾走,一鬼张伞,其前一鬼导,其后一鬼,头出伞上,若依倚疾走者。昏黑淋漓,极惶遽奔忙之状。其八,枫林古冢,雨髑髅齿齿对语,白骨支节,巉巉然也。"

关于这八幅《鬼趣图》的画法,吴修的《青霞馆论书绝句百首》中就有一首写的是罗聘《鬼趣图》,吴修在此诗的小注中称:"罗两峰之《鬼趣图》八幅,画时先以纸素晕湿,后乃施墨色,随笔毫之到处,辄成幽怪相,自饶别趣。"

对于罗聘的这种画法,李晓廷等著的《罗聘传》解释说:"在湿纸上作画需要有一定的技巧。首先,落笔的轻重、线条的粗细需慎之又慎,因为如果线条过粗,墨气会随水泽很快弥漫开来,使想画的线条变得模糊不清,整幅画面便失去了美感。而若落笔过轻,也会令线条不够流畅。其次,运笔的舒缓快疾也是在湿纸上作画的关键。运笔过缓,线条便会断断续续,粗粗细细;运笔过快,则无法勾勒出细致的造型物态。"

这八幅《鬼趣图》能够得到如此众多名家的题跋,显然不仅是因为该画的创作技巧独特,还有一个重要原因就是这组图已经形成了名人效应。在这些题跋者中,又有一些人是通过题跋来谈论自己的见解,或是浇自己胸中之块垒,比如袁枚给此画题的诗是:

> 我纂鬼怪书，号称《子不语》。见君画鬼图，方知鬼如许。
> 知此趣者谁，其惟吾与汝。画女须画美，不美城不倾。
> 画鬼须画丑，不丑人不惊。美丑相轮回，造化为丹青。

袁枚有着搜集鬼怪故事之好，他辑有一本讲鬼怪故事的书，名叫《子不语》，书名乃是出自《论语》中的"子不语怪力乱神"。袁枚在题诗中笑称，其实他并不知道鬼长什么样子，而今看到了罗聘的八幅《鬼趣图》，这才给他解惑。袁枚称画家创作美女，一定把她画得倾国倾城，如果画鬼，就一定要反过来，画得丑到极致才行。张问陶在第八幅图上所题之诗，极为慷慨悲愤，让人联想起社会上的各种现象：

> 愈能腐臭愈神奇，两束骷髅委路歧。
> 对面不知人有骨，到头方信鬼无皮。
> 筋骸渐朽还为厉，心肺全无更可疑。
> 黑塞青林生趣苦，莫须争唱鲍家诗。

能够把鬼画出新意，也是一种化腐朽为神奇，而一幅图画能够让不同的人看出不同的心境，更见画家的功力，正因如此，罗聘的这八幅《鬼趣图》受到了许多学人的高度夸赞。嘉庆四年（1799），罗聘在扬州去世，《鬼趣图》不知何时流传到了一位名叫万承纪的人的手中。万承纪是罗聘生前的好朋友，他又将此画转赠给了罗聘的儿子罗允绍，后来万承纪的弟弟万承紫在《鬼趣图》中写了一段长跋：

> ……所为《鬼趣图》八幅，驱使精灵，奇奇怪怪。时先生方客京师，一时朝中胜流莫不为诗词以歌咏之，积岁滋多，遂成牛腰大卷。旧曾为余兄廉山所得，以为先生手泽仍归诸令嗣介人，

《梅竹双清图》局部 天津博物馆藏

令宝藏之。今余摄令江都，接见介人，询及是卷，出以相示，墨渝纸敝，而旧观焕然。爰出钱付工装池且属介人世世保守之。

从此跋也可看出，京城的名流对罗聘《鬼趣图》何等之喜欢。当此图与众人题跋装裱在一起时，成了一个很粗的大手卷，然而到万承紫看到这件长卷时，已经有了破损，于是万承紫特意出资请人重新装裱，叮嘱罗允绍要好好收藏。此后，这件著名的作品流转于许多大收藏家手中，辗转二百余年后，藏在了香港的霍宝材先生处，可谓流传有绪。

罗聘不仅自己擅画，他的家人几乎都有绘画才能，蒋宝龄在《墨林今话》中称："两峰所居在天宁门内弥陀巷，额其堂曰'朱草诗林'。配方夫人婉仪，号白莲居士，受诗于沈学子，亦善写梅竹兰石，两峰称其有出尘想。"

罗聘的夫人方婉仪也在绘画方面颇有天分，颇得罗聘的欣赏。《墨林今话》中又称："子允绍，字介人；允缵，字练塘，一字小峰；女某，俱善画。心余诗所云'一家仙人古眷属，墨池画盏相扶持'，隐士之乐，无过于此。"看来罗聘的三个子女都能画画，故蒋宝龄又称："江都人罗介人允绍、小峰允缵俱两峰之子。先生名重艺林，尤以画梅为独绝。今介人、小峰善守家法而变化之，亦各以梅著，谓之罗家梅派。"

一家人同擅丹青，想来也其乐融融。但相对而言，罗家依然是罗聘的绘画才能最高，于后世也最具名气。对于他的整体绘画特色，吴锡麒在《香叶草堂诗存》序中写道："活梅花于腕下，生竹树于胸中。春山淡而秋山明，新鬼大而故鬼小，极烟云之变幻，恣粉墨之临摹。"

后来，著名书画家秦祖永在《桐荫论画》中把罗聘的绘画归为"神品"，称："罗两峰聘笔情古逸，思致渊雅，深得冬心翁神髓，墨梅

《墨梅图》 故宫博物院藏

兰竹，均极超妙，古趣盎然，人物佛像，尤奇而不诡于正，真高流逸墨，非寻常画史所能窥其涯涘者也。"

时至今日，罗聘的故居依然完好地保存于扬州，具体地址是扬州广陵区弥陀巷42号。此巷的入口处有一个介绍牌，讲述了巷名的来由，称该巷中段有小花园巷，巷内有罗聘的故居朱草诗林。我所见到的各种资料上都说，罗聘故居的门牌号为弥陀巷42号，看来小花园巷之名已被取消，但无论怎样，有了这个介绍牌，已经让寻访的人方便了许多。但能够寻得故居，并不等于就能够入内参观，我在六年的时间内四次前往罗聘故居，直到第四次才得以进门。

2018年7月24日，我已经记不清是第几次来到扬州，带我前往故居的乃是当地书具制作专家郁新先生。我们共同乘沈赟先生的车来到了弥陀巷入口，但此处禁止停车，于是沈赟将车停到了天宁寺门口，郁新带我走入了弥陀巷。

当日天气大热，此巷没有一棵树，在阳光的暴晒下，我们走到此巷的中段，看到了左侧巷口悬挂有罗聘故居的指示牌，该巷应当就是小花园巷。沿着窄窄的小巷一直走到顶头位置，此处其实就是罗聘故居的外墙，此墙的转角处在建造手法上颇为奇特，我不知道这种建造手法有着怎样的专业术语，但我总觉得在巷口的转弯处突出此角应该有着特别的寓意。由此右转，顶头左转，小巷变得更窄，继续前行二十余米就是罗聘故居的正门，如今我第三次站到了门前，这里依然大门紧闭，郁新敲击一番，里面无人应答，故只能再次拍下门口的文保牌而离去。

郁新比我有耐心，他让我别泄气，随后打电话给刘向东先生，因为刘先生原任扬州市图书馆馆长，想来罗聘故居也属文博系统，彼此可能有着联系。故我们一同开车来到了刘先生家附近，中午一起吃饭，在用餐期间，刘先生给扬州博物馆的某位领导打了电话，由此了解到，

弥陀巷入口

转角处的奇特设计

介绍牌一字排开

大门样式

罗聘故居平时不开放，有预约后管理处会派人去开门。我们吃完饭后，又来到了故居门前，这是我第四次站到了这里，这一次终于看到了大门打开的样子。这让我有了"蓬门今始为君开"的惊喜感，显然罗聘故居的门楣比蓬门要漂亮得多，尤其门两侧的汉白玉下马石颇为精美，只是我不能确认这是否为当年原物。

走入院中，首先看到的是花园，花园的右侧为碑廊，碑廊对面的房间悬挂着"朱草诗林"匾额。走入其间，里面的陈设很简单，正墙上悬挂着罗聘所绘金农画像，画中有金农长题，两侧悬挂着的是郑板桥对联，当然这些都是复制品。因为南方天气太潮，这些复制品都有了自然做旧的感觉，看上去倒也有一番古意，左右两侧墙上悬挂着的，

精美的下马石

安静的小院

碑廊

书房

也是罗聘画作的复制品。

在工作人员的带领下,我们转到了故居的另一侧,原来这边才是罗聘的居所,入口的门楣上挂着"香叶草堂"的匾额。这组房屋呈 U 字形,右侧的房屋外墙上有着别样的突起,这块突起上盖着一块木板,我顺手掀起,原来里面是个水缸。此缸横跨墙壁,一半在室内一半在室外,这种做法让我有些大惊小怪。工作人员解释说,这是为了方便饮水,因为从外面担水来直接可以倒入缸中,而使用时则可在里面直

陈设

香叶草堂

展厅

遮板后的水缸

接操作,这种做法也可以称之为群众的智慧吧。想来,这么智慧的方法,在北方可不能用,否则的话,用不了一个冬天,此缸必被冻裂。

　　走入香叶草堂,里面布置成了展厅的模样。沿墙均为展板,上面介绍着罗聘的生平,他的《鬼趣图》有三个展板来做介绍,可见布展者也认为这一作品是罗聘的代表作。该组展板的第一块,在介绍语中把罗聘称为"扬州八怪殿军人物"。

汤贻汾（1778年—1853年）
所画花果及梅，均极工妙

《清史稿·列传》对于戴熙有如下一段评语："熙雅尚绝俗，尤善画。当视学广东，陛辞，宣宗谕曰：'古人之作画，须行万里路。此行遍历山川，画当益进。'其见重如此。后以直言黜。及殉节，遂益为世重。同时汤贻汾画负盛名，与熙相匹。亦殉江宁之难，同以忠义显，世称戴、汤云。"

这段评语乃是说戴熙在绘画方面颇有才能，当他前往广东做学政时，道光皇帝特意叮嘱他古人作画以自然景物为本，此番从北走到南，一路上看遍山山水水，画艺应当大有进步。可见皇帝对他的画艺很是看重。戴熙谨遵皇帝的教诲，广东之行果然令其画艺大进。咸丰年间，太平天国事起，戴熙勉力守城，城破投水而亡。汤贻汾的人生与戴熙颇为类似，两人都在绘画方面颇具才能，又都在太平天国之乱中殉节，因此后世常常将他们二人并称。

汤贻汾的始祖汤廷玉在明代时从吴县迁居常熟，至其八世祖汤冕又从常熟迁居武进西营里，而武进就是今天的常州。汤贻汾的曾祖汤自铭乃是著名的孝子，其母患病时无药可医，汤自铭听人说诵读《太上感应篇》就能获得神的保佑，于是他早晚长跪诵念，祈祷愿以身代母，据说他的诚心感动了上天，为其母延寿三年。

汤自铭之子汤大奎，据说是其母夜梦明代文献大家都穆儒冠负笈入门而生，故自小聪明过人，刻苦读书，在乾隆二十八年（1763）考中进士，时年三十六岁。汤大奎后任凤山知县，当其任满等候新的任命时，林爽文起事，林的部队连破数城，战火很快波及到凤山，偏偏凤山没有城墙，林大奎只能鼓励众人与乱军搏斗。敌军冲入凤山城，汤大奎奋力与之作战，最后寡不敌众，他身着朝服立于堂上，在三根手指被人砍掉的情形下，仍然双手握刀杀六人而亡。

汤大奎的长子汤荀业当时正陪父在凤山任上，凤山危机时，汤大奎命令儿子离去，但汤荀业说："事母有弟在，父以死守城，儿以死从父，忍临难苟免耶。"（张维屏《国朝诗人征略》）当敌军冲到堂下时，汤荀业持刀立在父亲身边，用身体遮挡敌人从身后进攻，终因寡不敌众而与父亲一同遇难。许鲤跃在《书汤公纬堂台湾死节事》一文中写到了当时的细节："贼忽自北门进，蜂拥入县署。史谦将自到，公挽其手，止之曰：'死等耳，何不杀贼死，作英雄鬼耶！'公遂与史谦及其子荀业、阍人王明、仆林坤奋力击贼。公复手杀贼三人，贼刃交下，断指三。公瞋目骂贼不已，中贼枪而殒。荀业以身蔽翼其父，持刀格贼，力竭被害。"

乾隆四十三年（1778）六月七日，汤荀业之妻在常州青果巷汤宅生下一男孩，而此前一段江南久旱无雨，此婴诞生时天降甘霖，故祖父汤大奎给其起名为雨孙，他就是后来的著名画家汤贻汾。汤贻汾五岁时跟随母亲杨太夫人前往祖父汤大奎的任职之所廉江，因为那时汤大奎任廉江县令，后来汤大奎被任命为凤山县令，而凤山即今台湾省高雄。也许渡海不易，故汤大奎仅携其子汤荀业前往凤山，其余家人则由廉江县移居到福州西门街。

乾隆五十一年（1786），汤贻汾九岁，台民林爽文起义，汤大奎与汤荀业遇害，转年汤家才收到噩耗。汤贻汾之母担心王太夫人听闻消息后会悲痛过度，只敢在晚上偷偷祭奠，天一亮就撤掉灵位。后来家童洪福从台湾归来告以实情，未曾想王太夫人听闻这个噩耗后却并不悲伤。汤贻汾在《七十感旧》中回忆当时的情形，写道："有仆虎口余，归来冷相告。大母听毕陈，破涕转为笑。尔曹何我欺，夫忠子能孝。已矣复何言，乾坤此名教。"由此可见，汤家人是何等忠君爱国。

汤贻汾在《七十感旧》诗第六首的小注中，写到了当时的具体状况："闻耗后，太夫人恐重伤大母王太夫人心，不敢设孝义公灵，夕奠而朝撤。且谓大母，吾父不日即归。是时，太夫人忍悲慰姑，心如刀割，有人所不能堪者。迨家童洪福归，具述于大母，然后为孝义公设位。而大母一恸之后，谓父子克尽大节，不负所学，遂制泪而达观焉。"

然而世事诡谲，父子一起精忠报国，身后却遭人诬告，指汤荀业在凤山任职时有款项未曾结清，导致汤家被抄没家产，断炊三日。后来杨太夫人派人前去向巡抚徐嗣曾解释，才使事情得解，但没收的家产仅退回来十分之一二。这种状况令汤家生活十分困难，好在汤大奎遇难之初，朝廷曾经赏银一百两予以祭葬，后来又以阵亡烈士待遇赏恤银一百两，全家以此银得活。后来陕甘总督福康安、闽浙总督李侍尧、福建巡抚徐嗣曾等先后上奏，于是朝廷赏恤汤大奎武翼都尉，并世袭云骑尉。

乾隆五十八年（1793），汤贻汾十六岁时得以世袭云骑尉。次年正月，汤贻汾入京在乾清宫被引见，而后皇帝命其回本省督标学习。汤贻汾回到家中后，带上杨太夫人前往江宁任职，他的弟弟和妹妹也一同前往。然而云骑尉俸银十分微薄，全家人靠汤贻汾一人的薪水来生活，难免经常陷入困顿之中。

嘉庆十四年（1809），汤贻汾再次入京选官，这时的他囊空如洗，好在画受人喜爱，于是汤贻汾通过卖画来赚取生活费用及旅资。汤贻汾选补为广东抚标右营守备，转年他来到广东，在此任职达七年之久。

嘉庆二十年（1815），汤贻汾受举荐入都引见，进京后赶上万寿节，他也前往圆明园祝寿，得赏缎袍一袭，数日后离京还粤，路过南昌时与江西巡抚阮元在滕王阁宴聚。阮元此前听闻汤贻汾善于缉捕强盗，于是他命汤带领眼线杨鹤龄一同来到广东，缉拿叛犯朱毛俚。

汤贻汾回到广东后，将自己的姓名各取一半，化名易贝水，身穿道袍黄冠，到山林里寻找朱毛俚的踪迹。在缉拿逃犯的过程中，他偶然间得到了著名的竹叶符。在当地传说中，曾经有位叫刘高尚的仙人隐居在丫髻峰，某天他化身于竹叶之上以辟蛇虎，转天整个竹林的叶片都成为了此符，唐代的刘梦得还将这个故事写入《咏竹叶符》一诗中，使得此竹叶符名扬天下。到清初时，这种竹叶符已十分难见，唯有卢氏藏有数叶，据说是其远祖家传之物，从不轻易示人，但他却赠送了两叶给汤贻汾。汤自己留下了一叶，将其镶嵌后悬挂起来供友人欣赏，另一叶又转送给了朋友。此事记载于许奉恩的《里乘》中：

> 常州汤贞愍公雨生先生贻汾，官粤时，闻有此叶，特造其寺，求之不得，心殊怊怅。归途，暂憩村塾，与塾师言及，师云："向与僧善，曾得数十片，为人攫夺殆尽，今存无几，请公馈二叶。"公喜，如获异宝。一赠友人，一用颇黎二片，将叶夹其中，四围镶以紫檀。叶上文字固系篆体，亦于叶旁署款篆书"甲申春日雨生"六字配之，以篆体，两面一致，俾把玩者泯其反正之迹。公心灵巧，凡日用什物，无不精妙，即此可见。尝觞予于狮子窟别业，出以见示，并述其缘起如此。

在竹叶符故事发生的前几年，汤贻汾曾经因为一件事而被罢官。嘉庆十二年（1807），汤贻汾在前署泰兴都司任上，经修巡船损坏而被革职。孙超在《一档馆藏汤贻汾罢官扬州奏折考释》一文中，引用了中国第一历史档案馆所藏铁保关于汤贻汾修船损坏之事而给皇帝写的奏折，该奏折中首先引用了皇帝上谕："这所参经修巡划等船损坏之前署泰兴营都司、三江营守备汤贻汾，及监工之把总董春芳，俱著革职，交该督铁保，提同应讯人证严审，定拟具奏。钦此。"

当时铁保任两江总督，奉旨严查此案，铁保在奏折中首先讲述了汤大奎与汤荀业抗贼殉节之事，而后谈到嘉庆十年（1805）闰六月汤贻汾被任命为泰兴营都司，其中提到从嘉庆四年（1799）开始，泰兴营有缉私巡船三只、划船两只，按照惯例，这些船三年一小修五年一大修，前任都司庄腾飞超过了小修之期后让工匠张贵以小修之费用来对船进行修理，铁保称：

> 至九年十一月，前任都司庄腾飞因已逾小修之期，各船损漏，饬匠张贵，估计工料银四百十五两二钱一分八厘，详准修造，未及领银卸事。汤贻汾接署，于十年九月领银给匠，照估修理。该匠张贵以其时已届大修，船身朽烂不堪，仅发小修银两，不敷办理。汤贻汾以前任详修银数，原系该匠估定，不能详增，将银照数发给，责令照估包修。张贵勉强领银，写立承揽，于十月二十四日开工。惟时汤贻汾感患风寒，委本营把总董春芳监工。该匠张贵因料价不敷，多将旧料镶用，董春芳因小修例准搭用旧料，未经阻止，至十一月二十四日修竣。经汤贻汾验明，报经运司，饬委角斜场大使张侃查验，具结收工。

原本用于小修的银两，难以应付大修的开支，因此张贵向新任领导汤贻汾提出增加银两，但汤认为前任已经给出了估值，就不能再追加费用，于是张贵只好用旧料来补船。后来这些船果真出了问题，被人举报到朝廷，于是皇帝下令严查此事。铁保经过查询之后向皇帝回奏称，汤贻汾并无克扣银两之事，并且铁保认为这些船只乃是"商捐巡船，与战船有间"，所以他建议："该员等罪不至革职，仍遵照定例，请旨开复，罚令赔修坚固，以示惩儆。工匠张贵修造不固，应照造作不如法律，笞四十，折责发落。"

从这封奏折可以看出，铁保在很多方面对汤贻汾有所回护，比如他强调汤贻汾因身体抱恙没有前去亲自监工等，虽然此事最终得以化解，但汤贻汾颇以为耻，在《七十感旧》诗中谈及此事："禄微养不给，失禄八口饥。饥寒何足道，贫贱亦非悲。所忧遂蒙玷，长贻后世讥。"

正是因为有这样的情结在，所以后来他才有了殉节之举。咸丰三年（1853），太平军占领武昌，而后顺江一路向东，两江总督陆建瀛奉命征讨，于九江战败，太平军顺势占领安庆、芜湖，而后围攻江宁。此时的汤贻汾已致仕多年，退居在江宁，又奉旨协助保卫江宁，太平军破城时，汤贻汾知事不可为，欲拔刀自刎，众人苦劝，于是汤贻汾写下了绝命诗：

> 死生终一瞬，节义重千秋。
> 骨肉非甘弃，儿孙好自谋。
> 故乡魂可到，绝笔泪难收。
> 藁葬何须恨，平生积罪尤。

二月十二日子时，汤贻汾整理衣冠出门北向叩首辞阙，东向叩首辞祖庙，随即投池而死，终年七十六岁。他的女儿汤嘉名从天津夫家回到江宁后，亦赴水自尽。对于汤贻汾慨然赴义的壮举，姚燮在《汤贞愍公〈琴隐园诗集〉序》中称："公虽局外，犹思以一勺息焦原之燎，寸指扶危榱之崩。迨力竭智穷，始知事不可为，爰赋绝命诗四十言,率其幼孙投池以殉。衮衮者,宁自愧,而皭皭者,不可污,清流一泓,遂白日千古矣!"

对于汤贻汾的画作,张舜徽在《爱晚庐随笔》中称:"清自乾嘉以后,画风渐流于纤弱板滞。道咸间,汤贻汾、戴熙出,始稍稍振起有生气。"可见在道咸之间,汤、戴画作的出现,竟然可以改变时风。而谈到汤贻汾时,张舜徽称其"工诗能书,画尤有名",可见汤贻汾的画作水准高于诗词,《续修四库全书总目提要》在《画梅楼倚声》的提要中亦持此说法:"贻汾善画,而词不足以称之。所作虽多,只觉其鹽滥而已。偶有清新之句,亦不足以掩其疵也。"

对于汤贻汾的画风和他擅长的题材,张舜徽称:"思致疏秀,墨气淡雅,所画花果及梅,均极工妙。"张舜徽曾经看到过一幅汤贻汾所绘山水,虽然没有他画的梅花出色,但仍然认为该画"盖非庸常俗笔所能为也"。可见汤贻汾除了花鸟画外,在山水方面也颇具特色,蒋宝龄在《墨林今话》中夸赞汤贻汾有多方面才能:"都督禀质颖异,凡天文、地舆、百家之学咸能深造,书画诗文并臻绝品。嗜饮酒,工弹琴,下至围棋、双陆、击剑、吹箫诸艺,靡不好,亦靡不精也。"对于绘画,蒋宝龄则认为汤贻汾最擅长画题材乃是山水画:"雨生山水有一种水墨者,秀厚似王廉州,宗法董、巨者,一种意在倪、黄。"

汤贻汾的诗词水准虽然在其绘画之下,但他的一些题画诗却能反映出他的一些观念,比如他所作《自题琴隐图》一诗:

  身外余长剑,剑边惟古琴。
  琴留且卖剑,一笑入山深。
  绕屋碧流水,满庭松树阴。
  妻孥休苦寂,猿鹤亦知音。

《秋坪闲话图轴》 故宫博物院藏

汤贻汾是位武官，所以身上会佩有长剑，他同时又喜好古琴，堂号即为十二古琴书屋，所以诗中会有"剑边惟古琴"的句子。金天翮在《四琴仙传》中，还将汤贻汾与邝露、云志高、江嗣珏并称为"四琴仙"。

汤贻汾自己所绘的风景画也有题画诗，比如《春日过霍家桥，喜其幽境，偶写一图》："等闲吹月爱琼箫，知是扬州第几桥。港曲有舟通大海，寺门无日不春潮。朱幡过处花俱笑，碧草生时马便骄。绘出水乡幽绝景，一番客路最魂销。"此时的汤贻汾心情颇佳，诗作写得轻松愉快。最能反映其绘画观点的，则是一首《戏题自画山水》，从中还可窥得他对前人画作的总结与领悟：

米老从来不爱晴，画山最怕是分明。
近来识得分明害，又觉模糊学不成。

汤贻汾能诗能画，同时还是位武臣，这几个身份交织在一起，也是其独特性所在。谢堃在《春草堂诗话》中评价说：

世称武臣能诗者，曹景宗也；武臣能画者，李思训也。余友汤雨生参帅兼之，故曾宾谷侍郎有《汤生歌》赠参帅，云："班超佣书投笔起，丈夫当效傅介子。汤生年少一书生，今作百夫之长耳。相从将军泛楼船，兼归蛮府飞华笺。八分书似刁斗铭，千首诗过交河篇。日南半壁天海空，山川形势全在胸。兴来挥写着绢素，咫尺万里乘长风。武夫中有汤生否，学士文人犹落后。可惜汤生好身手，但与吾侪争不朽。偏裨何日树功勋，金印悬来大如斗。"读此诗，可以想见其风度。赠此诗，参帅犹作骑尉时也。

《花卉山水册》(之一) 上海博物馆藏

《花卉山水册》(之二) 上海博物馆藏

更为难得的是，汤贻汾的妻子及儿女均有绘画才能。张舜徽说："其妻董婉贞，号蓉湖夫人，及其子绶名、懋名、禄民，女嘉名，皆善画。一门风雅，为时所称。"

清初画家笪重光著有《画筌》，汤贻汾对该书进行整理后，撰成了《画筌析览》一书，成为后世研究画学重要的参考书。汤贻汾在整理《画筌》之时，融入了自己的一些观念，因此《画筌析览》亦可视为汤贻汾绘画观念的体现。

汤贻汾何以要整理笪重光的《画筌》呢？仲振履在为《画筌析览》一书所作序言中有如下说法："乙丑余乡马墨初自邗上归，出《画筌》见示，所论诸法精当简要，画家秘籥也。第为问业者随事指陈，法虽兼备，而论未条分，私拟划成段落，每段仍加以注释，庶初学瞭然，不致迷于所向。"

仲振履说是马墨初从扬州返回后，向他出示《画筌》一书。仲读后认为该书堪称学习绘画的钥匙，可惜在内容上没有细致归类，如果是初学之人读到此书，难以摸到门径，于是仲振履打算整理《画筌》一书，但因工作繁忙此事未能进行。

后来汤贻汾任齐昌都尉，与仲振履一起为官，某天两人聊天时，突然谈到《画筌》一书，汤听闻后主动对仲说，他能帮助对方实现这个愿望，因为他在此前已经对《画筌》一书做了系统分类：

> 盖雨生任三江时曾分其目为十则，每则为之注。篇所未及引申之，篇所迭见锄去之。虽神明之妙存乎其人，而析北苑之传为南车之示，俾《画筌》一篇与过庭《书谱》永垂于后者，雨生力也。

汤贻汾在《画筌析览》的自序中，首先夸赞笪重光《画筌》一书在内容上是何等之高妙："笪江上先生《画筌》一篇，言精理确，久为艺林所珍。第读者犹苦其章段连翩，论说互杂，如靓珍见于波斯市中，逢林壑于山阴道上，目不暇穷，而意靡专属。"

遗憾的是，笪重光当年并非是要写一部专著，《画筌》一书只是他在扬州教授富家子弟绘画时，随手记下的一些心得。正是这个原因，汤贻汾才决定把《画筌》整理成一部完整的著作。他谦称自己并不是要修改前贤之文，只是为了便于阅读而已，但同时他在每则之后附上了自己的见解："予不文，非敢剖截先哲文字，顾欲便于子弟寻绎，不得不为标目分则，而全篇皆偶句，每论此偿及彼，历后复涉前，颠倒数辞，亦不得已也。计分十则，第九曰杂论，以一偶中兼论二物，或三四物，分之不得故也。十曰总论，则皆汇其泛论，而非专指者也。至其浅而尽晓，冗而非要，及人物花卉鸟兽虫鱼之论而未详者删之。每则后附以愚论，多寡不齐，虽无所补，而要皆前人所未及者。第名曰《析览》，则因愚论不足重轻故也。"

《画筌》确实不是一部完备的著述，笪重光自己也在《画筌》序中称该书"聊用遣怀，非敢自谓解事也"。当然这是谦虚之语。后来曹溶看到该稿后，希望将此稿刊刻出来，笪重光认为这种未定稿还是不刊刻的好。直到笪重光返回苏州后，王翚和恽寿平到苏州来看他，看到此稿后，认为甚佳，这才将该书付梓。

对于《画筌》一书，余绍宋在《书画书录解题》中评价说："是编为骈俪之文，词华至为美妙。所论画法俱极精微透澈，实为习画者不可不读之书。其作骈文，盖欲学者便于记诵，属于歌诀一流，兹故列入此类。为文凡四千数百余言，妙义环生。读之惟恐其尽。又得南田、石谷两公逐段评注，各抒所见，益觉无蕴不宣。惟其一气呵成，不分段落，又属偶句，则琢句行文，遂不能无迁就颠倒之处。"

《画筌》乃是一篇不分段落的骈体文，并且为了照顾韵脚，在内容上又有颠倒重复之处，而这正是汤贻汾整理《画筌》的原因所在。对于汤所撰的《画筌析览》，余绍宋评价说："然得贞慇为之析览，学者读此篇后，以之互勘，亦不虞其纷杂矣。"

汤贻汾将《画筌》分为十个部分，每个部分论述一个问题，比如论述泉水，原文中有这样的描述："长泉莫直，直泉莫连。短泉少曲，曲泉少掩。明泉勿单，隐泉勿歧。小泉不妨石碍，大泉少使流壅。平泉忌在直冲，叠泉贵乎气贯。云泉似隔不隔，雨泉宜奔愈奔。泉源由分而合，合处多在峰腰；泉支由合而分，分处尤宜石脚。"

笪重光的讲述浅显易懂，很容易让学画之人明白应当如何下笔，《画筌》还讲到了风景画需要注意地域的不同，画风也要与之相符："时景既识其常，当知其变，盖一物之有无莫定，由四方之气候不齐。如塞北多霜，岭南无雪，是景以地论，不以时分，画虽小道，亦欲兼达夫地气天时，而后可以为之也。"

笪重光在《画筌》中强调要师法自然："从来笔墨之探奇，必系山川之写照。善师者师化工，不善师者抚缣素。"而强调师法自然的原因，乃是"丹青竞胜，反失山水之真容；笔墨贪奇，多造林丘之恶境。怪僻之形易作，作之一览无余；寻常之景难工，工者频观不厌"。

汤贻汾在《画筌析览》中对此有着类似的论述："人知欲学《兰亭》，则竟学《兰亭》，不屑临松雪所临之《兰亭》，造化生物，《兰亭》也；古画虽佳，松雪之《兰亭》也，何独于画而甘自舍具就假耶。"汤贻汾颇为认同笪重光的观点，因此也难怪他会对笪的著述做一番疏理和补充。

对于汤贻汾的《画筌析览》一书，广东画家谢兰生曾经写过一篇跋语，其中有如下评价："《画筌》一篇，综括大要，随笔所之，自成片段。善悟者领取意致，莫不心解，而初学时或茫如也。雨生都尉条析之，复以己见诠补焉，其原书如正幅帷裳，雨生去襞积加杀缝，俾适于用，其诠补则针功绵密，益熨贴耳……《画筌》既流布海内，得

介绍牌

青果巷

《析览》与之并垂,不弥远乎?"

2019年9月14日,我前往江苏常州寻访汤贻汾故居。此程乃是从张家港驱车前来,到达附近后却找不到停车场,原本想停在青果巷后面的一条小弄之内,一位保安过来告诉我这里常有警察来贴条,他一再强调自己的提醒只是好心,我也猜不出他还有什么其他的想法,总之按其所言兜了一大圈后,停进了一个空旷的停车场内,这里其实就在青果巷的隔壁,因为地面尚未硬化,想来这里乃是青果巷景区后期开发用地。交十元停车费,管理者说可以不限时停放。

这是我第三次来到青果巷,去年来到这里时还用围挡包裹着,里面正在整修,而今已整修完毕。走到街口,看到一座新牌坊,上书"江南名士第一巷"。青果巷的确出过多位名家,这也是我一次次前来此地的原因。尽管天气炎热,但游人数量不少,我在入口处向几位老人打听汤贻汾故居,众人皆称不知,其中一位告诉我,可以到示意图上查看,果然我在上面找到了汤宅。

穿过牌坊前行,眼前所见的第一个院落就是汤贻汾故居,遗憾的是,故居的院门上着锁,我只好隔着院墙四处探看。从侧旁看过去,故居应当有两进院落。侧旁也有两扇门,这里同样上着锁,我用力推了一下,竟然推开一道缝隙,用脚顶住缝隙,卸掉镜头遮光罩,终于艰难地将镜头伸了进去,拍到了院内情形。遗憾的是第二进院落的大门却推不开,难知里面情形,于是我转到了故居的后面,这里连着其他院落,无后门可入。我在此看到了一间公厕,公厕只有一个入口,男女均可出入,应该是在里面再做了隔断,这样的景区厕所颇为特别,只可惜这个厕所与汤宅没什么关系。故居侧旁另一个仿古院落挂着"泥莲茶书院"的匾额,而我也未曾听闻汤贻汾有这样的堂号。

未能进入故居,当然有些失望,于是沿着青果巷一路向内走,想看看这里还有什么新发现。一路走下去,两边果然有不少名人故居标牌,其中松健堂写明是明代书法家唐世英的宅第。这位书法家我以前不了解,于是想入内看看情形,门口的工作人员礼貌地告诉我,这里需要花十元钱买门票,递上十元,却并未见他取票给我,于是我准备入院拍照,但这位工作人员却一再让我耐心等待,说等一会儿会有讲解人员带我参观。我向她申明自己只想拍几张照片,但这位工作人员颇具职业修养,她只是微笑着让我耐心再等一会儿。

无奈站在门口百无聊赖地四处探看,很多游客转到这里时,一听说需要收费,均转身离去,好在时间不长就来了一位工作人员,由她带着我一路看下去。此人一再让我参观几间卧室,原来这里改造成了精品酒店。花钱参观酒店,这还是寻访以来的第一遭。我在参观的过程中,偶遇一位长者带着家人也在这里参观,他看到我愣了一下,之后称我们认识,但却想不起在哪种场合与之相识。当他问我如何称呼时,我只好告诉他自己叫路人甲。一路参观下来,我没有看到与唐世英有关的任何介绍文字。

参观完酒店,沿着青果巷继续前行,该巷的中段用玻璃罩起一段路面,以此显现古街的抬高过程。一路走下去又看到了唐荆川石牌坊

第一个院落就是汤贻汾故居

故居门前

前院情形

松健堂是书法家唐世英的故居

残件,在这一带还看到了很多穿着古装的年轻人,让我怀疑这里正在拍戏。

看着青果巷里三三两两的古装人物,我开始想象当年汤贻汾在这里来回穿行时,他会穿着怎样的服饰,这又让我感到了时空错乱。虽然此程未能入其门,但在这条街上来回穿行,也算是我对这位忠烈画家的致敬吧。

故居中的老屋

玻璃罩下的古街

汤贻汾故居介绍牌

汤贻汾走过之路

费丹旭（1802年—1850年）
香艳中饶有妍雅之韵趣

中国画中对于人物肖像题材的掌控一向较弱，费丹旭却最擅长于此，《清史稿》中称其："工写真，如镜取影，无不曲肖。所作士女，媚秀有神，景物布置皆潇洒，近世无出其右者。"以此可见，费丹旭最擅长肖像画，同时又善于画仕女，这两项特长被《清史稿》的撰写者称为晚清最高水准。民国十八年四月出版的《红玫瑰》第5卷第8期上载有顾青瑶所撰《费丹旭小传》，该传全文如下：

> 费丹旭，字子苕，号晓楼，浙之乌程人也。天资聪颖，龆龀涉笔，即工人物、仕女，香艳中饶有妍雅之韵趣，致潇洒眉目间另具一种精神湛奕之妙。此为费画独绝之笔，至布景树石秀逸幽灵，洗尽俗气，兼善山水花鸟，出以轻清淡雅，亦极自然。书法南田，并擅写照，如镜取影，弥能曲肖。汤而声（雨生）在杭时极推重之。偶作诗词殊清越可诵。

这篇小传仍然是夸赞费丹旭绘制的肖像画天下一绝，能够用画笔传神地表现出被画者内在的神态，同时他在山水和花鸟画方面也有成就，在书法和诗词方面，亦有造诣。对于后者，李慈铭在《越缦堂读书记》中为费丹旭《依旧草堂遗稿》所写跋语称："丹旭字晓楼，以画名道光间，尤工于仕女。稿仅一卷，诗百余首，词十阕。丹旭未尝读书，而所作颇有婉逸可取者。"

李慈铭也知道费丹旭是有名的画家，并且了解到费丹旭最擅长画仕女，对于他的文稿，李慈铭称仅余一卷，收录诗作百余首，另外还有十阕词，李慈铭说费丹旭并没读过书，但其诗词却有妙语在，而后列举了其中几首，最后一首为费所填《点绛唇》："袖底凉生，翠荷雨过池塘晚。越纱新换，髻堕香云绾。　金凤花枝，不妒钗头燕。分明见，水晶双钏，自把湘帘卷。"对于这些诗词作品，李慈铭给出的评价是"皆有风致"。越缦老人不轻许于人，能捻出如此四字，已足见其对于费丹旭的认可。

关于费丹旭在肖像画方面的成就，王守梧在《柳波舫随笔》中记载有如下一个小故事："清道光帝叔眇一目，欲绘像，遍求海内名家图之，终不惬意，以未能掩其丑也。后来请费丹旭去画，丹旭不假思索，成《掏耳图》，微侧厥首，小欹其身，蹙双眉，瞑一目，以忍痛痒然。"

皇帝的叔叔瞎了一只眼睛，他请过很多人来画像，却始终不满意，因为画出来的像都难以掩盖其眼瞎的事实。后来请来了费丹旭，而费不假思索就画出了一幅绝妙之画，画中的皇叔微微翘着头，皱起眉闭着一只眼睛，正在掏耳朵。既然眼睛是闭着的，就无所谓瞎不瞎了，皇叔果然大为满意。

人物画中，费丹旭又尤其擅长仕女图。薛永年、杜娟所著《中国绘画断代史》中总结了清代仕女画的发展过程："嘉庆、道光年间，是仕女画与肖像画获得较大发展与变化的时期。仕女画作为人物画的一种，晋唐时期已经十分繁荣，明中期以来，唐寅、仇英、陈洪绶等人的仕女画取得了极大的成就；到清代中后期，仕女画再度流行，上至官僚贵族，下至市井细民，都对此有着普遍的欣赏兴趣，反映出社会审美意识所发生的注重女性柔婉美、观赏性的新变化。"

《纨扇倚秋图轴》 上海博物馆藏

《昭君出塞图轴》 故宫博物院藏

为何在这个时期开始盛行仕女画？对于当时仕女画的基本形态，该专著称："这一题材的兴盛既与商业经济繁荣和市民阶层成长关系密切，也与明清通俗文学、戏剧的蓬勃发展相关联。此时的仕女画家，在明代仕女画的基础上发展变化，形成了新的颇具类型化的仕女形象：鹅蛋脸、八字眉、细长眼、樱桃小口、长颈、削肩、细腰，给人纤瘦柔媚、弱不禁风的感觉，并带有凄婉感伤和病态美的审美情趣，反映了当时流行的女性美的时代审美标准。"对于当时的仕女画家，书中有如下列举："较为重要的仕女画家有余集、姜壎、改琦、顾洛、王素、费丹旭等，他们的作品表现出既富闲情逸致又颇显颓废迷惘的时代风尚。"

关于费丹旭的师承，《晚晴簃诗汇》中称："晓楼天姿颖异，貌隽秀，性通脱。父芝原隐君工山水。晓楼继家学，兼工士女，馆钱塘汪小米家。学诗于黄芗泉，学书于张叔未、高爽泉。"

费丹旭的父亲就是位画家，虽然名气不是太响亮，但毕竟属于家学。汪曾唯撰《费丹旭传》："父芝原，隐君，工山水。君娶朱氏，有子三，以耕，以画名；以安，隐于贾；以群，攻举子业；孙仪。"王梦赓在《清代仕女画家——费丹旭》一文中亦称："他的艺术风貌能独开生面不落俗套，后人称之其为'费派'。他的弟弟费丹成（字西桥），儿子费以耕、费以群，孙子费仪等都能继承家学。近百年来，画界唐培华、唐培元、尹小霞、金蓉、潘振镛、潘琪等许多画家，承继了'费派'的画法。"

看来费丹旭不但继承了父学，还将画艺传给了儿子，费氏家族很多人都在绘画方面有所成就。王梦赓在文中又提到："他的叔祖费南村、父亲费钰是著名画家沈宗骞的学生。费钰字芝原，擅画山水，对传统绘画揣摩较深，这就给费丹旭从事绘画事业奠定了坚实的基础。"

如此说来，费丹旭之父费钰和叔祖费南村都是传承了沈宗骞的绘画风格。对于沈画的特色，蒋光煦的《别下斋书画录》卷一中，记载有费丹旭为蒋光煦所藏沈宗骞《水墨写意仕女图册》所写跋语：

> 先生姓沈氏，讳宗骞，字芥舟，初名琪，世居归安之马要镇，为前明尚书演之后。博辨识，能文善书，尤工绘事，著有《瓣香书屋画论》《阁帖考证》若干卷行于世。先叔大父南村公，据先辈传闻，谓先生著作宏富，读书之余，犹以笔墨自娱，见古书画纵谭竟日，略无倦色。董宗伯所谓"寿而仙者"也。此册笔法简劲，当是暮年之作，大可贵也，生沐其宝之。己亥冬十一月，后学费丹旭谨识。

然而无论沈宗骞还是费丹旭之父费钰，主要擅长山水画，并不擅长人物，费丹旭的山水画法应当是继承自他们，而其肖像和仕女画则应属自创。他曾向黄士珣学诗，向张廷济、高垲学习书法，故在诗、书、画三方面都很有成就，然杨文莹在《晓楼山人三十三岁像》赞其称"隅翁三绝，尤以画著"，可见费丹旭的三项才能中，以绘画成就最高。

如前所言，费丹旭的才能虽然有其家学，但他最擅长的肖像画和仕女画却不是得自其父。清葛嗣浵在《爱日吟庐书画续录》中称："宗崔子忠、华秋岳，陶熔烹炼，自成一家，即陈老莲、王鹿公亦猎精遗粗，下逮姜（晓泉）、改（七芗），咸取则焉。"钱澄宇在《以美为尚的费丹旭仕女画》一文中亦称："费丹旭的绘画创作，以仕女肖像为主，又兼工山水、花竹。从现存的作品和有关著述来看，其仕女画的成就尤为突出，画迹的遗存数量也较为丰富。宗法唐寅、余集，广泛吸收崔子忠、华嵒、王树谷、改琦、姜埙等明清各家之长。多以小说中的女性和社会生活中的中下层女子为题材，塑造了细眉柳眼、鹅蛋脸、樱口、削肩、柳腰、弱不禁风的仕女形式。形象秀美、体态婀娜，成为当时文人理想中的美女形象。"

费丹旭的仕女形象极具个人特点，而他所描绘的对象，也多为中下层女子，这与以往绘画中多为贵族女子的身份有极大不同。《湖州历史文化丛书》对费丹旭仕女画的绘画风貌有着如下描写："费丹旭绘画成就斐然，于山水、花鸟、人物无所不能，尤擅补景仕女，所作的仕女画多以小说中的仕女和社会生活中的中下层女子为题材，面目俊俏，体态轻盈，气质娇柔，具有娟秀有神的形象美，创造了当时人们心目中的理想美人。用笔轻疾松秀，取景藏露得宜，布局虚实相生，线条介于游丝描和铁线描之间，能独开生面，自成一种风貌，是工笔与写意相结合的小写意画法，有'费派'仕女之名。"

可见，费丹旭所绘仕女中的线描手法最为特别。肖念在《安格尔与费丹旭绘画艺术之比较》一文中，甚至用比较文学的方式将中外画家进行对比，因为肖念认为"安格尔与费丹旭都是善于用线的大家"，那么这两位大家在用线方面有何区别呢？肖念在文中列出三点不同，其中第二点为：

> 传统中国画的线条不仅是画家用以抽取、概括自然物象作为造型的基本手段，而且还相对独立于客观物象，具有表现画家主观情感的审美价值。它既符合人的视象在二维空间的真实合理性，又摆脱了像西方写实主义去被动地放映物象在三维空间的真实幻觉的束缚。因此，墨所勾画出的线条就具备了似与不似的双重特性，而成为传统中国画写意的基本形态。

无论两者间有着怎样的差异，这种比较就足以说明费丹旭在用线方面十分擅长。他的这种绘画方式受到了世人的喜爱，这种画风也在当时社会上有重要影响。钱澄宇在文中写道："二十世纪初，在上海兴起和发展的月份牌年画也深受其影响。第一个月份牌画家周暮桥，他在费派画法非常风行的年代里，训练学生'只教照临费丹旭的仕女鼻子（用生纸描鼻子，线要拙而不要滑），训练画线的能力；线未学好，不能言画'。继之而起的月份牌画家郑曼陀，虽然擦笔画法与传统表现技法有所不同，但他主张画面古雅，还是与'费派'一脉相承。"

费丹旭的画风甚至影响到了景德镇瓷器上的仕女形象，邹达怀在《论改琦、费丹旭对晚清浅绛彩瓷仕女画风格的影响》一文中首先提到了这两位画家在社会上的影响："整个晚清时代，'改费'流派在江南一带极具影响力，竞相效仿者颇众，如海派仕女画家钱慧安、吴友如等均承袭'改费'之风。"而后文章称："上海地区是晚清景德镇瓷器尤其是艺术瓷主要销售地点，因而晚清景德镇民窑瓷艺最大的特色即是迎合上海地区审美习尚。因'改费'仕女画是上海地区仕女画的主流风格，浅绛彩瓷仕女画家模仿'改费'仕女画以迎合市场需求也就在情理之中了。"

为什么改、费风格仕女画的瓷器受到世人的喜爱呢？该文中又有这样的分析："'改费'风格在晚清浅绛彩瓷仕女画中的盛行不衰亦带有显著的消极影响。晚清浅绛彩瓷仕女画程式化特征非常明显，其形象一律为林黛玉般的病态美，千人一面的现象颇为严重，其中又有不少作品只是照搬形象而没有很好地表现其内心状态。晚清浅绛彩瓷仕女画主要迎合的是清末士大夫阶层的颓废心绪，自然无法免俗，成为没落阶层聊以解闷和抒发情绪的消遣品，柔弱哀怨的形象亦充满了退缩和不思进取的消极意义，与普通大众的审美情趣拉开了明显的距离。"

改、费风格的仕女乃是一种病态之美，而改琦、费丹旭为何要将仕女画成这样的病态之美呢？钱澄宇认为这是画家思想的折射："费丹旭所画的仕女是寄托画家思想感情的载体，他既不像闵贞、黄慎愤世

《十二金钗图册·熙凤踏雪》 故宫博物院藏

嫉俗、酣畅淋漓、大笔泼墨的宣泄，也没有陈洪绶的夸张嘲讽的性格，他的仕女画，就像一首哀怨、委婉、柔情的诗，令观者神融意化，将你带进画家的情致和画境之中。"

费丹旭本是位职业画家，因为没有功名，起初并没有人留意到他在绘画方面有如此高的才能，故其生活十分贫困，直到他无意间遇到了生命中的贵人，而这个贵人就是汤贻汾。徐珂的《清稗类钞》中载有如下一段事：

> 乌程费晓楼，名丹旭，工画仕女。初甚贫，在杭州城隍山设摊售画，偶为汤贞愍所见，审非凡品。时某家方鼎盛，主人某好宾客，四方名俊，辐辏其门。汤因言费必能成名家，盍有以裁成之。某即延费至其家，月奉金若干。某家富图籍，因得纵观古名画，画日益工，某家又为延誉，于是费画名著东南诸省。又以闲暇习为诗词，某氏后人为裒集之，曰《依旧草堂遗稿》。

《十二金钗图册·妙玉品茶》 故宫博物院藏

《十二金钗图册·秦可卿太虚幻境》 故宫博物院藏

《十二金钗图册·黛玉葬花》 故宫博物院藏

《十二金钗图册·湘云醉卧芍药丛》故宫博物院藏

未曾出名的费丹旭因为生活贫困，只能在杭州城隍山下摆摊卖画。某天汤贻汾路过此处，看到费所作之画不同凡响，于是就将他介绍给了杭州的某个豪门。徐珂的记载中隐去了豪门主人的名字，实际上这位豪门主人就是藏书大家汪远孙。汤告诉汪，这位画工今后定然能成大名，于是汪远孙将费丹旭请入家中，每月给其工钱，请其在家中绘画。汪家不但藏书丰富，还有很多古画，费丹旭看后眼界大开，其绘画水准也由此有了很大的提高。

费丹旭寓于汪远孙家，当时东轩吟社常在汪家举办活动，而费丹旭也喜欢诗词，于是加入了此社。郑威在《费丹旭年谱》中称："长至日，由吴衡照、汪远孙于杭州小米巷东轩创立诗社，集会唱和达十年之久。社员共有七十六人。费丹旭亦其中一员。"

在此期间，费丹旭所绘最著名的作品乃是现藏于浙江省博物馆的《东轩吟社图卷》。此画为一手卷，画中有黄士珣所题《东轩吟社图记》，黄在此记中首先讲到了创作此画的来由："道光甲申，海昌吴子律衡照，假馆武林驿汪氏之东轩。东轩，故汪氏先人雅集之地，因与主人小米远孙续为吟社，月一会，会不必东轩，而东轩为多。久之，孙与人同元之官永嘉，梁久竹祖恩之官始兴，子律之官金华。子律、久竹先后卒官。张仲雅云璈、姚古芬伊宪、周南卿三燮、李西斋堂亦并殂谢，而吟社终不废。今且岁阳周矣，小米乃属乌程费晓楼丹旭图之。"黄士珣以很长的篇幅细细描绘了费丹旭所绘东轩的景致，以及每个人的状态，此处节选其中一段如下：

> 灌木依岩，略彴横水，随负花童子度而来者，汪剑秋鉽也。一童子扫花径，穿岩背出，老树下倚石阑、执葵扇者，秀水庄芝阶仲方。背侍女郎，指池荷与语者，黄芍泉士珣。池旁石壁插天，曲阑尽处，童子涤砚，坐石上填词者，项莲生鸿祚。水槛半露，

二人对坐其中，女郎执拂侍者，为余杭严鸥盟杰及小米。小米执卷，若问难状。小阁相连，据案作《吟社图》者，晓楼自貌也。

余外，此记中还记载汤贻汾也在其中："古松蟠拏，下荫怪石，坐而琴者，武进汤雨生贻汾。并坐者，陈扶雅善。侧听者，钱蕙窗师曾。倚松根抚膝而听者，汪又村适孙。松旁有石壁焉，童子捧砚；执笔就题者，嘉兴张叔未廷济也。"

这幅画作总计绘出了二十七位东轩吟社社友的容貌以及相应的姿态，在没有照相机的时代，费丹旭能够将这么多人物一一画出，且每人各具形态特征，可见其画人物技法之高超。那么在费丹旭创作此画时，这二十七个人是否真的按《图记》所写，一一在各自的位置上呢？任明在《清代湖州画家费丹旭的肖像画浅论》中认为："费丹旭并不是让二十七位社友按长卷中安排的人物位置事先摆好样子对景进行描绘的，而是凭借记忆完成作品的。"

任明引用了郑岩在《中国表情——文物所见古代中国人的风貌》中的一段话为证："与西方肖像画当面写生的做法不同，中国传统的写真大多凭记忆作画，即通过对人物的观察，达到成竹在胸的境界，然后才可动笔。如南齐姚最称谢赫曾指出：'写貌人物，不俟对看；所需一览，便工操笔。'"

由于这幅画绘制得十分精彩，被汪家振绮堂视为传家之物。清光绪二年（1876），汪家人曾将此画木刻刷印出版，后来又用珂罗版再次影印。对于费丹旭所画人物肖像名品，任明在文中举出的第二件作品乃是故宫博物院所藏《一乐图》，此图为道光十七年（1837）夏天，费丹旭为书画家殷树柏所作。对于这张人物画的造型及绘画特色，任明在文中描绘道：

费丹旭在造型时，用心以线条勾出人物的面部轮廓，使额头、双颧、双颐、下巴的部位，因宽窄的变化而得到区分，他并且采用额上加皱纹、眼眶增加线条、上唇添加稀疏的胡须、下唇增加横纹的方法，使殷树柏那高额头、深眼窝、凸额骨、瘦面庞，和下巴微凸的个人面相轮廓特征得到表现，显出了老人的清瘦。费丹旭在着色时，更注重人物的额顶、眉额、双颐、下巴的色泽淡雅，和卧蚕、眼眶、嘴角的设色渲染，虽为薄薄施彩，但因逐遍追加，而非平涂，形成了凹凸不平的层次变化，寓神韵于浓淡之际，富有明暗不同的立体感，使得殷树柏的清高秀逸的神采呼之欲出。

殷树柏本人对这幅画像也很满意，在图上自题"一乐图"三字，并写下一段题记："苕溪晓楼费君，丹青绝妙，兼擅写照，为余作行看子，因忆苏子美有'笔砚精良，人生一乐'二语，遂以名其图云。道光十七年丁酉八月十有八日，云楼老朽时年六十有九。"

然而对于费丹旭人物画技法所自，任明在文中却有另外说法："费丹旭的传神技巧丰富了传统肖像画，虽然他曾临摹明末清初陈洪绶的作品，但他并未走画变体人物的道路，而是吸收陈洪绶线条细劲、简洁、飘逸的长处，也继承了明末曾鲸的画风，既有墨骨傅彩之法，亦有淡墨勾勒、粉彩渲染之法，兼用白描，可以说这是费丹旭在结合前人创作技法的同时，又有所创新而建立新的肖像画表现方法，手法多样、灵活，根据不同的情况成功地为他的写实画法服务，对当时的人物画发展做出了贡献。"

费丹旭除了在杭州汪家坐馆外，也时常前往海宁蒋光煦别下斋，蒋光煦亦是著名的大藏书家。梁秀华在《费丹旭寓别下斋考》一文中提及，因为别下斋毁于太平天国战火，故费丹旭与蒋家的交往史料大多被毁。然而当时海宁的书画家兼藏书家管庭芬是蒋光煦的表兄，管庭芬有很长一段时间住在蒋家，在管庭芬的日记中，记载了不少费丹旭在别下斋的情形。比如道光十九年（1839），费丹旭第一次到别下斋，管庭芬在日记中就有记载："道光十九年己亥，十一月十四，晚，孙丈宾华元培暨费君晓楼、孙君桂山抵别下斋，相叙甚欢。……十二月十五，晓楼归苕水，子祥归鸳湖。"

此后的一些年，费丹旭时常前往别下斋，每次大约住一个月，并且别下斋所刻《阴骘文图证》中的图案也全部由费丹旭所绘。管庭芬在道光二十三年（1843）的日记中载有此事："正月初十，是日生沐前属费子苕所绘《阴骘文图证》二册已刻竣，以印本见贻。"

道光二十六年（1846），费丹旭两次前往别下斋，在此期间绘制了《果园感旧图卷》，此图亦藏于浙江省博物馆。费丹旭在此画的题词中写道："丙午春，下榻生沐蒋兄别下斋，得晤叔未张丈及其侄受之，暇日信步果园，主人第五子下学之后，时亦从游问字。去年春，叔未丈归道山，受之亦殁于京邸。己酉三月，重至峡山，蒋五兄又殁，时仅十二岁也，主人偕余重游斯园，慨老成之易谢，悟彭殇之一理。文字因缘，信有夙业，旧时群屐，宛在目前，并抚遗照系于图后。西吴费丹旭子苕氏识。"费丹旭在作此画的第二年就因病去世了。

费丹旭跟多位藏书家都有因缘，他还曾给另两位藏书家蒋光煦、刘喜海画过像，故很多藏书家的尊容正是靠费丹旭的绘画才得以令今人可睹。然在其当世，他的作品中最受人喜爱的还是仕女画。费丹旭曾与余集合作过《美人图轴》，此画中有潘振镛所写题记，该题记亦收录在《爱日吟庐书画录》中：

> 吴兴费晓楼先生以仕女著名，生平所见不下数百幅，其运笔之松秀，设色妍雅，近人无以过之。此幅乃其壮年之作，盖时妆美人，较之古妆者，更难免俗。先生天分既高，又得与先辈余秋室学士共

相商量，是以蹈规履矩，不类寻常，其中一人一物，不特神韵天然，而更有一种幽闲自乐之趣流露毫端，真可谓脱尽作家习气矣。因书数语用志钦佩。光绪己丑天中节后三日，秀水后学潘振镛。

以此可见，他所绘仕女是何等受时人喜爱。即便如此，晚年的费丹旭生活依然不易。他曾作《荫园待雪图》，并为此写了一首五言长诗，郑威将此诗排在了《年谱》中的道光二十九年（1849），也就是费丹旭去世的前一年。费丹旭在该诗中写道：

> 湖山洵美乡，游子难著脚。一枝栖得所，客怀殊不恶。
> 春风杨柳堤，秋雨梧桐阁。屈指数从头，友朋信堪托。
> 半为文字缘，岂为酬杯酌。坦途从坎坷，安居感飘泊。
> 山店与僧庐，疏钟应短柝。计拙境愈穷，羞涩渐归橐。
> 历历追旧游，不少前事错。匪不远俗尘，苦以家累缚。
> 行年四十九，去梦恍如昨。能勿劳尔形，星星髻已著。

长年奔走于各门之间作画谋生，让费丹旭有身世飘零之感，然而他似乎并不怎么抱怨，反而寻找着其中的快乐：

> 纵有梦中山，无如此间乐。奈此岁大饥，敢云砚田薄。
> 剪烛课余闲，傍及古碑拓。堆案复盈几，颇不嫌寂寞。

虽然生活如此不易，但他仍然满心想着的都是作画。比如在道光二十九年十月十一日，当时他住在汪曾唯的荫园内，这天他做了一个梦，梦境竟然是一位老妪赠画于他，《依旧草堂遗稿》中载有此事：

《探梅仕女图》 旅顺博物馆藏　　　《红装素裹图》 中央美术学院美术馆藏

> 余寓汪氏荫园，十月十一日，夜梦一老妪贻余画幅，上题绝句云："记曾二月别侬时，两岸垂垂柳未丝。归燕一双帘半卷，画成妆阁寄相思。"款书东芙女史沈某。展读时，心颇异之。醒后恍惚尚能记，顾余年来墨耩天涯，心如止水，早灭情波。客馆寒宵何来芳讯，梦中说梦，信有之耶！早起仿佛图成，复次韵于后，以结梦缘。那有闲情感旧时，浪游今已鬓成丝。都因历尽红尘劫，寻到梅花梦后思。

道光三十年（1850）的年底，费丹旭去世了。汪曾唯所撰《费丹旭传》中记载了他在临终前对儿子说的话："得瘵疾易箦时，谓其子以耕曰：'汝为家子，家事琐琐不备言，庭前花木，余神游其间，好护持之。'"古人所说的"瘵疾"就是今天的肺结核病，在当时无药可医。费丹旭向儿子交代完遗嘱后，"已而自起，盥沐焚香告祖，引镜整衣冠而逝。时庚戌十一月朔也，卒年五十"。可见其在临终前十分清醒，并且对自己的后事也有所安排，然而如此有才气的人物画家，五十岁而殁，还是有些令人唏嘘。

关于费丹旭所葬之处，郑威在《费丹旭年谱》中称："与其妻朱氏合葬于吴兴县姚家坝附近的汤家湾。"然而，我却始终查不到汤家湾所在，直到无意间看到徐惠林所写《寻访费丹旭之墓》一文，知道其墓仍然存在，大感高兴。

我从徐惠林先生所写之文中得知，他寻得费丹旭墓也是偶然。2014 年的某天，徐惠林跟两位朋友前去寻找朱家骅故居，他们在寻访的过程中，瑶阶坝村原村主任冯荣林抱着孙子路过此处，在聊天中冯荣林告诉他们，村子里还有一位名人是费丹旭。闻听此言，令徐惠林大感高兴，于是他请冯荣林带路前去探看。在前往的路上，冯荣林向他讲述了费墓发现的过程："以前我们也不知道。村里老人都知道有个费晓楼，可谁也没在意，也没谁提起过。前些年，费丹旭的曾孙女费茶眠，八十多岁了，一直在环渚那边托人寻找费丹旭的墓。老太太找遍了那里，没有。后来在2007年，问询到了我们这里。老人们讲有个叫费晓楼的，她说就是费丹旭，然后我就带她去河滩子这里找。"

原来费丹旭的曾孙女一直在托人寻找曾祖的墓址，却始终没有找到，这件事让村主任冯荣林记在了心中。某次村里在进行平坟时，发现了一座无名墓："前些年，我们村里平坟时，发现了一个清朝的墓，但不知道是谁的，就将它封好，没动。那天带老太太过河埂，到了滩子桑地上还没找着，老太太就说'对了，就是这里'。原来她幼年八岁的时候，曾跟着家里人来祭过祖，脑子里记着有条河埂。老太太很高兴，多年的心愿总算了了。她出了些钱，让我们村帮助整修、立碑。我们后来一起吃饭，她将自己的子女也带来认祖。他们还带来费丹旭画的画给我们看，纸张虽然陈旧，但墨迹还像新的一样。可惜，老太太2008年在上海去世了，现在他们夫妇也葬在了我们村里，遗嘱说这样能看得见曾祖费丹旭的墓。后来我们分析后，告诉他们，我们村口现在叫'梅子漾'的河，以前叫'环渚漾'，一直通到环渚乡那边。一般人不知道这个情况，就以为他出生在环渚。"

经过费丹旭曾孙女的确认，终于找到了费丹旭墓，而后老人出资将此墓修好。徐惠林看到此墓时却发现修得颇为简易，后来冯荣林还带领徐惠林在村中拜访了费丹旭的一位本家费伟老先生。也许是年岁较大，费伟的回忆多有不确之处，但无论怎样，徐惠林的文章让我得知，费丹旭墓的具体地点为浙江省湖州市吴兴区白雀乡瑶阶坝村。

由于不认识徐惠林先生，从其文中亦难得知费墓在该村的哪个位置，于是去电湖州市博物院书记刘荣华女士，其称知道费墓的存在，他们在搞第三次文物普查时已将此墓做了登录，然刘书记本人并未去过此处，她答应找熟人带我前往。

2019年2月19日，我乘高铁由北京直达湖州，而后乘刘正武先生之车先到南浔寻访，当天下午与刘书记约好，第二天一早八点半她带我去看费墓。早晨在大堂见到刘书记时，她介绍一位中年男士与我认识，刘书记说这是《湖州日报》副刊主编徐惠林先生。闻听此名颇感熟悉，猛然间想起他就是《寻访费丹旭之墓》一文的作者，这真可谓得来全不费功夫。徐先生闻我所言，立即从包内拿出那篇文章，说正要将此送给我。刘书记说，因为徐惠林探看过费丹旭墓，故今日特意请他给我们带路。

随后我们开车前往，由于三人在车上聊得过于投机，以致走错了路径，同时由于瑶阶坝处于湖州市的郊区位置，这一带正在进行乡村改造，大片的土地都变成了工地，故前往墓址的标志物已无法看到，导航仪也不认识新修的这些路。几经周折，再加上向路人打问，我们终于来到了瑶阶坝南坝自然村。在村口见到的第一幢建筑竟然就是拆迁办，如此说来这个自然村也将荡然无存，我也只能暗自期盼费丹旭墓不会因此了无痕迹。

在前来的路上，徐惠林已经约到了原村主任冯荣林。在冯先生的带领下，我们先去参观了朱家骅故居旧址，在那里看到了修复工程规划，看来这处遗迹能够得以保留。接着我们参观了朱家骅当年所办的鹤和小学旧址，旧址之上的文保牌用括弧标着"含朱家骅家族墓"，而后在冯先生的带领下，我们进入村中，先去拜访了费伟老先生。

费老先生年逾九十，颇为健谈，可惜他的方言我一句也听不懂，而徐惠林忙着与老人交谈，来不及给我翻译。老人的家人也忙着与刘书记聊着家常，我只能傻傻地坐在那里，呆坐了一会儿，我突然灵机一动，拿出手机来开始录音，刘书记跟我说，录下来不也听不懂吗，她这句话又让我放弃了自己的计划。

聊完天后，在冯荣林的带领下，我们先去探看了一处旧祠堂，我记不清楚那个祠堂是与朱家有关还是与费家有关，而后跟随冯荣林继

残存的旧居

小学正门

文保牌

来到了费伟老人的家

踏泥前行

费丹旭墓在前方

续前行到村外探看费丹旭墓。江南连续下了一个多月的雨，道路泥泞不堪，走到最后一段，我已无法绕过去。为了防止我摔倒，刘荣华找了一些树枝垫在泥水中，然我试了几下，还是难以过去。冯荣林说前行三十米就到了，但是我考虑到两天后在上海有讲座，无论如何不能滚一身泥。于是我绕往田地的另一侧，但因为雨水的浸泡，田埂均松软如烂泥根本无法下脚，我只能远远地望着费丹旭的墓，而后请徐惠林走到近前帮我拍照片。几分钟后，他们三人原路返回，徐惠林告诉我说，因为前几天的大雨，费丹旭墓四周都是水，他也无法走到近前拍照，只好隔着水拍了几张照片。

这真是令人遗憾，返程的路上，冯荣林又带着我们探看了朱家骅父母墓。未能亲睹费丹旭墓的遗憾，不知道何时才能弥补，世上没有十全十美的事，似乎我也应该接受。就像当年费丹旭的美人图如此受大家喜爱，也会有人指摘其不够端庄，比如杨岘在《迟鸿轩文续》中写道：

> 石渠字西谷，归要人。善画仙佛，人呼曰石佛。年七十余，望之如四五十许人。同时乌程费丹旭亦以画名，余得所画美人倦绣图示君，君曰："眉目间有春意，明仇英秘戏图耳，明以前无此法，然而人心不古，好邪而丑，正若必掩吾名也。"已而果然，至今知有丹旭，不知有君也。

有一位与费丹旭同时期的画家名叫石渠，以画仙佛著名，大概因为长期画佛像的缘故，自觉比较正气，于是看费丹旭所画仕女，觉得眉目间不太庄重，并且"邪而丑"，以"人心不古"来形容费丹旭。然而时间可以检阅真理，后世少有人知道这位画佛像的石渠，却都知道这位以画美人著名的费丹旭。

居巢（1811年—1865年）、
居廉（1828年—1904年）
擅用撞水撞粉法

居巢、居廉乃是岭南画派的先驱，吴少佳在《居巢、居廉与外销画关系初探》一文中说："居巢最先创立了'居派'，后来居廉又不断地探索发展，逐渐在清代的绘画界崭露头角，形成自己独特的派系。"

居廉的父亲为一文人，去世较早，于是居廉依靠堂兄居巢生活，故在绘画风格上，居廉多受居巢影响。关于居巢的绘画风貌所本，牛克诚在《色彩的中国绘画》中称："居巢（1811—1865），字梅生，号梅巢，所居名'今夕庵'。广东番禺隔山乡人。工诗擅书画。其花卉草虫尽学恽寿平、沈铨，远宗宋人笔法及元人韵致。以造化为师，其花鸟草虫俱从写生中来，极尽形态。其没骨点写，概括而不失形似，而对禽鸟等的刻画精细而不板滞。"

居巢的绘画题材主要是花卉虫草，而其所本则为恽寿平和沈铨，同时也能上追至宋人手法，这些都能说明他的总体风格是细笔一路。

恽寿平最受后世称道的，乃是他那有着独特面目的没骨法，然这种画法并非恽寿平独创，北宋沈括在《梦溪笔谈》中说："徐熙以墨笔画之，殊草草，略施丹粉而已，神气迥出，别有生动之意。筌恶其轧己，言其画粗恶不入格，罢之。熙之子乃效诸黄之格，更不用墨笔，直以彩色图之，谓之没骨图。"郭若虚在《图画见闻志》中亦载："李少保（端愿）有图一面，画芍药五本，云是圣善齐国献穆大长公主房

居廉 《花卉四屏》（之一） 台北故宮博物院藏　　居廉 《花卉四屏》（之二） 台北故宮博物院藏

居巢 《五福图轴》 广东省博物馆藏

卧中物，或云太宗赐文和。其画皆无笔墨，惟用五彩布成。旁题云：'翰林待诏臣黄居寀等定为上品，徐崇嗣画没骨图。'以其无笔墨骨气而名之，但取其秾丽生态以定品。"

可见没骨法的发明人乃是徐崇嗣，但恽寿平发展和完善了这种绘画方式，并对常州画派影响巨大。他所强调的"天外之天，水中之水，笔中之笔，墨外之墨，非高人逸品，不能得之，不能知之"，这种说法受到后世研究者极大的夸赞，亦可见没骨法最讲笔墨关系。清代张式在《画谭》中亦强调用水用墨的重要性："笔法既领会，墨法尤当深究，画家用墨最吃紧事。墨法在用水，以墨为形，以水为气，气行，形乃活矣，古人水墨并称，实有至理。"

对于水墨关系，清代松年在《颐园论画》中认为，中国画所运用的笔、墨、水概括了所有绘画要点："皴、擦、钩、斫、丝、点六字，笔之能事也，藉色墨以助其气势精神。渲、染、烘、托四字，墨色之能事也，借笔力以助其色泽丰韵。万语千言，不外乎用笔用墨用水，六字尽之矣。"

可见没骨画乃在用水和用墨上使用了一种独特的技法，而"骨"其实就是中国画所强调的线条。对于"没"字，则需要探其源方可得其意。牛克诚《色彩的中国绘画》中有如下解释：

> 在《说文》中与"湛"字互为转注，而"湛"又与"沈（沉）"为古今字；是则"没"又训为"全入于水"，而引申为"尽""无"之义。今天的"淹没""埋没"中的"没"字多少还保存它"全入于水"的古义。"没"的泛义则是"一种物体消失，隐没于另一种物体之中"，这"另一种物体"并不限于水。

可见"没骨"可以理解为将骨没于水中，而以没骨法所绘花鸟画，

居廉 《牡丹双蝶图轴》 江苏省美术馆藏

牛克诚又将其分为两种式样:"没骨体花鸟有两种样式,一是工笔积色的,一是写意敷色的。在当时,我们对这两种没骨花鸟样式的归纳与总结,只能通过画史上的相关记载进行推断,因为无论是积色没骨体的徐崇嗣、赵昌,还是敷色没骨体刘常,都没有特别标型的没骨体花鸟作品流传到今天。到明代,我们终于可以看到沈周、孙龙、周之冕等人的没骨花鸟真迹。只是,这些花鸟都是敷色体的,积色体没骨花鸟至明代也还是不见真迹,这种情形从清代开始便有了变化,因为在清初就出现了一位花鸟大画家恽寿平,他在画史上的形象是与'没骨体'花鸟密不可分的。他的没骨体花鸟不但有敷色体的,也有积色体的。而他的积色体没骨花鸟,也许应该是我们今天能够看到的最早的这一样式的花鸟作品。"

当然以上所谈没骨之法,乃是以恽寿平的绘画技法为例而总结出的,居巢对此有继承,但他又融入了自己发明的独特技法,并且将这种技法传授给居廉。后来居廉广收弟子,故居派画法成了岭南地区最具影响力的绘画方式。

关于居廉的师承,牛克诚在专著中说道:"居廉(1828—1904),字士刚,号古泉、隔山老人。居巢堂弟。自幼学画于乃兄。道光间,吴人孟丽堂(觐乙)、宋藕塘(光宝)流寓广东,教授花卉。孟氏称续陈淳一路,用笔洒落;宋氏则以宋人双勾参以恽格没骨,写生逼真。'二居'亲炙于孟、宋而于藕塘用意最深。居廉中年被东莞张敬修延请于'可园',作画数千。晚年回乡筑'十香园'和'啸月琴楼',潜心作画。擅画花卉、翎毛,栽花叠石,畜禽养鱼,以供写生。其花鸟笔致工整、设色妍丽。'二居'又擅用撞水、撞粉法,色、墨显得流丽生动。"

"二居"最擅长的技法被称为撞水法和撞粉法,这种技法与恽寿平的没骨法有区别,陈少丰在《居巢和居廉》中说道:"居巢(1811—

居廉 《富贵白头图轴》 故宫博物院藏

1865)、居廉（1828—1904），广东番禺隔山乡（即今广州市河南区瑶头，与广州美术学院隔马路东西相对）人。他们两人的关系是叔伯兄弟，也是师徒。居巢在花鸟画艺术上，远师恽寿平，近法流寓两广的江苏花鸟画家宋光宝（字耦塘，长洲人）和孟觐乙（字丽堂，阳湖人），而时追随居廉画风的画家遍布于粤中、闽南和桂东各地，被称为'居派'。他们的没骨法，与常见的恽寿平等人的没骨花卉有所不同，他们作画多用熟纸熟绢，于色彩点簇之外，兼用'撞水''撞粉'的方法，其艺术效果近似工笔设色，却更为自然微妙，没有雕琢刻画之迹。撞水之法常用于画叶片、枝干。即于叶片枝干颜色还很湿润的时候，用净笔蘸水从叶片枝干的向光面注入，水与颜色产生调和现象，而又将颜色向光面推挤，这样的效果，撞粉与撞水的道理相同，区别在于水中调有白粉，用于画花。"

关于何为撞水法和撞粉法，居廉的弟子高剑父在《居古泉先生的画法》中解释说："古人画叶有钩勒而染色的，有以浓淡笔抹去的，有以花青来钩轮廓，然后以草绿水抹匀的。师写叶，则以水注入色中，从向阳方面注入，使聚于阴的方面，如此则注水的地方，淡而白，就可成为那叶的光线，且利用光线外不匀的水渍，干后或深或浅，正所以见叶面之凹凸毕现，撞水的奥妙在此。"

从这段描绘可以感觉出所谓撞水乃是在未干的彩色画面上注入白水，使其产生特有的深浅变化，这种变化会呈现出凹凸之色，而其呈现出的画面则犹如阳光照射之叶产生的阴阳向背。

关于撞粉法，高剑父在《居古泉先生的画法》中解释说："古人写花向无撞粉之法，自宋院至南田时，用粉法皆系抹粉、挞粉、点粉、钩粉而已，未尝有撞粉法也。有之则始自梅生（藕塘虽有，而其法略异，惟烘粉一法，是他独到处）。吾师继之，即以粉撞入色中使粉浮于色面，于是润泽松化而有粉光了。在一花一瓣的当中，不须著意染光阴，惟以浓淡厚薄的粉的本身为光阴。此与印象派专欲再现以色为光的结果暗合，且色中每有带一点粉的成分，尤以紫黄二色含量较多。有粉则其色显而不焦，又较和谐一点。世人但知吾师昆虫之美，不知其花卉之妙，绰约便娟，低扬拂舞，欲语欲笑，笔之所至，无不如意，乃为草虫之名所掩，抑又何也？梅生写蝶翅及主力的花，在当前的三两朵，于粉未干时，常以笔将画架起，使画面略为倾斜，则粉自聚于一端（师早年亦用此法）。午后其色即表出轻松浮润，如朝露未干一般。观其写开遍了烂漫的春花，便觉得有芬芳袭人的美感，那时真会使你心灵感到好似被春风陶醉一样，灵魂儿仿佛都卖与花里去了。"

高剑父说古人在绘画技巧上并无撞粉法，从宋代院画到恽寿平，他们都是抹粉、点粉等技法，都没有用过撞粉技法。高剑父明确地说，撞粉法的发明人就是居巢（居巢号梅生），而他的老师居廉继承了这种画法，并且将其进一步严谨化。高剑父认为经过细化的撞粉法，所绘出的画作与画廊绘画的透视法有一定暗合之处。

但是这种技法在运用上却很难把握，高剑父对此苦思冥想，后因偶然的一件事让他掌握了撞水法的秘诀："余十三四岁时，就开始临居师的画，于撞水一法，日夜苦思，屡经试验，尚难体会。一夜大雨滂沱，帐席尽湿。那个蚊帐是'单料本钱'无可替换的老古董，只可听其自然——老天漏湿老天干罢了。次日清晨起来，张开眼睛一望，只见帐顶上一块一块的水渍，好似王洽云山万叠的泼墨画，每块当中皆现白色，而两边则赭墨色且积成一线条，俨如写枝叶的撞水法。这张孤本帐子早经千补百结，所以水渍特别的浓厚而显著。由是顿然悟到撞水画法，立刻起来濡毫伸纸，试验试验，居然心手相应，习得秘诀，真是得来全不费工夫了。"

对于撞水和撞粉之法所表现出的特殊效果，林若熹在《解读传统》中总结说："没骨画偶尔出现的撞水撞粉，更是被居巢、居廉发挥到极

居巢 《花间蝉鸣》 广州艺术博物院藏

居巢 《荔熟蝉鸣》 广州艺术博物院藏

致。此法是先用笔画上墨及植物颜料，在未干时撞上水及粉色（指白粉及矿物颜料），干时墨及植物颜料被水及粉色挤到边缘，由于水而浅色的色相向周边深色相过渡及粉色向植物色、墨过渡，所自然形成的立体以及自然立体组合所形成的肌理，与西画求立体重肌理的因素吻合。从以上看来，撞水撞粉法被推上历史的舞台，像是一种必然，这话不好说，不过居氏的撞水撞粉竟在工写两极巅峰间逸然出世，是对于质材的深刻认识，这一点是可以肯定的。这也正是后来岭南画派发展的必然点。"

那么撞水、撞粉法与传统的没骨法有着怎样的区别呢？林若熹认为："没骨画写生的理性及卧笔写性的感性，是对工写两极的折中与调和。"

无论是撞粉还是撞水，其实关键在于一个"撞"字，因为用水法和用粉法古人都多有探讨，唯有"撞"字乃居巢所发明。对于如何解释这个字，以及它对岭南画派的重要影响，林若熹在《没骨风：岭南画派的现代意义》中强调说："撞水撞粉是把两类不可调和的颜色，通过'撞'的方法，把它们融合在一起，撞水与撞粉的质不同，表现效果也不同。岭南画派就是从物理质材角度找到了技法拓展的空间。而现代没骨则是从审美角度来试验物理材质。我们把岭南画派看作是现代没骨的转折点，是因为岭南画派，无论是从技法到质材，抑或是审美都有划时代的变化。其技法变化的原点是岭南画派之先师居氏的撞水撞粉法。从其技法始，改变质材应用范式，从而导致审美层面的变化。这种材质应用范式，除了以上所说的把两类不同质性的原料'撞'在一起。更为不可估量的是其冲破原本只有'染''写'的功用，使植物颜料具有非写性，矿物颜料具有非染性，这就是现代没骨的必要支撑。颜料应用方法的改变，同样是水的原因，水的主动发挥便使撞为泼，水的被动应用就有肌理和拓印。"

其实"二居"在绘画创作方面不仅仅是努力探索新技法，他们同样喜欢观察自然，写生乃是他们创作的基本课，居廉的弟子张逸在《居古泉先生传略》中称其师："尝谓学画，必先名利胥忘，然后由临抚入手，有所得，则宜注重写生，由不似而至似，由似而不似，一旦豁然贯通，则能脱去古人窠臼矣。"

居廉跟弟子说学习绘画首先要淡泊名利心，之后从临摹入手，渐渐掌握技法后，则要注重写生，而后将临摹功底与写生观察结合在一起，渐渐领悟古人的笔法，最终超脱这种笔法而形成自己的绘画面目。

居廉本人的学画过程也正如其所言。邓尔雅在居廉所绘《花卉石头》上写过这样一段题记："居古泉为吾粤名画师梅生从弟，少特鲁钝，从梅生学画，梅生以为愚靳不之教，遂刻苦自励。蓄奇花异卉、珍虫怪鸟之属，一室周旋，日夕对写，故能得其神似。"

年少的居廉因为没有开悟，虽然跟随居巢学画，却长期难以入门，以至于让居巢觉得他不是当画家的料。可能居廉听到了居巢对他所下的这种断语，于是发奋苦练。他的学习方式就是以自然为师，他搜集了许多奇花异草以及各种活的虫鸟，整天对着它们写生，经过刻苦的练习，终于成为了一代名师。可见，写生对绘画创作有着何等的重要性。

高剑父在《居古泉先生的画法》一文中写道："师写昆虫时，每将昆虫以针插腹部，或蓄诸玻璃箱，对之描写。画毕则以类似剥制的方法，以针钉于另一玻璃箱内，一如今日的昆虫标本，仍时时观摩。复于豆棚瓜架，花间草上，细察昆虫的状态。当是时也，真有'不知草虫之为我耶，抑我之为草虫也'的哲学。"这段话表明了居廉在写生时的用心，只是这种写生方式有些残忍。

"二居"所发明的技法对岭南画派影响巨大，在清末民初时期，当地很多画家都学习他们的画法，但这些人并没有认真在写生上下功夫，

居廉 《花卉四屏》（之三） 台北故宫博物院藏

居廉 《花卉四屏》（之四） 台北故宮博物院藏

故所学得的仅是皮毛。郑春兴在其主编的《中国名画品鉴》中说："光绪末年，广东学'居派'画法的不少。由于学之者只是临摹，终日调脂弄粉，不知师法自然，一度产生萎靡不振的画风，所以有'居毒'之说。"但他同时也称："实则不应归咎于二居。后传居廉画法的，有高剑父、高奇峰等。二高加以发展，在近代画坛上，成为有名的'岭南画派'。"

对于这一点，黄般若在《居巢的画法》中说："清光绪末年，广东的画家，学居派的最多，一时风气所趋，画风益萎靡不振，故有'居毒'之称！其实这不是二居的罪，只是学画者不从大处着想，既不师法自然，又不向大名家学习，终日调脂弄粉，撞粉撞色，真是舍本逐末，那能有所成就？"

居巢的成名除了其自身的天赋及后天的努力外，他人的大力推举也是重要因素，而"二居"的成名，都与东莞可园主人张敬修有重要关系。黄泽森在《浅述二居的艺术成就与东莞可园之因缘》一文中总结说："岭南画派的历史绕不开'二居'（居巢、居廉），对于研究'二居'来说，却又不能绕过可园的主人张敬修。张敬修是'二居'艺术生涯里，甚至是其人生中起转折作用的一个重要人物。"

张敬修是位武将，他是东莞莞城博厦人，因其在莞城修炮台有功，经议叙，他于道光二十五年（1845）到广西做官，后来历任百色、平乐、柳州、梧州等地知县。道光二十七年（1847），罗大纲等在平乐起义，张敬修因努力守城有功，后被升为知府。此后不久，广东天地会凌十八等起义，张敬修向督抚建议派兵镇压，因其主张未被采纳，故借弟弟病逝之由辞职返乡，回来后就在莞城建造了一处名为可园的园林。

道光三十年（1850）六月，洪秀全在金田起义，张敬修在东莞招募三百兵勇前往广西作战，因解象州之围有功，他被授浔州知府，后来又提升为广西按察使。此后在作战中由于右腿被炮击中，他再度辞职返乡。咸丰八年（1858），广东总督黄宗汉命张敬修督军东江。咸丰九年（1859）二月，翼王石达开率部进入广东，黄宗汉督军镇压，张敬修设军埋伏，为此大败太平军，因战功官复原职，后来又署理江西按察使，咸丰十一年（1861）又兼署江西布政使，后因病返回老家东莞。同治三年（1864）正月，张敬修病逝于可园，时年四十一岁。

张敬修虽然是一员武将，却也有绘画之好。他的曾侄孙张秉煌在《可园遗稿》中称："迄在行间，莅任日浅，未竟其所施。但军旅之余，不忘风雅，生平擅丹青，兼长刻篆；品评钟鼎彝器，金石字画，唯审唯精。喜画兰梅，涉笔成趣。所为铭多自雕刻，题画诗，尤超绝肖其为人。"

关于张敬修与二居的关系，黄泽森在文中写道："张敬修在出使广西的时候结识有共同兴趣、爱好的居巢，并礼请其至营中做幕僚，主要的任务是当军师以及教授徒弟。……居巢向张推荐了自己的堂弟居廉入幕共同为张敬修效力。居廉到营后，在战事上判断果断、以身作则。"此种说法也是本自高剑父在《居师古泉家传》中所言，此文发表于1949年9月22日的《中央日报》，该文有这样的段落："师弱冠失怙，依从兄巢以居，师伯梅生固善画，与东莞张德甫为画友。时值粤乱，德甫办团卫里，军以勇称，奉师檄词广西防剿，因聘梅生兄弟入幕。"

居巢跟张敬修是画友的关系，后来广东出现了暴乱，张敬修组织团练保卫家乡，为此受到了有关部门的重视，派他带兵到广西去平乱，于是他聘请"二居"入幕。对此，居廉的朋友符翕在《居古泉先生六秩寿序》中亦曾提及："曩有东莞方伯张公，领巨军，眷怀旧雨，累函相招，旋至营，即属以帷幄之事，其所为决大疑，定大计，先生悉以身任之而不辞，军果克。"

张敬修二十二岁入广西率军打仗，可以想见何等之年轻有为。而那时的居廉年仅十八岁，却能在军营中给张敬修出谋划策，亦见其聪明过人。"二居"能文能武，他们的作战才能受到了张敬修的器重，朱万章在《居巢居廉研究》中说："廉很是受张的器重，获军功奖掖，得知县，赏戴花翎。"

正因为如此，张敬修逢人就夸赞居廉的才能，张逸在《居古泉先生传略》中说："每晤袍泽，必盛誉古泉，诸将莫不敬礼之，画名由是大噪。"

其实张敬修对"二居"的重视，并不仅仅因为他们能够出谋划策，更为重要的是，他们也算是性命之交。张逸在《居古泉先生传略》中写到这样一段事：

（德甫）会转战某县，贼侦知将军兵单，接援不继，围之匝月不陷。时西潦方涨，贼决水灌城，危在旦夕，幕下僚属，逃避一空，师独不去。德甫顾谓之曰："古泉何不逃？"师曰："君死职守，我死知己，两无憾。吾安逃？"相对无言，各归寝所。半夜，闻叩门声甚厉。师惊起，拔关出曰："贼至耶？"则睹德甫手持军牒，微笑曰："吾等得生矣！盖奉令移驻某方，孤城不宜死守。"于是德甫与师潜由雉堞下船，城不没者仅三版矣。移驻甫定，德甫顾左右叹曰："不图临难，仅得古泉一人。真肝胆交也。"

张敬修带兵作战期间，被敌军包围在某县城内，对方以水攻的办法决河灌城，该城危在旦夕，张敬修下属幕僚纷纷逃命，只有居廉没有离去。张敬修问他为何不逃跑，居廉回答说：你为职责而死，我为知己而死，这样两无遗憾，我为什么要逃呢？好在半夜他们接到了上级命他们撤退的命令，这才离开危城。张敬修感叹说：危难之时见朋

文保牌

草草草堂

可园主人张敬修的雕像

友，在临死关头，仅有居廉一人称得上是肝胆之交。

居巢、居廉与张敬修有着十几年的交往，张敬修返回家乡建造起可园，"二居"也跟他一同回到东莞。当时居巢住在可园，居廉则主要住在张敬修的侄子张嘉谟的道生园，然他时常前往可园与居巢共同在那里绘画会友。故而可园是"二居"重要的创作之地,为此我在2019年12月6日前往可园参观。

蒙莞城图书馆馆长王柏全先生之邀,我前往东莞举办一场讲座。我提前一天来到东莞,在该地探访了几处历史遗迹,其中之一就是可园。可园的面积很小,占地仅3.3亩,然而它却与顺德清晖园、番禺余荫山房、佛山梁园并称为广东近代四大名园。

我从酒店来到可园门口时,王馆长及该馆副馆长曾燕芬女士已经等在门口,一同前来者还有深圳尚书吧的文白兄和陈桂女士,另外还有当地的两位记者。在可园门口等候期间,我看到院墙上嵌着全国重点文物保护单位铭牌,这么小的园林竟然是顶级文保单位,可见可园之重要性。

王馆长与可园管理者相熟,对方已经安排了一位导游,我们在门口拍照后一并跟随导游进入园中。眼前所见是面积不小的花园,这更让我好奇其他的房屋建造得会是怎样紧凑。进入主屋内,里面巧妙的设计倒并无拥挤之感。走进第一个房间,门楣上挂着"草草草堂"的匾额,导游特意解释了此匾名称之来由。

草草草堂乃是张敬修的书房兼画室,原来他本人也有绘画之好。草堂的主位上摆放着张敬修的铜雕像,张手拿书本,像是文人模样,墙上悬挂着的一些绘画作品有不少出自主人之手,但他的绘画风格与"二居"并不相类,不知道他们在戎马倥偬之时是否交流过绘画理念。

展厅内悬挂着一些展板,其中一个栏目名为"丹青墨友",该展板上写道:

> 张敬修喜好风雅,诗书极佳,兼之性格豪爽,家资丰厚,四处结交,扶掖甚多。清代岭南画坛耆宿居巢、居廉(合称"二居"),客居可园多年。生活无忧,园林灵动,环境幽美,"二居"

居巢画像

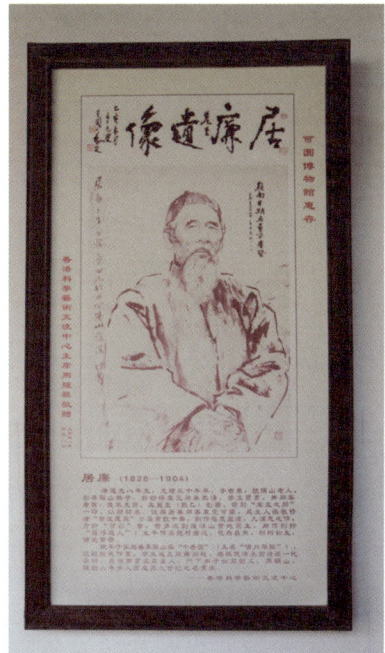

居廉画像

张敬修奏折

得以专心创作,奠定岭南画风。张敬修与"二居"休戚与共、不离不弃的情谊被广为流传,成一时佳话。

这段文字之下有着居巢和居廉的画像,以及"二居"所绘扇面,可见他们长期居住于可园,而这里也成为了岭南画派的起源地之一。当年"二居"在可园内创作了不少作品,据说居廉将他在可园内的写生作品分类装裱成十几册的《宝迹藏真》。如今广东省博物馆藏有其中一册《花卉石头》,对于该册的情况,朱万章在《居巢居廉研究》中描绘说:"凡十二开,专写花卉石头,而且多写寄生于石上之花草,如菖蒲、牵牛花、藤蔓、杂花等,赋色有明艳一路,也有淡雅一路,工笔多于写意,极尽生态,给人栩栩如生之感。邓尔雅在扉页题写'对花写照'四字,可谓得居廉早期花鸟草虫之真意。"

余外的展板则介绍着张敬修的生平重要事件,以及他所书奏折的留底。还有一个展柜内摆放着几方张敬修的自用印,可惜是一些复制品。

在另一个展室内,陈列着一些广东瓷板画,有一些是将老照片用特殊技法复制在瓷板上。其中一张照片乃是居廉与他人的合影,这张照片颇为珍贵。在另一面侧墙上还看到了以居巢、居廉及高剑父画像制作的瓷板画,也许是这些瓷板画长期受阳光照射的缘故,色彩都极淡,使我难以拍出原图的风采。

在参观过程中,还看到一间房屋设为了琴室,门上悬挂着"古琴文化艺术分会"的匾额。当年张敬修得到过一把名为"绿绮台"的唐琴,关于该琴的重要价值及奇特经历,陈婕在《东莞可园琴事钩沉》一文中有如下简述:

> 绿绮台,仲尼式,琴底颈部刻隶书"绿绮台"三字,龙池右

琴室

可园最高建筑

侧有楷书"大唐武德二年制"七字,原为明武宗朱厚照的御琴,制于唐武德二年(619),距今已1300多年历史,为邝露一生最珍惜的两张琴之一,另一为宋琴"南风"。永历帝时,邝海雪奉使还广州,明灭后,清兵入粤,邝露与诸将戮力死守广州十余月,广州城陷。回海雪堂,弦歌,绝食,抱琴而死。不久,绿绮台被隐居在广东惠州西湖沁园的原锦衣卫指挥同知叶犹龙用一百两银购回。清初,叶犹龙邀请明末遗老、名流贤士一起泛舟西湖,追忆国事,缅怀邝湛若,"命客弹之,于是陈独漉、屈翁山、梁药亭、今释诸子皆流涕,为赋长歌"。

原来此琴曾是名士邝露的珍爱之物,他抱琴而死的故事被后世广泛传颂。而幸运的是,寒斋藏有邝露批校本一部,每当我翻阅该书目睹邝露的字迹时,都有一种说不出的奇特感觉。邝露珍爱的这把唐琴曾一度被藏在可园,今日参观此琴室,顿时让我多了几分亲切之感。

建筑大多是二层,唯有一座三层的像瞭望台式的建筑乃可园的最高处,众人跟随导游沿着窄窄的楼梯登上此阁。展眼望去,园景尽收眼底，而其院外则能看到 107 国道。该国道的起点乃是在北京的西三环，我曾经就在这个起点工作过两年。两千余公里之外，由这条国道一线相牵，这样的神奇让我忍不住跟王馆与文白兄唠叨了几句。

可园在建筑上的绝妙我说不出所以然来，周慧华在《浅谈可园的庭园特色》中有如下专业讲述：

> 从全园布局来看，可园的建筑可分为东南部、西部、北部三个组群。其东南部为门厅组群，包括有正门厅、草草草堂、葡萄林室、擘红小榭，且均为一层建筑。北部为厅堂组群，包括有可堂、绿绮楼、雏月池馆，多为二层建筑。西部为楼阁组群，包括有全园最高建筑邀山阁、双清室。可见全园布局为东南部低，西北部高。不单园内建筑是这样分布，就连作为庭园分界的围墙也是东部矮且通透，西部高而厚实。这种设计正利于引入岭南沿海一带夏季盛吹，风质凉爽的东风、东南风，并且阻挡了冬季寒冷的西北风。

跟着导游在可园内四处探看，其中一间花厅的隔扇玻璃乃是红底白字的刻着些篆书，但有些字迹已经因残破补上了新的透明玻璃。从所残之字仍然可以看出此字有可能出自居巢之手，因为右起剩余的第一行字为"居巢赞"，余外的几行已经念不成字句。

我注意到这个房间的中厅地上有一个奇特的孔洞，导游解释说这是可园主人特意设计的通风设施。她带我们到隔壁房间，此房内摆放着一台农家吹稻谷用的风车，导游说当可园主人会客时，就会命人在隔壁转运风车，从而使客厅的地面有凉风吹入。看来这是古人想出的通风方式，周慧华所撰之文专有一节讲述可园的通风散热工艺：

隔壁的风车

芭蕉扇形通风孔

残留字迹有"居巢赞"字样

全园的通风散热设计工艺甚是一绝。广东沿海一带陆地夏季盛行东风、东南风,风质凉爽,但风速不大,要想利用凉爽的风为全园散热,必须创造各种引风入室、让风流通的条件。可园利用东向的正园门将风引入园内,通过擘红小榭后进入内庭。不设墙壁的可轩、可堂、葡萄林室,满开间格窗的双清室让风直入室内,并得以流畅,利用小天井及冷巷形成的热压通风作用,完善园内的自然通风系统。

可惜这段话并未提到可园用风车降温的方法。导游又带我们参观了可园的主厅，这里的影壁画所绘为两人，想来坐在那里的一位应该就是居巢，他的影响在可园内几乎无处不在。《东莞张氏如见堂族谱》中还记载了张敬修病逝前仍然挂念居巢之事："嘱侄善视之。且为之筹饘粥之费，送之归里。"

张敬修去世后，居巢仍然在可园居住了两年多，那时的居廉也常来可园看望居巢，后来居巢离开可园回到广州第二年就去世了，居廉则用在可园时期攒下的积蓄建起了十香园。朱万章在《居巢居廉研究》中写到了居廉晚年的情形："到了晚年，画名日盛，求画者踵接。每逢月初，他便由隔山到河北（珠江以北）一次拜访好友，顺道往大新街双门底各接件处收件。求画者常将索画之题材要求及润资放于各接件处，居廉由学生陪同取回后，当月便可交件。"

之后我们又跟随导游转到了可园的后花园，导游说后花园原本不属于可园，这是近年整修可园时扩建的。关于张敬修为什么建造可园，他自撰的《可楼记》最能表达他的心态：

> 居不幽者，志不广；览不远者，怀不畅。吾营可园，自喜颇得幽致。然游目不骋，盖囿于园，园之外，不可得而有也。既思建楼，而窘于边幅，乃加楼于可堂之上，亦名曰可楼。楼成，置酒落之。则凡远近诸山，若黄旗、莲花、南香、罗浮，以及支延蔓衍者，莫不奔赴，环立于烟树出没之中；沙鸟江帆，去来于笔砚几席之上。劳劳万象，咸娱静观，莫得遁隐。盖至是，则山河大地，举可私而有之。苏子曰："万物皆备于我矣。"惭愧，惭愧，今日享此，能不苞颜？因书此记于螺匾，以博座客之一粲云。

时戊午夏五月竹醉日。

　　看来可园在咸丰八年（1858）就已建造完成，之后又经过了一系列的增修，才渐渐有了如今的规模。今日阳光明媚，可园后面的水面上竟然有两只黑天鹅在游水，导游解释说这些天鹅是自己飞来的，因为这里环境优美，它们就在这里定居了。黑天鹅的行为颇与"二居"相类，正是因为可园主人张敬修爱才，才使得"二居"的艺术成就广为人知，而他们居住在可园又创作出了很多的新作品。看来能够得到重要人物的赏识，对于一位画家，甚至一个画派，都有着极其重要的作用。

虚谷（1823年—1896年）
落笔冷隽，蹊径别开

此次的苏州之行，原本要请平江华府酒店的沈春蕾女士和苏派书房的钟天先生吃饭，然而恰好赶上沈总忙着安排酒店改造之事，她建议就在酒店内吃饭，以便节约时间。当天晚上的那顿酒喝得颇为畅快，酒酣之时我谈到了转天的寻访计划，承蒙沈总美意，她安排该酒店的富筱栋先生明日开车带我寻访，钟先生则用手机一一查证我的寻访单中所标之名，然后告诉我，能落实下来的仅有董其昌墓址，既然如此，我也只能将明天的计划略作调整，准备上午访得董墓后下午返京。

寻找董其昌之墓虽然略费周折，但总体上费时不多，上午十一点钟就完成了拍照，于是立即定返程车票。不知道什么原因，近来高铁票源紧张，我能定到最早的票乃是下午四点，这之间有五个小时的空档，如何打发时间成了此刻的愁事，于是拿过寻访单跟富先生商量一番。他觉得在这个时段内唯有去光福镇石壁山的永慧禅寺比较靠谱，因为此单上表明，虚谷墓就处在此寺的周围。昨晚钟天在手机上搜不到虚谷墓的具体方位，虽然如此，我还是决定前往试试。于是，请富先生开车直奔此寺。

关于永慧禅寺的情况，我曾看到过吴眉眉所写《湖山尽处听经声》一文，她在文中描绘过该寺所处的特殊位置："蟠螭山的山体由火山岩构成，南北长仅八百米，东西宽只二百米。山有两峰，相距二百米，主峰南山在东北，海拔四十四点五米；次峰憨山台在西南，海拔四十点六米。据徐傅《光福志》记载，蟠螭山巅洼然中虚约三亩许，称石壁窝，四壁如削，高五六寻，大如数千石囷，所以也叫石壁、大石壁或石壁坞，俗称南山，近年称南山公园。南山这个名字，很容易让人联想到陶渊明'采菊东篱下，悠然见南山'之句，这里远离尘嚣，风光殊胜，也确乎是旧时文人向往、当今市民憧憬的世外桃源。"

　　从现有的资料来看，这处风景绝佳的禅寺创建时代并不悠久，该寺创建于明嘉靖二年（1523），《光福志》则载"明隆庆三年（1569）僧憨山复创"，两者之间相距仅四十余年，憨山德清就予以重建，可见该寺毁坏之速。憨山德清乃明末四大高僧之一，在佛教界极有影响力，永慧禅寺虽然历史不算久远，但是由他来重建，故很快成为苏州地区的名寺。然而我来此寺目的倒并非为了寻找憨山大师的遗迹，只是为了探访海派艺术大师虚谷之墓。

　　汽车停在了山脚下的停车场，站在停车场向上望去，蟠螭山是一座不高的小山，它平地而起，前端伸入太湖之中，站在侧边望过去，是一座典型的迷你型半岛。当日时断时续地下着雨，厚重的乌云给烟波浩渺的太湖增添了凝重的气氛。停车场的右侧有登山的石台阶，因为我查得的信息太过模糊，不能确认虚谷墓在此山的哪个方位，故只好选定其中一条路向山上行进。因为江南雨水丰沛，脚下的石台阶上长满了青苔，每走一步都有打滑之感，幸好有富先生一手打伞一手搀扶着我，我们边走边注意着路两边的状况。

　　刚走出不远，就看到一处旧墓，从墓碑上的称呼看，这跟虚谷无关。但能够在密密的树木丛中看到有一定时代的旧墓，这给我的寻访带来了希望。我们放慢脚步，仔细观察路两边隆起的土堆，因为蟠螭山上的植被很茂密，再加上阴天下雨，树叶的遮挡使得前行之路光线较暗，故我二人只能更加小心地辨认，以防错过寻找目标。

大概前行到山腰位置时，看到了两座并排在一起的旧墓，走近细看，其中之一竟然是海派画家江寒汀之墓。这是个意外收获，因为此前我完全不知道江寒汀也葬在蟠螭山上，于是立即在墓的周围拍照。我以前在查看虚谷资料时，曾看到过倪纯如所写《有"趣"的虚谷》，该文统计了虚谷留传至今画作的数量："根据《中国古代书画图目》收录内容统计，现存国内各收藏单位的虚谷真迹，共六十五件一百四十九幅，其中上海博物馆和北京故宫博物院数量最多，分别为十六件六十八幅和十五件二十九幅。另外，江苏、浙江、安徽等地也都有一定数量的收藏。当然这其中有些作品被后来的鉴定者指出是伪作，如《中国古代书画图目》第六册第二十五页所载《花果麟兽册》十二开（今藏苏州博物馆），即被确认为画家江寒汀所临。丁羲元认为虚谷传世作品最多不超过三百幅，若将册页、堂屏以一件计，则两百件左右。"

由这个统计数字可知，江寒汀曾刻意模仿过虚谷的作品，而其模仿水平之高几乎达到了乱真的程度。如今在这里找到了江寒汀的墓，让我立即联想到：江寒汀既然对虚谷如此看重，而虚谷就葬在此山，江也长眠于此，说不定他就是为了陪伴这位画僧。虽然我的推断还未找到相应的佐证史料，但这种想法却鼓舞了自己，直觉告诉我，虚谷墓应当距此墓不远。

在这种推断的鼓励下，我跟富先生的情绪也高涨了起来，这一瞬间我也不再抱怨天公不作美，加快步伐沿路继续上行。然而兴奋的我却忘掉了地面台阶的湿滑，如果不是富先生眼疾手快，我很有可能摔倒在这条幽径之上。我们刚走出不到五十米的距离，果真就在路边找到了虚谷墓。

虚谷墓处在蟠螭山山腰的一块平地之上，这块平地大约有四十多平方米，墓的前方立着文保牌，文保牌的后面有一个新做的石供桌，

果真是虚谷

文保牌

墓前有两棵树

墓碑上的字出自顾廷龙先生之手

而供桌与墓碑之间虽然不足两米,但却长着一粗一细的两棵树。这块平地的地面用鹅卵石认真铺装了起来,能够看得出虚谷墓得到了很好的修缮。树后竖着一块略显不太平整的墓碑,正中刻着"虚谷上人墓",而落款竟然是"一九八二年夏日顾廷龙题并记"。

虚谷的墓碑竟然出自上海图书馆的老馆长顾廷龙先生之手,见此让我大感兴奋,没想到这件事跟顾老还有关系。墓碑的右侧刻着两行字,这些字被填上了红漆,应当就是顾廷龙所说的"记"。顾老在此记中写道:"富华、蔡耕凤慕虚谷法绘,五下光福石壁,承融宗和尚赞助,访得上人墓址,爰立此碑,以志敬仰。"这两行字刊刻得有些潦草,远不如"虚谷上人墓"这几个字看上去刚劲有力。

虚谷墓的侧方立着一块新的刻石,细看碑文,原来是《虚谷上人墓志》,此篇墓志简述了虚谷的生平,撰写人的落款为"明怡撰,释灵根书,乙未年正月石壁永慧禅寺敬立"。明怡不知是何人,而释灵根显然是永慧禅寺的僧人,能够有这样的落款,说不定灵根就是该寺的方丈。从碑色看,这块墓志刚刚刊刻完不久,故落款的乙未年应该是最近一个甲子,也就是2015年。

通过顾廷龙所写之记可以得知,虚谷墓乃是富华、蔡耕两人寻得。我对这两人的情况并不了解,回来后查资料,方寻得华振鹤所写《富华、蔡耕自费重修虚谷墓》一文,此文以倒叙的形式先写了寻得虚谷墓后的重建状况:"1983年清明节前两天的4月3日中午,苏州著名风景名胜区邓尉山和香雪海附近的石壁山上,忽然来了男女老少数十人。他们聚集在永慧禅寺古井台前,神态肃穆,表情凝重。下午二时许,六名工人扛来一块巨大石碑,正中镌'虚谷上人墓',右书'富华、蔡耕凤慕虚谷法绘,五下光福石壁,承融宗和尚赞助,访得上人墓址。爰立此碑,以志敬仰。'左书'一九八二年夏日顾廷龙题并记。'原来,这些人是特地从上海赶来举行'重修虚谷墓立碑纪念仪式'。"

墓丘的形制

看到了释灵根的落款

接下来华振鹤在此文中简述了虚谷葬在石壁山的原因："虚谷（1824—1896）是清末著名画僧，对海上画派的形成产生重大影响。他在上海城西关帝庙逝世后，他的徒弟、苏州狮林寺方丈恬庵法师把灵柩扶回苏州光福，葬在石壁山上。"而后方讲到了富华个人的情况："富华是满族画家，据说乃清室后裔。上世纪五十年代，富华受命筹组上海中国画院，担任第一任党支部书记。1978年，他又发起成立了解放后上海第一个民间艺术社团——上海海墨画社，被公推为社长。该社以研究、继承、发扬海上画派的艺术风格为宗旨。所以，画社开始工作，富华便邀请好友、也喜爱书画的上海文艺出版社编辑蔡耕共同研究虚谷，同时着手编纂《虚谷画册》。当他们在苏州光福石壁发现虚谷墓居然已经湮灭无闻时，发愿一定要把墓址寻找出来，重新建造。"

通过华振鹤的这篇文章可以得知，当年富华和蔡耕为了查找虚谷墓费了很大周折，当他们第五次到这里寻访时，终于找到了一位知情人，在这位老人的带领下他们才寻得虚谷墓。而在此前，他们到上图找到顾廷龙馆长，顾老帮他们查了大量的资料，虽然从资料中没有寻得虚谷墓的记载，但却有了此碑的题写，这也正是因缘所在吧。故华振鹤在文中写道："他们在上海图书馆顾廷龙馆长帮助下，查阅了《吴县志》《光福志》《吴郡西山访古记》等史籍，无所获。他们又一次来到光福石壁，由年逾古稀而关心地方文物的司徒庙住持融宗法师陪同，仔细查找。石壁山腰原有不少永慧寺僧人圆寂后留下的塔墓，里边并无虚谷墓。他们再到山上山下，附近凡是石碑样东西，都一一查看，依旧不见下落。直到第五次才通过附近村子里的一位老人找到了虚谷墓。"

我能在蟠螭山找到虚谷墓，当然要感谢富华和蔡耕，如果不是他们二人的努力，虚谷墓不会再度被人发现，仅凭这一点，就让我大为感念他们的功德。他们所做的这件功德之事也受到了世人的夸赞，2008年6月2日的《新民晚报》刊载有《画僧虚谷墓重修记》一文，此文的作者同样是华振鹤，这篇文章还写到了重修虚谷墓时的奇特状况：

> 1983年，清明节前二天的4月3日，"重修虚谷墓立碑纪念仪式"隆重举行。参加者除富华、蔡耕、融宗外，尚有苏渊雷、丁景唐、吴长邺、符骥良，以及西安国画院、黑龙江省文学研究所代表等数十人。说来也怪，当石碑运抵墓地，刚刚开挖时，原来很晴朗的天空，突然卷起了旋风，随即大雨滂沱而下。等到大家冒雨竖起石碑，填土完毕，却又雨止风停，晴朗如初了。众人惊讶之余，纷纷笑言："大概虚谷上人受到感动，泪飞顿作倾盆雨吧。"

但是，虚谷去世在上海，为什么他的弟子要把他葬到光福镇的蟠螭山呢？我未曾查到相应的史料。想来虚谷曾在此寺挂单，也许他喜爱这里三面山三面水的美景，有可能他跟弟子谈到过此寺独特的风光，所以弟子将他葬在了这里。如果这种推论能够成立的话，说不定山顶

附近的僧人墓

门楣上的字出自来新夏先生之手

上的永慧禅寺应该留有虚谷的遗迹。一念及此，我决定登上山顶到此寺去印证我的判断。

沿着山径继续向上走，在路的两边又看到了一些僧人墓，看来这一带原本是该寺僧人的归葬之处，而能在这里寻得虚谷墓址，也正是因为有这样一个独特的墓园。只是虚谷墓的形制不像其他僧人那样竖起舍利塔，因为关于他的入葬情况未见记载，故并不清楚他是以何种方式下葬的。

好在蟠螭山不高，在我双腿刚刚发软之时已经到了山门前。如今的山门两侧堆放着一些建筑材料，看来此寺在改造维修之中。踏着脚下的石块进入该寺，我感觉所进方位似乎不是该寺的正门，然后我在一个院落中看到了两棵粗壮的银杏树，从树龄上看应当是明代所种，只是不清楚这两棵大树是否为憨山大师手植。

两棵大银杏树的前方有一个正圆形的门洞，门楣上刻着"听经"二字，而这两个字竟然是出自来新夏先生之手。我跟来老交往多年，上一年萧山图书馆举办了来新夏逝世三周年纪念会，我在那个会上见到了来先生的夫人焦静宜老师，而后征得她的同意，今年才前去拍摄了他的邃谷。为此我写成一篇小文发在了公众号上，因为来先生的大名，所以这篇文章广受关注。然而来先生虽是萧山人，却始终住在天津，我绝没想到在此寺竟然还能够遇到他的手泽，这不仅仅是一种亲切,同时也让我感叹人与人之间的因缘。

由此门继续向内穿行,感觉到此寺十分宁静,因为所经过的房间里面都空无一人,也许该寺因为施工改建,僧人都暂时迁移到了他处?我跟富先生唠叨着自己的推测,话音刚落,富先生用手向前一指:"那里就有一位。"顺其所指看过去,原来有一位僧人站在石壁之前做沉思状。我不清楚这是否是一种修行方式,本不想打扰他的清静,然而除了这一位师父之外,我们在寺内再难遇到打问之人。故我只好走到近前,道一声师父好,他礼貌回礼后问我有何事,我告诉他自己前来此寺就是为了寻找虚谷的遗迹。师父告诉我,除了山腰上的虚谷墓,在本寺内没有其他与之有关者。

师父的回答当然令我有些遗憾,而我看到他所面立的山崖上刻着不少名人字迹,于是不死心地继续问他这些崖壁上是否有虚谷字迹,他依然告诉我没有。好吧,即便如此我已登入此寺,虚谷能够葬在此寺之旁,想来一定有人们所不知道的因缘,我到此寺游览一番,也算是对虚谷上人的一种纪念。于是我沿着崖壁一一看过去,一眼就望到了弘一大师所书字迹,后来又看到了李根源,另外李根源又跟黄葆戍共同题写了"憨山胜迹"字样,以此来表明此寺跟憨山德清之间的直接关系。

沿着崖壁一路看过去,走到了悬崖的边缘,看到这里立着石楠树的标牌,由此标牌可知,旁边这棵长得像虬龙一般的植物竟然是元代种植的石楠。此植物长得十分奇怪:它沿着崖壁攀岩而上,曲曲弯弯直到崖顶,而整个树身并无斜逸旁出,直到顶端方才绽放出茂盛的枝叶。这棵植物的生长方式真可以拿来比喻虚谷的一生。

石楠树的侧旁有一间几平方米大的小庙,里面有大半的面积被伸进屋中的山崖占据着,而这块岩石之上供奉着一尊体量不大的佛像。围着屋子探看一番,没有找到说明牌,不知此庙有着怎样的故事。我

弘一大师手笔

李根源字迹

"憨山胜迹"

奇特的石楠

二人接着转到山崖的另一侧边走边探看,一直走到了寺院的最高端,在这里依然没有遇到其他的僧人。也许是下雨的原因,这一路上以及在寺院中除了遇到的那位僧人之外,再没有看到其他的身影,甚至刚才遇到的那位僧人也不知道转到哪里去了。

探寻完毕后,沿路下行,因为青苔的湿滑,向下走其实更不容易。好在富筱栋年富力壮,他努力搀扶着我,总算回到了停车场的位置。

在上山前我就注意到,这处停车场上有七八辆汽车,而返回停车

摩崖刻石的文保牌

再次看到了吴梅村墓

场时,这些车还在,似乎又多了几辆。我们两人从上山到下山兜了一大圈,除了那位师父外没有遇到任何人,这些开车者都去哪里了呢?富先生说,现在的僧人都很有钱,说不定这是此寺僧人所开之车,只是因为施工,他们不知道暂住在了哪里。

我觉得小富的猜测有道理,因为我注意到停在这里的车有几辆确实不错,为此我也感叹世道的变迁。然而在我跟小富唠叨之时,其中一辆汽车的车门却打开了,一位戴着墨镜的女士冲着我喊了声:"韦力先生,你怎么会在这里?"这句话吓了我一跳,定眼细看,原来是苏州的吴眉眉女士。我顾不上回答,反倒问她为什么会把车停在这里。她告诉我说,自己近来在写一部关于核雕的书,而本寺的住持灵根法师手中有一串特别精美的核雕,为此她要借来请专业人员拍照。

说话间,一位僧人从山上走了下来,一看,正是我在永慧禅寺遇到的那一位,吴眉眉介绍说,这位就是灵根法师。她的这句话突然让我想起虚谷墓志铭的落款,原来这就是给虚谷书写墓志之人,这一巧合令我大感高兴。吴眉眉闻听我前来此寺是为了寻找虚谷之墓,立即抱怨我没有跟她打招呼。吴眉眉说:"那块墓志铭就是我协助灵根法师立在那里的。"竟然有这么巧合的事情,这让我一时不知如何应答,只好向灵根法师行礼,以此表示我对他所为的敬意。

吴眉眉从灵根法师那里接过了核雕手串,法师转身回寺。我却忘了向他请教该寺的一些状况,而后,吴眉眉抱怨我到光福镇为何要悄悄地进庄,不跟她打招呼。我辩解说,不知道她在这里,吴眉眉则告诉我,她在十年前就从苏州搬到了光福,主要是因为贪恋这里的自然美景。她告诉我,吴梅村的墓就在附近不远处。虽然在六年前我跟着马骥先生曾经看过吴梅村墓,但几年过去,不知道那里有着怎样的新变化,于是跟随吴眉眉再次来到了吴梅村墓前。后来我从资料上查得,当年李根源前来光福寻找吴梅村墓,两次探访都未找到,而后他到永慧禅寺修行,却在此寺附近找到了吴梅村墓。如此说来,吴梅村墓的寻得也跟永慧禅寺有着直接的关联。

如今的吴梅村墓处在一个公交站的后方,上次马骥带我来此地时却并未看到有这样一条宽阔的大道,看来此道是新近修建的。虽然吴墓距此路的直线距离不过十几米,然而两者之间却并无路可通,只能踏着泥泞的斜坡来到吴梅村墓前。眼前所见的状况与六年前基本没有变化,但我感念着李根源对苏州的历史遗迹做出的这些贡献。这些年来我在苏州地区寻访,有不少的名人墓都是由李根源重新立碑,包括经学大师惠栋之墓也由他寻得。而今灵根法师和吴眉眉女士也继承了李根源之风,他们一起在虚谷墓旁立起墓志铭,这种古风最令我敬重。

此时我又想起了永慧禅寺中来新夏所题之字。因为吴眉眉正是来新夏的入室弟子,去年在萧山举行的来新夏逝世三周年纪念会上,众人一一发言,到吴眉眉发言时,她哽咽着站立起来,一直到讲完后方才坐下,而她是那场会上唯一一位站立发言之人,故而给我留下深刻的印象。于是我问她,永慧禅寺的来新夏题字是否跟她有关系,她认真地说:"那当然,因为我曾经带来先生来过此寺。"

在拍摄吴梅村墓时，吴眉眉接起了电话，听其所言，看来是拍核雕之人催促她快点过去，于是我向吴眉眉道别，她却邀我一同前往。因为光福镇舟山村是很有名的核雕之乡，她在这里认识多位核雕名家，故邀我一同前去欣赏这些精美的艺术品。我想想距高铁出发的时间还早，于是登上她的车共同前往舟山村。

在路上我向她请教与之相识的过程。吴眉眉告诉我，早在近二十年前，我在上海买到了一批古籍，带着古籍前来苏州，那是我第一次见到王稼句先生，王先生当晚请客，同时请两位朋友来作陪，吴眉眉说其中一人就是她。原来我跟她有着这么长的相识历史，我为自己记人水平之差向她表示了歉意。但此次的偶遇却让我更加相信，人与人之间的因缘。吴眉眉也感慨：如果再错过一分钟，我们就错过了这次见面的机会。如果我不跟小富唠叨停车之事，下山后转身登上自己的车，也就不会走到吴眉眉的车前。

在舟山村见到了苏州市工艺美术大师任敏华先生，承蒙任先生美意，他先请我们几位去农家乐吃饭，在座的还有他的妻子。任先生介绍说，他的主要精力在核雕创作，对外的联络都由其妻负责。同时在座之人我忘记了姓名，他可能就是给吴眉眉拍照之人。

吃完饭后，又去参观任敏华的工作室，通过他的讲解，我对核雕有了进一步的认识。此前，我仅在初中课本中学过明代魏学洢所写的《核舟记》，于是乘兴背出了两个段落，我的背诵让任敏华大为高兴，感叹我跟核雕有缘。

当天所经历的一切，都可以概括为一个缘字。如果不是此前几班高铁票已售完，这一切都不可能出现。但这种感叹有意义吗？事实就是我没买到票，而后不但顺利并且出乎意料地找到了名人之墓，还在找的过程中遇到这么多的巧合。也许这不是巧合乃是一种必然，但如何界定巧合与必然，显然非我能力所及，只能等量子力学专家进行深

《瓶菊图》 故宫博物院藏

入的探究了。

虚谷与任伯年、蒲华和吴昌硕并称为"海上四大家",又与任伯年、吴昌硕有着"海上三杰"的并称,是一位对后世有着重要影响的画僧。轩敏华在《浅谈虚谷的身份认定和师承关系》一文中说:"虚谷是海派的'逸格'。在他死后,吴昌硕用'十指参成声香味,一拳打破去来今'高度概括了他以禅学修养入画所取得的成就。"德育婷在《虚谷绘画中用"水"的分析》一文中,对虚谷的绘画成就给出了很高的评价:"虚谷在绘画中具备着师古而不泥古,坚持独创的特点,这一特点正是虚谷本人能够被誉为晚清画苑第一家的重要原因,而在虚谷的绘画中,其能够较好地将意念、思想以及情感通过'水'进行某种品格的表现,这种表现不仅寄托着虚谷本人高洁孤介的人格精神,也蕴含着传统文人画的意趣和萧疏清雅的意境,这种'水'的绘画技法,正是虚谷绘画中的精髓所在。"

如此重要的一位画家,他的生平资料却很少。倪纯如在《有"趣"的虚谷》一文中也谈到了这一点:"因为非常喜爱清末画家虚谷的绘画,便很想了解他的生平。而有关虚谷生平的原始文献,竟只有上海豫园书画善会1920年刊行的杨逸编著《海上墨林》和1923年中华书局刊行的张鸣珂著《寒松阁谈艺琐录》两书中很简略的记载。"

如倪纯如所言,对于虚谷生平的记载,文献流传至今者仅几百字而已,这区区几百字中以杨逸在《海上墨林》所言最详:

> 虚谷,姓朱。籍本新安,家于广陵。粤匪乱时,以参将效力行间,意有感触。遂披缁入山。不礼佛号,惟以书画自娱。山水、花卉、蔬果、禽鱼,落笔冷隽,蹊径别开。书法亦奇古绝俗。同时如任颐、胡公寿辈,皆为心折。往来维扬、苏、沪间。虚谷来沪时,流连辄数月,求画者云集,画倦即行。光绪丙申坐化于城

西关帝庙，年七十三。其徒狮林寺方丈怡庵自苏来，扶柩回，葬于光福之石壁。平生诗不多，作辄有奇句。仁和高聋公编次《虚谷和尚诗录》一卷梓行。

由这段记载可知，虚谷曾当过兵，做到了参将，那时他的作战对象是太平天国，不知什么原因他突然出家了。然而，出家后的虚谷却并不参禅拜佛，只是搞绘画，还跟一些海派著名画家有交往。

正是因为虚谷的资料太少，故所有研究虚谷的文章大多是谈他在绘画上的独创性，而对其生平基本上是演绎《海上墨林》的这段记载。艺仁在《晚清画苑第一家——虚谷的人生和艺术》一文中说："虚谷本姓朱，名怀仁，安徽新安人，生于清道光四年（1824），卒于光绪二十二年（1896）。家居江都，客居扬州，他原为清军参将（武官），因不愿参与攻打太平军而出家做了和尚，但他不愿恪守佛道清规，因此改名虚白，字虚谷，号紫阳山民、倦鹤。读书作画处，常题为'三十七峰草堂''一粟庵''觉非庵'等。他的书斋取名'觉非'，正是他痛感往日之'非'，彻底与之决裂之意，后来在上海他曾暗地帮助太平天国。"

相应的研究文章大多数都会说，虚谷乃是因为不愿意跟太平军作战才出家为僧。李淑辉在《一声清磬，余韵悠远——虚谷的生平与艺术》一文中称："关于他弃戎入寺的原因学界有多种说法，笔者倾向于'太平军攻打镇江、扬州时，虚谷目睹了清军的残暴和战争带来的苦难，自愿出家'之说，一方面它与虚谷的情性和志向相符，清军在镇压太平军时的不择手段和战争本身带来的民生涂炭、流离失所的残酷现实打碎虚谷'治国平天下'的理想，强烈的幻灭感使他对以往的价值观念和行为产生了怀疑，于是选择'不礼敬王者'的佛门，傲啸于山林，寄情于书画；另一方面，君有道则仕，无道则隐，尤其是明末清初，奇伟磊落之才、节义感慨之士往往托身空门，形成逃禅之风，虚谷遁入空门，也许与这种强大的文化心理定势相关。"而后李淑辉又在文中写道："约略一八六零年后，虚谷开始云游鬻画的生涯，往来于苏沪之间，据说在上海曾暗中帮助过太平军，曾为曾国藩写照。从一八六九年起，虚谷先后与任伯年、张熊、吴待秋、胡公寿、吴昌硕、胡璋等合作过书画，与张鸣柯、高邕之、杨逸交谊深挚，还曾在一八九一年为日本人下部鸣鹤画过《金鱼图扇》。"

除此之外，包自超在《水墨情缘写人生——解读虚谷的水墨艺术》一文中也有着这样的论述："虚谷是一个有思想的人，他不是真正的礼佛，而是寻找一种寄托和安慰，在'其性孤峭'的内面，有着炽热的感情和可贵的思想，日本著名的美术评论家河北伦明说虚谷'那叛逆的性情闪耀在他那生色的画风之中'是颇有见地的。他虽然是一个画家，但掩饰不住他对政治的敏感，直到后期的作品，也常题以'乙未春三月觉非庵'，以'觉非'来名自己的画斋，鲜明地寄托了他与清朝政权的决绝之情。"

然而我所看到的文章中，另有程明震《虚谷思想矛盾的扭结与嬗变》一文，该文持有另外的说法：

> 至于虚谷为什么"遂披缁入山"，因《海上墨林》所记过于疏略含混，便使得当时和后来的人们生出种种猜测。一说"当太平军攻到镇江、扬州、歙县一带时，虚谷目睹了清军残暴和战争带来的苦难，'心有感触'，自愿出家，放弃军旅生涯"；一说"民族意识。这是钱境塘先生回忆所记述的，'你姓朱，为什么要帮清朝打自己人'，也就是说，太平军派人到虚谷那儿用'政策攻心'战，致使虚谷脱离军旅生活而当和尚"；一说"'逼上梁山'。虚谷上九华山为僧，即'不信佛'，也'不礼佛号'，'不茹素'，

《彭公像》 故宫博物院藏

与佛教毫无关系，跟普通'俗人'一样。他要不是穿着一件僧衣，你认不出他是和尚。这也说明，他当和尚是被迫的，不得已的。也就是人们常说的'逼上梁山'"。其中，认为虚谷是接受了太平军的劝告而弃戎入寺是不恰当的。这不仅仅在于当时人们已普遍接受了清朝满人政治的统治，也在于太平军所奉行的倡"上帝教"而直斥儒学典籍为"妖书"的政策不可能得到知识分子的拥护。至少，虚谷脱离军营并不意味着他在当时是向太平军所标示的革命一途上跨了一步，相反，倒有可能是他进入思想矛盾期的开始。

我个人则认为程明震所言更接近事实。正如朱佑华在其硕士论文《海派画家虚谷金鱼题材绘画研究》中所言："虚谷，俗姓朱，'籍本新安，家于广陵'。新安就是现在的安徽歙县，广陵就是现在的江苏扬州。（俞建华《中国美术家人名辞典》有'俗姓陈'之说，不知所据。似以朱姓为是，因为众多文献皆谓'俗姓朱'。）按照丁羲元的说法，虚谷俗姓朱，并且祖上还是宋代的理学大家朱熹，并且在虚谷的号'紫阳山民'中也渗透出以此为荣之意。"如此推论起来，虚谷有可能是朱子之后，而太平天国重点消灭的就是儒家传统，虚谷怎能暗助这些人呢？

关于虚谷在上海与一些大画家的交往，李仲芳所著《任伯年评传》中专有一节谈到了虚谷。就画风而言，虚谷与任伯年差距较大，他们两人如何成为朋友，也正是李仲芳的疑惑处："任伯年的画是入世的，雅俗共赏的，也可以说是通俗的，甚至有人认为是'甜俗'的，而虚谷表现得很高古，有些不食人间烟火。尽管两人在画风上、性格上反差很大，然而，一开始认识，他们就结下了深深的友谊，真挚的友情如同兄弟。可以想象，如果任伯年不是雅俗共赏，只是'俗赏'，两人肯定如同冰炭，根本不会有共同语言。"

但是，李仲芳也提及了虚谷与那两位朋友在堂号上的相同点："虚谷寓居上海城西关帝庙，与任伯年、胡公寿交往密切。胡公寿有'寄鹤轩'，任伯年有'倚鹤轩'，虚谷则自号'倦鹤'。大家都知道任熊、张熊、朱熊被称为'海上三熊'，我觉得虚谷、任伯年、胡公寿，因为他们的'寄鹤轩''倚鹤轩'和'倦鹤'，也可以并称为'海上三鹤'。虽然'海上三鹤'的名称系笔者杜撰，但他们似乎更有其'合理性'：'三鹤'在一起相处的时间，比'三熊'要长得多，而且他们多有合作，成就也要比'海上三熊'高出一筹。"这倒是很有意思的一种对比，说不定这三位大画家在起堂号时，确实有着刻意的接近。

关于虚谷的绘画特色，相应的研究文章较多。潘天寿在《关于构图问题》一文中就举出了虚谷在结构上的特殊性："古人讲虚实和疏密，大多是谈一些原则性的东西，非常笼统的，然而各家各派都不同，变化万千。如吴昌硕先生讲交叉是'女'字比斜'井'字形为紧密，比不等边三角形也好，'女'字形空白为女，比较有变化，也复杂，所以好看。而虚谷就不同了，交叉直率，直线交叉，此种交叉得不好，往往会产生编篱的毛病，但是交得好时，也有独特的风格。"陈雪影、陈湛所撰《虚谷绘画艺术中的装饰性元素探究》一文中也注意到了虚谷在构图上的特殊性："虚谷绘画中强调中轴线位置的构图方式也是很特殊的，《霜林寒塔》《观瀑图册》等，宝塔和瀑布均画在中轴线上。这种构图有着直贯而下的气势，挺拔中直的姿态，以最突出的位置和角度把握观众，显示出震人心魄的艺术力量，也是其艺术魅力感人之所在。这都表明虚谷对艺术中的形式美也有着深刻领悟。"

当代的研究者大多从技法角度来探讨虚谷的师承，倪勇、周小儒在《率意中见空灵，冷隽里有内美——海派大师虚谷生平及绘画艺术》一文中首先称："虚谷是一位全能画家，花卉、禽鱼、山水乃至人物肖像几乎无所不能，尤其擅长花卉与动物，其花鸟画对后世的影响也最大。"而后，文中讲到了虚谷对华嵒花鸟画法上的继承："从花鸟画艺术传统上来讲，扬州的绘画艺术对虚谷艺术发展也有着深刻的影响，特别是他与扬州画派的华嵒心性相通，其笔下空灵的松鼠、高逸的仙鹤皆从华嵒变化而来。华嵒擅长捕捉富有情趣的活动瞬间，加以剪裁取舍，将自己的真实感受与自然机趣融合一起，表现出自然生命天真活泼的生气及画家精微细腻、形象传神的绘画情趣。虚谷继承了华嵒花鸟画中的盎然生机与无穷活力，只是虚谷的笔下松鼠眼睛夸张突出而率意灵动，倦鹤紧缩长颈而真力弥漫，金鱼形体方方正正，更为纯朴稚拙、个性化了。"

轩敏华在其文中则认为虚谷之画除了继承华嵒的笔锋外，还受到渐江和金农的影响："从他的作品分析，对他影响最大的至少有三个人：渐江、华嵒和金农。"对于渐江的继承，该文中说道："他的山水大都少皴甚至无皴，用劲挺的笔线撑起整个画面，甚或无勾无皴，仅以淋漓的墨色挥写出大片的山体石块。有渐江结构之简净，饶渐江气息之空灵，虽所作不多，但每作必有可观。他有很多作品都题有'仿解弢馆'的字样，说明是仿华嵒的——尽管明眼人一看就知道这些画仍是虚谷的自家风格。"而对于金农的继承，此文有如下论述："金农好用重墨勾勒，其线描有粗细两种，粗者沉凝，细者柔韧，自谓于马和之夺胎。虚谷也好用重墨勾勒，其用笔同样有粗细两种，只不过金农的笔法清润，虚谷的笔法枯腴，其外在形式迥然有别，但其用笔的内在理路却一脉相承。"

虽然有这样的传承，但是虚谷在绘画技法上有着自己的独创性，轩敏华在其文中总结道："和唐代泼墨画家脚蹙手抹的表现不同，虚谷的笔法属于另一种'特技'。他虽也用毛笔，用的却是画家并不常用的侧锋、散锋。他用枯笔焦墨勾线，与清润的墨、色互相映发，形成丰富耐看的层次关系。他的用笔遵循散、断、慢的三原则，将结构画面

《绿竹松鼠图》 故宫博物院藏

《梅鹤图》 故宫博物院藏

的主要元素化整为零，易圆以方，出以短小精悍的寸劲；他用笔偏慢，因此留给墨、色在宣纸上更为充足的渗化时间，而他的墨、色清润亮洁，在枯槁中求润泽，于沁渗处求凝练，充满深沉含蓄的韵致。"

陈雪影在《论中国传统绘画与现代设计的结合点——以清代虚谷绘画作品为代表》一文中对虚谷的技法有如下总结："虚谷作品中的线条的运用表现稍显含蓄，但绝不流于圆滑和形式，不是单纯地起到勾勒形体、界定边缘的作用，他以侧锋用笔的直线或斜直线为主，水分极少，逆向的行笔使得线条的形状也是不平滑的、断续的，似蕴含着极大的力量在其中，线与线之间也少平行的排列，而是相互交错，构成了很强的视觉张力。这种对线条的处理方式，极有可能跟他的军旅生活经历有关，用笔用线讲究章法如布阵，至少有一定的影响。"

就绘画的题材而言，虚谷所画金鱼和松鼠最受后世所瞩目。马琳琳在《浅谈虚谷绘画的形式美》一文中说："虚谷画金鱼与众不同的是以方写圆、以拙取巧、以逆取势，是艳色、枯笔与变形的融合。金鱼的一双大眼睛是方的，金鱼的身体也是方的，而尾巴却是短短的。虚谷画金鱼从不画水，却生动地表达了水的清澈和游鱼的怡然自得。"陈念在《"海派画家"之虚谷花鸟画题材特点——以"鱼"为例》中也谈到了虚谷在金鱼画法上的独特性："虚谷笔下的金鱼造型独特，以方写圆，以拙寓巧，以逆取势，以正易侧。他的金鱼头部为方形，眼眶也是方形，体形也是方的，顶着波浪而来，这是一种极有个性的造型，它完全颠覆了人们对金鱼的习惯欣赏方式，而是蓬勃着的一种逆浪而前的精神，一种内在的豪情和性格美。"

虚谷虽然是一百年前的人物，然而他的画风却极具现代色彩，以至于有的研究者会拿他跟西洋画家相对比，比如黄璜在《不同的艺术探索——虚谷与蒙德里安》一文中说道：

《紫藤金鱼图》 故宫博物院藏

对比虚谷（1823—1896）的"树"发现，如果蒙德里安看到过虚谷的树或竹的造型（当然是不可能的），或许不必受到立体主义的影响，虚谷的画作即能给他启迪。人们会发现虚谷抽象精简的"树"的形象总体上介于蒙德里安的《灰树》与《开花的苹果树》之间。虚谷比前者更抽象更精简，而又没有走到后者的纯抽象艺术上来。这应该是不同文化的结果，虚谷的画作虽然有很强的"现代感"，很强的"创新性"，然毕竟是中国画，毕竟没有脱离中国传统文化的影响。在其"像与不像""似与不似"的"妙"的美学思想下，不可能走向像蒙德里安的《开花的苹果树》这样的纯抽象艺术。但仔细会发现，在其美学所允许的最大范围内，虚谷某些方面又做得更靠前。

由这些即可看出，虚谷在绘画方面与他的那个时代格格不入，他为什么会有这样独特的绘画面目呢？刘菊芳在《中国水墨画与禅道思想》一文中认为虚谷出家为僧，乃是受他师父的影响，由这种影响产生出了独特的画风："虚谷入九华山后，以衡峰禅师为师，'不礼佛号，以书画自娱'。关于衡峰禅师，从《衡公和尚肖像轴》的上款题跋可略知一二：'闲中频指月，笑里每拈花。慧业通三昧，前身记九华。苍茫唯独立，相伴只烟霞。种得菩提树，修成自在身。'衡峰在潜心修行、证悟佛理之外，'作诗兼作画，无垢更无尘'，其画风定是清净空明的，在禅理和书画上应该是对虚谷有所影响的。虚谷出家为僧后虽然'不礼佛号'，说白了就是一位俗家弟子，但并不意味着虚谷不服膺佛理禅意，从虚谷后来的作品的风格和意境来看，他是精通佛禅、兼知老庄的思想的。"

对于虚谷在中国绘画史上的地位，我以李淑辉在《一声清馨，余韵悠远——虚谷的生平与艺术》之文为总结："任伯年、虚谷、吴昌硕的绘画，以开拓创新的精神为陈陈相因的画坛注入一泓清流。任伯年谙熟古今画法，旁涉西方写实技巧和色彩观念，糅合文人的清新雅致和市民的通俗悦目；吴昌硕以金石笔意入画，雄浑豪迈、气势磅礴，赋色古厚，开辟了重彩大写意流派；虚谷深谙禅理，兼及儒、道，学养深厚，既承继了传统文人的清高超脱、又汲取了民间艺术的稚拙天真，以冷隽凌厉的笔势、独特新奇的造型、明快清雅的色调、蕴藉丰富的意境，横扫沉俗独辟蹊径，犹如'一声清磬'，极具开拓力和冲击力，令人惊骇、振奋，被尊为'一代画宗'。'十指参成香色味，一拳倒破去来今'，虚谷的画，令时辈心折，为后人奋追。上海画院的著名花鸟画家江寒汀，独嗜虚谷，经心临摹，几可乱真。只是虚谷修禅的心境深杳奇奥，画作又多是精意而为，笔沉气静，机趣横溢，不易模仿。"

赵之谦（1829年—1884年）
今日海派之源

赵之谦是晚清一流的艺术大家，诗、书、画、印方面均有独到之处，对于他的艺术成就，张小庄在其专著《赵之谦研究》序言中给予了如下概括性的总结："在晚清艺术史上，赵之谦（1829—1884）无疑是最为重要的艺术家之一。在绘画上，他是'海上画派'的先驱人物，其以书、印入画所开创的'金石画风'，对近代写意花卉的发展产生了巨大的影响；在书法上，他是清代碑学理论的最有力实践者，其魏碑体书风的形成，使得碑派技法体系进一步趋向完善，从而成为有清一代第一位在正、行、篆、隶诸体上真正全面学碑的典范；在篆刻上，他在前人的基础上广为取法，融会贯通，以'印外求印'的手段创造性地继承了邓石如以来'印从书出'的创作模式，开辟了一个前所未有的新境。另外，他的诗文好，著述丰，在学术上颇有建树。与清代的其他艺术家相比，赵之谦的全面能力显得非常突出，他诗、书、画、印'四绝'，在各个艺术领域都取得了卓越的成就。"

如此全面的一位艺术大家，在某方面的直接师承却并没有确切记载，故而赵之谦的艺术成就更多是其天分加勤奋使然。虽然直接师承难以说清，然而间接关系却有相应记载。他在金石学方面的成就，应该是受了沈复粲的启迪，赵之谦在《补寰宇访碑录》题记中写道："之谦十七岁，始为金石之学，山阴沈霞西布衣复粲第一导师也。"

《大吉羊富贵》 旅顺博物馆藏

赵之谦在十七岁那年，拜比他大五十岁的沈复粲为师。沈复粲是位著名的藏书家，张钰霖在《浮生印痕：赵之谦传》一书的小注中整理出了赵而昌所藏赵之谦的一通手札，赵之谦在这封信中说道："张氏惠生堂藏宋本凡十余种，《嘉泰会稽志》即其家校刻者，《会稽三赋》（张罗山故物）亦在焉。后其书散，尽归沈氏遗经堂书肆。沈氏昆弟三人，长曰沈景唐，次芋田，三霞西（名复粲），辟鸣野山房，屋二十余间，皆聚书不肯售。"

由此可知，沈家兄弟三人共同开办有一家名为遗经堂的旧书店，兄弟三人都有藏书之好，堂号为鸣野山房。沈家兄弟藏书量很大，因为鸣野山房竟然用了二十多间房屋来收储他们的藏品，而这些书乃是他们在收书过程中挑选出来的善本。显然，遗经堂所藏乃是兄弟三人共同的财产。沈复粲的大哥、二哥去世后，鸣野山房的藏书分为了三份，然而这些藏书的最终归宿却并不好，赵之谦在此信中一一道及，谈到沈复粲的那部分书时，赵之谦写道："沈霞西书（曾往阅过，多不经见本，而无宋元本。《庄子义海篆微》刻本则在渠家见之。）或云已失，或云尚存，其家中人之言亦恍忽。霞西一子，名宗昉，江苏候补从九，其人鄙俗，令人欲呕，难后未见过也。"

沈复粲是著名的藏书家，而赵之谦拜其为师并不是想学习如何鉴定版本。沈复粲的学术思想偏重理学，对刘宗周最为崇拜，然而沈氏兄弟三人都未曾应科举，而赵之谦始终有着考取功名的强烈愿望，那么他拜沈氏为师，究竟是学习什么呢？沈复粲对金石学颇为偏好，著有《越中金石志》《越中金石广记》《於越访碑录》《小云巢金石目》等等，他在金石学上的偏好对赵之谦很有影响，然而沈复粲是否也精于篆刻之学未见史料记载。沈复粲的儿子沈宗昉却有篆刻作品传世，黄尝铭先生在《篆刻年历》中收录有沈宗昉所刻"飞花入砚池""贵相知音"两印。对此张钰霖在其专著中评价和猜测道："可知他走的是汉印工稳一路，短刀碎切，正是浙派篆刻的典型风格，赵之谦入手学习篆刻时，也是宗法浙派。虽然目前没有材料能说明沈宗昉的师承，但很可能他学习篆刻的老师正是他的父亲沈霞西。"

虽然赵之谦的篆刻难以确知是本自沈复粲，但他的很多行为的确受到了沈的影响。沈复粲喜欢金石，赵之谦也从道光二十五年（1845）开始准备增补孙星衍所撰、邢澍补订的《寰宇访碑录》，因为该书刊行于嘉庆七年（1802），此后的几十年里，又出土和发现了许多新碑，因此赵之谦为之补订，写出了一部《补寰宇访碑录》。

沈复粲的辑佚古书之好对赵之谦也有影响，赵曾经跟好友孙古徐相约辑佚古书，然而此事因为孙古徐的去世而未能最终完成。但赵之谦把这件事记录在了《仰视千七百二十九鹤斋丛书》的总序中："余年二十一时，山阴孙古徐好聚书。一夕得王氏佐《北征日记》、张氏岱《石匮文编》，狂喜告余。余语古徐：'盍取诸家藏本世希有者，成巨帙、刻丛书？'古徐曰：'诺。'是岁，道光己酉，吾乡沈氏鸣野山房藏书初散，精本半归杨器之，犹可假录。求戚友家先世遗著，亦多完具。凡搜访编校者五年，已得百三十余种，付与钞胥。而古徐病作，寻卒，事不克成。"

由以上的这些记录可知，沈复粲在金石学和辑佚学方面都对赵之谦有着较大影响，尤其鸣野山房的藏书使得赵之谦开阔了眼界，使赵在金石学方面有了长足的发展。除了沈复粲之外，赵之谦在金石学方面的成就跟魏锡曾也有一定的关系，魏锡曾虽然不刻印，却酷爱收藏名家篆刻，赵之谦的第一部印集——《二金蝶堂印谱》就是由魏稼孙编纂而成。

咸丰九年（1859），赵之谦中举，时年三十一岁。此后不久，太平军事起，赵之谦到温州、福州等地避乱，在这个阶段他结识了魏锡曾。魏锡曾字稼孙，本是杭州人，也因避乱来到了福州。早在他们见面之前，魏锡曾就特别想结识赵之谦，相见之后，两人遂成了终身莫逆，关系之融洽到了随意戏谑的程度。比如赵之谦刻了方"思悲翁"印，所刻边款则为冀冈，赵之谦对魏说这可是冀冈所刻之印，但魏锡曾的眼力很好，虽然赵之谦仿刻得很像，但他还是认出了这并非冀冈的原作。于是，魏在此印蜕旁写出了这个有意思的小故事："㧑叔既刻此印，戏署冀款见示，欲以相诳。余觉之，乃相视而笑，书此以发其覆。"

那个时候的赵之谦生活较为困难，魏锡曾在经济方面给赵之谦以较大的帮助。比如，他写信给魏向其索要鼻烟，这封信写得十分顽劣：

再启者，求转乞令亲处鼻烟少许（极少八九钱，一两更好，一两外益感）。用油纸两重包裹，其外用极厚竹纸一层，紧封其内，俾勿走气。尤望速寄。否则用一磁瓶封固，玻璃瓶亦可，总以勿走气为主。此物有在陈之厄，一来最能振刷精神。且刻此如许印章而需索只此，谅不以为贪也。

虽然是向他人索物，但赵之谦在信中却大大方方地表现出多多益善的促狭，还向魏提出要有精细的包装，并且解释说，他索要鼻烟是因为自己给魏刻了多方印章，而用那些印换些鼻烟过来，算不得一个贪字。

赵之谦跟魏稼孙的关系十分密切，两人不在一地时有很多通信往来，从信中的戏谑口气来看，两人都是开得起玩笑者。比如赵之谦在给魏的信中，可以真真假假地把魏骂得狗血喷头："稼孙大兄侍史：自前月迄今，不知发过多少信而一字不复，真乃怪事。弟生平待友最真，何阁下以荒谬对耶？寄石来时，恳切如此，早知如此之一信不复，不如一石不刻之为愈矣。可杀可杀！现在弟为无识，又将各印一一封寄。

此信到日若竟无一字来，则魏稼孙狗心鬼肺，神人共愤矣。况前此寄尺牍，价便嫌少，亦必写一收到之条（自此以后，竟不发一信，吾以汝为死矣）。嫌少尽可再说些，脚要烂断，手先烂断耶？……"

两个人的关系能够处到这么好，真是令人感慨。这其中的原因当然首先是脾气相投，另一个原因则是，魏锡曾实在喜欢赵之谦的篆刻风格，而他的这种偏好还曾为赵之谦带来过烦恼。同治二年（1863），魏锡曾从福州前往北京，此途路过泰州，于是魏前往拜访当地的篆刻名家吴让之。当时吴已六十五岁，住在寺庙内以卖字为生，因为年纪大了眼力不够，吴让之已经多年不刻印。然而魏却坚决请求吴给自己刻几方，于是吴让之给他印了五方印章。可能是为了答谢吴的厚意，魏将吴所刻印蜕辑在一起编成了两册本的《吴让之印存》。吴为这部印谱写了篇序，其在序中称："今年秋，稼孙自闽中来，问余存稿，遂告以六十年刻以万计，从未留一谱，自知不足存尔。就箧中自用者印以求正，不值一笑。"

吴让之说自己六十年来刻了上万方印，可惜未曾留下印蜕，他谦称是因为不值得留存，但是魏稼孙将他现有印蜕辑在一起编为印谱，还是令他颇为高兴。在此期间，魏稼孙又向吴让之出示了自己用半年时间所编的赵之谦《二金蝶堂印谱》，而此谱中有赵之谦所刻"会稽赵之谦字㧑叔印"的边款"息心静气，乃得浑厚。近人能得此者，扬州吴熙载一人而已"。

赵之谦对自己刻的这方印颇为自得，认为当今能与之媲美的只有吴让之的作品。吴让之读到了这个边款也很高兴，于是就应魏锡曾之请，给赵之谦刻了两方印，同时又为《二金蝶堂印谱》写了篇序言。然而，这篇序言却引起了赵之谦的不快：

㧑叔赵君自浙中避贼闽海，介其友稼孙君转海来江苏，访仆

祀禮攷釋　　　　　　　武進臧　　相耆

大司樂圜鍾為宮黃鍾為角太簇為徵姑洗為羽靁鼓靁鼗孤
竹之管雲和之琴瑟雲門之舞冬日至於地上之圜邱奏之若
樂六變則天神皆降可得而禮矣凡樂函鍾為宮大簇為角
姑洗為徵南呂為羽靈鼓靈鼗孫竹之管空桑之琴瑟咸池之
舞夏日至於澤中之方邱奏之若樂八變則地示皆出可得而
禮矣凡樂黃鍾為宮大呂為角大簇為徵應鍾為羽路鼓路鼗
陰竹之管龍門之琴瑟九德之歌九磬之舞於宗廟之中奏之
若樂九變則人鬼可得而禮矣注此三者皆禘大祭也天神則
主北辰地祇則主崐崘人鬼則主后稷先奏是樂以致其神禮
之以玉而祼焉乃後合樂而祭之大傳曰禮其祖之所自
出祭法曰周人禘嚳而郊稷謂此祭天圜邱以嚳配之

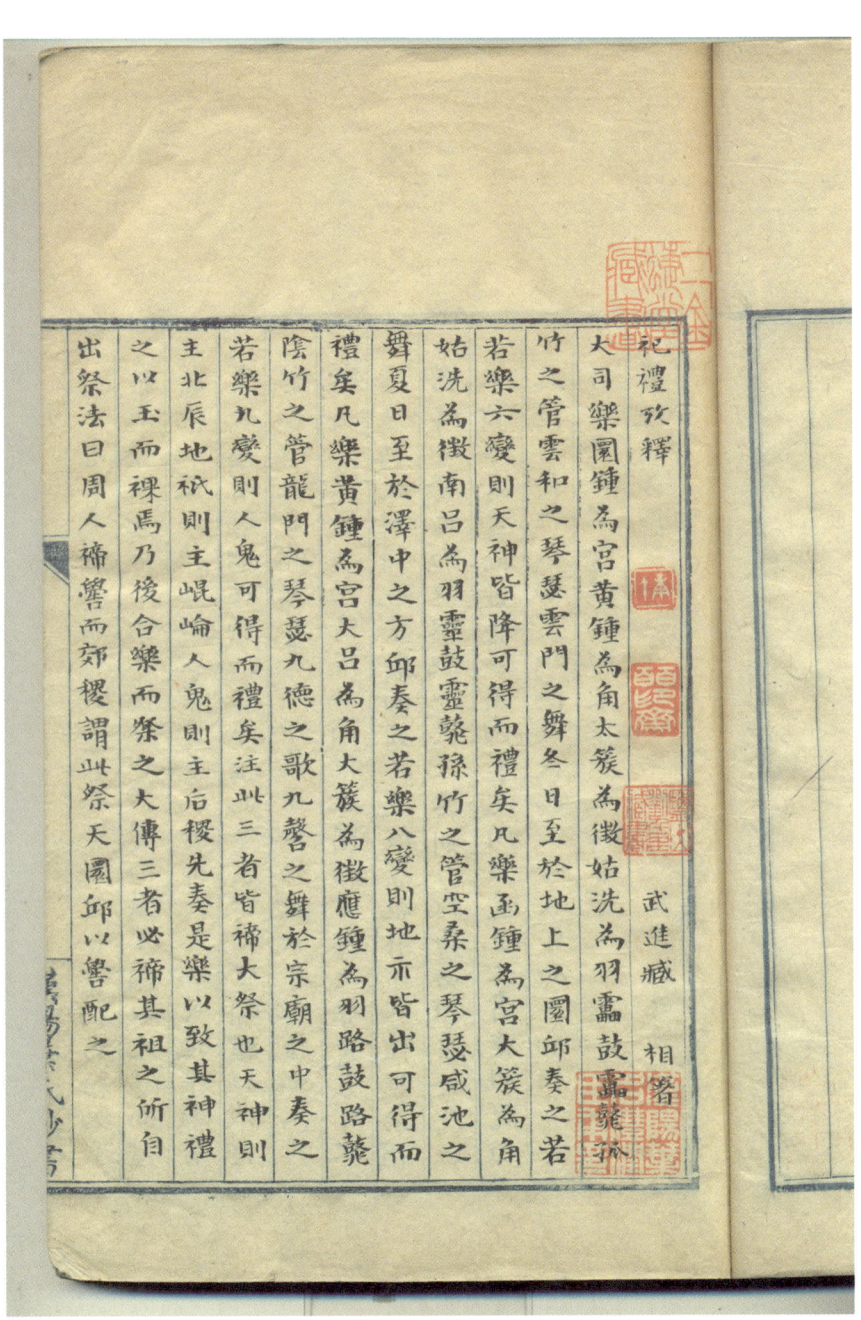

于泰州，见示所刻印稿二册。中有自刻名印，且题其侧曰：今日能此者，惟扬州吴熙载一人而已。见重若此，愧无以酬知，谨刻两方呈削正。盖目力昏耗，久不事此，不足观也。窃意刻印以老实为正，让头舒足为多事。以汉碑入汉印，完白山人开之，所以独有千古。先生所刻，已入完翁室，何得更赞一辞耶。

在此序中，吴让之感谢赵之谦对自己的高看，然而他又在此序中以婉转的方式规劝赵之谦说"窃意刻印以老实为正，让头舒足为多事"。吴让之在看过《二金蝶堂印谱》后，认为本持古法才是"老实"，而老实才是刻印的正路，显然他认为赵之谦未曾做到这一点。

赵之谦抵京后，看到了吴让之所写的这篇序言，同时也看到了魏锡曾所辑的《吴让之印存》，对吴让之的作品有了全面的了解。在此之前，因为吴让之没有印谱流传，他仅见过吴的一些零星作品，包括吴让之的书法，而这些作品令自负的赵之谦颇为惊叹。他在同治元年（1862）九月，用篆书为弟子钱式写《峄山碑》，赵在这篇范本的跋语中称："我朝篆书以邓顽伯为第一，顽伯后，近人惟扬州吴熙载及吾友绩谿胡荄甫。熙载已老，荄甫陷杭城，生死不可知。荄甫尚在，吾不敢作篆书。"

赵之谦说清代篆书水平最高的人是邓石如，而到了近代，则以吴让之和胡澍水平最佳，而今吴让之已老，胡澍则陷于战火之中生死未卜，其言外之意，当今的篆书水准最高者就是自己了。由这段话至少可以看出，赵之谦对吴让之颇为推崇。然而当他看到了《吴让之印存》后，却修正了自己以往对吴的认定，更何况吴让之还在给其所写的序言中，对他提出了婉转的批评。此时，赵之谦年方三十五岁，而吴让之比他大三十岁，在那个时代六十五岁已经算是年龄很高的长者。赵之谦年轻气盛，原本就有着嘴不让人的个性，于是就写了篇《书扬州吴让之印稿》，以此来反击吴让之。赵之谦在此文中首先称：

> 摹印家两宗，曰"徽"曰"浙"。浙宗自家次闲后，流为习尚，虽极丑恶，犹得众好。徽宗无新奇可喜状，学似易而实难。巴（予籍）、胡（城东）既殇，薪火不灭，赖有扬州吴让之。让之所摹印，十年前曾见一二，为大叹服。今年秋，魏稼孙自泰州来，始为让之订稿。让之复刻两印，令稼孙寄余，乃得遍观前后所作。让之于印宗邓氏，而归于汉人。年力久，手指皆实，仅守师法，不敢逾越，于印为能品。

赵之谦说，清代的篆刻可分为徽派和浙派两大体系，吴让之正是徽派的传人，在此前自己仅见到过少量的吴让之所刻之印，其技法之高令自己大为叹服。而今魏稼孙带来了《吴让之印存》，使得他对吴的印学造诣有了整体上的印象，因此他认为吴让之印学也是本自邓石如，同时赵之谦认为吴让之并没有太多的创造，所以其治印水平仅仅能算作"能品"。而能品之说，实际上是把吴让之归为了匠人，这种评价显然不够公允，故后世大多认为赵之谦的说法显然有意气用事的成分。

赵之谦的这篇文章系统总结了当时的印学流派，并阐述了他的印学观念。他在该文中又说道："浙宗巧入者也，徽宗拙入者也。今让之所刻一竖一画，必求展势，是厌拙之入而愿巧之出也。"

赵之谦的这段话被后世总结为"巧拙说"，他的这个观念广受后世学者关注。台湾学者林进忠评价说："研习与创作表现，基本上包括理念与技巧两部分，赵氏所谓的'巧'，是偏重承袭的表现技法能巧，而'拙'则是偏重追求新生自我的精神理念，这与通常论巧拙都是指表现技能，略有不同；而在研创历程上，其谓'出'即是始境，即代表开始起步的研习出发阶段，并谓'入'即是尽境，意指创作具体表现与

评价的理想入评阶段。"(林进忠《赵之谦的篆刻书法绘画研究》)

虽然赵之谦的这篇文章在后世被艺坛极为看重，在当时却引起了一些争论，而魏稼孙为该事的始作俑者，估计未曾想到会有这样的情况出现。既然双方都已经形成了文字，魏稼孙总要在这两位大师之间做出调和，于是他在吴让之印谱的后面写了篇跋语，魏在此跋中首先介绍了吴让之的印风，而后谈到了赵之谦对吴的评价，之后做出了如下的调和语：

> 既而㧑叔为文弁首，论皖浙印，条理辨晢。见者谓排让之，非也。皖印为北宗，浙为南宗。余尝以钝丁谱示让之，让之不喜，间及次闲，不加菲薄。后语㧑叔，因有此论。盖让之生江南，未遍观丁、黄作，执曼生、次闲谱为浙派，又以次闲年长先得名，诚相轻，且间一仿之，欲示兼长。其不喜钝丁，习也。不病次闲，时也。㧑叔之论，所谓言岂一端，亦非排让之也。

魏锡曾的这番话其实是在替赵之谦进行辩解，由此可见，魏十分回护自己的密友。然而魏请赵之谦给《二金蝶堂印谱》写题记时，赵之谦却写出了"稼孙多事"四个大字，同时在此字后又写了篇小记：

> 稼孙竭半载心力，为我集印稿、抄诗、搜散弃文字，比于掩骼埋胔，意则厚矣。然令我一生刻印赋诗学文字，固天所以活我，而于我父母生我之意大悖矣。书四字儆之。

赵之谦说他感谢魏稼孙费心费力为自己搜集印蜕和诗稿，认为真正的好朋友才会这么做。但赵之谦又接着说，他大半生的时间用来刻印赋诗，只是为了生存，但这绝不是父母养育自己的本意，所以他要用"稼孙多事"这四个字来告诫自己：不要在艺术方面耽误太多的时间，努力谋取功名才是正途。可惜的是，赵之谦一生未能考取进士，最后只能靠花钱来买官。

在当年，买官也要一笔不小的银两，赵之谦哪里来的这些费用呢？虽然说赵之谦的父亲松筠公本来就是一位商人，但到了咸丰三年（1853），松筠公去世，家道就衰落了下来。赵之谦自称："咸丰癸丑，遭先赠公丧，鲜民之生，日益危苦，终岁奔走，卖衣续食而已。"

生活困难，赵之谦常靠借债度日，他何以能够筹到捐官的大笔银两呢？好在他有很高的艺术天赋，使得他能够通过出售自己的书画作品来挣钱。但这样的挣钱速度还是让赵之谦等不及，于是他就对外接活，而后请人来代笔。黄涌泉在《赵之谦绘画代笔考》一文中引用了赵给他人所写之信：

> 昨失迓为罪。潘星斋侍郎有扇一，欲求阁下一画，以速为妙，原函呈阅。初十必相见，款写"星斋司空大人"可耳，下书"王□□"三字足矣。尚有一横披，欲求捉刀，画大笔，不论几笔，愈潦草愈好。未知日内开作否？当奉上也。此致子钦仁兄大人照。弟之谦顿首。

赵之谦请人代笔，同时还要求马上交件，并且还告诉对方不必认真，看来为了筹资，赵之谦想出了各种办法。其实书画家都有各种各样的人情应酬，赵之谦也会面对此况，他在信中写道："以识人太多，应酬太巴急。即轿夫一项，一月可销去屏幅数张。米珠薪桂，穷交戚族，均取给于此，故无赢余，与清官同，今之所谓清官也。"

就算缺钱，但以赵之谦那种孤傲的个性，也并非来者不拒，看不上的人即使给钱他也不写。张鸣珂在《寒松阁谈艺琐录》中记载："（赵之谦）性兀傲，有心所不慊之人，虽雅意相乞，终不能得其片楮也。"

虽然性格孤傲，但赵之谦还是有几位气味相投的好友，除了魏锡曾，他与江湜、胡澍、沈树镛均有密切交往。然而巧合的是，他的这些密友都先自己而卒，这种状况令赵之谦十分悲伤。张小庄在《赵之谦研究》中写道："赵之谦的一生，真可谓是丧事不断，前半生是失亲连连，父母、兄嫂、妻女相继去世，三十四岁便已家破人亡。接着便是丧友，江湜、胡澍、戴望、沈树镛，四人皆寿不满五十而卒。赵之谦更号'悲庵'，虽是为悼念亡妻，但纵观其伤悲不已的一生，与其遭际最为贴切者，则莫过于此号。"

连遭丧乱，令赵之谦开始思索原因，而其总结出来的结果竟然是"金石之学不吉祥"。他在给朋友的信中写道："金石之学不吉祥，今乃信之。同辈中如潘中丞（祖荫），贵矣，然无子女。弟则遭遇更惨。菱甫仅有子。韵初去岁失一子，今岁又丧偶。如兄于此事，自以去岁为最畅观，亦失二子。如影如响，可畏可畏。"他认为这样的结果乃是"此皆金石家恶报"。金石家为什么就会遭到恶报呢？赵之谦未能说出所以然来。

但无论怎样，赵之谦乃是篆刻学方面的一流人物，原来被他不以然的小道成为了后世对他的最高评价，篆刻之外，他的书法也广受后世看重。而赵之谦在温州、福州避难期间，写出了《章安杂说》，此文中有不少的内容都是他研究书法的心得。他在此文中称：

> 汉以后书学传者不多。晋人书祖二王，二王之书，传者皆唐人摹勒。所存宋《淳化阁帖》，所搜甚富，实不及绛州本，此不能为外人道也。今人论书，动称二王，不知二王书果如此乎？据后世传写数过之本，而力信古初，反不如取每科状元策学之，尚是真面目也。

赵之谦书"稼孙多事"

赵之谦认为后世所流传的套帖以《淳化阁帖》最为有名,然而此帖内所收录的王羲之、王献之的作品难道就是他们的真迹吗?赵认为经过一次次地翻刻,各种套帖中的"二王"作品其实早已失真,无法从中真实地看到"二王"作品的本来面目。由此可以看出,赵之谦也属于尊碑抑帖派。那个时代,碑学渐渐兴起,显然赵之谦也受到了包世臣的影响。他在《章安杂说》中也明确地称:"安吴包慎伯书,当代无过之者。"

赵之谦的书法不仅仅得自于碑帖拓本,张宗祥在《书学源流论》中说:"㧑叔得力于造像,而能明辨刀笔,不受其欺,且能解散北碑用之行书,天分之高,盖无其匹。"

看来,至少张宗祥认为赵之谦的书法吸收了古代造像的气质,于是形成了自己独特的书法风格。同样喜好碑学的吴昌硕对赵之谦的书法特别佩服:"先生手札,书法奇,文气超,近时学者不敢望肩背。"

《牡丹》 辽宁省博物馆藏

同治辛未秀月 赵之谦畫于都門

吴隐则认为赵之谦的书法本自魏碑："余嗜书画，尤嗜悲庵先生书画，鹤庐所嗜与余正同。悲庵工橅魏碑，于规矩谨严之中，极神明变化之妙。其所为变化，即其画笔之超群轶伦、不可方物者也，则书中有画也。悲庵善画山水、花卉、以秀逸之笔寓朴穆之神，其所为朴穆，即其书势之还醇敛锷、静与古会者也，则画中有书也。要非其人植品高，读书多，弗克以臻此。此悲庵之书画所为可贵也。"

赵之谦在绘画方面同样颇有创见，其子赵寿佴等为父所撰《行略》中称：

> 府君幼即能书画篆刻，长更博观唐宋元明人真迹，无虑数千百种。书则初学颜平原，画则兼习南北二派，继而苦心精思，恍然悟书画合一之旨，在于笔与墨化，能用笔而不为笔用。……书法既进，更经篆与八分之意作画，神明于前人所立之规矩，而画之技又精。

对于书画之道，赵之谦在《章安杂说》中也有论述：

> 画之道，本于书。书不工，而求工画，如小儿未离乳先哺以饭。虽不皆受病，而瘠与弱必不免矣。古书家能画则必工，画家不能书，必有市气。

赵之谦认为书画不可分割，如果书法不好，绘画也不可能有多高的成就，如果一个画家的书法不好，那么他的作品定然带有匠气。为此张小庄在其专著中评价说："相对而言，赵氏后阶段的碑派书法对其绘画的影响更为重要，其中魏碑、篆、隶等笔法，极大地增强了绘画的线质，从而也改变了作品的风格。所以，赵之谦的画风是随着其书法风格的变化而转变的，而其前后阶段的划分，也正与书法相同。"

由以上可知，赵之谦无论其书法作品还是绘画作品，尤其他的篆刻作品都有其独特的面目所在，并且直接影响了后来的海派风格，因此潘天寿在《中国绘画史》中评价他说："会稽赵㧑叔之谦……开前海派之先河，已属特起，一时学者宗之。至是，南田派亦少人过问矣。"日本大村西崖在《中国美术史》中也有着相同的观点："赵之谦之山水花卉，出自八大、石涛，为今日海派之源。"

但是张钰霖与潘天寿等持不同看法："至于把赵之谦归入近代'海上画派'的说法，就显得比较牵强。"张钰霖在文中解释了她的看法："从赵之谦的生平行迹来看，他从未在上海有过较长时间的逗留，他不曾加入过上海的任何一个书画组织，从时人对当时上海地区艺术家团体及交游情况的文献记载来看，也没有赵之谦参与活动的记录。也就是说，赵之谦并未介入海上艺术生态。"（张钰霖《浮生印痕——赵之谦传》）

即便赵之谦算不上是海派之源，但他对海派的影响不容忽视，在他之后活跃于上海的一批书画、篆刻者中，赵之谦的影子几乎无处不在，正如陈巨来在《安持精舍印话》中所言：

近百年来印人辈出，舍丁、邓外，其著称者如蒋山堂仁、奚铁生冈、黄小松易、陈曼生鸿寿，要皆谨守一派，未能脱去藩篱。洎会稽赵㧑叔之谦出，集取徽、浙、皖三派而更参以新室镜铭、六国币等，上师秦汉，内辟心源，错综变化莫可端倪，二百年来一人而已。李阳冰有云："功侔造化，冥受鬼神。"㧑叔当之允无愧色。

赵之谦通过捐赀买得了官位，而后几经辗转，在光绪十年（1884）春，他转任江西南城县知县。因为工作劳累，赵之谦的身体每况愈下，早在当年的二月末他的左耳就已失聪,到了三月中其继室陈氏病殁,这件事令赵之谦心里颇为悲伤,再加上南城县的治安环境并不好,几个因素加起来,使得他劳心劳力终于病倒。《行略》中称:"值援闽各军络绎过境,促供张严甚,或时与兵官龃龉。既念逝者,又廑公私之累,哀郁伤于中风,寒袭其外,遂病。绵憇浸淫,至于气喘神散。"当年十月一日赵之谦哮喘去世于江西南城县官舍,终于五十六岁。他去世后,友人张鸣珂写了一副挽联,以此来总结赵之谦一生的成就:

    西汉文章,北朝书法;
    南城仙吏,东浙通人。

  赵之谦去世前,仍然有一些债务没有还清,所以其后事是由一帮朋友集资料理,这些朋友将赵之谦和陈氏的遗柩从江西运回了浙江,在光绪十一年(1885)九月十一日落葬于杭州丁家山。而在一百二十多年后,也就是 2012 年 6 月 29 日,我来到杭州,前去朝拜这位中国近代艺术史上的巨星级人物。

  此程的杭州之行,得到了杭州古籍印刷厂董事长张国富先生的大力帮助,他安排自己的司机陪着我在杭州地区到处寻找,而赵之谦墓则是其中一站。赵之谦墓位于杭州市丁家山北部,按照地图我们一直开行到这一带,然而这样模糊的地址,在面积很大的丁家山颇难找到。这一带不属于热闹景区,问过几人均为游客,无人知道赵之谦墓的具体位置,于是我请司机把车停在路边,而后在这一带步行寻找。

  丁家山的北部,一侧是山,另一侧平地,在这平地上看到了一个院落,从外观看上去应该是个会所。我在此院的门口看到了保安,于是向他打问,这位保安竟然知道赵之谦墓的具体位置。他告诉我说,由此向西往回走两百米就能看到一个不显眼的小路口,由小路口向山的方向前进就能够找到赵之谦墓。谢过保安重新上车，请司机按其所言前行，果真在山的一侧看到一个小缺口。由此登上山坡，远远看到一座墓丘，走近一看墓碑上却刻着"盖叫天之墓"。

无奈只好重新下山，请司机沿着山路慢慢开行，我全神贯注地向山一侧探望：既然赵之谦墓处在丁家山北部，我将这一带一一看过来，总能够找到目标。果真在一个小岔口上看到了赵之谦墓的标牌，于是立即停车，而后沿着这条小径向内穿行，穿过绿化带果真看到了在空地上建起的赵之谦墓。

走近细看，才发现这里并没有墓丘，一个平台上立着有些像灯塔或和尚墓塔般的石幢，上面刻着"赵之谦墓址"，如此说来，原墓已经不在，只能大约知道是在这里。虽然如此，还是让我有些兴奋：毕竟这是一位艺术大师长眠之地。这块墓址碑立在一个青石平台之上，不知道平台下面是否就是赵之谦墓的墓穴。然而这个平台之上，却摆放着一个空酒瓶，从外形看是一瓶法国威士忌XO，细看瓶底上还有一些汁液，我不能断定这是雨水还是酒剩。这让我联想到了此前的祭拜者：他何以知道赵之谦喜欢喝洋酒？当然还有另外一种可能，那就是这位祭拜者是位嗜酒之人，他在前来祭拜赵之谦时带来了一瓶酒，不知道他会不会像李白那样：竹间一壶酒，独酌无相亲。举杯邀㧑叔，对影成三人。

正当我沉湎于自己的想象之时，突然听到了马路对面的喧闹之声，走过去细看，原来这里还有一座木质结构的赵之谦纪念亭，此亭的建筑手法突出，堪称丁家山脚下的点睛之笔。可能正是因为这个原因，所以引来了几人在此拍婚纱照。在赵之谦墓前，做这样浪漫的事，有可能这对新人也是艺术爱好者。

路边看到了介绍牌

上面明确写着是"墓址"

马路对面的纪念亭介绍牌

不知平台之下是否是赵之谦墓穴

赵之谦纪念亭

蒲华（1832年—1911年）
用笔圆健，得之书法

在近代海上画坛，蒲华被视为海派之先驱，与任伯年、虚谷、吴昌硕并称"海上四杰"。然而就画界名气而言，后三者的名气似乎均在蒲华之上。沈珉所著《南湖文化名人蒲华》分析了晚清海派画家的润格，谈到蒲华时，书中有这样一段话："蒲华算是一个特例，虽然他的作品也跻身于一流之列，但其价格较之任伯年、吴昌硕、虚谷等，总是差那么一截。这也说明决定书画润格高下的原因不仅只声名一个方面，而是多样的、复杂的，有时也显得不可琢磨。"

个中原因虽然复杂，但显然跟蒲华的出身以及他的人生境遇有着重要关系。蒲华身后寂寞，直至近三十年方有学者对他进行系统研究。蒲华早年的情况已经难以找到原始记载，从大多数文献的叙述来看，蒲华大约出生于道光十二年（1832），父母姓名均不详，这缘于他祖上被编籍堕民。据说蒙古军队灭南宋时，将俘虏和一些罪人集中在绍兴等地，称之为堕民，入明之后又被称为丐户。几百年来，堕民一直被人视作贱民，并且堕民不能与平民通婚，只能做一些杂役。

因此，蒲华的父亲就在嘉兴城隍庙靠卖保福饺为生。保福饺乃是祭祀时的一种供品，蒲华从小跟随父亲在庙中帮忙，主要负责扶沙盘，故有人认为蒲华后来的书风像是画沙，乃与他少年时期扶沙盘的经历有关。

《天竺水仙图轴》 上海博物馆藏

幼年的蒲华十分聪颖,受到了外祖父姚盘石的喜爱,为此精心教蒲华读书。成年之后,蒲华还写过一首怀念外祖父的七律:"总角行文约略通,逢人说项罂痴翁。征衫色减风尘里,彩笔芒颓草莽中。奋迹几声兴健鹤,延年何处颂飞鸿。吞声一掬羊昙泪,吹入西风洒碧空。"(蒲华《芙蓉庵燹余草》)

蒲华有位少年伙伴叫陶模,他是蒲华的表弟,但此人年幼时十分淘气,不喜欢读书,陶模之父经常教训儿子,让他向蒲华学习。后来,陶模受到蒲华感染,也发奋读书,并在同治七年(1868)考取了进士,后来一路升迁,一直做到陕甘总督、两广总督的高位。此事对蒲华刺激很大,郑逸梅所撰《蒲作英之九琴十砚斋》一文中记载:

> 蒲华字作英,秀水人。……盖作英幼慧,居舅家。舅陶姓,有子曰模,字子方,年少于作英,为作英表弟,质钝荒嬉,舅常训斥,引作英为比。模激而发奋,后竟以科甲得官,开府两广,备极显赫。作英落拓如故,深惭马齿徒增,无所建白,遂隐讳其年,不之告人。

关于堕民,很多文献中都称不能参加科考,然而又有一些资料记载蒲华曾经多次参加科考。沈汝瑾在为蒲华所撰的墓志铭中说:"遇岁试,一题作二篇,不耐楷录,愿代者分与之。"这里不仅明确地说蒲华参加了科考,还进一步说他在考场上才气迸发,就着一个题目写了两篇文章,然而他写完草稿后没有耐心用中规中矩的馆阁体誊录一过,于是他请别的考生帮他誊抄,作为条件,他将写完的另一篇文章拿给对方,作为誊录人的答卷。

以这种方式参加科考,有些近似儿戏。有的文献说蒲华在咸丰三年(1853)考取了秀才,之后几次赴杭州参加乡试,均铩羽而归。同治三年（1864），浙江省因杭州贡院被毁无法考试，故转移到嘉兴进行岁试，而蒲华因为誊录出格被列为四等，复试时他依然是四等。这么差的成绩，被考官停罚乡试，由此而绝了他的科考之路，自此之后，他将主要精力用在了绘画创作方面。

对于蒲华没有再参加科考的原因，朱伯雄在《战乱中的蒲华艺术》一文中有这样一段话："据嘉兴陆静梅撰于同治二年的《碧漪随录》载，蒲华曾参加过太平天国的考试（时间当在咸丰三年[1853]太平军攻克南京，定都以后），还曾被派遣担任乡官，即是说他享受过天朝俸禄。在洪杨失败后，嘉兴的地方官府也未予深究。蒲华大约在此时更名华，字竹（作）英。"此事真相如何，未见其他史料记载。

关于蒲华在绘画上的师承，各种资料也有不同说法，其中之一乃是说他在十九岁时拜同乡画家周闲为师，而吴昌硕的儿子吴东迈说："蒲华画竹子，初师文徵明，惜早年之作，今已难睹。"（《嘉兴市志史料》第二期）但是这段话只是说蒲华画的竹子是模仿文徵明的风格，并不代表蒲华的整体绘画风貌。对于蒲华的直接师承，吴东迈又称："看过蒲华的画竹，自题'仿傅啸生'，傅是鄞县人，可能是蒲华的启蒙老师。"对于傅啸生的情况，《墨林今话续编》称："傅濂，字啸生，浙江临海人，工诗善画，论者谓其山水得娄东正派，与定海厉骇谷、镇海姚梅伯，称浙东三海。"此外，还有文献说另一位画竹名家林蓝也对蒲华有较大影响。

科举之途断绝后，蒲华到几处做幕僚，然时间都不长，看来这跟他浪荡不羁的性格有较大关系。同治十三年（1874），四十二岁的蒲华在嘉兴杜小舫家遇到了吴昌硕，当时吴三十岁，两人甫一相见，吴昌硕就感到了蒲华的不凡。吴长邺在《吴昌硕的画中师友任颐和蒲华》一文中写道："讶其学识渊博，宏知广识，于书、诗、画无一不精而为之倾倒。敬佩之甚而过从愈密，受益也良多矣。"自此之后，两人有了

《湘妃堂外竹》 收录于《人美画谱》

持续的交往，而蒲华决定去上海发展，也有可能就是受到了吴昌硕的影响。

蒲华二十二岁时与才女缪昙结婚，缪昙字晓花，亦有绘画作诗之好，她在所作《绘桃花画帧并自题诗》中写道："本来我是画家儿，煅粉调脂擅一时。不绣鸳鸯常弄笔，桃花无语笑人痴。"蒲华亦写过一首《和缪晓花自题桃花画帧》的诗："新愁莫罄托莺儿，桃叶桃根晓渡时。恍见隔江春色好，几多绮语了情痴。画欲超群亦甚难，生绡香艳醉中观。青衫红雨春人梦，深感年年旅食寒。"

蒲华与缪昙的感情可谓琴瑟相和，然而同治二年（1863），缪氏在上海突然因病去世，仅留下一个女儿。时年蒲华三十二岁，缪昙的早逝给他带来极大的打击。在其妻去世当晚，他就写了一首《悼亡》，该诗的前几句为："履霜凛九月，香草奄忽摧，美人自千古，魂梦飞不来。白头有吟咏，唱叹增徘徊，禀此抱柱信，多君解怜才。十年结知己，贫贱良可哀。"

自此之后，蒲华未再续娶，一直浪迹天涯独自生活。然而像大数的艺术家一样，他们很难在生活中照顾好自己。当年郑逸梅曾见过蒲华，而后在《三名画家佚事》中记录了他所看到的蒲华形象：

> 蒲作英死已多年了，可是鄙人脑海中，尚留着很深的印象。他是秀水人，善画竹，心醉坡公，花卉在青藤白阳之间。又擅草书，自谓效吕洞宾、白玉蟾笔意。他身材矮矮的，生平讳老，不蓄须，常御大红风帽，吕蓝宁绸马褂，枣红袍子，黄色套裤，足穿一寸厚粉底鞋。住居广西路登贤里一楼上客堂，额之为"九琴十砚斋"。沿窗设着一只很大的书画桌，上面都是灰尘，不加拂拭整理，所用的笔，也是纵横凌乱，从不收拾。因此人家都称他为"蒲邋遢"。四邻脂魅花妖，管弦不绝，他却很为得意。每出，见

到出堂差的妓女,他必作正视、侧视、背视,鄙人问他为什么要这样?他说:"正视得其貌,侧视得其姿,背视得其形。天生尤物,所以供我侪观赏,否则未免辜负。"

当时蒲华住在上海老城,隔壁即是妓院,所以他常观察妓女,不仅如此,他还经常教一些妓女学画写字。这种说法并非野史,因为沈汝瑾为其所撰的《蒲君墓志铭》中就有记载:"寓沪上,邻妓馆,妓多从学者,友拉之出,犹顾而嘱曰:某临帖、某摹画,毋旷厥课。谆谆如严师。"

看来那时有不少妓女跟蒲华学习书法和绘画,当朋友拉蒲华出门时,他还边走边回头地嘱咐妓女们说:你要临帖,你要摹画,千万不要懒惰。他的认真程度犹如一位刻板严厉的老师。

虽然蒲华与那么多妓女有着这样的密切交往,但那些妓女并不照顾他的生活,以至于他的日子过得很凌乱。郑逸梅在《三名画家佚事》中写到了这样的细节:

他的住所,鄙人是常去的。有一次,天很冷,他穿了一件旧袍子,袖口已破,正在磨墨,桌子铺一白纸,鄙人问他画什么?他说预备画梅花。他一面磨墨,一面口吸雪茄,不料那破袖口濡染着墨,他糊里糊涂,没有当心,把雪茄烟灰散落素纸上,他就把袖口去拂灰,不拂犹可,一拂却把濡染的墨,都沾染纸上,他瞧到了,连说:"弗局哩!弗局哩。"(秀水人口吻,即不好了之意。)鄙人见到这种情形,不觉为之失笑,问他:"那么这张素纸有何办法呢?"他想了一想,说:"不要紧。"即将饱墨的大笔,在沾染墨迹的所在,索性淋漓尽致地涂起来,居然成一墨荷图,直使鄙人佩服得五体投地。

《瑶池桃熟》 嘉兴博物馆藏

这段形象的描写既说明了蒲华生活的潦倒，同时也可看出他超人的才气。而他把日子过成了这样，居然还有人羡慕他的活法，张鸣珂在《寒松阁谈艺琐录》中就说过这样的话："蒲竹英（华），原名成，秀水人。与予同受知于万文敏公，入邑庠。工画山水、花卉，大屏巨嶂，顷刻可成。壮岁即囊笔出游，客甬上最久。后寓沪滨，孑然一身，无室家之累，喜蓄古琴，遇即购之，亦奇癖也。"

其实在那个时代，靠卖画过活并不容易，钱筑人所撰《蒲华年谱》中收录有同治十年（1871）蒲华给郭传璞写的一封信，其全文如下：

晚香老兄仁大人阁下：

前月承顾东门寓楼，失迓勿罪。月之初旬返宁，接到手示并范思翁纸件，次日又到镇海，挥就后直至前日回寓。来前呈正，不晤为怅。惟思翁廉而贫，未必岁杪惠润，然一二番之数，为官者毕竟不在乎此。如已交去画件，可否鼎力吹嘘，以济眉急，万望于万难之会，妙展一筹，幸甚为荷，肃此。顺请岁安，统希朗照，并候复音，名正肃。

蒲华在信札中希望朋友多帮助自己宣传，以便能卖出更多的画。

光绪七年（1881），蒲华东游日本，前往那里卖画。究竟是何人邀请他前往日本，有的文献上说是嘉兴人陈鸿诰，但蒲华在日本卖画的具体情况如何，未见史料记载。后来他又回到上海，在上海参加了一些画会，这段时间他与吴昌硕交往最为密切。吴昌硕曾作《十二友诗》，其中一首写到的就是蒲华：

蒲老竹叶大于掌，画壁古寺苍崖边。
墨汁翻衣冷犹着，天涯作客才可怜。

《菊石图》 收录于《人美画谱》

朔风鲁酒助野哭，拔剑斫地歌当筵。
柴门日午叩不响，鸡犬一屋同高眠。

那时蒲华与吴昌硕常在一起作画，还互相为对方的画作题诗。蒲华为吴昌硕所画的一幅水墨蝴蝶花就写了如下画跋：

文长写花，运笔飞舞，饶于神韵。道复师文待诏，文长则未闻有师。昌硕偶写蝴蝶花一枝，方拟其法，而不云拟道复，殆拟其无师之画，天机所流，不俗而已。正不必对文长真本，以描头画角为能事，仓硕亦隽乎技矣。作英。

从这段画跋中，可以看出蒲华的绘画理念，他讲求师法自然，不屑于精刻细画。他的这种绘画特点，吴昌硕在为蒲华诗集《芙蓉庵燹余草》所作序言中亦有如下描绘：

作英蒲君，为余五十年前之老友也。晨夕过从，风趣可挹。尝于夏月间，衣粗葛，橐残笔三两枝，诣缶庐，汗背如雨，喘息未定，即搦管写竹石，墨沈淋漓，竹叶如掌。萧萧飒飒，如疾风振林。听之有声，思之成咏。其襟怀之洒落，逾恒人也。如斯所作诗，类见于题画，不解思索，援笔立就。疏宕之气，播为天籁。此盖平昔流览宋诗，而自以性情纵之。犹野鹤翔空，氄氄独舞。幽兰蔽石，隽逸时芳。斯为画家之诗，或以诗人之诗律之，则苛之矣。故世人只知作英之画，而不知作英之诗。

吴昌硕说他与蒲华有五十多年的交往史，这里应该是一个虚指。因为蒲华不愿意告诉别人他的真实年龄，自五十岁之后，无论过了多

《仿吴仲圭山水图》 旅顺博物馆藏

少年，他都说自己年方五十，然而他作画速度之快，绘制画作尺幅之大，的确不像位老人。

相较而言，蒲华最擅长的绘画题材乃是墨竹，为此他对画竹名家文同和苏轼最为崇拜。蒲华曾作过二十四开墨竹册页，他为此册页题名为《文苏余韵》，以此表明他的画竹之法渊源有自。他在该册页的尾题中写道：

> 画竹之法，须于介字、分字，五笔、七笔起首，所谓整而不板，复而不乱。竹干须挺劲有力，忌在稚弱；小枝则随手点缀，无须粘滞。然必悬臂中锋，十分纯熟，庶几有笔情墨情，不落呆诠。由法而化，雅韵自然，切不可失笔墨二情也。

以此可见，蒲华对画竹技法很有自己的见解，为此他在该册页后还题写了这样一首诗："胸襟潇洒墨花飞，漠漠风情与露霏。消得尘氛医得俗，从知吾道入精微。"

除了绘画外，蒲华在书法方面也颇有成就。王及在《蒲华研究》中写道："蒲华自称学白玉蟾、吕洞宾，就是自诩书有仙气。吕岩唐人，留下作品犹似李邕一路，而白玉蟾之字，绝与蒲翁无干。实则蒲字是从颜真卿来，于《争座位帖》功夫尤深，蒲写颜字，以行带草，依着自己的天性。其上下连贯，左右顾盼，都是撇开一切，凭着感觉写来。不管墨色之焦浓浅淡，不管毛笔之软硬，或是新、旧、尖、秃。通篇弥满者未觉拥挤，疏略少字者不见简陋，枯笔者信笔而有意，涨墨者不救而任之。"对于蒲华用笔的特点，王及又称："笔划肥瘦不顾，铺毫即以中锋为主，其长线条之涩笔，节奏感很强，捺之作长点者，偃抑具篆籀意，不受任何拘束，不计成败得失，造就了蒲华的书法，这是书仙，而且是不受任何管束的散仙。"

蒲华难得之处是将书法融入了绘画之中，王及在文中称："蒲华早期书法，有褚遂良《枯树赋》的影响，因早期题花卉画，或多或少有一点恽南田的影子，由于学过篆隶，笔道的界接较有力度，但也有随意性存在。中年到台州后，画竹作品增多，为题画竹需要，行草书必须流走飞动，颜褚同源，蒲华选择了颜真卿的《争座位帖》，再上追张旭，广泛吸取自二王以下的帖学各家，切入作画中书画映带的天性表达，形成了自己独特的风格。蒲华的书法，用于题画，潇潇洒洒，相映如行云流水。书写条幅，多行款紧密，间有穿插，尤在行笔之撇捺长短和长竖运用上表现一己特点，并善于运用涩笔。书联则结构开张，神韵飞动。"而这一点，也正是吴昌硕的作画特色。为此，有的人说在绘画方面，蒲华对吴昌硕有着启迪之功。

关于蒲华融书法于绘画的问题，陈小蝶在《近代六十名家画传》中称："蒲作英华，秀水人。早岁花卉设色极工，一署胥山外史。晚乃画竹，一竿通天，叶若风雨。山水树石，亦淋漓元气，不规规于蹊径，盖取法清石溪而又加变焉。书极自负，每告人我书家画也。性讳老，至殁不能考其年龄。"

由此可知，蒲华早年喜欢画花卉工笔，到其晚年才改为画竹。对于这样的转变，朱蕙堂在《近代书画琐谈》中亦有提及："作英蒲华，人第知其善画竹，不知早年极工花卉。前岁余曾于某书摊，见其画菊扇一页，静逸有致，索价四元。余允酬二元，贾者未允。诘朝，见友人已手持此箑，异而询之，知以二元四毫得之该书摊者，与余酬价相差甚微。此亦所谓有缘无缘之殊，不仅出价之贵贱也。"

蒲华善于画竹，并且画得颇具个人特色。蒲华明确地说，他是用书法家的功底来作画。其实从古人的观点来看，常有人强调书画同源，清周星莲在《临池管见》中就说过这样的话："字画同工，字贵写，画亦贵写。以书之法透于画而画无不妙，以画之法参以书而书无不神。

《牡丹》 收录于《人美画谱》

作画能通书道，则其画有笔；作书能通画理，则其书有韵。"

正是因为这样的原因，蒲华所绘墨竹极具个人魅力。胡天如在《有关蒲华札记》中称："其实蒲不独画竹及山水，其花卉亦在昌硕上。"但是蒲华的画价始终无法超过吴昌硕等人，胡天如在《札记》中又写道："由郭似勋资助去上海卖画，租赁四马路卫生旅店，于邑庙豫园得识任伯年、胡公寿、沈心梅、倪墨耕、山水名家吴石仙。时吴穀祥、杨伯润亦在沪鬻画为生，诸君画脱手甚易，而蒲君画无人问津，虽吴杨极力推荐，总嫌其画简怪。后来吴昌硕来沪，日人爱吴画鲜艳老辣，争购一空。"

为什么会出现这样的反差，朱伯雄在《战乱中的蒲华艺术》一文中对此做了相应的分析。朱伯雄首先认为蒲华在生活上随性，不珍惜笔墨，有求必应，使得他的画作不为人所重，文中引用了胡天如在《札记》中的一段话："大画铺于地，小画置于几，饭前画册页十二幅，饭后挥立幅数十。饭店堂倌衢州人颇多，蒲见索其画，往往立于柜边，一挥数十张，一一分赠，皆大欢喜。"朱伯雄又认为这种情况跟蒲华的邋遢形象也有一定关系："这与他长年形成的生活习性有关。人们给他一个绰号，叫'蒲邋遢'，因他衣着随便，鳏居迫使他从不做新衣，破了就向沽衣店铺购求旧衣，自谓'必旧必廉'，待旧衣穿褪了颜色，送染坊染一下，又过一季，不然，送入典当，以救燃眉，如此春典冬衣，夏当春衣，循环往复，被人耻笑也坦然，毕竟他不为升斗小米去屈膝人下，志高名节，自觉恰乐。识者看到了一个在国破家碎境遇中的清贫艺人的抱负，如吴昌硕说他'晨夕过从，风趣可挹'，并嘱咐自己的后代当珍视这位画家的洁身自好、诗艺精进的品德，市井小人则常戏侮他，揶揄他。"

蒲华对吴昌硕的绘画面目的确有所影响，邵洛羊在《听之有声，思之成咏——记"海上画派"先驱者蒲华的绘画成就》一文中认为：

"创设清新之境者为四位大师：蒲华、虚谷、任颐和吴昌硕。蒲华年龄最大，他的画，他的书法，他的诗，尤其是他的气质人品，不少人受其影响，吴昌硕就是其中一位。在开创近代'海上画派'的征途中，这四人宛如接力赛跑，蒲华跑的是第一棒。他起跑得好，其功不可没，我们应该确立他在中国绘画史上应有的地位和作用。"

书法家王蘧常在《落笔不经意，妙入秋毫颠》一文中谈到了蒲华的书法，同时也提到蒲华融书入画的观念被吴昌硕所本持："蒲华书尤醉心于怀素、张旭。旭传通不多，作英往往瞑心神会，以为十得其七八。初效徐渭、释道济及朱耷，与徐渭尤酷似，终乃一空依傍，浩然自放于无何有之乡。此亦得于东坡所谓浩然听笔之所之，而不失法度者也。尝以籀文、隶草作山水，曰书画本相通。后昌硕曾为吾师沈寐叟作《海日楼图》，师谓予曰：试悬观之其钩勒皆古篆文也！可见蒲吴两家相契之深了。"正因如此，黄宾虹也十分看重蒲华的以书入画，他在给女弟子顾飞的信中夸赞蒲华说："百年来海上名家，仅守娄东、虞山、扬州八怪面目，或蓝田叔、陈老莲，惟蒲作英用笔圆健，得之书法，山水虽粗率，已不多觏。"

蒲华意外去世于1911年，关于他去世的原因，《红玫瑰》第4卷第19期上刊登的戚牧所撰《蒲作英》一文写道：

> 蒲华，字作英，浙西秀水人。性磊落不羁，工书画。书法颠旭、怀素，一笔能写十余字。夭矫如长蛇赴壑。画山水宗石涛、八大，画竹师板桥、复堂。晚年流寓海上，一贫彻骨，得钱即阑入青楼买笑，不自知老之将至也。一夕醉卧花丛，所镶金齿误咽落喉，鲠死。友朋醵资安殓。生前书画爱者绝稀，死未五年，尺幅值兼金矣。日本国人尤肯以重价搜罗，此与阳湖汪渊若（洵）适成一反比例。

《山晴水明图轴》 江苏省美术馆藏

蒲华去世后，家中几乎没有任何值钱的东西，《桐阴复志》载其："卒后，家无长物，床头遗一大破囊，倾之，纸团累累满中，悉先生之遗诗也。"

读到这段记载，颇令人感叹。许明农在《身后寂寞》一文中又写了蒲华去世之后的一些情况："蒲氏在沪日以诗酒自娱，逝世后身无长物，即琴砚楼之琴砚，亦早已沽酒。由吴昌硕集资殓葬，并恭敬书写墓志铭（海昌沈汝瑾撰文，虞山赵石刻石），因不及入茔，移嵌南湖鉴亭壁间，成为嘉禾文献。蒲氏所用之印章四五十方，均系名人佳作，吴昌硕、胡钁、徐星州、徐三庚等篆刻，由其侄扶榇回乡时带归，亦以清寒售归南湖吴氏，拓有《蒲华印谱》一卷传世。"

2000年底，嘉兴市建起了蒲华美术馆，该馆位于中和街25号。2019年9月13日，我借在上海开会之机，乘车来到了嘉兴，然而中和街却在进行封闭施工，只能沿着半米宽的小径向内穿行。走到该街的中段，看到一个大门口悬挂着"嘉兴美术馆"和"嘉兴画院"的招牌，而此处留出了步行通道。

走入大门之中，在一座青砖楼的门口看到一个小牌，上面在"嘉兴美术馆"后面用括弧表明这里是嘉兴蒲华美术馆。如此说来，两者为同一地。这座楼开着大门，步入其中，首先看到了"蒲作英纪念室"的招牌，正前方摆放着一尊铜像，显然这正是我前来寻找的蒲华，铜像背后的影壁墙上，则以浮雕的形式刻着蒲华墨迹。

展厅入口的工作台上未见工作人员，旁边插放着一些介绍折页，我顺手取下一册放在工作台上展看，首页印有吴昌硕的照片，以此可见两人之间的特殊关系。工作台的右侧即是展厅，看来我来得不是时候，展柜内已经空空如也，可能近期蒲华画作展已经闭幕了。我注意到展柜内还摆放着两块刻石，走近一看，正是沈汝瑾撰写的《蒲君墓志铭》原石，旁边摆放的则是吴昌硕撰写的墓志铭盖。见此原物，令

走到了美术馆门前

美术馆入口

进馆就看到了这样的匾额

蒲华铜像

我大感惊喜，其他的展品已撤都无关紧要，而与蒲华关系最为密切的墓志铭却留在了此处。仔细辨识这篇墓志铭，沈汝瑾所撰之文的最后，是以一首七律作为铭：

> 平生画竹与可师，岁寒傲雪凌云姿。
> 年臻耄耋心婴儿，醉眠忽赋游仙诗。
> 鸳鸯湖上土一抔，魂游歇浦其来归。

一楼展厅全景

蒲华生平介绍

吴昌硕所书墓志铭原盖

沈汝瑾所书墓志铭原石

魑魅魍魉安敢窥,夔龙盘盘护风雷。

由此可见,沈汝瑾也认为蒲华最擅长的题材就是画竹,并且画竹水准可与文同相并提。墓志铭的末尾还有一行"虞山赵石刻",赵石号古泥,乃是常熟人,此人工篆刻,也是吴昌硕弟子,据说他平生治印在万纽以上,书法风貌极像翁同龢,能够由他来为蒲华刻墓志铭,想来是吴昌硕的安排。

为蒲华建造的小亭

嘉兴画院的建造格局

陈列室全景

由此进入瓶山

  蒲华的作品虽然已经撤展,但展厅的后墙上却一字排开挂着一些当代画作,这些画作的内容乃是展示蒲华生平的不同阶段。

  走出美术馆转到了后院,这里有一个小花园,花园中间建有一座飞檐小亭,额曰"竹英亭",看来这座小亭也是为了纪念蒲华而建。由小亭右转,另有一组建筑,这里就是嘉兴画院,画院的建筑颇具民国风格,其中一间开放的画室门楣上写着"岳石尘书画陈列室",此室不大,约二十余平米,里面用展板介绍着岳石尘的生平,另一侧则悬挂

蒲华　475

减字谱路灯

蒲华雕像

着一些他的画作。

　　我遗憾于在此未能看到蒲华的画作，于是转出院落，走到了画院所处的后山，该山叫瓶山。画院和蒲华美术馆都处在该山的一个角落，但两者之间却用围墙隔了起来，于是我走出美术馆大门沿着维修路线深一脚浅一脚地前行，转到另一侧，终于看到了上瓶山的大门。

　　进入瓶山，沿着道路走向山顶，好在此山不高，很快来到了顶端，这里正在建造一座仿古楼阁，道路两侧的路灯全部做成了古琴谱中的减字谱，这个创意颇为特别。在此楼旁我意外地看到了蒲华的全身雕像，看来任何路都不是白走的。

钱慧安（1833年—1911年）

色改淡匀，高古俊逸

在中国人物画的发展进程中，钱慧安是海派先驱的代表。黄嘉沙在《海派画家钱慧安与杨柳青年画》一文中称："十九世纪中叶，上海自开埠后，经济迅速发展，同时也带来了文化的繁荣。外地的画家因此纷至沓来，很快在上海形成了一个具有时代特色的画派——海派绘画。蒲华、虚谷、任伯年、吴昌硕等都是领军人物。此外，人物画家钱慧安也被认为海派人物画的班头。"张鸣珂在《寒松阁谈艺琐录》中谈到了上海开埠后有很多画家前往上海谋生的状况，其中提到人物画时，特意点到了钱慧安："自海禁一开，贸易之盛无过上海一隅，而以砚田为生者皆于于而来，侨居卖画。公寿、伯年最为杰出，其次画人物则湖州钱吉生惠安及舒萍乔浩，画花卉则上元邓铁仙启昌、扬州倪墨耕宝田及宋石年，皆名重一时，流传最盛。"

以此可知，钱慧安不仅是海派先驱，同时最擅长人物画。关于他所绘人物画的特点，齐备在《钱慧安的艺术设计理念与其年画的创作研究》一文中称："钱慧安的人物画具有通俗形象的特点，无论是画达官贵人还是画乞丐穷人，他的人物画都有一种平易近人的特点，带有一种淳朴，这也决定了他的绘画在市民阶层备受推崇。"

钱慧安人物画特点的来由，跟其人生经历有较大关系，胡太南在《中国画线描人物在程式化中的嬗变——论"海上画派"钱慧安人物

《老媪不胜勤》 收录于《钱慧安画集》

画的世俗化倾向》一文中称:"钱慧安出身贫寒,少年时代就喜欢绘画,成年后,为了谋生,二十多岁时在上海替人画肖像画,这和日后对他画风影响很大的扬州八怪之一黄慎有着相同的经历。"《海上书画人物年表汇编》中将这个时段排列在道光二十年(1840)至咸丰十年(1860),钱慧安八至二十八岁时的经历:"少年时期主要师从民间的一些画师进行写真练习,由于他对人物肖像画的认真潜修,为其日后中国人物画创作打下了坚实基础。在学画过程中,先拜费丹旭为师,后学华喦和改琦,同时自学人物画。在自学的过程中,对清初闽南画家上官周所画的《晚笑堂画传》抚摹颇深。兼擅人物与肖像写真,以人物仕女著称于世。"

写真是指人物肖像素描,钱慧安有了这样的基础,对于以后的创作,尤其是人物画的创作最为重要。而他在这方面其实没有严格意义上的师承,恽甫铭所著《走近书画家:风生水起》一书中,有《通俗而不媚俗——记清末平民画家钱慧安》一文,该文称:"早慧早熟的钱慧安出生在一个农民家庭,绘画上并无名师传授,只是早年向民间画师学习写真,对清初闽南画家上官周所画的《晚笑堂画传》抚摩颇深,受其人物造型的影响,钱慧安笔下的人物具有明显的晚笑堂风格。"

原来钱慧安是通过临摹《晚笑堂画传》而学得人物造型技法,而他能在这方面绘出自己的特色,跟他所处的时代有很大的关系。胡太南在其文中称:"上海是当时中国最大的通商口岸,中西文化在此冲突、交汇,使得传统生活方式和现代西方文明相互杂糅。西方的油画、水彩画大量充斥画坛,使钱慧安的绘画不可能停滞于固有的模式和传统审美的层面,在艺术手法和趣味上必然会作相应的调整和变化。从钱慧安《烹茶洗砚图》中可以看出,他在人物的刻画上借鉴了西方的明暗凹凸之法,主人公面部渲染,呈凹凸状,头额及脸颊显出光影映衬下的起伏效果。此外,屋宇居室的结构位置也带有西画的焦点透视感。"

这样一来,钱慧安在人物画创作方面,既有传统功底,又吸收了西洋人物画的优点,由此形成了异于他人的人物画法。关于他的传统功底,朱万章在《钱慧安的葫芦画》一文中亦有如下表述:"自幼从民间画师学写真,因而其画从一开始便表现出实用性和功利性占上风的发展态势。在其艺术生涯中,有过师法仇英、唐寅、陈洪绶、上官周、华嵒、费丹旭、改琦等前贤的经历,对上官周的《晚笑堂画传》更是浸淫尤深。"关于他对西洋人物画的吸收,段炼在《海派源流——钱慧安绘画艺术解读》中称:"钱慧安在人物画上的成就得益于早年习画肖像写真的经历,他大胆吸收了西洋绘画中的一些元素,巧妙地融入中国传统绘画技法之中,开创了海派人物画的先河。例如,中国画中人物脸部高光留白和暗部烘染的方法,就是由钱慧安首创的。"

钱慧安的这种首创经受住了市场的检验,他的人物画作确实受到了人们的欢迎。段炼在文中继续写道:"在人物脸部,先用淡墨略分明暗向背,高光处留白,然后在其余部分施以色彩,这在钱慧安几幅尚未完成的墨稿中得到了证实。虽然有时明暗对比太过,略觉不自然,但钱慧安的艺术尝试是有意义的,他笔下的人物已不再是传统绘画中那些不食人间烟火的圣贤仙女,他们带着鲜明的时代特色走下了神坛,走向了世俗的世界,而受到了广大市民的欢迎。"

关于钱慧安在绘画布局上的特点,黄嘉沙在文中写道:"他的绘画有自己的特点。作品构图大都采取纵向布局,景物空旷,以清淡或留白来突出人物的主体形象。人物形体秀长,讲究人体的结构比例,很符合时尚的审美观念。为了加强构图的纵向趋势,常常采取几个人物前后叠在一起的处理方法,以强调人物组合的整体性。人物采取勾勒为主,线条流畅而富有变化,传统的高古游丝描、琴弦描、钉头鼠尾

《高谈今古辩愚贤》 收录于《钱慧安画集》

描等各种线描形式，他都能娴熟地用于表现各种形象。"

分析完布局之后，黄嘉沙又分析了他的人物画特点："钱慧安擅长人物，其中成就更突出的是他的仕女画。他画仕女注重人物面部的刻画，全面继承了历代仕女画造型的成功经验，柳眉、杏眼、瑶鼻、樱口，注重五官甜美。面部勾勒精到细腻，须发毕现，渲染时略施朱红，以分清五官的明暗。这都是时人喜爱的模样。"胡太南则认为："从技法上说，钱氏在人物衣纹的用笔上取法黄慎，线条多为圭角方折、顿挫盘结之状，也似具有草书之用笔的韵味。实际上，钱慧安选择黄慎为师并非偶然，一是他俩都是草根出身，是在贫寒的农民家庭中成长起来的，有着困苦的生活际遇；二是都以画肖像画谋生，为迎合市场，在创作中不可避免要有一种'俗'化的趣味。《海上画语》中曾指出钱慧安的画作乃是'却投时好'，从而'大见风行'。"

关于钱慧安的师承问题，如前所引《海上书画人物年表汇编》中所言，钱慧安在学画的过程中曾拜费丹旭为师，有多篇文章都是持这种说法，然我却没有查到原始出处。《汇编》一书同时又说，钱慧安是融汇了诸多名家的人物画技法，而后形成了自己独特的风格，以至于被视为独立的画派。《汇编》将其风格形成期排列在了同治二年（1863）钱慧安三十一岁时：

> 改琦之作，"俞拙俞媚，跌宕入古"，费丹旭之作，"秀润素淡，如镜取影"。钱取两家之长，融会贯通自成一家，年三十已饮誉画坛，四十岁后名声日炽。在"海派"画家中，其人物画特别走俏市场，社会公认为"钱派"。

由这段话可知，虽然其风格形成期排在了三十一岁，但其被称为"钱派"，则是在他四十岁之后，而《汇编》又在钱四十四岁那年，引

《东海福来》 收录于《钱慧安画集》

用了葛元煦所撰《沪游杂记》在"书画名家"中的称呼方式:"上海钱慧安字吉生,工笔人物。"《汇编》一书认为虽然这句评语"了了数字,但在所列三十五名书画家中,画工笔人物者,惟钱一人"。以此可证,在当时的上海,人物画最著名者,就是钱慧安。

黄沂海所著的《多多益扇:阿海三侃私家藏扇》一书中也谈到了钱慧安,并将其归为"城隍庙画派",称其为该画派的创始人。黄沂海也谈到了传统人物画家对钱慧安的影响:"天资聪颖的钱慧安自少年时代起,就从民间画师的写真技艺中汲取养料,早年研习明代仇英、唐寅、陈洪绶的画风,继而取法费丹旭、改琦的侍女画,对清初的《晚笑堂画传》更是心追手摩,终将诸家之法融会贯通。"而后该文又写道:"最早接受了绘画作品商业化的洗礼,是开创晚清南北画坛交流的先驱者,更是在人物画领域锐意创新、默默耕耘的'城隍庙画派'的开创者。"

"城隍庙画派"这种说法其实并不为多见,各种文献中更多是称钱慧安为"豫园书画善会"首任会长,此善会因开办在豫园之内而得名,而豫园就在上海城隍庙范围内,想来这是黄沂海"城隍庙画派"一词的来由。黄文中也谈到了该善会创建之事:"宣统元年,也即公元1909年,已近暮年的钱慧安发起创办'豫园书画善会',因其'画名久著''敬重伦常'被推为首任会长,会员数百人,吴昌硕、王一亭、蒲作英、汪仲山等亦在其列,每逢初一、十五,钱慧安必到会与众友谈而论艺。"

然而对于该画会的创建,《汇编》一书所附《创设书画善会事略》中另有说法:"上海之有书画会,始自道光己亥之小蓬莱雅集,同治壬戌复有西城关庙之萍花社,自是而后,继起无闻。宣统己酉,姚君鸿、黄君俊、汪君琨创议发起设书画善会于豫园,偕余就商于高先生邕,以是举为有益,与为规划。并拟章程。旋定赁得月楼旧址楼上为

《十月涤场朋酒斯飨》 收录于《钱慧安画集》

会所。三月三日成立，开会公推高先生为会长，执谦固辞，爰改推钱先生慧安。"

可见，早在道光年间，上海就成立了多个画会。豫园书画善会的提议人也不是钱慧安，而是姚君鸿等三人，姚等将这个提议与高邕商议，高赞成此画法，于是就租下了豫园内得月楼楼上为会址。宣统元年（1909）三月三日，豫园书画善会在得月楼上成立，首次开会时众会员公推高邕为会长，然高坚决推辞，遂改推钱慧安为会长。

对于该会成立的原因及相应的宗旨，该会所定章程中称：

> 沪渎繁会，甲于海内，其间善人之疏财仗义、济困扶危，名士之提倡风雅、保存国粹者，联袂以来，接踵而起。碌碌吾徒，附庸翰墨，硁硁自守，耕耨砚田，既不克与识时之俊杰，共辅维新，复不能博济夫饥寒，广行阴骘。同居江海，窃自恧焉。因念广厦大袤，固足庇其风雨；微尘涓露，或亦补乎海山。虽解推之力，巨细不同，揆其见义勇为之举，同是当仁不让之心。爰集同志，创设书画善会，赁豫园得月楼上为会所，书画之余，藉可纵谈今古，淘淑后生。所有公定润例，暨章程附后，应纳之润，半储会中，存庄生息，遇有善举，公议酌拨，聊尽善与人同之意云尔。

豫园书画善会是以保存国粹、济困扶危为宗旨，汇集一些画家在得月楼上进行带有义卖性质的创作，对于创作所得以及分成比例，该会章程中有着颇为详尽的规定：

> 书例：四尺内整张直幅壹洋，四尺外，加一尺，加半洋。纸过六尺另议。对开条幅照整张例七折。横幅照直幅条幅例加半，手卷每尺，册页每张，各半洋。纨、折扇同上，镜屏加倍，匾对

及碑版、寿屏书撰不能合作者，归专件例论润。画例照书例加倍。点品、工细、长题及金笺、绫绢均照例加倍。其余书画各件另议。创设此会时已早议定：书则钟鼎、小篆、八分、六朝行楷、狂草，画则山水、花卉、须眉、仕女、飞禽、走兽，咸应合作，即偶有独作之件，亦必另手题款，不仅别开生面，且可各画所长。但书画家大半都仗砚田，因须先筹公私两全之法，庶可共坚始终乐善之诚。今亦议定：所收之润，半归会中，半归作者。如遇指名专件，仍照各人自有润例，概归本人，与会无涉。

对于这样的规定，齐建秋在其所著《中国书画投资指南》中评价说："从这个章程中我们可以看出，它具有团体观念，有市场意识、法定约束力和书画家的自我保护意识。为了体现画会的作用，它提倡合作的创作方式，既可以切磋技艺，也表现了一种集体的精神。对于书画这种特殊的商品，它有着比较细致的规定，比如画什么题材，在什么载体上画，尺幅的定价等等，都有着相对有道理的规定。手卷、册页润例可以减半，对开（斗方）条幅按整纸例，有书法长题及在金笺、绫绢上画的，润例要加倍。这种细致的作品收费的规定比当代画家还要规范。"

既然叫书画善会，说明该会有着慈善团体的性质，故此章程中又称："此项章程，至今遵守，夏令施药，冬季施米，岁以为常。遇有别处灾荒，视会款盈拙，酌量补助。是会自己酉至今岁己未，正届十周，附志于此以存崖略。"

由此可见，在那时，一旦上海遇到天灾时，善会要拿出一部分钱来赈灾，若遇外地所发灾荒，善会所得有盈余的话，也会拿出一部分资金去救灾。如此做公益，令人赞赏，而钱慧安能被公推为会长，亦说明他在绘画界的影响力，以及他的乐善好施之心。实际上，钱慧安的慈善行为并不是从豫园书画善会才开始，早在此之前，他就多次参加过以书画赈灾的义举。王中秀编著的《王一亭年谱长编》在"清光绪二十六年"条中载:"3月,许鏒、李叔同、张小楼、吴宣中组织以'提倡风雅、振兴文艺'为宗旨之书画公会,并于是年5月21日开始印行每周二刊的书画公会报。是为中国第一份由书画家发起的书画社团印行的专业书画报。"

光绪二十六年(1900)成立的是书画公会,而王中秀在本条的按语中写道:"据《书画公会报》目录,参与者有乌目山僧(黄宗仰)、胡郯卿、高邕之、陈明、萧次岩、舒平桥、张绛珠、汪渊若、汪益寿、任鸿年、黄祉安、安石年、严诗盦、汤东盦、何砚北、杨伯润、郦香谷、钱吉生、张忍盦、叶文焕、闵园丁(朝鲜)等等。"

名单中的钱吉生即钱慧安,可见他在那时就参加了相应的公会,该会虽然未曾提到赈灾之举,但在光绪三十三年(1907),徐淮、维扬等地水灾严重,王中秀在文中记载了钱慧安等人两次以书画赈灾之举:"徐园书画会助赈第一次淮海、第二次皖北,会中诸君以交件先后为序,列名于左;高君邕之,汪君渊若,陆君廉夫二期助四尺中堂一幅、四尺屏两堂,钱君吉生,黄君晶初,杨君佩夫,倪君墨耕,何君诗孙,孙君问清,吴君仓硕。"

豫园书画善会成立后,也举办过以售书画之款来赈灾的活动。王中秀在专著中摘引了1910年3月14日《时报》刊发的《上海邑庙书画善会广告》:

> 启者:本会广善券早蒙乐善诸君购买,刻下将次售罄。兹定于二月初十日假西门外斜桥西园揭晓,是日园中不取游资。此次所设广善券中有高邕之先生愿助篆隶对数十副,钱吉生、杨伯润、黄山寿、杨古韫、蒲作英、王一亭、倪墨耕诸位先生愿助合作画数十件,此外名作颇多,不能备登,尚祈购票诸君子届时早临,

《只因三卧蚕将老》 收录于《钱慧安画集》

先得为快。此启。

以上这些都说明钱慧安多次参加书画赈灾之举。豫园书画善会成立后,想来钱慧安做过更多善举。为了维持善会的发展,其所定章程中还有许多细节规定,例如关于该会的会费,章程中列明:"本会甫经创设,如房租、器具、用人、茶水、杂用各项经费难筹。现经同人公议:入会者每人月助洋银半元,其扶善会,或按月先付,或润内补提,各由自便。如经费有余,亦归善款。俟试办一年,有无裨益成效,应增、应减、应止,再议。"

这些详细的规定都有利于善会的长久发展。然而有意思的是,钱慧安在历史上的画名并不是因为他在上海的这些活动,而是因为他创作的杨柳青年画,更多的人才因此认识到他的绘画才能。

光绪元年(1875),四十三岁的钱慧安受邀北上前往天津杨柳青,《汇编》一书中写道:"人物擅画民间祈福吉祥故事题材,所作年画诗笺颇为各地年画作坊借用。是年,应'齐健隆'和'爱竹斋'年画画铺之邀,三度为天津杨柳青进行年画创作。他创作的年画感情投入,以一个专业画家的身份作画,并署上自己的姓名,实为创举。"

关于杨柳青年画在历史上的影响力,黄嘉沙于文中简述道:"杨柳青年画始于明代。由于杨柳青地势背倚子牙、大清两流,南有运河弯绕,故交通发达,市肆纵横,街景繁荣,素有'小苏杭'之称。乾隆、嘉庆年间,年画作坊通街皆是,从事年画的手工业者多达三千多人,产品远销新疆、蒙古、齐齐哈尔等边境城市。"尽管受到广大群众喜爱,但年画毕竟属于百姓家常所用之物,在以往的书画家意识中,年画难登大雅之堂,故有影响力的画家大多不愿为之。然而钱慧安却能毅然前往,并且在年画上真实署名,能够有如此开明的观念,在当时也算特立独行。黄嘉沙在文中称:"光绪年间,钱慧安应天津杨柳青齐健隆和爱竹斋两家画铺的邀请来到了天津，从事年画创作设计。他创作年画感情十分投入。以往，虽然也有画家为年画作图的，但这只是'兴之所致，偶尔为之'。他以一个专业画家的身份投身其中，并十分负责地在画上署上自己的姓名，在当时这也是绝无仅有的。"

在钱慧安到达杨柳青之前，当地的年画题材基本上是有限的，只有一些市民喜爱的固定题材，钱慧安的到来改变了这种局面。沈太牟在《春风采风志》中写道："画出杨柳青，属天津，印版设色，俗呼'卫抹子'。早岁，戏剧外，画中多有趣者，如雪园景、渔家乐、桃花源、乡村景、庆乐丰年、他骑骏马我骑驴是也。光绪中，钱慧安至彼，为出新裁，多拟典故及前人诗句，色改淡匀，高古俊逸，惜今皆不存，徒见俗鄙恶劣之一派也。"

对钱慧安丰富了杨柳青年画题材一事，《汇编》有如下介绍："在此阶段，尝试用顿挫转折且富装饰意味的'铁线描'表现人物的衣纹以及配景花木等。钱在不违背杨柳青年画的基本规律，不破除其艺术特征的前提下，将文人画的神韵、院体画的精髓成功扩展到杨柳青年画中。在他的影响下，杨柳青年画打破了长期的对称式构图，主要色调风格也由浓艳转向淡雅，突出了文人画的诸多因素。作有《东山丝竹》《停车睹洞桥》《桂花香近少年头》《自制新词韵最娇》等等，从构图布局、用色赋彩到题材寓意、题句配词都别出心裁。"

薄松年所著《中国年画艺术史》一书也谈到了钱慧安对杨柳青年画的影响："钱慧安的人物形象和技法为一些杨柳青画师所模仿，他的画稿曾被辑为《钱吉生画谱》《清溪画谱》等，以石印印刷发行，也成为杨柳青画师的学习范本。有的画稿曾被翻刻成年画，现存杨柳青年画《抚琴图》、《教子有方》双幅、《弄璋如意、兰桂联芳》《登云近月》等明显可见钱慧安的影响。特别是其中以《红楼梦》为题材画成的八幅炕围子，情节突出，人物生动，章法简洁，又配以吉祥花边图案和

《村舍家家帘幕静》 收录于《钱慧安画集》

花卉，确能达到雅俗共赏的效果，在艺术上可称得上是晚期杨柳青年画中的上品。"

钱慧安在绘画题材上的拓展，同时也增强了杨柳青年画的生命力。戴敦邦在《种瓜拾豆录》中认为这正是值得夸赞的勇气："但凡有勇气的人，总是甘冒无限的风险，即便是以卖画为生的艺人，也将面临其作品无人问津的厄运。所以一般的画家、艺人均是循规蹈矩地承袭老传统，一代代仅此而已地画下去，不敢更改变异，无疑此种保守成为中国画长期以来一直秉承着的传统，是千人一面的概念化的顽症。更囿于社会大环境下中国封建社会长期的禁锢，一介卖艺为生的艺人有多大的作为呢？所以钱老先生能有所变革或创新，实乃可敬可贵的革新之举。"

正是因为钱慧安有打破常规的勇气，故胡懿勋在其所著《中国古代绘画的知识考古》中称："光绪年间钱慧安受聘到杨柳青，在杨柳青木版年画融入文人画的视觉元素，他也成为最后一个具有影响力的画家。"该文同时认为钱慧安在版画上的创作甚至对吴友如也有影响："透过版画印刷的流布，钱慧安在杨柳青以及江南一带的影响是显而易见。《点石斋画报》主笔吴友如原为苏州山塘画店画工，接触到钱杜、改琦、费丹旭、任熊、沙馥、钱慧安等人作品，悉心观摩描绘，后为吴太元画店、吴锦增画店及桃花坞年画店绘制画稿，也将如钱慧安等人的风格融入自己的画样。"

关于钱慧安在版画中所表现出的独特风格，齐备在其文中称："在杨柳青年画的创作实践中，他还用具有顿挫转折且装饰意味浓烈的'铁线描'来表现人物的服饰。"对于钱慧安版画创作在社会上的影响，齐备总结道："钱慧安的绘画作品也一度受到清朝文化中心北京地区的钟爱，据史料记载，在北京崇文门外的打磨厂东街曾有一间戴廉增画店，此画店专门销售杨柳青年画印制的物品。钱慧安的年画在此备受欢迎。"

钱慧安能够拥有如此强的社会影响力，胡太南在文中认为原因是他将不同名家的人物技法熔之于一炉，由此青出于蓝而胜于蓝："从世俗化层面上来说，尽管钱慧安早期人物画中仕女造型主要取法于改琦和费丹旭，但他人物画的绘画语言并不限于改、费两人，他的仕女画也是如此。改、费两人对其的影响也只是体现在型上，而人物的线条及其衣纹的组织形态上，钱慧安得益于陈洪绶和黄慎。钱慧安早期主要仿效陈洪绶，如果说学陈洪绶是消解'俗化'，那么其在中晚期主要参取于黄慎则是在强化'俗化'。在钱慧安的人物画风格形成和演变过程中，黄慎的影响力要大于陈洪绶，甚至超过了改琦、费丹旭两人。"

钱慧安在社会上强大的影响力，也得益于他开明的观念。恽甫铭在文中写道："十九世纪的最后二十年，照相制版术大规模进入上海，这种新技术使笔墨效果有史以来第一次得到复制印刷，从而使画家获得更多的创造自由。然而大多数国人视石印技术为奇技淫巧，文人画家不屑一顾。钱慧安却善于接受西方传入的新事物新技术，加之他有过杨柳青年画设计画稿的经历，成为照相石印技艺的大力倡导者和实践者，也由于此，钱慧安晚年的许多画稿得以保存。"

令人意外的是，钱慧安的作品还出现在了银币上。黄沂海在文中提及："1999年中国人民银行发行的明清扇画纪念币，可称我国第一套扇形银币，共四枚，其中一枚图案，采用了北京故宫博物院收藏的钱慧安作品《柳塘牧牛图》。"钱慧安的画作竟然制成了银币，可见他的绘画题材至今仍然没有过时。

钱慧安主持的豫园书画善会就处在上海城隍庙内，这里很早就是上海最热闹的聚会之地，虽然多年前我也曾来此处凑热闹，但那时并不了解这里曾经有过一个著名的书画团体。

2019年2月20日，我在上海市及周边地区开始了两天半的历史

雨中街景

九曲桥

遗迹寻访，寻访的第一个地点就是前往城隍庙寻找得月楼。因为近一个多月江南阴雨绵绵，故当天下午仅安排了上海市区内的三处寻访点。以为城隍庙早已恢复，得月楼应当是最容易寻找到的目的地，于是乘张守栋先生的车由刘晶晶老师带领先奔此处而来。

当天虽然下着雨，又非周末，但城隍庙的游客依然熙熙攘攘，走入其中，看到广场上摆放着一些大型灯具，刘晶晶说这是元宵节举办灯会还未撤下。我们冒着雨在里面见人就问得月楼所在，问过多人均未遇知情者。这个结果略感意外，于是刘晶晶用手机导航，上面果真显现出得月楼的标志，而按照导航的指示，来到的具体地点则是城隍庙内著名的九曲桥。站在桥头四望，所见匾额均无"得月"二字，又问过几家商户，终于有人知道地点，按其所指，走到近前一看，却并非我们要寻找的得月楼。

如此这般在城隍庙内兜了三四圈，将这个区域内所有匾额一一看过去都未能找到目标。而后看到了城隍庙平面示意图，上面也未曾标出得月楼字样，难道这个楼已被拆掉了？刘晶晶说可能是导航版本有些老，楼拆之后并未更新信息。想到今天下午还有两处寻访点，我们

注意每座楼的匾额

入园游客也不少

假山之一

得月楼背影

只好走出城隍庙,乘上张先生的车前去探访他处。

本以为最容易找到的寻访点,竟然是这个结果,我忍不住在车上跟张先生唠叨起此事,而张先生说他仔细看了我的寻访单,上面写明得月楼在豫园内。刘晶晶说豫园就是现在的城隍庙。张先生称并非如此,因为豫园虽然在城隍庙范围之内,但却是一个独立的区域。张先生的这番话让刘晶晶意识到,她虽然多次来过城隍庙,其实并没有进过豫园,所以我们一直在城隍庙内兜圈子。听闻这个说法,我决定探访完另两处遗迹后再返回城隍庙。然而当天因为另两处的寻访遇到一些周折,结果耽误了时间,若再返回城隍庙时间已来不及,于是决定第二天再去寻访。

转天一早,我跟张守栋、刘晶晶前往松江寻访,返程之后直奔城隍庙。这次有了具体目标,于是穿过熙熙攘攘的人群直奔豫园门前。此处三十元一张的门票仍然挡不住游客的热情,进入园中,里面的游客并不比外面少,但这里的景致却秀丽了许多,尤其园中有多座太湖石假山,每一座都造得颇为别致,可见当年造园者用了许多的心思。

此时刚到初春,园中的桃花已然绽放,面对美景,寻访的疲劳也为之舒缓。走在园中,每遇到工作人员均向他们请教得月楼所在,却依然遇不到知情者,只好沿着游览路线一路向内走。这条路线基本呈U字型,一直走到了U字的顶端,还是看不到得月楼的匾额。刘晶晶又用手机在网上搜寻信息,终于找到一张得月楼外观的照片,按图索骥,果真找到了此楼所在。然而遗憾的是,这个独立院落锁着门,从外边也看不到匾额。到其门而不能入,我们只能望楼兴叹。

这个结果再次出乎意料,刘晶晶也觉得我们两次往返都无法拍照,确实遗憾。于是她透过自己的关系,到处打听得月楼的情形,终于问明白了结果:这里不对外开放,已辟为外宾接待处。看来进内拍照已无可能,好在我已拍到了该楼的外观,虽然差强人意,但也聊胜于无。然而刘晶晶比我执着,她继续向不同的朋友找关系,果真不负其执着之心,终于找到了豫园管理处书记尤瑞君女士。刘晶晶跟尤书记通电话时,对方建议我们下周再来此拍照,但刘晶晶告诉她,我两天后即离开上海,希望能拍到得月楼。尤书记答应了这个请求。

转天下午,我们第三次来到了城隍庙,此次未从城隍庙正门走入,而是先去了安仁街218号,这里是豫园管理处,在此见到了尤书记,

终于进入了院中

得月楼正面

在她的带领下穿入豫园,终于走进了这个封闭的院落。

院落占地面积不大,堆着假山,左侧之楼名曰藏书楼,我却来不及了解这是何人的藏书之所。右侧就是得月楼。我先在院内拍照,于侧墙上看到一块铜牌,上面刻着"豫园书画善会原址"字样。见到此牌,终于有了石头落地之感。而后进入得月楼一楼,这里挂的匾额却是"绮藻堂",尤书记说得月楼在楼上。

上到二楼,这里的布置也十分雅净,得月楼的旧匾仍悬挂于此。看到此匾心生感慨,楼上的布置颇有古意,两侧的门扇上贴着的都是一些古砖、瓦当和古器物拓片。这种做法颇为稀见,两侧的墙上还悬挂着几张古画,因为有玻璃反光,故难以拍清楚具体的内容。

经过三次探访,方睹得月楼真容,正是这样的曲折让我觉得得月楼有着别样的美。如今楼上已经陈设为接待室的模样,没有我想象中的大画案,但转念思之,当年书画善会于此也是聚会之所,并不一定在这里搞创作,具体情况是否如我所猜,我未去印证,但站在得月楼上向下望去,满眼的古意,让我暗想在这里多停留一会儿吧。

铜牌

一楼景致

二楼状况

窗扇用拓片来做装饰

光绪年间旧匾

高桐轩（1835年—1906年）
须眉欲活，盖别有渲染之法

关于高桐轩对绘画史所做的贡献，王拓在其博士论文《晚清杨柳青画师高桐轩研究》中进行了详尽论述，该论文中有如下一段总结："高桐轩的木版年画在中国民间美术史上的重要意义即在于他实现了宫廷（西洋）绘画、文人绘画以及晚明版画三者在风格上的交叉与融合。特别是在传统界画技法的基础上，运用清代宫廷绘画中西洋焦点透视法，在年画图像中真实地再现了复杂的苑囿建筑空间场景。这在清末杨柳青年画因遭受石印技术冲击而日益衰微的背景下，为晚期杨柳青年画的最后一段时光注入了一丝生机。"

由这段话可知，高桐轩对杨柳青年画的再兴做出了不小的贡献。杨柳青年画据说肇始于明万历年间，该年画的制作方式与他地不同，比如山东杨家埠、河北武强、河南朱仙镇、苏州桃花坞等地的版画制作工艺大多是木版套色印刷，而杨柳青年画虽然也采用木版套印印刷的制作方式，但该年画同时也有着完全手绘和印绘结合等其他方式，其中以半绘半印为主要特色。正是这样的原因，杨柳青年画最为看重制作年画者的绘画水平，而高桐轩是这些画工中的佼佼者。

关于高桐轩的生平资料介绍，大多出自王树村先生的专著以及系列研究文章，其中《高桐轩》一书被人引用最为广泛。而王拓的博士论文在关涉到高桐轩的生平时，也基本是引用王树村《高桐轩》一书。

对于高桐轩的家庭出身，王树村在《高桐轩》一书中介绍了《南京条约》带来的系列影响之后，接着写道："高桐轩的父亲是往返于上海、北京间的布缎商人，因此受到了银两及廉价洋货的影响，经营不利，家境日趋下落。"鸦片战争后洋布大量进入中国，因其质优价廉，使得中国传统纺织业受到较大冲击，高桐轩父子所经营的绸缎生意也越发艰难，后来又受到太平天国战争影响，使得高桐轩家的经济状况更为困顿："当咸丰三年（1853）太平天国革命军攻下了南京以后，清兵节节败退，散兵游勇，随退随抢，江北人民弄得倾家荡产，不得安生。高氏父子南去不得，只好在家里从事半农半商来过活。"

此时的高桐轩已经二十多岁，开始通过售卖绘画补贴家用，然而他从哪里学得的绘画技巧，各种资料均未曾谈及。王树村在专著中写到那时的杨柳青年画业也呈现衰退之势，故高桐轩开始通过绘制肖像画来谋生："这时高桐轩已三十岁，子女绕膝，为了减轻自己日益沉重的经济负担，就在自家宅院内开一画室，每天除以农事为本外兼以画像为业，从此不再像以往那样，无偿地为人传真画像了。"

对于当时的肖像画市场情况，王树村在专著中写道："当时以画像为业的不止高桐轩画师一人，况且他乃是新挂'笔单'，过去所结识的又尽是田夫渔樵等劳动大众，故邀他画像的不多，因此他闲暇的时候也画些扇面、灯画，或为年画作坊绘制些年画新稿样等，借此一方面熟练自己的技艺，同时也能获得些微薄收入。"

为什么年画业衰落而画像业仍然有生意呢？这跟当时的民间风俗有关。王拓认为民间肖像画一般分为写照、行乐图、传影、揭帛、追容五种类型，前两种通常为一般大户人家欢聚时邀请画师而作，后三种则是绘制去世之人的肖像，供灵堂奉祀或丧葬仪式上使用。

但这类生意主顾毕竟有限，为了谋生，高桐轩来到了北京，在厂甸附近的传真馆从事肖像绘制。后来他的境遇有了转机，因为他有机会进入内廷作画。王树村所撰《民间画师高桐轩和他的年画》一文中写道：

> 同治五年（1866）高桐轩三十二岁时清廷诏杨柳青民间画师入内廷，为慈禧画像，当时内廷"如意馆"的总管是管金安，管金安领命到了杨柳青后，因索贿过高，画工无人敢应，不得已找到了新挂"笔单"的高桐轩，因此他到了北京宫廷中作画。画像时为了填写背景，他曾随管金安游览过禁中三海（中南海、北海、后海）胜迹，这对他以后创作年画中的景物格局是有相当影响的。自此以后，高即经常供奉"如意馆"，并逐渐有了名望。

对于这段经历，王树村在《高桐轩》一书中也有记录："慈禧太后知道了这件事，她即刻令她的宠用宦官安得海到'如意馆'，下诏传高桐轩入馆供奉。按清朝没有'画院'之设，举凡绘画、雕刻、琢玉、裱褙等诸工百艺，皆在'如意馆'为之，当时'如意馆'总管是管金安，总管亦杨柳青人，他领旨后就到杨柳青把画师高桐轩召进宫来。"
王拓注意到了王树村两段文字上的变化，前一段所言高桐轩进入内廷乃是缘于管金安的关系，而后一段文字则改为慈禧直接下令。王树村在专著中讲到高桐轩是在农历正月十五上元节这一天进入内廷，而后在紫禁城内漱芳斋隔帘为慈禧绘制肖像，后来在获得慈禧的首肯后，又创作了一幅小尺幅的《仙山渔隐图》。此图将慈禧画成了一位披蓑戴笠的渔人形象，慈禧看后颇为赞赏，为此赏给高桐轩白银五百两。对于此事，《高桐轩》一书有如下描绘：

> 高桐轩画师随着管金安引到这里，就在窗外殿檐下放了个长几方凳，隔帘按照慈禧的容貌轮廓大致勾出，太监将画转呈到慈

杨柳青作品（一）

禧面前，慈禧看了点首称善，并传旨要他以"仙山渔隐"为画题，再补添御园胜处美景。同时赐他随同内臣历游三海选景。画师高桐轩这次步入禁中各地，遍赏御苑花木奇石，峻阁琼楼等宏丽景色，眼界顿爽，腹稿自存胸臆，尔后所作之年画，意景独绝，与此莫不有关。《仙山渔隐图》尺幅不大，画慈禧着蓑衣戴草笠，坐于一叶扁舟之上，神态自若。因太监导游时，知道慈禧喜奉佛诵经，故画南海瀛台为衬景，瀛台位于南海中央，三面绿波环绕，台上轩阁巍峨，有如蓬莱仙境。

一般而言，穿蓑衣戴草笠坐于一叶扁舟之上，乃是男子隐士形象，慈禧何以让高桐轩作此图，未见其他文献记载。《高桐轩》一书中所载细节颇为详尽，作者王树村先生何以知之，其未在书中注明出处。《高桐轩》一书中又讲到这样一段话："高桐轩自幼从师就读于私塾，并未报考州县，及长，甘贫不仕，立志不涉考场，故对清制官员袍褂顶戴之品级，蔑视不辨，然'传影''揭帛'皆须谙悉蟒袍及补服方圆之差别，文鸟武兽之区分，高桐轩画师既未承师传，又不熟悉这些服装制度，所以凡遇朝衣补服影像，皆请同业友好焦达安来画服饰，自己独写影容。"

原来高桐轩并不了解清朝官员的服饰等级，他只是在人物画方面颇为擅长，故有些人物肖像他只画面容，遇到官服等则请另一位画工焦达安来补绘。王拓在其论文中转引了明初画家王绂在《书画传习录》中谈到绘制御容之难：

写真固难，而写御容则尤难。何者？皇居壮丽，黻座尊严，千牛虎贲，肃穆环卫，香烟花气，缭绕缤纷，既且拜于阶下，复顿首于殿上，然后俯伏称万岁。迨夫纶音既降，恩许对御，方始就案，含毫伸纸，又复凛天威于咫尺，不敢瞻视。稍纵，而为之上者，斯时亦严气正心，不假颦笑，画者之心已慑，而气已索矣，求其形似已足幸免于戾，何暇更计及于神似耶？

在那个时代，普通人难睹天颜，即使有幸得见也会战战兢兢，画工当然也有同样的境遇和心态。在此情形下，想画准御容是何等之不易，而高桐轩所绘慈禧御容却能得到太后的赏识。如果《高桐轩》一书所载为史实的话，足以说明高桐轩在绘制肖像画方面技艺极其高超。

王拓在论文中又注意到王树村《高桐轩》一书中提到的如意馆总管管金安实际应当是清光绪中期宫廷画家管劬安，后者在《海上墨林》《韬养斋笔记》《清画家诗史》中均有记载。从这些记载可知，管劬安字念慈，乃是阳湖人，曾随吴门画家袁启潮学画，他的细笔山水颇为精绝，晚年侨居上海，曾与吴友如同绘《点石斋画报》。

对于管劬安的生平，王拓在文中引用了梁溪坐观老人所撰《清代野记》中的记载："管劬安者，阳湖人。父营贾业，生计不甚厚。劬安好游荡，淫朋狎友，频年征逐，累耗父赀。顾其人小有才，面目姣好，且善绘事，工小曲，能为靡靡之音。父以其不可教训，逐之。劬安遂弃父母妻子，只身随同乡入都。会如意馆招考画工，劬安试，膺首选，遂入馆供奉。内廷太监时至馆索画，独赏劬安。劬安又善逢迎，极意结纳，得内监欢，遂受知于李莲英。蒙慈禧召见秘殿，面试之画，大称后意，骤升如意馆首领。"

看来管劬安的父亲也是一位商人，只是生意做得不大。管劬安虽然相貌生得不错，但从小游手好闲，混迹于各种场合，故为父所逐。他来到北京后，正好赶上如意馆招画工，管劬安前去应试，竟然考得了头名，得以入内廷作画，后来因其音乐才能博得了慈禧的欢心："时入宫禁，且以江南淫靡之曲为慈禧奏之，此则北人为有生以来所未闻

杨柳青作品（二）

高桐轩 507

天津杨柳青年画店

杨柳青作品（三）

也。后大喜过望,赏赉无算,命近侍为之置家室,赏居庐于东华门外。刼安亦誓愿鞠躬尽瘁以报,不南归矣。十余年来,积资数十万,置商业于京师。及老留须,遂不恒入宫。当其盛时,宫中园中随驾往来无虚日,后常以'吾儿'呼之,外人遂讹传为慈禧干儿,其实非也。光绪季年,京师江苏同乡设画会,刼安在会中,无锡吴观岱曾见之。美须髯,疏眉朗目,颇有风致,令人想见张绪当年。"

根据这段记载,管刼安乃今江苏常州人,并非传说中的天津杨柳青人,更何况他进入如意馆的时间是清光绪年间,此时段也晚于高桐轩在同治五年(1866)进入内廷的时间。王树村在2002年版的《中国年画史》附录的《民间知名画师举要》中对此说法又做了软化:"同治五年(1866)清廷下诏,命杨柳青画师入京,为贵人画像。当时相传总管'如意馆'的供奉是管刼安。因入宫承应贵人画像非同一般,画工无人敢领命。地方官吏只好找到无师承的高桐轩;高桐轩也愿入紫禁城一开眼界,即随管刼安进京并为慈禧太后传真画像而称旨。从此高桐轩渐渐名闻杨柳青年画行业中。"

王树村将管金安改名为管刼安,也未提及管刼安是杨柳青人,然在时间上仍然列明是同治五年,故高桐轩究竟哪年入宫作画,甚至其是否有入宫作画之事,均难以找到其他佐证材料。然而高桐轩擅长画肖像画之事,却有其他文献予以佐证。王拓在论文中谈到了晚清天津诗人李庆辰在其未刊手稿《獭祭庚编》中所夹一幅高桐轩为李庆辰所绘肖像画——《醉茶叟像》,该画左侧题有:"脱墨形似,独得其神,怡之和悦,蔼然可亲。"

此肖像画作于清光绪十六年(1890),而《獭祭庚编》一稿中还有李庆辰所作《高桐轩为画小照书此赠之即以题照》一文:

生平遇友多奇缘,笔墨交情尤缠绵。桐轩先生写生笔,大名早已闻幽燕，与君畅谈辄相契，为我写照晴窗前。面目逼肖骨格古，须眉生动神气完。持归示家人，少长惊顾喜欲颠。携出示门徒，诸生起敬瞻师筵。友朋相视尽怡悦，众谓毫发无不然，披图自顾亦惊喜，宛如照镜高堂悬。神妙至此称绝技，白描远胜李龙眠。自愧冬烘旧头脑，君能落笔偏增妍。手把一编垂垂老，蹉跎已过半百年。长安不踏槐黄道，任人络绎先着鞭。已将蓬门守寂寞，黄粱无梦图凌烟。感君雅意悲且喜，唾壶击缺歌长篇，此歌若能终不朽，与君名笔千载传。

由这段诗文可知，李庆辰对高桐轩所绘肖像画极其欣赏。民国年间高凌雯所修《天津县新志·人物目录》中也同样记载了高桐轩在人物技法上的娴熟："高荫章，字桐轩，为人画象，著色无多，须眉欲活，盖别有渲染之法。"

大概因为曾经游览过禁苑，所以除了人物肖像画外，高桐轩的景物画，尤其是亭台楼阁的绘制技艺同样高超。薄松年在《中国年画艺术史》中评价高桐轩说："他画中的楼台殿阁庭院园林，皆精致优美富于变化，非其他画师所能企及。故其画颇能脍炙人口，为人所道，代表着清末杨柳青年画的最高水平。"王树村在《杨柳青年画·民俗生活卷》中对高氏的这类画作有如下描绘："因高桐轩所作的年画中，对楼台殿阁等景物布置深邃，刻画精密，即千榱万桶，纤毫不差。院落重重，层楼栉比，位置远近交错不紊，次第连接无错。其所作巨幅重楼复阁之图，传有一二，虽然未见全貌，但就收集到的几幅宣纸年画，如《谢庭咏絮》《春风得意》《潇湘清韵》及此幅《吉羊如意》等图来看，图中蜿蜒无尽的画栋游廊，萦绕曲折的庭院粉壁，深远宁静的林亭寺塔，以及装饰华丽的楼台殿阁等等，既合王府贵戚朱门建筑之格局，又有帝都苑囿设计之雅趣，技艺之高妙为一般画家所不及。"

高桐轩的这种景物绘画与中国传统的界画有无区别呢？王拓在其论文中称："清代宫廷绘画中表现建筑的'线法画'作品与中国传统绘画中表现亭台楼阁的建筑画法'界画'有很大不同。两者虽同样以建筑作为表现主题，但在视觉观感上，'界画'与'线法画'的画面效果完全不一样。传统界画中对于建筑形象的表现在视觉上是'平行式'的，即画面中描绘建筑物的线条在同一方向上都是相互平行的，彼此之间不会相交。而'线法画'则是利用透视原理在画面内外建立一个'灭点'，画面中所有物象的延长线都可集中此点，即力求在画面的平面上表现出纵深的视幻效果，在二维的空间内营造出三维的空间感。"

除绘画作品外，高桐轩另有一部名为《墨余琐录》的画论专著，对于此书，王拓在《图其本相——高桐轩〈墨余琐录〉中的绘画美学思想》中给出了这样的评语："《墨余琐录》是高氏倾其一生编撰整理的一部绘画技法经验和他个人的绘画思想的画论专著，也是中国近代艺术史上一部有名有姓、独具思想，且有着宽阔眼界、学识的民间职业画家阐述绘画创作理论的著作。"

高桐轩在该书中阐述了他对于人物画的理解，他认为绘制人物画不仅要形似，更重要的则是符合人物的形象特征："必先细思其人之忠佞，故事之始末，其地之出处及时节之春夏，画者如身踏其境，目击耳闻其事，画出方可令人相信确有原委可考。写故实之人匪特写其貌，绘其装，尤要肖其品。肖品者，绘古人之平素德行容止也。如荆轲之义勇，武侯纶巾羽扇之风流，陶潜之清风傲骨，太白之潇洒磊落，石崇之豪富，贵妃之娇艳，画时皆寓意笔端。倘不能得其意，纵使笔锋如屈铁，腕下神力生，而不切合故实人物之肖品，则意远神驰，难出妙趣。"对于人物画中的佛道像，也同样如此："画佛道，下笔要净洁清润，像要鼻直口方，眉清目秀，方显静雅庄严。"

董其昌推崇南北二宗说，认为南宗画家的绘画之道主要是自娱怡

杨柳青作品（四）

情,故能长寿,而北宗画家以此为业,苦心经营因而短寿。他在《画禅室随笔》卷二续中称:

> 画之道,所谓宇宙在乎手者。眼前无非生机,故其人往往多寿。至如刻画细谨,为造物役者,乃能损寿,盖无生机也。黄子久、沈石田、文徵仲,皆大耋。仇英短命,赵吴兴止六十余,仇与赵虽品格不同,皆习者之流,非以画为寄、以画为乐者也。寄乐于画,自黄公望,始开此门庭耳。

对于董其昌的这个观念,高桐轩予以了反驳:"刻画细巧乃能损寿,实为缙绅巨公技拙,只重笔墨嬉戏,而乏写生天工之饰词。"显然高桐轩的这句反驳之语乃是站在北宗立场上所言,高桐轩同时认为画家的长寿与否跟其个人境遇有直接关系:"寿与不寿,岂在刻画细巧与否,画工弯躯作画,业此为生,终年不得一饱,'生机'何来,焉能长寿。"

有些画工为了生计作画,因为画名不显,润笔无多,所以仅靠作画难以温饱,长期处于这样的生活境况中,当然难以长寿。而董其昌所说的文人画,绘画者主要出自士大夫阶层,他们大多有着很好的生活条件,当然能够得以长寿。因此高桐轩说:"董其昌辈位居六部侍郎,闷来挥洒无关人世之墨山黑水,心神自然闲旷,能不多寿乎!"

高桐轩通过个人经历说明了画家寿命长短是跟境况的好坏有一定的关联,而与画种并无必然的联系。由此可见,哪怕是董其昌这样的大家,如果所言不符合实际情况,高桐轩一样会站出来反驳。

2019年9月6日,我乘高铁前往天津,此次天津之行乃是受问津书院掌门人王振良先生之约,前去参加一场读书活动,而我提前一天前往天津,就是为了探访两处名人遗迹。说来奇怪,我曾在天津住过

大门紧闭

杨柳青古镇入口处

几年,却从未去过杨柳青镇,此次的天津之行原打算自己开车前往,后在网上查得近期进京车辆查车严格,高速公路拥堵严重,于是改为乘高铁前往。

到达天津站后,我直接乘出租车前往杨柳青镇。我告诉司机目的地就是当地的年画博物馆,然而司机却把我拉到了杨柳青民俗文化馆门前。不知何故这里大门紧闭,放眼望去,这是一个近似方城的大院落,中间是巨大的停车场,四围则是新建的仿古建筑。

当日天气晴好,方城之内几乎看不到游客。我沿着两廊探看一番,左侧是一些年画店而右侧则是几家饭店,在路边遇到一位保安,我问他古镇在哪里,他告诉我从饭店侧旁穿过。按其所言,走入步行街,在这里看到一座新建的石牌坊,上刻"如意大街"字样。透过石牌坊看过去,后面全是新建的仿古街,而此牌坊的左侧还有一座彩绘牌坊,上书"古镇杨柳"。想来这就是步行街的入口。

彩绘牌坊的侧旁有一组铜雕,看上去乃是表现传统的琴棋书画,而下棋者为两位女士,八仙桌上的围棋盘示意性地摆放着十余枚棋子,但这些棋子都放在围棋盘的中心位置,完全违背传统围棋概念所说的

琴棋书画铜雕一组

以年画形象制作的塑像

金角银边草包肚,想来这位身穿清代服装的女子可能也不在乎输赢,因为下棋本身就是一种闲情。

沿着这条主街一路向前走,走到顶头位置乃是一条河道,想来这里应当是京杭大运河的一段,而正是河道的繁忙运输,才造就了杨柳青镇的繁荣,恰如张次溪所撰《天津杨柳青小志》中所言:"杨柳青有运河及盐河之交通,人民因之多业商,而客于四方,农圃者仅百分之一二耳。"

然而成也运河,衰也运河,随着运河的废弃,杨柳青镇也一度衰落了下来。如今在河道边,我看到了一座金色的童子抱鲤鱼雕像,这种造型乃是杨柳青年画中常见的形象,可惜涂成了金灿灿的颜色之后,失去了杨柳青年画独有的韵味。

前行不远看到了石家大院,花三十元买张门票走入院中。此院乃是全国级文保单位,想来里面应当有些年画元素。这个院落占地面积不小,一进一进地看过去,乃是中西合璧式的建筑格局。在院中转一圈,未能找到年画展室,于是原路走出,在售票处问之,对方告诉我,杨柳青年画博物馆要继续前行。

石家大院入口

沿着仿古街前去寻找年画馆

年画馆外观

年画馆匾额

按其所言，边走边打听，沿途所见依然是仿古建筑，有几位地方领导模样的人正在检查古街上的标牌，我向其中一位请教，他热情地告诉我杨柳青年画馆的具体位置。一路穿行，来到了该馆门前，此处门面颇小，匾额却明确写着"杨柳青年画馆"字样，原来出自著名作家冯骥才之手。

在此处花十元购票入内，院中静悄悄的，未见参观者。放眼看过去，这里是新建的传统四合院格局，每间展室内都悬挂着杨柳青年画，能够看到如此多的年画原作，颇觉赏心悦目。有些年画的尺幅不小，故远比印在书上看起来的感觉要好许多。然而古代年画少有留下姓名者，故难以知道哪幅画作出自高桐轩之手。

我从网上还查到高桐轩故居的地址，位于杨柳青镇经堂庙胡同，于是参观完年画博物馆后，回到门前向售票员请问此胡同的具体位置。这位工作人员颇为热心，她经过一番查找，终于找得了一张杨柳青镇游览图，并将此图赠送于我。我拿着游览图找到一个背阴处，仔细查看该图，可是上面并未标明此胡同，恰好此刻有一位老人路过，我马上问他该胡同的地址，他告诉我说，从这条街右转，见口再右转就能进入老街区。

谢过老人后我一路向前走，所经过的路段均是仿古街区。这片街区内未曾种植任何遮阳之树，阳光照射在头顶上，晒得我有些发晕，但我还是边走边打听，终于又遇到了一位知情的老人，他告诉我说这条胡同在前几年被拆除了，然后就盖起了现在的这些仿古街区。

无奈只好沿着仿古街边走边探看，终于在一条街道上看到了一组制作年画的铜雕像，这组雕像分别展现了制作年画的全过程，而我逐一辨认一番，没有一尊雕像刻有姓名。高桐轩乃是杨柳青画师中的佼佼者，如果能在仿古街区内为他立一尊雕像，就会让像我这样前来寻访其遗迹的人有一个可供凭吊之处。真希望下次再来此镇时，能够看到这样一组雕像。

年画作品

布展方式

阳光下的仿古街

一组制作年画的铜雕像

任伯年（1840年—1895年）
仇十洲以后中国画家第一人

任伯年是海派著名画家，与任熊、任薰、任预并称为"海上四任"，将这四位画家放在一起并称，其中一个重要原因是他们同为浙江萧山人。

海派是晚清时期在上海形成的一个独特画派。关于"海派"一词的来由，王伯敏在《关于"海派"的评价》一文中特意讲到了这个问题，该文收录于浙江省中国人物画研究会和杭州市萧山区文联合编的《任伯年研究文集》中。该文应当是以王伯敏先生的讲话稿整理而成。王伯敏说他在1965年从上虞乡下回到杭州，见到了姜丹书老先生。当时，姜丹书问王伯敏是否知道"海派"一词最先出自谁口，王称未曾留意这件事，于是姜丹书告诉他，是苏州杨逸首先点明，而提出"海派"二字者乃是沙馥。

大概在光绪末年，沙馥七十四岁时说了这样一段话："从前冬心、板桥在扬州，人家叫他们'扬州八怪'，其实，人倒怪不了多少，这支笔倒有几分怪，这一怪，怪出个扬州派来。现在，上海大城市，洋场里，什么稀奇古怪都有，不过洋兮兮，都以洋字吃香，这不大像话。上几年去世的几个小老头，浙江人，都姓任，阜长、伯年，还有渭长和他的儿子立凡，立凡谈不上，那个任伯年很不错，如果他们都在世，可以在洋场赛一赛。他们不是洋场派，是我们上海的'海派'。如果你到高邕家里去，可以听听高邕府上各路客人的各种意见。"

如此看来，"海派"一词的来由，是比照着"扬州八怪"而起的。而后，姜丹书对于"海派"的定义，给出了如下界定："就这样，'海派'这个词儿经沙老前辈这么一提，一传十，十传百，几年传了下来，在画坛约定俗成了。现在三任和吴昌硕就成了海派画家。可就'海派'二字，不是泛指在上海卖画为生的画家，它有个特定含义，即指当时在上海，能立新创格，有本领吃饭的中国画家。当时的上海画家，人数不少，有吃'硬饭'的，有吃'烂饭'的，有吃'闲饭'的，有吃'热饭'的，像任伯年、吴昌硕是吃'硬饭'的，即靠自己过硬的本领吃饭。"

"海上四任"都是萧山人，他们出名却是在上海。他们最初的并称也不叫"海上画派"，方若在《海上画语》中称："任渭长（任熊）、任竹君（任淇）、任阜长（任薰）、任伯年（任颐）可称'越中四任'，皆老莲派。伯年晚年参以华新罗法，变易老莲面目，而入化境，于'四任'中又别树一帜。"

海上四任原本被称为"越中四任"，因为他们都是萧山同乡。不过这"四任"的组成却有变化，早期"四任"中的第二位不是任预而是任淇，之后的"四任"中却没有了任淇。但无论怎样排列，任颐都在其中。

对任伯年的艺术成就最为推崇者，乃是现代大画家徐悲鸿。徐写过一篇《任伯年评传》，此传开篇就讲到了任伯年的师承：

> 任伯年名颐，浙江萧山人，后辄署名"山阴任伯年"，实其祖籍也。其父能画像，从山阴迁萧山，业米商。伯年生于洪杨革命之前（1839），少随其父居萧山习画，迨父卒（伯年约十五六岁）即转徙上海。

《风尘三侠图》 苏州博物馆藏

任伯年的父亲也会画画，擅长画人物像，但他不是专业画师，家里主业是经营粮食生意。任伯年从小跟着父亲学习绘画，十五六岁时父亲去世了，任伯年就来到了上海。关于任伯年父亲的情况，伯年的儿子任堇叔在其祖父的画像上写过这样一段话："先王父讳鹤声，号淞云。读书不苟仕宦，设临街肆，且读且贾。善画，尤善写真术；耻以术炫，故鲜知者。垂老，值岁歉，乃以术授先处士。先处士复以己意广之，勾勒取神，不假煊染。今日论者，佥谓曾波臣后第一手，不知实出庭训也。"

任伯年的父亲名叫任鹤声，鹤声虽然喜欢读书，却不以功名为念，在临街开有商铺，边做生意边读书，同时也喜欢绘画，最擅长的是画人物像。鹤声十分低调，对自己的这个特长不愿提及，在当时几乎没有人知道。任鹤声到了晚年，正赶上当地闹饥荒，为了让儿子学门手艺，就把画人像的本领传授给了任伯年。任伯年在这方面很有天赋，一边认认真真跟随父亲学习，一边勤于琢磨和领悟，因此有了很大长进。他画人像的水准，被后世评价为明代曾鲸后第一人。然而很少有人知道，他的这个本领是从父亲那里学来的。

任鹤声既然有这么高超的绘画才能，为什么不做个画家，而非得选择做商人呢？这可能与当时人们对画像的理解有关，很长一段时间以来，人们都认为画像会摄人魂魄，尤其是为死去的人画像是一件不吉利的事，会损及画家自己的阳气，导致画家无后或者折寿。然而到了饥荒年代，生存才是第一要义，这时候的任鹤声大概也顾不上是否折寿，于是将这门手艺教给了儿子。

初来上海的任伯年为了谋生，曾在街头卖画，然而因为没有名气，画作很难卖出去，于是他就在自己的画上署上了任熊的名字，没想到，居然被任熊撞个正着。对于这段故事，徐悲鸿在《任伯年评传》中写得十分具体：

《钟馗图》 徐悲鸿纪念馆藏

是时任渭长有大名于南中，伯年以谋食之故，自画折扇多面，伪书渭长款，置于街头地上售之，而自守于旁。渭长适偶行遇之，细审冒己名之画实佳，心窃异之，猝然问曰："此扇是谁所画？"伯年答曰："是我爷叔。"又问曰："任渭长是汝何人？"答曰："是我爷叔。"又追问曰："你认识他否？"伯年心知不妙，忸怩答曰："你要买就买去，不要买即算了，何必寻根究底！"渭长夷然曰："我要问此扇究竟是谁画。"伯年曰："两角钱哪里买得到真的任渭长画扇？"渭长乃曰："你究竟认识任渭长否？"伯年愕然无语。渭长乃曰："我就是任渭长。"伯年羞愧无地自容，默然良久，不作一声。渭长曰："不要紧，但我必欲知这些究谁所画？"伯年局促答理曰："是我自己画的，聊资糊口而已。"渭长因问："童何姓？"答曰："姓任。当年习艺，父亲长谈渭长之画，且是伯叔辈。及来沪，又知先生大名，故画扇伪托先生之名，赚钱度日。"渭长问："汝父何在？"答曰："已故。"问："汝真喜欢作画否？"伯年首肯。渭长曰："让汝随我们习画如何？"伯年大喜，谓："穷奈何！"渭长乃令其赴苏州，从其弟阜长居，且遂习画。

任伯年冒充任熊鹗画，却被任熊撞个正着，按理这是一件尴尬事，但接下来情节有了反转。渭长细看了伯年的画，又问明了情况，觉得这位年轻人是可塑之材，于是把任伯年介绍到自己的表弟任薰那里。当时任薰在苏州，任伯年来到苏州跟着任薰学习绘画，从而打下了扎实的绘画功底。

如此详细的对话，徐悲鸿是怎么知道的呢？徐在《评传》中称："此节乃二十年前王一亭翁为余言者。"王一亭乃是王震，原来这段故事是王震告诉徐悲鸿的，接着徐悲鸿又写："一亭翁自言：早岁习商，居近一裱画肆,因得常见伯年画而爱之,辄仿其作。一日为伯年所见而喜,蒙其奖誉,遂自述私淑之诚,伯年纳为弟子焉。"

王震告诉徐悲鸿自己早年学习做生意,居住之地的隔壁有一家裱画铺,在那里时常可以看到任伯年的画作,因为喜爱这种画风,私下里常常临摹。某天,他的临摹作品被任伯年看到了,伯年不但没有生气,反而夸奖他画得不错,王震赶紧毛遂自荐,想拜伯年为师,伯年见他说得诚恳,就正式收他为弟子。

王震的这段经历,几乎是任伯年早期经历的翻版。可能正是这个原因,任伯年才收其为弟子,可能也是同样的原因,任伯年才把自己早年的经历,详细告诉了王震。

任伯年跟着任薰学习了几年绘画,而后又返回了上海,但因为那个时段还没有名气,他的画作仍然难以销售。在这个阶段,他遇到了一位关键人物。徐悲鸿在《评传》中写道:

> 任氏画,皆宗老莲,独渭长之子立凡学文人画,不肖其父、其叔,浮滑庸俗。其于伯年造诣,不啻天渊。伯年学成,仍之沪,名初不著。有人劝其纳贽拜当时负声望之老画家张子祥(熊)。张故写花鸟,以人品高洁为人所重。见伯年画大奇之,乃广为延誉。不久,伯年名大噪。

按照徐悲鸿的说法,任伯年能够在上海打开局面,乃是跟当时的著名画家张熊有很大关系。正是因为张熊的大力举荐,才使得上海人渐渐知道了任伯年的名声。然而李仲芳认为,能够使任伯年在上海暴得大名者乃是胡公寿,他在《任伯年评传》中写道:"胡公寿对任伯年极为器重。当时上海古香室笺扇店的老板、画家胡铁梅是胡公寿的好朋友,胡公寿便让任伯年在古香室笺扇店安顿下来,在上海滩成就大

《秋林觅句图》 中央美术学院藏

名以后，绘画订单让任伯年应接不暇。但是，为了感谢古香室当初的知遇之恩，他几乎在每年的十二月，都会静静地在古香室留月山房住下来，为主人作画一段时间。胡公寿还极力向当时的钱业公会等团体推荐任伯年，钱业公会常举办书画家的雅集，胡公寿便带着任伯年一起参加。"

为什么胡公寿的推举就那么有作用呢？李仲芳给出了如下解释："海上画派的画家，大多来自上海周边的城市，以苏州、嘉兴及萧山为最多。杨逸的《海上墨林》记录这批画家最为齐全，他在书中把这群画家分为邑人、寓贤、方外、闺彦四卷，其中绝大多数都是外乡人，即所谓的'寓贤'。而胡公寿则是华亭人，在海派画家中属于难得的'邑人'。当地人的身份加上艺术造诣又非同一般，胡公寿在海派画家中是一言九鼎的人物。"

原来胡公寿是上海本地人，而其他的海派画家基本上都是外地人。以今人调侃上海人的话来说：上海本地人把上海之外的人通通称为乡下人。可见胡公寿在海派中有着何等尊贵的身份。正是在他的推举下，任伯年的绘画水准渐为人知。任伯年对胡公寿的提携也很感激，胡公寿的堂号为"寄鹤轩"，任伯年就将自己的堂号起名为"倚鹤轩"，以此来感谢胡公寿对自己的知遇之恩。

徐悲鸿在《评传》中讲到自己看到了多幅任伯年的精品画作，而后给出了这样的褒奖：

> 此等珠圆玉润之作，画家毕生能得一幅已可不朽，矧其产量丰美妙丽至于此哉！此则元四家、明之文沈唐所望尘莫及也！吾故定之为仇十洲以后中国画家第一人，殆非过言也。

徐悲鸿称他所见到的几幅任伯年精品，水平超过了许多元、明大家，认为任伯年的绘画水平乃是仇英之后第一人。这样的夸赞，或者应当加个定语，那就是明代以来人物画中最有成就者乃是任伯年，因为任伯年的绘画最受后世肯定的，恰恰就是他的人物画。徐悲鸿在《评传》中也说到了这一点："学画必须从人物入手，且必须能画人像，方见工力，及火候纯青，则能挥写自如，游行自在。比之行走，惯经登山则走平地时便觉分外优游，行所无事。故举古今真能作写意画者，必推伯年为极致。"徐悲鸿有着专业的绘画功底，认为人物画能够画得好，再去画其他的画，就会变得游刃有余，他评价任伯年的写意人物已经画到了极致。

2000年秋，任伯年的家乡萧山举办了纪念任伯年诞辰一百六十周年纪念会。范景中先生在会上讲道："我认为任伯年的出现是个奇迹，有时我在跟朋友聊天时说，中国人物画的历史，从顾恺之看下来越看越觉得不光彩，可是任伯年的出现确实是非常了不起的。"洪惠镇在《任伯年意笔人物画的历史地位与艺术特色》一文中亦称："任伯年是古典意笔人物画的最后一位大师，他那鲜明的艺术特色，使他在中国画史上拥有独特的地位。"

任伯年是到了上海之后，才渐渐名声鹊起，而他早年的经历却少有记载。后世对他早期经历的研究，大多凭借他的儿子任堇叔所写的两段题记，其中第一段为《题任伯年画任淞云像》，发表在1928年第三期的《美术界》上：

> 赭军陷浙，窜越州时，先王母已殂。乃迫先处士使趣行，已独留守。既而赭军至，乃诡丐者，服金钏□□，先期逃免，求庇诸暨包村，村据形势，包立身奉五斗米道，屡创赭军，遐迩麇至。先王父有女甥嫁村民，颇任以财，故往依之，中途遇害卒。难平，先处士求其尸，不获。女甥之夫识其淡巴菰烟县，为志志其处，

《牡丹鹁鸽图》 天津人民美术出版社藏

道往果得之。□钏宛然，作两龙相纠文，犹先王父手泽也。孙男董敬识。

太平天国战争时期，任鹤声带着儿子逃难，中途遇害。任伯年到处寻找父亲的尸体却找不到，后来还是外甥女婿认得任鹤声的烟具，以此为特征终于找到了任鹤声的尸体。这段题记交代了任鹤声的死因。而后任堇叔又在题《任伯年四十九岁摄影》时讲到如下一段特殊历史：

先处士少值俭岁。年十六，陷洪杨军，大酋令掌军旗。旗以纵袤二丈之帛连数端为之，贯如儿臂之干，傅以风力，数百斤物矣。战时麾之，以为前驱。既馁，植干于地，度其风色何向，乃反风趺坐，隐以自障。敌阵弹丸，挟风嗞嗞，汰旗掠鬓，或缘干坠。坠处触石，犹能杀人。尝一弹猝至，撼旁坐者额，血濡缕，立殪。先处士顾无恙。军行或野次，草石枕藉，露宿达晨。赢粮蓐食，则群踞如蹲鸱，此岭表俗也。年才逾立，已种种有二毛，嗜酒病肺，捐馆前五年，用医者言止酒不复饮，而涉秋徂冬，犹咳呛哕逆，喘汗颡泚，则陷赭军时道涂（途）霜露，风噎所淫且贼也。此影盖四十九岁所摄，孤子董敬识。

任堇叔的这段题记在后世引起了很多争论。有人据此来说明：年轻的任伯年毅然投奔太平天国革命，不但如此，还成为了革命军中的旗手。也有人从年龄上推断，认为如果任伯年真的参加了太平军，那就无从结识任渭长，在时间上有各种难以吻合之处。

暂且不论这种说法的真伪，从各方面来推论，任伯年都不可能主动参加太平军。同时，他也的确认识任薰。任伯年在《东津话别图》中写过如下一段题记：

> 客游甬上已阅四年，万丈个亭及朵峰诸君子，一见均如旧识。宵篝灯，雨戴笠，琴歌酒赋，探胜寻幽，相赏无虚日。江山之助，友生之乐，斯游洵不负矣。兹将随叔阜长橐笔游金阊，廉始亦计偕北上，行有日矣。朵峰抱江淹赋别之悲，触王粲登楼之思，爰写此图，以志星萍之感，同治七年二月花朝后十日，山阴任颐次远甫倚装画并记于甘溪寓次。

由此可知，任伯年跟任薰有着很好的关系，他直接称呼任薰为叔。这样说来，任熊介绍任颐去跟任薰学画这件事是能够成立的。然而任伯年在这段题记中说自己在宁波已经住了四年，如此说来，很有可能他跟任薰的相识乃是在宁波。那么王震说的任熊让任伯年前往苏州见任薰这件事就不能成立，所以李仲芳在《任伯年评传》中直截了当地说："所以笔者认为，干脆就否定这段逸事的真实性，只作传闻，仅此而已。如果确有其事，肯定只能发生在任伯年与任阜长之间，并且地点就在宁波。"

看来要想把这段事情理清楚，并非一件容易事，因为史料太贫乏了。虽然中间有些细节还不能梳理明白，但任伯年与任薰相识却是没有疑义。既然这种关系没有疑义，那么任堇叔所记载的那段传奇故事，也不会在时段上有着太多冲突。毕竟在后人眼中，任伯年是一位有着独创性的画家，绝不是有着超前思想的革命家。

任伯年如此有特色的绘画技法，当然不会全部来自父亲所传，毕竟任鹤声在绘画史上没有任何名气。中国画的传统理念又不适合画人物，就后世所见，中国的肖像画大多平面呆板，那为什么任伯年的人物画受到了如此高的夸赞呢？后世对任伯年的研究显然也围绕着这个疑问，比如沈之瑜在《关于任伯年的新史料》一文中，认为任伯年直接借鉴了西方的绘画技巧，尤其西洋画中的素描对任伯年影响最大：

《何以诚肖像》 中央美术学院藏

"任伯年有一个朋友刘德斋,是上海天主教会在徐家汇土山湾所办图画馆的主任,两人来往密切。刘德斋的西洋画素描基础很厚,对任伯年的写生素养有一定影响。任伯年每当外出,必备一手折,见有可取之景物,即以铅笔勾录。这种铅笔速写的方法、习惯,与同刘德斋的交往不无关系。"

西方的素描主要是靠铅笔和炭条作为工具,沈之瑜的这段新史料让人得知,原来任伯年也会用铅笔来速写。至于到底他使用的是哪种铅笔,1961年12月6日的《文汇报》上载有张充仁所写《任伯年绘画艺术读画会》一文,该文中称:"据我了解,任伯年的写生能力很强,是和他曾用'3B'铅笔学过素描有关系的。他的铅笔是从刘德斋处拿来的。当时中国一般人还不知道用铅笔。他还曾画过裸体模特儿的写生。"

在这里张充仁不但点明任伯年用的是3B铅笔,还爆料称任伯年画过裸体模特。如此说来,他的人物画确实借鉴了西洋绘画方式。因为他所使用的材料是西式,而他接受的训练方式,也同样是西洋画惯常使用的功底训练。那么任伯年又参考过哪些西洋画作呢?日本学者陈舜臣在《中国画人传》中说道:"任伯年等人并未直接受到欧洲画的影响,毋宁说是经由受到欧洲影响的日本而间接接受吧。任颐在上海时,日本已经设立了作为东亚文书院前身的日清贸易研究所,日本人居住和旅游者也不少。在日本旅游者中,也有人在画家云集的上海购买中国的书画和土特产。"

陈舜臣认为,任伯年并没有直接学习西方绘画技巧,虽然他的绘画作品中融入了西方元素,但他却是从日本人那里转借而来的。且不管这样的论述是否真实,但至少说明,任伯年在人物画方面能够取得如此高的成就,跟他借鉴了西方绘画技法有一定的关系。

正是因为他迥异于同侪的功底训练,使得任伯年的画作带有独特

《五月披裘图》 故宫博物院藏

的风格，受到了极高的追捧，很多画商整天追着任伯年讨要画作。方若在《海上画语》中记载这样的故事："伯年外出，即终日不返。家人愿其多作画，可多得润资，戒勿出。有日，闻挝门急，内出恶声，既而察知呼音之为吴昌硕，门始启，笑谢曰：'不知是吴先生，意为高邕之又来引其去也。'"

任伯年不愿意天天在家画画，经常出门去找朋友，使得家人很不高兴，因为他们希望任伯年多画画多赚钱。章利国在《任伯年与海上艺术市场》一文中写道："寓沪近三十年，任氏留下了数以千计的遗作，实际数字自然要大大超过。一则传闻可以多少说明任颐彼时的艺术品生产情况。住在三牌楼久大茶叶店隔壁时，任颐已成为名家。购画者日多而讨画者杂之。任氏家人（夫人或岳母）让画家上楼一心作画，自己坐守楼下接待购画者，先收润资，约期取件而绝不爽约，同时挡住讨画者和一般应酬客人。有时订件多，画家一晚要画数幅乃至十数幅。"

这段描写很形象。伯年的名气太大了，前来求画的人络绎不绝。任伯年的夫人或者岳母干脆亲自出马，堵在门口先收定金，而后再由任伯年完成任务。伯年成了家中的挣钱机器，如果有人想不付钱索画或者找任伯年外出玩，家人就会发出恶声。然而，如果是吴昌硕来，家人倒是不反感。

从资料记载来看，吴昌硕曾经跟任伯年学过绘画。郑逸梅在《任伯年诞生一百五十周年》一文中说道："吴昌硕学画于伯年，时昌硕年将大衍矣。伯年为写梅竹，寥寥数笔以示范，昌硕携归，日夕临摹，积若干纸，请伯年正定。伯年视之，则竹差得形似，梅则臃肿大不类，伯年曰：'子工书，不妨以篆隶写花，草书作干，变化贯通，不难得其奥诀也。'昌硕从此作画甚勤，每日必趋伯年处请益。伯年固性懒，因此画件常搁置，无暇再事挥毫，妻又恚甚，欲下逐客令，伯年一再劝止之,始已。世俗认为昌硕和伯年的关系为友而师,实则伯年颇喜奖掖后进,不以师道自居,那么关系是师友了。"

这段描写颇为详细,先由任伯年画出示范,而后吴昌硕回去临摹,临摹完毕后,再拿着作品请伯年品评。在当时,吴的作业不能让任伯年满意,于是他教给了吴许多扬长避短的办法。因为吴昌硕时常登门,耽误了伯年作画的时间,让任妻大感不满,想对吴下逐客令,好在这事最后让任给劝阻住了。

任伯年努力绘画,为家中积攒了一大笔财富,然而他自己却并不怎么花钱,整日穿得破破烂烂。李伯元在《南亭笔记》中说:"(任伯年)终岁伏处一室,六月犹御羊裘,迫于孔方之命,亦往往少暇时。"

为了挣钱,任伯年很少出门,除了家人的逼迫,他自己也的确非常勤奋,他挣那么多钱用来干什么呢?原来他想回老家买田地,可惜的是,他大半生的努力后来都打了水漂。李仲芳在《任伯年评传》中写道:"任伯年拿出了他的大部分积蓄,所说有二三万大洋,托其表姐夫在老家购置田产。但其表姐夫喜欢赌博,竟然将任伯年交付的钱款全部输光了,没有了钱款,他的表姐夫就做了几份假田契蒙骗任伯年。"

如此一大笔钱轻易就被骗走了,这件事还要从他的身体说起。任伯年长期患有肺病,在那个时候,治疗肺病没有特效药,因此每到胸闷疼痛时,任伯年就靠吸食鸦片来止疼。这种做法其实是饮鸩止渴,渐渐地,他抽大烟上了瘾。鸦片瘾在早年并没有影响他的绘画,徐悲鸿在《评传》中写道:"任伯年嗜吸鸦片,瘾来时,无精打采,若过足瘾,则如生龙活虎,一跃而起,顷刻成画七八纸,元气淋漓。此则其同时黄震之先生为余言者。"

看来大烟成了任伯年的提神剂,可惜的是,到他五十岁的时候,肺病越来越重,烟瘾也越来越大,使得他晚年很少再作画。到了光绪

《观音送子图》 天津艺术博物馆藏

二十一年（1895）十一月初四，这位大画家因为肺病在上海去世了。

任伯年离世后，他的画作在后世继续受到推崇，比如黄胄在《任伯年笔意》中说：

> 伯年为近代大匠，无论花鸟、山水、人物、动物皆精能独到。惜其未能高年，如能延寿十年，凡云伯年甜俗者皆受当头棒也。虽如此，伯年自是当代大师，其深远影响非正统自居者可知。

黄胄认为任伯年的绘画作品不仅仅是在人物画方面，在其他方面也有独到之处，可惜他去世得太早了，否则任伯年还能创造出更高的成就。但是，陈传席却认为，任伯年的人文功底差，他不太可能走到更高的高度，他在《"四任"及其艺术》一文中说："任伯年只是一位职业画家，他不是文人，诗文皆不足名家，因而他的画中文气和内涵皆不足。有时用笔外露、轻佻缺乏稳重沉着感，晚年用笔过于草率，勾线和点染速度都太快，含蓄不够，变化也少，但却增加了生动感。"

为什么会出现这样的弊端呢？陈传席也在该文中做出了客观分析："当然，任伯年画中走笔草率、快速，包括其线条的'钉头鼠尾'毛病，也和上海的商业气氛有关，甚至和他吸鸦片，有肺病有关，他在上海卖画为生，买家索画太急，他不得不快画，他生病，情绪急躁，吸鸦片后，情绪激动，都促使他下笔迅速，来不及含蓄，但也形成了他的生动奔放、清新淋漓的特点。"

看来是身体原因和环境因素，使得任伯年的画作缺少一种内在的含蓄。然而瑕不掩瑜，他的独到之处确实受到了后世高度肯定。任伯年去世时，他的好友虚谷写了如下一副挽联，高度肯定了任伯年在绘画方面的创新：

《杂画屏之三：携琴访友》 南京博物院藏

笔无常法，别出新机，君艺称极也；
天夺斯人，谁能继起，吾道其衰乎！

  任伯年的祖籍乃是浙江萧山瓜沥镇东恩村，而今这里建起了任伯年纪念馆。此次来到杭州开会，会议结束后，我请萧山古籍印刷厂的张鹏先生带我前往该村。张鹏虽是萧山人，却未曾到过这间纪念馆，于是一路跟着导航，来到了航坞山。

航坞山原名龛山，"龛"字又常俗写为"坎"，钱塘江的出海口就在此山。《西湖游览志》卷二十四中载："浙江之口有两山焉，其南曰龛山，其北曰赭山。并峙于江海之会，谓之海门。"

然而我等来到此处，却未曾看到钱塘江的壮阔。我们的车停在了龛山的入口，向路边的摆摊人询问，没人说得清任伯年纪念馆在哪儿。这让我跟张鹏开始怀疑自己所查资料的正确性，于是决定上山一探究竟。我们沿着台阶向上走，登上第一个平台时，方看清山上乃是一座佛寺。这显然跟任伯年无关，由此而意识到导航出了问题。张鹏猛然想起，有一位了解情况的朋友，立即进行场外求助，果真，任伯年纪念馆不在这里。

我们立即下山，开车沿着山脚右侧道路蜿蜒前行。不到两公里，就见到了一个广场。广场周围的花园立着太湖石，我本能地觉得，广场后边的仿古建筑应该就是任伯年纪念馆。停车后，走到门前，匾额上却写着"航坞公园"。询问门口的一位年轻人，他告诉我们，纪念馆就在此公园内。

沿着公园道路一直向内走，果真在里面找到了任伯年纪念馆。然而纪念馆的大门紧闭着，门板上贴着一纸通告：任伯年纪念馆正在进行馆舍建设，为确保人身安全，施工期间暂不对外开放，请谅解。落款为瓜沥镇航坞山旅游度假区管委会。后面没有日期，从纸色观察应该贴了不短时间。

这种情形让我二人大感失望，我用力敲击门板，里面没有回声，于是沿着纪念馆外墙四处寻找可拍照之处。在公园内，无意中找到了一口古井，旁边的刻石上写着"温泉井"的字样。温泉能作洗澡之用，但作饮用水我却未曾听闻，旁边的介绍牌也未写明此井跟任家有关。

正在此时，有一位长者走入公园，我立即上前询问如何进入纪念馆。他告诉了我一个诀窍："开车进村，而后穿过村庄，在路的顶头位

广场后的仿古建筑

纪念馆匾额及通告

看到了温泉井

沿途一直是仿古围墙

公墓入口处的简易房

好心的妇女给我们打开了后门

映日荷塘

到处是水面

置是一个公墓，公墓门口的左侧就是纪念馆的后门。如果那个门上着锁，就要到马路对面的商店内找一位妇女，她有开后门的钥匙。"

今天真是遇到了贵人，竟然无意中得知了这么一个诀窍。于是郑重地谢过老人，立即乘上张鹏的车。按其所言，行驶在窄窄的水泥路上，果真在路的尽头看到了航坞公墓。行进之路的左侧始终是仿古外墙，我感觉里面恐怕都在纪念馆的范围之内，其面积之大，让人疑惑。

在航坞公墓门口的位置，果真看到了一扇很小的铁门，用力敲击一番，里面没有人应答。张鹏想起那位贵人的指导，于是我们走到马路对面，而这里并无商店，仅有一个简易棚，里面堆着许多纸折的银元宝，一位中年妇女坐在那里折叠元宝。张鹏走上去，用当地话跟妇女交谈一番。而后她站起身来，向那个小铁门走去，掏出钥匙打开了门。我不知道张鹏跟她说了什么，但还是从内心感激她给予的方便。

走入铁门，映入眼帘的是水面，脚下是一条窄窄的路。水面上建起了几栋仿古建筑。我正在拍照，猛然听到屋里有人问："干什么的？！"这句话吓了我们一大跳，因为纪念馆内空无一人，我们本能地以为这里面不会有声音。张鹏立即搭话，他的当地话果真管用，我虽然听不懂他们的对答，但从张鹏的脸上读出，说话人同意让我们进内拍照。

纪念馆的面积之大超出了我的想象，看来刚才开车行进所经过的围墙范围，确实都是属于纪念馆的，其占地面积远远超过了一些中等公园的规模。里面已经建起了大量的仿古建筑，但却看不到人影，走在公园内，可以看到后面的山，而山后应该就是钱塘江的入海口。如此美妙的环境，也是诞生一位大画家的必要条件吧。

因为纪念馆的面积巨大，我二人也不知道从哪个角度转起，于是沿着左侧的位置边走边看。其中有几座仿古建筑开着门，走入里面探看，虽然主体工程已经完工，然而里面空空如也，还未开始布置展品。

穿过一座座的大殿，来到了主体建筑的中轴线，这条中轴线上也

建造得颇为用心

巍峨的大殿

山色空濛

画坛圣手

是一进一进的院落,布局有点像大型的寺庙,不明白为何是这样的建造方式。我在一座大殿的门楣上看到了"画坛圣手"的匾额,由此可证,这座纪念馆的建筑的确都跟任伯年有关,并不是为了建造一座大佛寺而附设了纪念馆。

馆内有着大片的水域,其中一些水面与长廊相连,在静静的水面之上,盛开着一些睡莲。天气不错,远山雾气蒙蒙,在阳光映照下,安静的纪念馆有着若隐若现的神秘。我不知道纪念馆在全部完工之后,会不会布置很多任伯年的画作,如果是真迹,那当然令人惊喜,但即便是仿制品,也同样会让欣赏者了解到任伯年绘画的高妙所在。且不管这座纪念馆是否真的建在任伯年旧居之上,毕竟该村诞生了这么一位著名画家,已经足够让村里人为之骄傲。如此说来,他们在这片青山绿水间,建造起这样一座宏大的纪念馆,也完全能够让人理解了。

吴友如（约 1840 年—约 1893 年）

写风俗记事画，妙肖精美

陈克涛在《海派书画名家图典》一书中，将海派画家分出十六派，其中之一被称为"时事派"。关于该派的情况，书中讲道："'时事派'以吴友如为代表。吴友如，他早年接受费丹旭、改琦等人画风，继学桃花坞年画。到上海主持《点石斋画报》后，便大量吸取画界同道之精华及西洋画的技艺，作品多反映时事。追赶时尚、贴近生活，可称'时事派'。其作品在具有创新艺术之意境的同时，还为今日留下珍贵的史料，更是专家学者研究上海近代史的难得文献资料。他创办的画报，无疑为日后的连环画奠定了基础。追随这贴近市井，反映习俗风格的画家有丁悚、郑曼陀、金桂、张淇、田英、金鼎、葛尊、周慕桥（同画点石斋）、丰子恺、胡伯翔、金梅生、杭穉英、谢之光、沈子丞、朱梅邨等，及当代贺友直、程十发、戴敦邦等人。"

这段话指出"时事派"的代表人物是吴友如，也点出他画风的来由，以及《点石斋画报》与吴友如的关系，同时也提及了吴友如的画风对哪些画家产生过影响。

关于《点石斋画报》的来由，潘耀昌在《从苏州到上海，从"点石斋"到"飞影阁"——晚清画家心态管窥》一文中提及："我国最早的石印画报《点石斋画报》创刊于光绪十年四月十四日（1884 年 5 月 8 日），是我国最早的报纸之一——《申报》的副刊。《申报》是英国

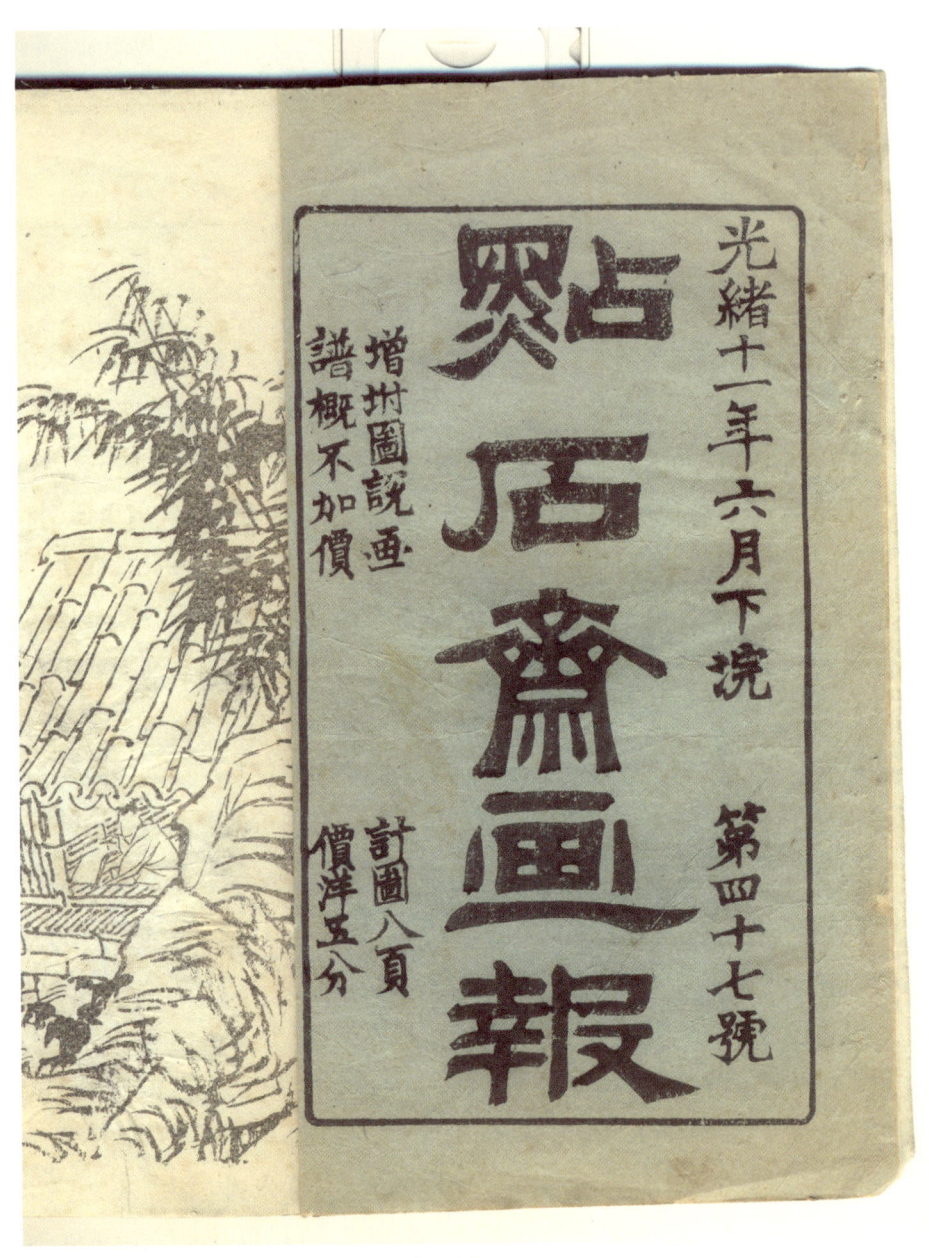

《点石斋画报》第四十七号　光绪十一年石印本　书牌

商人欧内斯特·梅杰（Ernest Major）伙同其友人合办的。欧内斯特与其兄弗雷德里克·梅杰（Frederick Major）于同治初年来到上海，他俩开办了中国最早的化工厂和火柴厂，并从事贩茶叶、棉布等生意。欧内斯特精通汉语，当太平天国被镇压下去后，上海工商业暂时萎缩，他经营的茶业亏本不济，于是听从他的买办的建议准备办报。他派人赴香港调查报务，特别是外国人办的华文报纸《中外日报》，并指使几个中国文人在沪办报。同治十一年三月二十三日（1872年4月30日）创《申报》。"

《点石斋画报》跟《申报》有着直接的关系，因为它是《申报》的副刊，《申报》的创始人欧内斯特·梅杰后世大多将其译为美查。关于美查的情况，除了以上的叙述之外，姚远、李楠所撰《〈点石斋画报〉及其编辑传播策略研究》一文又有如下说法："美查为最主要的主办者，为英国商人、报业资本家。同治元年（1862）与其兄弗莱得利克（Frederick Major）到上海，从事茶叶等出口贸易和洋布等零售业务，曾开办美查造胰（肥皂）厂、燧昌自来火局、上海榨油厂等。不久，买下立德洋行金银熔炼厂，改为美查制酸厂（Majors Acid Works）。光绪二年（1876）改名为江苏药水厂（Kiangsu Chemical Works）主要制造硫酸，供铸银使用，是为上海最早的化工厂。同治十一年三月二十三日（1872年4月30日），与三名英国人合股创办上海申报馆，主持报务，以商业经营原则经营《申报》17年，对其进行一系列改革，提倡以报道工矿业、商业、对外贸易、交通运输业、城市建设和社会新闻为主。光绪五年（1879）创办点石斋石印书局，又增办遂昌火柴厂和图书集成印书局等。光绪十五年八月三十日（1889年9月24日）组成美查（兄弟）股份有限公司，资产30万两白银6000股。曾任上海工部局董事。光绪十五年（1889）回国，1908年3月病逝于英国。"

《申报》创刊后，因为没有竞争对手，很快打开了市场，成为了上海以及周边地区人们了解资讯最重要的新闻媒体。为此，美查获得了大量的利润，而后为了适应市场，他又引进了石印技术，为此专门成立了点石斋石印书局。关于该书局的情况，上文中简述道："点石斋石印书局（Tienshihchai Photolithographic Publishing Works）是中国最早的石印印刷出版机构。由英商美查创办于光绪五年（1879），聘华人邱子昂为石印技师，初以照相缩印术翻印殿版《康熙字典》，又印《佩文韵存》、《渊鉴类函》、中英文合璧的《四书》、中外舆图、西文书籍、碑帖画谱等，获利颇巨。"

以石印技术翻刻古籍最为便利，当年点石斋石印书局仅《康熙字典》一书据说就印了十万部以上，并且仍然供不应求。以石印技术印制图画也同样容易，故点石斋也准备印制画报。虽然说在《点石斋画报》之前已经有了几种画报，但影响力都不大，且这些画报的内容都与时事无关，因此美查决定新创建的《点石斋画报》要跟社会上、国际上发生的大事有关联，故该画报创刊后迅速风靡天下。

早在1876年，《申报》就已尝试着出版画册，该报在5月25日做了如下广告："本馆现从外洋购得英国有名画师所绘中外各景致画图，如京师天坛大祭、南口商贾往来、外洋北极冰海、新造铁甲兵船、英法俄三国交仗，内中人物、房屋、树木、器械以及一切情景，虽中国工笔界画，无此精致。共计十又八幅，本馆逐幅题明来历，以便阅者一望而知。俱用顶上洁白外国纸装裱成册，加以蓝色蜡笺盖面，均极工整，每册取洋二角。此系外洋贵重之物，画者刻者皆名重一时，因初到中国，仅取薄价以图扬名之意。"

这本画册中的十八幅铜版画既有西洋景致也有中国建筑，转年，《申报》又制作了《瀛寰画报》。该画报总共五卷，合计有五十三幅图片，但这些图片的内容品味颇高，难以打开市场，于是美查决定另外创建一种平民化的图册，想出了创办《点石斋画报》这个主意。

创办画报首先需要画师，美查在1884年6月7日的《申报》上发布了《招请名手绘图启》：

> 本斋新得奇书数种，均属未刊行世者。其事可惊可喜，而笔墨之精妙，真所谓翩若惊鸿，矫若游龙，要非寻行数墨家所能望其项背。惟有说无图，似欠全美。故特招请精于绘事者，照说绘图，襄成是事。如有丹青妙手，愿与此书并传者，即照前报所登画幅尺寸，绘成样张，寄至上海点石斋账房。一经合用，当即函请至本斋面议一切。此布。

美查自称《申报》得到了一批未曾出版过的奇书，打算将此出版，但考虑到有文无图，似乎无法体现该书内容之妙，为此想聘请丹青妙手来为该书绘出插图。可见，此时的美查已经意识到图画对于书籍传播的重要性，而他是否真得到了奇书稿本，那是另一回事，说不定这只是一种说辞。他要求应聘者先根据报纸上的图画尺幅画出样张寄来挑选，这段话也可说明，在此之前的《申报》上已经有了图画内容。

也许是为了吸引更多的画家来应聘，美查在该月的《申报》上又刊登出一则征画稿的启事：

> 本斋印售画报，月凡数次，业已盛行。惟外埠所有奇怪之事，除已登《申报》者外，未能绘入图者，复指不胜屈。故本斋特告海内画家，如遇本处可惊可喜之事，以洁白纸新鲜浓墨绘成画幅，另纸书明事之原委。如果惟妙惟肖，足以列入画报者，每幅酬资两元。其原稿无论用与不用，概不退还。画幅直里须中尺一尺六寸，除题头空少许外，必须尽行画足，居住姓名亦须告知。收到后当付收条一张，一俟印入画报，即凭条取洋。如不入报，

收条作为废纸，以免两误。诸君子谅不吝赐教也。

这则启事可以说明美查其实并没得到什么珍本秘笈，他只是想通过第一则启事来引起画家的注意，第二则启事则直接让画家自己将听闻到的奇闻逸事绘成图画寄来备选，一旦选用，每幅给两元的画资，如果落选也不退稿。正是这一年，美查创办了《点石斋画报》，可见他的这些启事确实是征集画家的手段之一，因为《点石斋画报》创刊之后有十几位画家在此专职搞创作，而吴友如为其中最著名的画师。

但是，关于吴友如是在《点石斋画报》创刊之前还是之后进入《申报》工作的，相关资料有着不同说法。杨逸所著《海上墨林》中称：

> 吴嘉猷，字友如，元和人。幼习丹青，擅长工笔画，人物、仕女、山水、花卉、鸟兽、虫鱼，靡不精能。曾忠襄延绘《克复金陵功臣战绩图》，上闻于朝，遂著声誉。光绪甲申，应点石斋书局之聘，专绘画报，写风俗记事画，妙肖精美，人称圣手。旋又自创《飞影阁画报》，画出嘉猷一手，推行甚广。今书肆汇其遗稿重印，名曰《吴友如画宝》。

这段话称吴友如自幼就喜欢画画，最擅长工笔画，曾经给曾国荃画过一套《功臣图》，名气大到连皇帝都听说了，因此而名显于世。《申报》创建《点石斋画报》时，吴友如前去应聘，因其所画十分精彩，被人称为该界圣手。后来他离开《申报》自己创建了《飞影阁画报》，所有图录都出自他一个人，又有人将他的画稿汇在一起，编成了《吴友如画宝》一书。

从杨逸所记可知，吴友如先是在画界出了名，而后才去点石斋书局应聘。郑逸梅在《点石斋石印书局和吴友如其人》中也持这种说法："从此，吴友如的声名一天天的大起来，甚至清朝王室也招他绘《中兴功臣图》。他费了几个月工夫，把画完成了。因不惯束缚，急急的南还。他路过上海时，石印书局正发行《点石斋画报》，便请他担任绘画主干。"

但是，吴友如在1890年10月《飞影阁画报》第六号的跋语中自称：

> 画报昉自泰西，领异标新，足以广见闻，资惩劝。余见而善之，每拟仿印行世，至焉未逮。适点石斋首先创印，倩余图绘，赏鉴家佥以余所绘诸图为不谬，而又惜乎余所绘者每册中不过什之二三也。旋应曾太官保之召，绘平定粤匪功臣战绩等图。图成进呈御览，幸邀称赏。回寓沪，海内诸君子争以缣素相属，几于日不暇给。爰拟另创《飞影阁画报》，以酬知己。

吴友如说《点石斋画报》创办后，他前去报社当画师，此后不久应曾国荃之召，前去画《功臣图》，此图绘制完毕后进呈御览，受到了皇帝的夸赞。以此可见，他是先入点石斋书局，而后才为曾国荃画《功臣图》，说明并不是因为他绘制《功臣图》有名才入点石斋。对此《申报》还刊登过《战绩图稿石印告白》：

> 丙戌夏，两江制府曾公召画史吴嘉猷绘中兴战绩暨文武功臣诸图，将以进呈御览。煌煌乎钜制也。逾年全图造成，吴君归，出其稿，凡若干幅。其画战绩也，某将由某路进攻，某帅从某处策应，悉按当时实事，而于山川形势，壁垒规模，道里远近，方隅向背，皆亲至其地，依据描摹，了如指掌焉。其画功臣也，或

对写真容,或追摹遗像,莫不添颊上毫,传阿睹神,杜少陵《丹青引》曰:"褒公鄂公毛发动,英姿飒爽来酣战。"吴君此作,当与曹将军后先媲美焉。自军务肃清以来,迄今垂三十年,当时之谋臣勇士,伟绩丰功,虽二三父老犹能追述,未若是图之详且实者。维是进御深宫,非草野所能窥也,而铺张骏烈,亦盛世所许可也。谨以此稿付诸石印,自六月十六日起,冠列画报,按期出书,俾薄海内外,咸知我国家武功之盛,震铄隆古,未始非润色鸿业之一端云。吴君,字友如,三吴之名画史也。

丙戌为1886年,也就是光绪十二年,此时吴友如已经在点石斋书局工作了两年,以此可证,吴友如的确是先在点石斋工作,而后才入京为曾国荃画《功臣图》,两年后吴友如又返回点石斋继续做画师。这中间因为他离职两年,点石斋又招聘了一些画师,故吴友如返回后,画报中只有两三成的画作出自他手。这种状况让吴友如有心理落差,于是他离开点石斋,独自创建了《飞影阁画报》。

关于吴友如在绘画上的师承,郑逸梅在《点石斋石印书局和吴友如其人》一文中写道:"吴友如是江苏元和(苏州)人,名嘉猷,友如是他的字。他从小死了父亲,很是孤苦,由亲戚介绍在阊门城内西街云蓝阁裱画店当学徒。这云蓝阁是兼卖书画的,那些书画,大都陈腐粗俗,不堪入目,不是'生意兴隆通四海,财源茂盛达三江'的蜡笺对,便是什么关圣帝君、姜太公钓鱼、张仙送子等。即使画些山水、花卉、草虫、翎毛,也是拙稚平凡,毫无艺术价值。这种作品,大家都叫它'作家货',买的主要是老农民。在苏州,卖'作家货'的地点,一部分在城里玄妙观内,一部分在阊门西街一带,所以云蓝阁的营业是比较兴旺的。吴友如在这书画氛围中瞧得多了,也能动笔描摹。附近有位画家张志瀛,看见他的作品,认为笔致不俗,可以造就,便尽心竭力地加以指导。吴也的确聪明灵巧，只几个月，就有飞速的进步，什么都能画，人物仕女，更为擅长。"

此处称吴友如原本在苏州某画店做裱画工作，因为看得多了，也能照着画上几笔，恰好附近有位叫张志瀛的画家，看到吴友如有绘画潜质，于是就用心教授，使吴友如掌握了绘画技巧。即此可知，吴友如的绘画启蒙老师是张志瀛。然而，吴友如在创办《飞影阁画报》的小启中却有另外的说法："余幼承先人余荫，玩愒无成，弱冠后遭赭寇之乱，避难来沪，始习丹青，每观名家真迹，辄为目热心存，至废寝食，探索久之，似有会悟，于是出而问世，藉以资生……"

吴友如自称因为太平天国之乱，从苏州避难来到上海，这时才开始学习绘画。因为看过一些名家的真迹，于是用心揣摩，渐渐悟出了画理。由此又可看出，似乎他学画并不始自苏州。1990年第3期的《美术研究》上刊发了龚产兴所撰《吴友如简论》一文，该文中有如下一个段落：

> 1958年，我下放到江苏省高邮县一沟乡劳动，一个偶然的机会，在上海拜访了颜文梁老师，在谈到苏州近代画家时，颜老讲一位熟悉吴中文献的同志曾对他说过，吴友如的后裔还寓居上海。颜老建议我去访问一下，次日我就见到了吴友如的孙女，据她说，从她记事起，常听父亲讲，吴家祖上在苏州，原是经商的，在长毛造反时（即太平军攻打苏州时），她祖父从苏州逃到上海，之后，吴家一直住在上海。来沪时，她祖父还年轻，学画是到上海后才开始的。后来，名气很大，声誉极高，求画者甚多，清政府请她祖父到京城作画，绘制了许多精品。至此，他得到了游历各地的机会，足迹几遍大半个中国，目有所见，心有所得，画事益进。从京城回到上海后，曾主持《点石斋画报》前后将近十年之

久。她祖父以卖画为生，直至去世。

龚产兴说他通过颜文梁找到了吴友如在上海的孙女，其孙女的说法跟吴友如基本相同，也就是他来到上海之后才开始学画。但是1959年出版的《文物》第3期上刊发有顾公硕所撰《苏州年画》一文，该文中首先称："山塘画铺，以沙氏为最著，谓之'沙相'。沙氏世代是人物画家，尤其仕女的面相，画得很精工，因有'沙相'之称。"

苏州的山塘街在清代有大量的画铺，最流行的是沙馥的画法。顾公硕在文中又写道："其余如吴友如、田子琳、金蟾香、马子明等，据说也都是山塘画铺中的画家，吴友如所画仕女的面相，无疑是'沙相'，很可能为沙门弟子。"

所以顾公硕猜测吴为沙门弟子。王树村在《吴友如、钱慧安与年画》一文中写道："今天尚存于世、刻有吴友如款的年画，苏州刻版的有：《豫园把戏图》《法人求和》《董福祥像》等。杨柳青年画中，存有《子孙拜相》《丰年吉庆》《欢天喜地》《余荫子孙》《争名夺利》《群争富贵》等八幅。周积寅在《江苏历代画家》中提到，吴友如在苏州虎丘山塘街年画铺中创作画稿多以历史故事和社会风俗为题材，现知的有《除三害》《割发代首》《闹元宵》《村读图》等，是桃花坞年画中的精品。"

今天仍然能看到刻有吴友如款的苏州年画，以此可以推论出，吴友如在苏州时就已经会画画。其他的资料也可做出反证，比如2005年版的《上海通志》第八卷中称："清末同治至光绪年间，上海县城内旧校场有桃花坞年画代销店铺，因有利可图，有的自己刻印年画，请苏州桃花坞画师绘稿，聘苏州桃花坞工匠制作，画技、印刷、纸张均比桃花坞所产考究，行销颇畅，有的还返销苏州。"

原来上海也出版桃花坞年画，也就是说吴友如在上海学画后，也

《海上百艳图》二卷　民国上海璧园石印本　内页

可以创作苏州年画。但若按常理来推，上海的这些画店要请人来绘制桃花坞年画，更多的要找当地的熟手来制作，如果吴友如之前没有从业经历，那些画店不太可能请他来创作苏州年画。这样说来，似乎他在苏州老家时就已经有了绘画基础，较为符合常理。

关于吴友如进入点石斋书局之前的绘画情况，鲁道夫·G.瓦格纳在《进入全球想象图景：上海的〈点石斋画报〉》中称："1880年春，德国皇孙海因里希（Heinrich）访问上海，上海道台在城内的豫园设宴招待他和整个领事团。这是一件相当轰动的事情，不仅是由于这是第一次这种性质的招待宴会，而且还因为道台是以使用刀叉的西餐来招待西方客人。吴友如被要求作一幅画来纪念此事。画上的题词在提及吴友如时称之为'画工'，意思是指一名遇到这种情况时可以被雇佣来作画'以纪之'的画家。"

德国皇孙访问上海，当地官员在豫园招待他，在那个时代这当然是很重要的一件大事，而吴友如被请来画下实况，这足以说明他当时在绘画界已很有名气。能请吴友如去画这种实景，说明他有一定的写生基础，这跟传统的中国画家的画法有一定的区别，而《点石斋画报》上的一些画法借鉴了西方绘画技法，也就是很多画面是用焦点透视法绘制而成，而当初的桃花坞版画也有这种借鉴。

正是因为有着这样中西结合的绘画技巧，再加上所画图像在内容上的奇特，使得《点石斋画报》风行天下。该画报介绍了许多社会新闻，以及西方的一些科技和新发明，比如《吴淞形势》《台军大捷》《西商集议》《水底行船》等等，从名字上即可知道该画报刊刻之内容。比如"磬欬常存"一篇的题记为："数年前西人创有传声器，即德律风，能通远近语言，可谓奇矣，今有美国人爱第森者新创一器，名曰记声器，则奇之尤奇，非但可以传声，并能使所言之语存于器中移送他处，虽极之数万里外，伏而听之，无异面谈。听过之后其声仍留，即流传至数十百年永不走泄。他若歌曲管弦等类，凡有声者无不可以收入……"

这里谈的则是爱迪生发明的留声机，第一台留声机诞生于1877年12月，而点石斋该图文则刊发于1890年，说明那时西方的新生事物已经通过《点石斋画报》让百姓得以了解。但是画报为了吸引民众，也会刊载一些经不住推敲的道听途说，比如1888年9月第164号所刊之图名《缩尸异术》，该图中的说明文字为："自西法兴，而化学流行，电气强水之用广，几至无物不可以求缩……苦孛而者，美国之名医也，制有药水，能将新死之尸缩成小体，长仅一尺五寸，阔一尺二寸，厚一寸三分。其坚如石，历久不腐。盛以木匣，颇便携带焉。"

这种消息受到了不少人的质疑，故转年3月所发第182号《点石斋画报》上刊登出了《画报更正》："本斋向有画报，系仿西人成式，一切新闻皆采自中外各报。去年八月间登有《缩尸异术》一节，十月间登有《格致遗骸》《戏尸类志》各节，虽系各有所本，嗣经确探，始知事出子虚。本斋正在登报更正间，适逢宪谕传知，合亟登报声明前误，以释群疑。"

《点石斋画报》中也会宣扬一些传统的因果报应之说，比如《雷埋逆妇》的介绍文字中写道："新建人洪某是个孝子，母亲年迈且双目失明。洪某打工得钱买肉、面回来，让妻子做给母亲吃，其妻往往自己吃。一天忽然暴雨雷电，过后其妻失踪。洪打工回家，见石山上妻子埋在其中，山石上有二十多个字，意即惩罚该人。三年后待其子断乳时她终被雷击死。"

因为媳妇不孝敬婆婆，以至于遭雷劈埋在土中，但因孩子还小，所以不能让此妇死去，等三年断乳后再遭雷击而死。看来这三年的活法有如被如来佛压在五指山下的孙悟空。但无论怎样，《点石斋画报》以其图文并茂的优势大受市场欢迎。

鲁迅曾在《上海文艺之一瞥》中谈及该画报的市场影响力："《点石斋画报》是吴友如主笔的，神仙人物，内外新闻，无所不画，但对于外国事情，他很不明白，例如画战舰吧，是一只商船，而舱面上摆着野战炮，画决斗则两个穿礼服的军人在客厅里拔长刀相击，至于将花瓶也打落跌碎。然而他画'老鸨虐妓'、'流氓拆梢'之类，却实在画得很好的，我想，这是因为他看得太多了的缘故；就是在现在，我们在上海也常常看到和他所画一般的脸孔。这画报的势力，当时是很大的。流行各省，真是要知道'时务'——这名称在那时就如现在之所谓'科学'——的人们的耳目。前几年又翻印了，叫作《吴友如墨宝》而影响到后来也实在厉害，小说上的绣像不用说了，就是在教科书的插画上，也常常看见所画孩子大抵是歪戴帽，斜视眼，满脸横肉，一副流氓气。"

吴友如没有去过国外,他当然不知道一些西洋之物究竟是何等模样,他大多是通过文字的描述来创作出相应的图画,因此有些事物画错在所难免,但吴友如长期生活在上海,画起上海的本地事物来当然更贴近实际。虽然鲁迅的这段话颇具讽刺之意,但也足可看出《点石斋画报》在市场上的巨大影响力。郑振铎在《近百年来中国绘画的发展》一文中,从史料角度对吴友如的画作给予了肯定:

> 从来没有一个画家有像他那么努力于绘写社会生活的形形色色的。他是一个新闻画家,且住在上海,故其生活里也经常地出现着凶狠狠的帝国主义者们及其帮凶们的丑恶面目。他的《吴友如墨宝》和他在《点石斋画报》和《飞影阁画报》里画的许多生活画,乃是中国近百年很好的"画史"。也就是说,中国近百年来半封建半殖民地社会前期的历史,从他的新闻画里可以看得很清楚。

但就在《点石斋画报》影响力如日中天之时,吴友如却突然离开了该报社。关于吴友如离开的原因,有不少文献都是说他对美查的一些行为很不满,然而早在吴友如离开《点石斋画报》的前一年,美查就将他在《申报》的股份卖出返回家乡了。因此,吴友如离开《点石斋画报》其实跟美查无关。对于其辞职的主要原因,陈镐汶在《〈点石斋画报〉探疑》一文中猜测说:"辞职的主要原因更可能是吴友如自己的心理不平衡。吴友如是赚过月薪五百金后重回上海的,点石斋重新接纳了他,工薪决不会也有五百。而且那时《点石斋画报》已渐固定由四位画师合画一期的格局,吴友如也用不着每期画三幅四幅那样拼命,而点石斋聘请吴友如所画的,也只是新闻画,有时也添用一些吴友如所绘的'功臣图',刊首附刊的人物山水花卉翎毛等文人画,则轮不着吴友如来执笔,一般还要去请任阜长、任伯年、沙山春等海上名画家。"

再次返回点石斋的吴友如没有受到原来的重视,这让他心里产生了落差,而更重要的,吴友如认为绘制新闻画只是画匠所为,凭此永远成不了有名的画家。陈镐汶在文中写道:"这对吴友如来说是十分伤心的,因为就当时的社会风气来说,吴友如画新闻虽然受欢迎也不过是一个'画匠';而要在画界中成名成家则还得在正宗国画领域中取得社会承认。吴友如自办《飞影阁画报》,就是在'新闻画'之外,尽量多刊他所绘画的册页:百兽、仕女、花卉、翎毛等,后来又增出《飞影阁画册》,再合并为《飞影阁画报册》,这'画册'部分,就是专门刊载吴友如等的'文人画'作品。"

吴友如后来的所为证明陈镐汶的猜测确实如此,他离开点石斋后创办了《飞影阁画报》,在发刊辞上写道:"回寓沪,海内诸君子争以缣素相属,几于日不暇给,爰拟另创《飞影阁画报》,以酬知己。"这段话是说他给曾国荃绘制了《功臣图》后影响甚大,等他返回上海时,很多人争着让他画画,但他在点石斋工作时无暇应酬此事,为此要从点石斋脱身出来,另外创办飞影阁。对于《飞影阁画报》的周期及绘画内容,吴友如又在该文中写道:

> 事实爰采乎新,图说必求其当。每月三期,每册十页,仿折叠式装成,准(于庚寅)九月初三日为第一期,逢三出报,并附册页三种,曰百兽图说,闺艳汇编,沪装仕女。它日或更换人物山水翎毛等册,必使成帙,断无中止。至于工料精良,犹其余事。夫以一人之笔墨,而欲餍通都大邑海澨山陬之人之心,此亦至不及之势。是册一出,吾知向之争先恐后以索得余画本为幸者,当

无不怡然涣然矣。然则是册也，余敢不尽技以献耶！特托鸿宝斋精工石印，庶墨色鲜明，丝毫毕肖，无复贻憾矣，装成。每册计价洋五分。

吴友如在《飞影阁画报》的后面附加上了自己所画的非时事类内容，以此来展现他除了会画新闻插图外，也同样能搞创作。他在该启的最后又说道："本阁设在上海英租界大马路石路口公兴里内，售处托申报馆以及各外埠售申报处均有发兑，赐顾者请就近购阅为盼。再，以后本阁画报号数用千字文字以次排下，第一号为天字号，第二号为地字号，余可类推。此布。庚寅九月上浣飞影阁主人谨白。"

虽然离开了《申报》，但他跟该报馆的关系维持得不错，因为他独自创办的《飞影阁画报》依然让《申报》作为代理。

《飞影阁画报》的主体延续了《点石斋画报》的内容，以报道时事为主。可能这种做法依然让吴友如不满意，于是他在1893年5月将《飞影阁画报》转让给了周慕桥，而他本人另外创办了《飞影阁画册》，该画册为半月刊，每期十二页，内容全是历史人物及传统绘画。吴友如在《飞影阁画册》的创刊小启中称：

夫诗中有画，佥推摩诘化工，颊上添毫，惟仰长康神似，良由法超三昧，故能誉播千秋也。余幼承先人余荫，玩愒无成，弱冠后遭赭寇之乱，避难来沪，始习丹青，每观名家真迹，辄为目想心存，至废寝食，探索久之，似有会悟。于是出而问世，藉以资生。前应曾忠襄公之召，命绘平定粤匪功臣战绩等图，进呈御览，幸邀鉴赏。余由是忝窃虚名。适事竣旋沪，索画者纷集，几于日不暇给，故设《飞影阁画报》，藉以呈政，屡蒙阅报诸君惠函，以谓画新闻如应试诗文，虽极揣摩，终嫌时尚，似难流传，

《海上百艳图》二卷　民国上海璧园石印本　内页

若缋册页，如名家著作，别开生面，独运精思，可资启迪，何不改弦易辙，弃短用长，以副同人之企望耶。余为之愧谢不敏。

吴友如在这里复述了自己的绘画历史，首先提到了王维、顾恺之等一流大画家，看来这才是他在绘画上的最高追求。他讲述了自己不想再办《飞影阁画报》的原因："窃思士为知己者用，女为悦己者容，前出画报已满百号，愿将画报一事让与士记接办，嗣后与余不涉也。兹于八月份起，新设《飞影阁画册》，每逢朔望月出两册，每册十二页，其中如人物仕女、仙佛神鬼、鸟兽鳞介、花卉草虫、山水名胜、考古纪游、探奇志异等，分类成册，皆余一手所缋，仍以石印监制，气韵如生，毫发无憾，至于纸料之佳，装潢之雅，犹属余事耳。"

虽然《飞影阁画册》仍然是以石印形式出版，但内容上却发生了大变化，看来只有这样才能满足吴友如在绘画上的追求。可惜的是，事与愿违，他后来所创的画刊均没有《点石斋画报》的巨大影响力。他所主持的《点石斋画报》影响到一些大画家，比如徐悲鸿在《自述》中称："吴友如是我们的开蒙老师。"因为他在老家宜兴时就是靠临摹《点石斋画报》来学习绘画。故徐悲鸿在1943年3月15日重庆的《时事新报》上刊发了《新艺术运动之回顾与前瞻》一文，该文中有如下段落："太平天国之后，上海辟作洋场。艺术家为糊口计，麇集其地。著名画家如任渭长、阜长兄弟，与渭长之子立凡，尤以中国近世最大画家任伯年生活工作于此，为足纪。诸人除立凡以外，皆宗老莲。尚有吴友如为世界古今最大插图者之一，亦中国美术史上伟人之一。"他在《论中国画》中，把吴友如视为通俗画巨匠：

> 近代画之巨匠，固当推任伯年为第一，但通俗之画家必当推苏州之吴友如。彼专工构图摹写时事而又好插图，以历史故实小说等为题材，平生所写不下五六千幅，恐为世界最丰富之书籍装帧者。但因其非科举中人，复无著述，不为士大夫所重，竟无名于美术史，不若欧洲之古斯塔夫·多雷或阿道尔夫·门采尔之脍炙人口也！

有意思的是，范曾在为鲁迅的小说绘制插图时，也曾借鉴了吴友如的画册："彼时参考资料甚少，惟有《吴友如画宝》助我。吴友如之画技至工而格近卑，然其观察生活之仔细，描画物件之精到，自是无匹作手。"（范曾《生命的奇迹》）

只是鲁迅虽然知道吴友如的影响力，但他在《朝花夕拾》的后记中说："吴友如画的最细巧，也最能引动人。但他于历史画其实是不大相宜的；他久居上海的租界里，耳濡目染，最擅长的倒在作'恶鸨虐妓''流氓拆梢'一类的时事画，那真是勃勃有生气，令人在纸上看出上海的洋场来。但影响殊不佳，近来许多小说和儿童读物的插画中，往往将一切女性画成妓女样，一切孩童都画得像一个小流氓，大半就因为太看了他的画本的缘故。"

这真是有意思的悖论，不知道鲁迅若听闻他的小说插图有着吴友如风格会作何想，而吴友如画作的影响力及渗透力，也由此可窥一斑。

2019年2月23日，我在上海博雅讲坛举办了一场讲座，为此提前几天前往浙江、上海等地探访历史遗迹。我受到了上海文艺出版社社长陈徵先生的大力帮助，他听闻我的寻访目标之一是前去《申报》馆旧址时，告诉我说该旧址已经变成了咖啡厅，是否允许拍照是个问题。说罢陈社长立即通过关系，联系上了该旧址的管理者，而后他请该社发行中心的张守栋先生和刘晶晶老师带我前去拍照。

2月20日下午，我跟随二位前往《申报》馆旧址，该馆位于上海市黄浦区汉口路309号，其实距福州路很近。近三十年来，我路过该楼多次，却没有想到这就是大名鼎鼎的《申报》馆旧址。而今再次来到其门前，该楼看上去依然典雅壮观，以此可见，当年的《申报》馆乃是附近鹤立鸡群的高楼之一。

此楼的外墙上有上海市政府在1994年颁发的优秀历史建筑铭牌，上面对该楼有如下描绘：

> 原为申报馆（申报为近代中国时间最长的报纸，1872年由英商创办，1907年被华人收购，1949年停刊）。钢筋混凝土结构，1918年竣工。略具新古典主义特征。立面设复合式壁柱，槽口出檐较深并设檐托，壁柱、檐口有装饰细部。底层大厅天花弧拱状，饰精致的石膏花饰。

汉口路路牌

历史建筑铭牌

一楼全景

当年的《申报》大楼外观

　　进入咖啡厅，里面的装修颇具特色，我们走入时，一位服务员迎了上来，我向他解释说自己是来拍照不喝咖啡，他竟然爽快地说："欢迎拍照。"如此胸襟，令我大感惊喜，于是放大胆子先拍这里的一楼情形。一楼的亮点乃是巨大的浮雕石膏顶，我不清楚这是不是当年《申报》的原貌。一楼有一部分为上下夹层，楼梯旁的侧墙上挂着一些老照片，走近细看，这些都是跟《申报》有关的历史图像，其中最大的两幅却仅是个黑框。刘晶晶请问服务员这两幅老照片去哪里了，对方

《申报》原件

《申报》馆标志

斑驳墙体

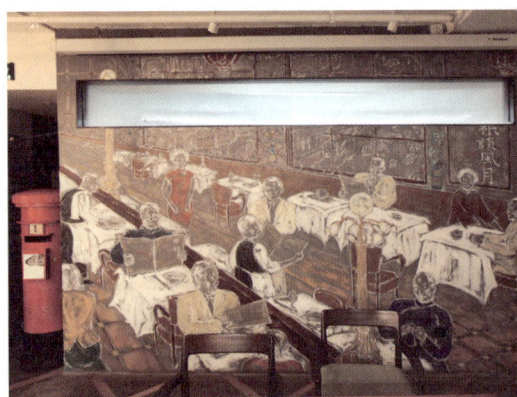
人人在看《申报》的油画场景

却回答说,这是影像显示屏。如此古今交融,颇符合美查办报宗旨。

从这些老照片中可以看到当年的《申报》大楼确实壮丽恢宏,而今天的外立面基本没做改装。还有几张照片乃是排字工人的工作场景,唯一的遗憾就是没有点石斋画工绘画的场面。

看完老照片沿楼梯登上夹层,我注意到台阶上贴着一些金属条,上面标示着跟《申报》馆有关的信息。二楼的侧墙上还有《申报》原件装在镜框内,服务员介绍说,这两张报纸一是《申报》的创刊号,

顶天立地

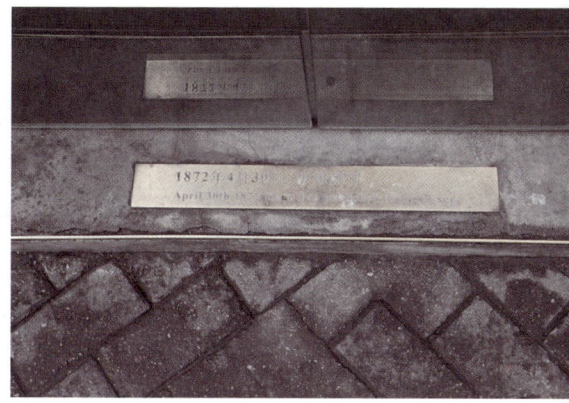
历史节点

楼体外观

都改造成了现代办公区域

一是《申报》的终刊号。能够将一头一尾搜集到,想来不是件容易的事,可见这家咖啡馆在搜集历史实物上也下了不小的功夫。

夹层有扇门可以通向大厦的中心,进入后方可看到该大厦乃是中空设计,这种设计方式颇具现代意味。走入其中,这里还有意裸露了一些原建筑的斑驳墙体,墙上的一些油画则展现了当年咖啡厅里面人们翻阅报纸的场景,人手一份的状态显现着《申报》的普及率。油画中的墙上还写着"只谈风月"四字,透露着那个时代的气息。而今这里的使用者在大楼的天顶上用旧船木板设计了一道景观，这些船木板直通天地，上面还栽种了一些附生植物，这个设计可谓是大楼的神来之笔。

然在此处放眼望去，咖啡厅内部并无登上此楼的阶梯，在到达此处之前，陈社长给了《申报》馆物业公司余经理的电话，于是刘晶晶致电对方，而后得知登楼的入口在咖啡厅的外侧。我们走出咖啡厅，转到该楼的侧边，从另一个大门进入，在门口见到了等候的汪新芽女士。她介绍说这里是办公区域，禁止游客参观，但领导已交代她带我们拍照。她问我们想先看哪里，我等却不知如何回答，于是她提出先带我们从顶层看起。

乘电梯来到六楼，这里通向一个宽大的露台，站在露台之上，可以看到雨中的老上海。而后来到五楼，这里改造成了一间间的新式办公区，于是我向带路者请教哪里可以拍到《申报》馆的旧物。她说这里装修完毕后全变成了现在的模样，已经无法看到当年的旧痕了。我探身看着那用旧船木做出的景观，突然想到这些旧木料会不会是用《申报》馆的旧地板制作而成，那位带我们参观之人听到我的猜测后，只是一笑："这个我真的不知道。"

林纾（1852年—1924年）

山水浑厚，冶南北于一炉

林纾，原名群玉，字琴南，号畏庐，后世大多把他视为著名的翻译家，他所翻译的作品被通称为"林译小说"，该系列小说总计有一百多部，在晚清民国时期风靡天下。也许正因为如此，使得少有人留意到他还是一位丹青妙手，当年他的画作在市场上同样大为抢手。

郑逸梅在《林琴南卖画》一文中谈及林纾各方面的成就时写道："故小说泰斗林琴南兼擅丹青，山水得宋元人遗意。当其寓居北平时，小说也、寿文墓志也、大小画件也，以求之者多，所入甚丰。某巨公因称其寓为造币厂，实则悉以所获周恤族人，至死无一瓦之覆，一垄之植也。所作画，海上商务印书馆印成《畏庐画集》，为艺林所称赏。"

郑逸梅说林琴南侨居北京时，有三大收入，一是小说，二是给他人写的祝寿文和墓志，第三就是画作。其收入之丰，被某位大人物戏称林琴南家开了造币厂。然而郑逸梅称林琴南挣这么多钱并非是为贪财，他的收入基本上用于帮助族人，因为林纾去世后，家中并无多少财产。他的画集曾由商务印书馆以珂罗版的形式发行，广受市场欢迎。

郑逸梅在文中谈到的"某巨公"其实是指陈衍。陈衍与林纾同是福建人，因此陈衍所撰《林纾传》所谈之事可信度颇高。比如林纾翻译小说的写法，陈衍在《林纾传》中简述道："初，纾与长乐高氏凤岐、而谦、凤谦敦昆弟欢，凤岐、而谦历佐东诸侯幕有声，与纾相引重,而谦挚友王寿昌,精法兰西文,纾与同译巴黎《茶花女》小说行世,中国人见所未见,不胫而走万本。既而凤谦创商务印书馆,则约纾专译小说,岁若千万言,前后都百余种。《畏庐诗文稿》洎各杂著,亦代印、代售,分馆百十处,风行便利焉。纾迻译既熟,口述者未毕其词,而纾已书在纸,能限一时许就千言,不窜一字,见者竟诧其速且工。然属他文,亦坐此率易命笔矣。"

文中谈到"高氏兄弟"中的高凤谦就是商务印书馆创始人之一高梦旦,这也就不奇怪林纾去世后,他的第一本画集由商务印书馆来出版。林纾翻译西方小说,乃是缘于高而谦的朋友王寿昌,因为此人精通法文,他跟林琴南共同翻译了《茶花女》一书,大为畅销。因此高梦旦创办商务印书馆时,就请林琴南专译西方小说,由此将林琴南推上了西方翻译小说第一把交椅。

其实林纾完全不懂外语,他翻译小说的方式乃是请懂外语之人给他讲出小说中的故事,而后他通过自己的理解,再将故事以文言文复述出来。因为林纾有很好的中文功底,往往翻译者还没组织好语言,他就已经把中文意思写了出来。对此,《清史稿·林纾列传》中亦有记载:"所传译欧西说部至百数十种。然纾故不习欧文,皆待人口达而笔述之。任气好辩,自新文学兴,有倡'非孝'之说者,奋笔与争,虽胁以威,累岁不为屈。尤善画,山水浑厚,冶南北于一炉,时皆宝之。"

神奇的是,林琴南能够同时兼顾翻译小说和绘画创作。陈衍在《林纾传》中写道:"纾有书画室,广数筵。左右设两案,一案高将及胁,立而作画;一案如常,就以属文。左案事毕,则就右案;右毕亦如之。饮食外,少停晷也。作画译书,虽对客不辍,惟作文则辍。其友陈衍尝戏呼其室为'造币厂',谓动即得钱也。"

看来林琴南的工作室很大,既有画案也有书桌,他左右开弓,站着画画，累了就坐下来写文章翻译小说，除了吃饭喝水，几乎一下都不停歇。更为神奇的是，他在作画和翻译小说的同时，还能接待客人，边对谈边进行创作。他的作品又广受欢迎，所以陈衍才把林琴南的工作室称之为"造币厂"。对于林纾所赚钱财，陈衍亦有交代："然纾颇疏财，遇人缓急，周之无吝色。"以此可见，林琴南是位仗义之人，看到别人困难就会予以相助。

从《清史稿》中的《林纾列传》来看，他早年也是以学文为主："林纾，字琴南，号畏庐，闽县人。光绪八年举人。少孤，事母至孝。幼嗜读，家贫，不能藏书。尝得《史》《汉》残本，穷日夕读之，因悟文法，后遂以文名。"

林纾在幼年时父亲就去世了，他从小喜欢读书，因家中贫穷买不起书，后来偶然得到了《史记》和《汉书》残本，即使是残本他也读得津津有味。经过刻苦研读和揣摩，林纾终于悟得写文章的技巧，而他早期主要是在文章上下力气。他学习绘画，则是师自陈文台，关于其学画经历，林纾在《石颠山人传》中写道：

> 山人氏陈，讳文台，字又伯，温陵人，余师也。山人长身玉立，疏髯古貌，善诗工书，能写高松及兰竹，亦间为翎毛花卉。初师汪瘦石先生。瘦石山水精工，虽大屏巨幛，咸有韵致，兰竹近徐文长。山人师之三年。时谢琯樵自漳州至省会，主山人家。琯樵作画，下笔如快剑之斫蛟螭，俄顷十余轴。画时自幂其窗，令洞黑，以纸条捻细股，蘸油然之，随笔左右，烬而复燃。山人日侍笔砚，尽得其秘。中年作兰竹，与谢画莫别真赝。迨琯樵殉节，温陵山人始变其法，自成一格。

以上这段话叙述了陈文台如何学习绘画的过程，而对于林琴南本

《平挹江濑图》 收录于《林纾书画集》

人,《传》中写道:"纾事山人二十六年,得山人翎毛用墨法,变之以入山水,山人见而异之,以为孺子能不局于法也。"

林琴南竟然跟随陈文台学习了二十六年之久,学到了花鸟及山水画法,而他在这方面的感悟力与变通能力令老师颇为诧异,认定林琴南在绘画上的成就能够超过自己。

在跟随陈文台学画之前,林纾就已经对绘画有着极强的感悟力,《畏庐琐记》中有《唐六如画》一篇,就是记述他幼年之时看画的感悟:

> 余幼时,见其(唐六如)《秋山行旅图》,树法槎枒,一一向西,风力至横。其下一客,状至仓黄。上题一诗云:"廿年行旅向关山,纨绔何知行路难。今日酒杯歌袖畔,浑忘门外是长安。"书法娟媚入骨。后此见六如真本十数,实以幼时所见为第一。家藏雅宜山人秋色长卷,笔锋劲峭,良不及六如之工而有致。

唐伯虎的画作对林琴南影响很大,他自称长大后又看过不少唐伯虎的真迹,但其精彩程度均无法超过幼年所见。林琴南又称,他家里藏有明代大画家王宠的同类作品,虽然那幅画也画得很精彩,但却达不到唐伯虎的水准。

对于他从何时开始学习绘画,林琴南在《春觉斋论画》中写道:"吾乡林恭浦先生,曾藏汪画四巨帧,余年十一岁时曾一见之,峭壁插空,然妩媚动人。迨长,粗能作画,则闭目穷追其状,终不能到。"

林琴南说自己十一岁时,在林恭浦家看到了对方收藏的汪志周所绘四条屏,画得极有气势,令林琴南终身难忘。对于其动笔绘画的年龄,林纾在其所撰《黄笏山先生画记》中写道:"余年十六,省府君于台湾,始获拜黄韫山先生于李氏寓斋……逾年,笏山先生以长松巨幛

《秋山游寺图》 收录于《林纾书画集》

赠李氏，则奇古苍郁，一鹤立丑石上，振翮欲飞。余每遇李氏，辄吮笔摹抚之，凡数十百次，不复一似。……先生善松、竹……余不善竹，画松则私淑先生四十年。"

黄韬山的山水画令林纾一见即喜，于是开始临摹黄韬山的山水画，让他渐渐懂得了笔法。看来要想在绘画上有成就，除了天分和感悟力之外，眼界开阔也十分重要。成名后的林纾虽然有着"造币厂"戏称，但在属于学习期的早年，他又何以能看到那么多名迹而增广见闻呢？从文献记载来看，主要有两个原因，一是陈衍在《林纾传》中写道："性勤事，不少休，卖文译书外，肆力作画，自珂罗版书画盛行，虽家乏收藏，不难见古名人真迹。珂罗版者，西法用药水玻璃，照印字画，毫发不爽。纾用得饱临四王、墨井、南田，上及宋元诸大家杰作，骎骎擅能品，沽者麕至，幅直数十饼金，纸绢塞屋。"

在晚清民国间，珂罗版画册颇为风行，这种印制方式能将古代名画的细节表现得纤毫毕见，林纾买得大量这样的画册，由此而大开眼界。林纾除了看珂罗版画册外，也见过许多名画真迹，他的同乡陈宝琛曾从宫内借出许多绘画真迹拿给林琴南临摹，令其受益匪浅。卢仁龙在《画坛又谱广陵散——林纾书画艺术论》一文中写道：

> 林纾中年时忙于译书、写古文，曾中断作画约十年。1901年，年近五十的林纾入都，先是讲学金台书院，继在五城学堂、京师大学堂等处任教。1913年离开京师大学堂后，他更心无旁骛，潜心绘事，遍临宋代"两米"、元代高克恭、清"四王"诸家，画风大变。他致力传统山水画，追求宋元遗韵，着力师法吴墨井而以己意出之。至1924年逝世前，这二十多年间，他除了教书、译书、卖文以外，大量时间用于绘画。

经过苦心经营努力创造，林纾的画作在京城大为畅销，黄浚在《花随人圣庵摭忆》中写道："旧京画史，予所记者，庚子后，以姜颖生、林畏庐两先生为巨擘。大雄山民，纯学耕烟，苍劲密蔚。补柳翁则师田叔，间学大小米。论工力，姜自在林上，林则译书，作古文，能事多劳，画以人重。"

黄浚称庚子之后，京城文人画家以姜颖生和林纾名气最大，若将两人进行比较，黄浚认为姜颖生的水准在林纾之上，因为林的主要精力用在了翻译小说和写文章方面，他这方面的名气太大了，而正因为名气大，所以人们也看重他的画作。尽管黄浚认为林纾乃是画以人重，但林琴南也的确富有创造力，比如郑振铎在《北平笺谱序》中称："至宣统中，林琴南先生独取玉田、梦窗词意，制为山水笺，清趣盎然，文人为笺作画，殆始于此。"

郑振铎把林纾看成文人为笺纸作画的鼻祖，可见林在绘画方面真正做到了打破界限。对于他在这方面的开拓，邓云乡在《北平笺谱史话》中给出了这样的评语："畏庐老人所做境界极高的文人画，师法南宗，用笔萧疏有致，所选都是山水小品，写宋人词意，高古处如林如竹下小室轩窗，构图十分简洁，而章法笔法极为高妙，秋情满纸，只此数笔，便把观者引入词境了。又如斜日起凭栏，垂杨舞暮寒。柳丝从画面右上方下垂飘拂水阁之上，轩窗高敞，栏杆静寂，柳丝不多而极神韵，有凉风吹拂之感。画家议论有'画人难画手，画树难画柳'之说，而且柳丝越少越长越难画，近代画家中，余所见到唯畏庐老人及大千居士，能笔随意到，画出柳丝神韵，他人不足道。"

关于林琴南的绘画面目及其绘画理念，基本包含在其所撰《春觉斋论画》一书中，以下所引未注明出处者均是出自本书。林琴南撰此画论的原因，乃是跟当时社会的艺术思潮有很大关系。

新文化运动时期，有不少的人认为传统国画日趋衰败，完全无法

《溪堂山翠图》 收录于《林纾书画集》

与西画相并提，比如康有为在《万木草堂藏画目序》中写道："中国画学，至国朝而衰弊极矣；岂止衰弊，至今郡邑无闻画人者。其遗余二三名宿，摹写四王、二石之糟粕，枯笔数笔，味同嚼蜡，岂复能传后，以与今欧美、日本竞胜哉？盖即四王、二石，稍存元人逸笔，已非唐宋正宗，比之宋人，已同郐下，无非无议矣。……如仍守旧不变，则中国画学应遂灭绝。国人岂无英绝之士应运而兴，合中西而为画学新纪元者，其在今乎？吾斯望之。"

康有为痛批四王、石涛、髡残等人的画作没有创新，完全无法与西画相并提。陈独秀在《新青年》第6卷第1号上发表了《美术革命——答吕澂》的公开信，在此信中明确地说："人家说王石谷的画是中国画的集大成，我说王石谷的画是倪、黄、文、沈一派中国恶画的总结束。"为什么给出这样的恶评，陈独秀认为这些画家没有创新只是临摹，乃是根本原因所在："大概都用那'临''摹''仿''托'四大本领，复写古画，自家创作的简直可以说没有。这就是王派留在画界最大的恶影响。……像这样的画学正宗，像这样社会上盲目崇拜的偶像，若不打倒，实是输入写实主义，改良中国画的最大障碍。"

从社会变革角度而言，这样的批评有其道理在，同样也有其偏激之处，这种说法立即遭到了一些传统派画家的反驳。比如陈师曾在《文人画之价值》中说道："文人画首重精神，不贵形式。故形式有所欠缺，而精神优美者，仍不失为文人画。"

这段话乃是表明了中国文人画重在内涵的修炼，故不在形式上费太多的精神，言外之意指西画更多的是注重外在形式的表现。从绘画理念来说，林纾也属于传统派，然而他并不认为国画高于西画，其中的原因想来正是他广泛地接触过西方小说，使得他对西方的绘画理念有着更多客观的认识。为此，他写出了《春觉斋论画》，他在本书中讲到了自己的师承，也讲到了自己的绘画观，当然也会提到中西绘画理念的比较问题。

比如林纾写道:"且新学既昌,士多游艺于外洋,而中华旧有之翰墨,弃如刍狗,无论鄙夷近人之作,即示以名迹,亦复瞠然,尚何论画之云。顾吾中国人也,至老仍守中国旧有之学。前此论文,自审为狗吠驴鸣,必不见采于俗。然老健之性,偏恣言之。今之论画亦尔。"

西风东渐对中国传统之学有着强烈冲击,在这种理念下,中国画也被许多人看不起,所以他认为有必要在这方面做出相应的比较,林琴南首先讲到了西方美术的整体概念:

> 欧人之论美术者,木匠也,画工也,刻石也,古文家也。余始闻而骇然,谓古人如韩、柳、欧、王,奈何与泥水匠同科?既而闻其议论,乃深以为是。欧人谓木匠者,集众材而成为巨室,其所仗者,材也。画工杂五色而成图,其所需者色也。石匠则否,成一石象,但需斧凿,则先以精神环周此片石,然后成为人形。衣袂之飘举,尚为易为,而神宇奕奕,则自出手造,较以上二艺为难。至于古文,并斧凿之用而亦罢去,但凭空虚构而成象,使读者俯仰夷犹,动心而兴感,则较石匠为尤难。此四者不相附丽,而西人合而一之,斯亦奇矣。然吾于四者之中,心嗜其二,故谬为论文后,复有论画之作。

林纾认为西方把美术的范畴分为四类,第一类是木匠,当然他所说的木匠乃是指西方的建筑师,因为建筑美学乃是西洋美术最重要的组成部分,而画工当然指的就是画家,刻石在今天被称为雕塑师,古文则是今人所说的文学家。他的这些命名,显然是对译的友人给他翻译成各种名词。林称他最初听说到这些时,大感吃惊,因为它们全部异于中国传统,而后他解释了西方美术这四类艺术创作的不同之处,并且做出了难易度的比较。但林纾也明说,对于这四个组成部分,他最关心的是小说和绘画。

那么西方的绘画与中国绘画有着怎样的区别呢?林纾认为:"西人之于画,有师传,有算学,有光学,人但说其象形以为能事,正不知其中亦正有六法在也。"

林纾的看法颇为准确,他认为西画技法除了师传之外,同时把数学和光学也应用其中,以至于能将所绘之物的造型准确表现出来,并且做到纤毫毕见。但林纾又说,西画的这些优点恰好等同于中国绘画所强调的六法,他想以此来说明中西绘画虽然表现形式不同,但在基本理念上,并无太大区别。然而绘画手法的不同,使得中西画成像效果也不一样:"凡作画夜山,最不易成。西人能之,则于丛树阴晦中,劈云漏出明月,月光射水,荡为片白。似则似耳,然观者如睹照片,毫无意味。"

林纾说中国画最难画出夜景,但西画表现夜景却很容易,但是以这种画法绘出的画面,完全没有意境韵致可言,如同看照片一般,无法看到绘画者的思想。他的这种观念乃是传统派共同的认识,这一派认定西画重写实,中画重写意,这样的区别让传统派认为中画高于西画,因为中画更有思想性。

但如前所言,林纾翻译过不少西方小说,毕竟比别人接触过更多的西方艺术,因此他在绘画理念上虽有偏私,但也存在客观性。比如他举出了两种技艺所画瀑布的不同之处:

> 西人写瀑布,是真瀑布,能从平顶之石上倾泻而下,上广而下锐,水流极有力,何者?水积岩顶,狂奔而下趣,水之落处力猛,渐下则水力亦渐杀,故水痕上广而下锐。吾辈山水中写瀑,则上狭而下舒,以两边山石参差错落,瀑布从石隙中出,至于大

壑，支流始漫。此其不同于西画处。虽然为地不同，故水态亦略别。西人写山水，极无意味，唯写瀑布，则万非华人所及。

林纾注意到中国画中的瀑布大多是上窄下宽，西画中的瀑布则与之相反——为上宽下窄，但若观察客观实景，则西画所表现的应该更加正确，又说西画中许多不如中国画的地方，但在画瀑布这一点上，中国人是不可能画得比他们更好的。他还比较了中西两种画法在透视上的不同："西人画境，极分远近。有画大树参天者，而树外人家林木如豆如苗，即远山亦不逾寸，用远镜窥之，状至逼肖。若中国山水，亦用此法，不惟不合六法，早已棘人眼目。"

从以上的引文可以大概了解到林纾的一些绘画理念，就那个时代而言，林纾也算是能够较为公允地看待中西绘画的优劣。虽然他是传统派画法，但他依然能够看到西画的长处。对于中国画的短处，他在《春觉斋论画》中也有提及，比如他对中国人所强调的画派，就提出过这样的批评：

宗派一立，门户即分。学如朱、陆无论矣。但以画言，尊云间者，见浙派则痛诋之，祖娄东者，其诋诃吴门，亦不遗余力，犹之阳湖、桐城之于文，若主客相搏，必争胜而止，均无为也。桐城、阳湖，万不能斥去八家而成文，吴门、娄东，亦不能舍去北苑而成画，祖述既同，途辙稍异，后学随其性之所近学之，均可名家，何必为蝇蛆之喧闹耶！

林纾讲到了云间派、浙派、娄东派、吴门画派等等相互之间指斥对方的状况，他将此与文章界阳湖派、桐城派的相互攻讦进行了比较，认为无论阳湖派还是桐城派，都会祖述唐宋八大家，而吴门画派、娄

《剑门图》 收录于《林纾书画集》

东画派等也不能排斥董源的画风，从这个角度而言，无论是文派还是画派，其实大家的来源都是相同的，其言外之意这种分法完全没必要。比如他在《震川集选》的序言中强调说："夫文字安得有派？学古者得其精髓，取途坦正，后生遵其轨辙而趋，不知者遂目为派。然则程、朱学孔子，亦将谓之为曲阜派耶？"

林纾的这个比喻颇为精到，他说二程和朱熹都学孔子，总不能称他们为曲阜派吧，所以他提出了"画贵无派"的主张。

虽然有此之说，但林纾在绘画上，面对不同的风格还是有所偏爱，比如他曾写过一首《自题小画》的长诗，此诗中有如下两句："渔山石谷变家法，墨戏初未兼痴翁；我生苦晚顺康远，悠悠一脉归娄东。"以此可见，林纾最为推崇王翚，他恨不得能够生在顺治、康熙时期，好拜王翚为师，成为娄东派中的一员。

郭曾炘在《畏庐先生七十寿》序中称："盖以先生之学术行谊，求之三百年中，窃以为其志事类亭林，文章类惜抱，艺能类石谷，豪侠类寒支。秋宵多暇，摘发比方，觞史之娱，或有取尔。"郭曾炘对林纾予以了很高的夸赞，认为林纾在事功方面可以与顾炎武有一比，文章方面跟姚鼐相类似，绘画方面则直追王翚。对于林对王翚的偏爱，郭在《序》中写道：

> 其于石谷，目想心存。擩染烟云，暗连畦畛，乃至缠绵师友，则耕烟之岁莫奉常；其感慨乱离，则耕烟之生丁鼎革。以及夫东门拂袖，辞升斗之微官；便殿开屏，借缥囊之真迹。标格诉合，遭际略同。此又先生艺能之有同于石谷者也。……

可见在朋友看来，林纾的绘画面目近似于王翚，而林纾本人也把自己归为娄东派。然而，反对画派之说的林纾，在《春觉斋论画》中又称：

> 文有派别，然至竟陵、公安，敝极矣。画亦有派别。余近来颇不悦吴门也。吾乡郭绵亭以书名，然画之一点一画皆宗吴门，学之令人寡欢。昔者七子盛时，钱虞山教渔洋以急求古学，而渔洋遂成大家。石谷初亦囿于娄东，自博观名迹数十百种，始恍然画理之精微，画学之博大，非区区一家一派所能尽，故石谷画遂为前清第一，余恒匹之渔洋。呜呼，如石谷者，真可谓之大家，不拘拘于宗派者矣。

在这一段文字中，林纾承认文有文派、画有画派，又自称不喜欢吴门画派，而他同时点出王翚早年也被娄东画派观念所笼罩，到后来眼界渐宽，终于悟得画理，才成为一大家。以林纾的话来说，王石谷的绘画成就堪称清代第一，他将王翚喻之为清代神韵派大诗人王士禛，认为王翚能有这样的成就，就是因为他不拘囿于某一派的绘画理念。但为什么还有人对"四王"提出那样的质疑之声呢？林纾认为：

> 文人相轻，画师亦相轻，石谷笔墨，可云超凡矣，而麓台排之。一峰老人画，人人皆无闲言，而倪云林曰"黄翁子久，虽不能梦见房山、鸥波，要亦非近世画手可及"。余谓房山、鸥波，固是一峰劲敌，云林谓其不能梦见，直毁之不值一钱。长洲张忍为解释之词，谓"为攀安提万，更欲尽其能事"。此直强作和事老也。平心而论，鸥波密，房山高，痴翁奇，三家诚不相下，必欲轩轾其间，谬矣。

文人相轻这种说法最早出现在曹丕《典论·论文》中："文人相轻，自古而然。"而林纾进一步提出了"画师亦相轻"，他仍然以王翚为例，说王翚的画已经达到了超凡的成就，王原祁却对其仍有微词；

黄公望的绘画成就世人皆知，然而倪瓒同样指摘其不足。林纾言外之意乃是说，无论一个画家有着怎样的成就，总会有人找出各种各样的毛病。所以林纾一边反对门户之见，同时又私淑于其中一个画派，尤其对王翚推崇有加。比如他夸赞王翚说："王石谷谓青绿之法，静悟三十年始尽其妙。然能以北宗之青绿法，进入南宗，则石谷一人实为初祖，可谓善于赋彩者矣。"

林纾用三十年时间来仔细体会王翚的青绿山水画法，可见其下功夫之深，他认为王翚的青绿山水集南北宗之长，王翚的皴法也是集众家之长："皴法能总诸家之长，石谷也。为惠崇即惠崇，为燕文贵即燕文贵。而论其本来面目，仍山樵也。惟其能山樵，故能摹仿各家，一无梗碍。若初学喜新，一家未成，动即迁徙，终至不能自立而后止。余曾在徐相国家，视查云壑临摹各大家长卷。卷长三丈，曰学某某者。按之，仍云壑本来面目也。石谷能变，云壑不能变耳。夫工夫至云壑而尚如此，后生小子可矜多而务博耶！"

林纾自称他之所以如此推崇王翚，乃是因为石谷能够出入各大家的画理之中，而后集众家之长，创造出自己独特的绘画面目。而他本人的绘画理念也是如此，他认为："大凡画家，得古人之形貌易，得古人之天机不易；得古人之规矩易，得古人之气韵不易。如某某者，穷老尽气学石谷，水石树木位置处，无一非石谷，而石谷之精神，一毫无有。此特匠氏眼中胸中之石谷，去石谷已几千万里矣。凡天机气韵，纯视其人之学养胸次。譬如欧、曾学昌黎，试问那一笔是昌黎？倪高士学北苑，试问那一笔是北苑？若不能变化，一味求肖，是雕刻木偶工夫，非画家天趣矣。"

形似容易神似难，林纾说某位画家一辈子都在模仿王翚的画作，模仿的方式是与原画作一丝不差，但是林纾认为这种临摹完全没有王翚的气韵，而后他举例说欧阳修、曾巩在文章上学习韩愈的笔法，但

《万壑松风图》 收录于《林纾书画集》

他们之所以成为大师乃是因为欧、曾的作品中，完全没有韩愈的诗句，而倪瓒学习董源，同样也没有一笔是董源笔法，所以学习古人，要懂得变化，如果一味讲求形似，就失去了绘画的真谛和趣味。

林纾本人也正是这样做的，他推崇学习王石谷，然而他的绘画面目中却看不到石谷画风的痕迹，宋伯鲁有一句诗夸赞林纾说："不傍倪王成独造。"宋在此句的小注中称："先生画不倚门户，而兼有南北宗之长，秀蔚天成，一时无两。"如此说来，林纾的绘画确实学到了王翚的精髓所在。

林纾以王翚为追摹对象，同时也以自然为师，比如其称："陆包山皴法峭劲，石骨尽露，独来独往，自有浅人不能遽学者。画法多石而少土，高岩重叠，上及天半，不以云物映带，自是力量过人处。未知生平曾游武夷与否？果至武夷，则石之秀媚，自无狰狞之状。由武夷岩石多傍水，浸以林光水色，有为画师不能梦见者。故师古人不如师造化，学力既至，运以灵光，自臻于神品。"

林纾以陆治为例，他说陆治所画山石有独特的味道，并且认为陆治肯定没有到过福建的武夷山，因为这里的山石跟陆治所画绝不相同，所以他得出了"师古人不如师造化"的观念。由此亦可见，"四王"后学受到社会上的批评，其主要原因是这些人只一味模仿"四王"作品，既不能体味到"四王"画作的神韵所在，也不以自然为师，无法创造出更为生动的画作。而林纾却能做到临摹画作与观察自然相结合，所以他的绘画才有自己的面目和气韵。遗憾的是，他所在的时代，人们更喜欢他意译的外国小说，文字上的盛名掩盖了他在绘画上的风采，正如郑孝胥在《赠林琴南同年》一诗中所言：

文如至宝丹，笔若生姜白。一篇每脱稿，举世皆俯首。
平生不屈节，肝胆照杯酒。纷纷野狐群，忽值狮子吼。

《北斗洞》 中国美术馆藏

包围在一片小区之中

林纾故居正门

文保牌

林纾简介

京师奔竞场,暮夜孰云丑?畏庐深可畏,斧钺书在口。
隐居名益重,方使薄俗厚。奈何推稗官,毋乃衰此叟。
敛才偶作画,石谷辄抗手。亦莫称画师,掩名究无取。

2019年4月6日,在林怡和林星两位老师的带领下,我们前往福州市鼓楼区水都街道莲宅社区去参观林纾故居。林纾故居处在一片居民楼内,这些楼群的中间有一个小广场,广场中有一座小亭,亭子的正前方还挂着"欢度春节"的横幅。小亭内有几位妇女忙着打牌,我这个吃瓜群众走入亭中,她们并不觉得打扰,依然沉浸在打牌的快乐之中。林怡在这里给故居的管理人员打了电话,很快走来一位女士,她热情地把我们迎进故居院中。进门时,我注意到故居前方有一个简易棚,此处的入口刻着"古庙公园"字样。如今这里仍然有着很浓的

正堂

狭长的庭院

卧室

谈到了他的绘画理论

香火味,工作人员向我解释了一番这一带的变迁。

故居的正门前制作了一个影壁,影壁的正中印着"前言",上面乃是林纾生平简介,称他是"不懂外文的文学翻译家。……打开我国通向世界的文学窗口,传播西方优秀文化,成为我国文学翻译的奠基人"。对于他的绘画才能,"前言"中仅有"且善丹青"一句。看来他在这方面的成就,依然没有得到足够的重视。

林纾故居的面积很小,仅一进院落,中厅摆放着一些绿植,更加显现出院落的局促,然正堂却颇为高大,两边的厢房摆放着一些旧家具,在卧室的角落里有一个书橱,里面随意地放着几本林纾著作的新出版物。我注意到书橱用塑胶带封了起来,想来是怕书受潮吧,工作人员边走边向我们讲解着林纾在小说史上的重要地位。

我们登上了二楼,这里以展板的形式详细介绍着林纾的生平。其

展厅另一侧

院落全景

中也提到了他的《春觉斋论画》,但主要还是介绍林纾在小说翻译方面的成就。

从另一侧下楼,转到了小小的后院,如今这里变成了厨房。院中拴着一只猫,我问工作人员为何将其拴在这里,她说怕猫跑丢了,这里有老鼠,所以将它拴在这里坚守职责。因为我们进入此院时没有带进来任何食品,故我也无法宽抚它那充满敌视的眼神。